小丸子从检记

XIAO WAN ZI CONG JIAN JI

胡雨晴 著

法律出版社

图书在版编目(CIP)数据

小丸子从检记 / 胡雨晴著. -- 北京 : 法律出版社,
2019

ISBN 978 - 7 - 5197 - 3377 - 3

Ⅰ. ①小… Ⅱ. ①胡… Ⅲ. ①长篇小说 - 中国 - 当代
Ⅳ. ①I247.5

中国版本图书馆 CIP 数据核字(2019)第 068148 号

小丸子从检记
XIAO WAN ZI CONG JIAN JI

胡雨晴 著

策划编辑 杨大康
责任编辑 杨大康
装帧设计 汪奇峰 鲁 娟

出版 法律出版社
总发行 中国法律图书有限公司
经销 新华书店
印刷 中煤(北京)印务有限公司
责任校对 周合芝
责任印制 吕亚莉

编辑统筹 法律应用出版分社
开本 A5
印张 14.75
字数 354 千
版本 2019 年 6 月第 1 版
印次 2019 年 6 月第 1 次印刷

法律出版社/北京市丰台区莲花池西里 7 号(100073)
网址/www.lawpress.com.cn
投稿邮箱/info@lawpress.com.cn
举报维权邮箱/jbwq@lawpress.com.cn
销售热线/010 - 83938336
咨询电话/010 - 63939796

中国法律图书有限公司/北京市丰台区莲花池西里 7 号(100073)
全国各地中法图分、子公司销售电话:
统一销售客服/400 - 660 - 6393
第一法律书店/010 - 83938334/8335 西安分公司/029 - 85330678 重庆分公司/023 - 67453036
上海分公司/021 - 62071639/1636 深圳分公司/0755 - 83072995

书号:ISBN 978 - 7 - 5197 - 3377 - 3 定价:68.00 元

PREFACE
序言

实事求是地说，在写这篇序言的时候，我还没有看过这本《小丸子从检记》，因为作者胡雨晴只给了我目录，没有正文。究其原因我觉得无非两种：一是作者知道我喜欢阅读纸质书，希望我在不久的将来捧着这本书认真拜读；二是作者不好意思给我看，怕我看过之后提出一些她必须承认但又不知如何解决的问题。

尽管如此，我还是会推荐这本书。这并不是一种不负责任的做法；恰恰相反，我有充分的理由，在没有阅读正文时就可以断定这本书值得期待。

理由一：本书的作者是一个非常有意思的人

我欣赏有意思的人，不管他或她是哪方面的有意思，因为有意思的人身上才会有故事。一般来说，有意思的人身上都有这么几个特点：经历丰富、精力旺盛、心宽体胖。这些特点，本书的作者全都有。

作为一个"90后"，入职不过6年多的检察人，胡雨晴做过刑事公诉，干过民行检察，甚至政治部、办公室的履历都有；上至最高人民检察院，下到县级人民检察院，中间的省级人民检察院，都是她工作过的地方。这样的工作经历，我远远比不上。

一个工作上如此"折腾"的人，她的时间居然没有被工作占满。

我认识胡雨晴的时候，只知道她开通了微博，而且做得很不错。后来她又开通了微信公众号，粉丝量也很可观。她的自媒体连续三年获得“全国检察自媒体二十强”。不仅如此，她还读了中国政法大学的研究生，现在又写了一本书。精力之旺盛可见一斑。

最后要强调的是，胡雨晴没有一般小女孩的那种娇气，而且不那么容易生气。哪怕熬夜写稿子，第二天也照常工作；哪怕被偏激的网民痛骂，也能一笑了之；哪怕遇到再糟心的事情，也不会耽误吃饭，以至于她必须不停的减肥，才有勇气自拍……这种身心承受能力，也是同龄人很少有的。

一个有意思的作者，必然会讲有意思的故事。我相信这一点，这是推荐此书的第一个原因。

理由二：本书将展现真实而丰富的检察画卷

很多人认为，检察机关的知名度要比公安机关和人民法院差一些。我觉得这是没办法的事情——公安机关太接地气，人民法院定分止争，都是直接能够被感知到的司法机关，想不被了解都难。唯有检察机关，就像是钟表的机芯——虽然重要但却不易被关注，就算被关注，也难以被理解。

作为检察官，我也非常希望检察机关以及检察工作能够更多地被社会所关注和理解。但采取什么样的方式才会更有效，这恐怕是很多人都想过的问题。当试验了很多种方式之后，我发现最有效的方式仍然是：让人们走进检察院，和检察官一起工作、思考和生活。但这样做是不可能的。

尽管如此，有一种替代方式却可以考虑。那就是一本代入感十分强的、通俗易懂的书，让读者身临其境地进入到检察官的工作、生活中来。很遗憾，我写不出这样的书，原因是什么我不清楚。但胡雨晴可以，当我看到这本书的目录时，我更坚定了这一判断。

《小丸子从检记》将以一种独特的叙事方式，带读者深入到检察事业中，给读者一种全新的阅读感受。这是我推荐此书的第二个原因。

理由三：本书有一个值得信赖的畅销书责编

到目前为止，我已经出版了4本书。我觉得，一本书的命运，作者占10%、内容占60%、责任编辑占30%。一个好的责任编辑，很大程度上会决定这本书在未来的走向。

我这样说并非危言耸听。一个优秀的责编，不仅在书稿的方向、结构、内容上会给出中肯的意见，还会在排版、封面、装帧上严格把关，甚至在图书出版后的推广以及读者引导方面继续发力。可以说，一本书是否畅销，责任编辑占了很大的作用。

本书的编辑杨大康，是我2017年出版的《刑事出庭修炼手册》的责任编辑。在他的帮助下，这本书之年之内加印6次，销量可观。他把关的书，一定好看，这一点我完全相信。

总之，我相信这本《小丸子从检记》一定不会让读者失望。

2019年3月11日　星期一

AUTHOR'S PREFACE
自序

在键盘上敲下最后一个字的时候，我的心情是沉重的。写书写得焦头烂额、水深火热之时，很多写过书的朋友以过来人的身份鼓励我说："一鼓作气写完就轻松了。加油，你是最棒（胖）的。"我听信了。于是，2018年"十一"长假期间，我把自己关在家里卯足了劲码字。在经历了一个通宵的"作战"和几个没日没夜的"战斗"之后，我终于完成了初稿。可我并不感到轻松。因为，写完初稿后，连我自己都嫌弃自己写的东西。"My God，写的什么玩意儿啊？！"我都不想再看第二遍，更不忍卒读。我觉得，这书稿，怕是没救了。

接下来几天，我就开启现代"祥林嫂"模式，不停向周围亲近之人表达我对于书稿的不满和惶恐。在听完我的深重忧虑之后，我的闺蜜顾苗苗女士安慰我说："每本书都是有特定读者群的，只要那个群体的人觉得喜欢、受用，这本书就是有意义的。你觉得你的书情节不够曲折、文学性较差，你又不是要去冲击'雨果奖''茅盾文学奖'，一个非职业作家的检察官写成这样也可以了。你担心大家不喜欢你的书，市场反响不好，但其实又有哪本书是所有人都喜欢、都叫好的呢？还有人不喜欢莎士比亚呢！"好吧，我无言以对。

得到安慰之后，我稍感宽慰，转身就"刷"起了综艺。别误会，我没堕落。"刷"综艺的时候，我也惦记着书稿的"优化升级"，我总觉得除了内容方面的完善之外，应该再加一些"特色和亮点"。"刷"

《吐槽大会》时，我看到脱口秀界的super star、高中文化的池子的口头禅是“知识点”，“这是一个知识点”“知识点记住了吗，我的天”，觉得还挺有趣的。我突然想到，我的书不算是一本纯粹的文学读物（或者不够格当文学读物），其中暗藏不少跟法律、法律人直接相关或沾边的“知识点”。考虑到我的读者不全是已经“出道”的法律人，还有部分是在校的法科生、有志于学法的中学生、法律爱好者和普通大众，他们对于那些知识并不一定了解，我觉得或许可以在书中对于一些我认为是“知识点”的内容进行我的解读。这个想法得到了本书编辑杨大康的支持。于是，书就成了现在的模样。

我的处女作《小丸子从检记》，我知道它并不完美或者说很不完美，对此我是有自知之明的。关于创作，李诞的一段话让我印象特别深刻。他说：“有的人吐槽我的脱口秀不好笑，我是专业的，自己做的节目不好笑我不知道吗？不是水平有限么？”的确，创作者创作出一个作品，他自己清楚哪里存在什么问题。但创作是有局限的。很多创作者并非不努力，不认真对待，只是水平有限，没办法更精进了。就比如我。写这本书我也是倾注了感情和心血的。不夸张地讲，写初稿的大半年时间里，我几乎谢绝了所有超过半天的社交活动，熬夜苦思冥想更是家常便饭。写的过程中，还曾数度落泪。不是因为太难写而落泪，是与故事主角产生了共情，自动代入，为她的遭遇而难过，为她的乐观而感动。写成现在这样，我已经尽力了，所以，还是硬着头皮出版了。（小声吐槽：合同都签了，我还能不出版么？）

我其实很羡慕那些优秀的作者们，他们在书的扉页上签名时可以自信地写上一句：“敬请批评指正。”打死我我也不敢写上这句话，我怕被喷成筛子。如果一定要写，我会写：“亲，给个好评呗。”我知道，表扬我的书可能不是一件容易的事儿，那就请发扬“鸡蛋里挑骨头的精神”吧（捂脸）。

尽管这是一部不成熟、不那么优秀的作品，我还是希望读这本书的人能从中受益，读完更懂法律和法律人了，更了解或热爱检察官这个职业了，或者仅仅是收获了几次会心的笑。那样我就觉得辛苦没白费。

最后，我想对本书所有的读者们说：

本故事情节纯属虚构，但符合现实；
勿过度解读，是对作者最好的疼爱。

胡雨晴

CONTENTS

目录

引子 小丸子从检前人生概览

胡丸子，人称小丸子，第一代“90后”，典型的双子女，中等身材，相貌清秀。

从小，丸子就是一个品学兼优的好学生，同学“羡慕嫉妒恨”的对象，家长交口称赞的“别人家的孩子”。那时候，她的成绩是真的优异——小学时的大小考试从没掉出过年级前两名。她和另一个女生轮番坐上年级第一的“宝座”。

这当然不是因为她的努力和沉稳，仅仅是因为天生聪明而已。从小体弱多病的她一看书、写作业就头疼，虚弱的体力无法支撑过高强度的学习活动，每天只是常规性地听课和完成作业。

父母见她成绩好也就没有额外的要求。只要成绩好、不闯祸就行了，琴棋书画样样精通，那是不奢望的。所以，除了成绩好，小时候的丸子并没有其他特长。

但是，成绩优异也仅限于“从小”。初中开始，她的成绩就从“优异”退化到了“优秀”。2002年，她来到乐居县数一数二的初中上学。

除了入学后的第一次考试考到了班级第一、年级前十外，此后的三年她一直在二三十名徘徊。

尽管与小学时比起来名次稍有落后，但丸子也并不因此而失落。小小年纪的她就明白，考第一也不一定会过上“躺赢”的人生，但一定会过上更苦的初中。况且，她从乐居县一般的小学来到了最好的初中，很明显面临的竞争更加激烈了。从一二名到二三十名并不意味着退步，只是说明对手更强大罢了。她就这样安慰着自己，淡定地读完了初中。

父母见她成绩还不赖，考上重点高中应该没有大碍，再加上初中两次生病住院，对她也就没有更多的要求了，只要身体健康、成绩稳住就行。

三年后，重点高中，当然也是如愿考上了，而且是通过提前招录考试考上的，不用参加中考。三年高中生活，丸子吃着“老本”，顺着之前的人生轨迹，成绩“掉”到了年级六七十名，上不了所在省唯一的重点大学——汉东大学，但是考上一本线应该没问题。

丸子同学瞅了瞅自己的学习成绩，觉得汉东大学不是自己“跳一跳”就能够得到的，干脆就放弃了“跳两跳”兴许就能够得到的尝试，心安理得地将成绩控制在高出一本线三四十分左右。考少了点，就再努力一点；考多了点，也不因此就产生要考汉大的野心。丸子觉得，只要成绩能够保持这个分数左右，考上一本就比较有把握，学校也有一定的选择空间。

高考，对于没有经历过中考的小丸子来说，是人生中的第一次大考。说不紧张，那是骗人的。直到很多年以后，小丸子还清晰地记得人生中第一次失眠到凌晨三点，是因为考场上拼错了两个不应该错的英语单词，丢了两分。虽然她并没有产生“差两分可能就上不了一本”的忧虑——两天考试下来，基本发挥正常，不致于因为这两分连一本线都上不了，但她还是因为丢了这不该丢的两分而耿耿于怀、辗转反侧。可能在太过年轻的生命中，失眠的理由也是肤浅而矫情的。

高考成绩没有让她失望，当然，也没有给她任何惊喜——比一本线高 33 分，发挥出了正常水平。

填报志愿时，因为从小受港剧“毒害”，立志成为一名检察官，小丸子在所有的志愿中只选择了“法学”这一个专业。最后，她被全国司法考试通过率最高的 S 大法学院录取。

知识点

法学是研究与法相关问题的学科。教育部第四轮法学学科评估结果显示，被评为 A+ 的学校有：中国人民大学、中国政法大学，被评为 A 的学校有：北京大学、清华大学、华东政法大学、武汉大学、西南政法大学，被评为 A− 的学校有：对外经济贸易大学、吉林大学、上海交通大学、南京大学、浙江大学、厦门大学、中南财经政法大学。参评的 144 所高校中，其余高校的评估结果为：B+、B、B−、C+、C 或 C−。

S 大在全国大学中排名一般，并不是“985”“211”大学，但因为当时的校长是知名的法学家，对法学特别重视，所以，S 大法学院的实力不容小觑。那时候的 S 大法学院不但师资雄厚——法学教授中有多位历届“全国十大杰出青年法学家”，年轻教师大多是获得国际一流大学法学院博士学位的高端法学人才，而且经常有国内顶尖、国际知名的法学家前来举办讲座。

只是，当年的小丸子太年轻幼稚，完全不懂利用这些优势资源，对于学术讲座也几乎没有兴趣，有点辜负了原本可能让自己脱胎换骨的大学岁月。

18 岁，在法律上是成年与未成年的“分水岭”，对于那些有想法、有规划的年轻人来说意义非凡，因为它意味着今后你就是一个大人了，要开始自己对自己的人生负责，要自己走好接下来人生的每一步。但是对于没啥想法和规划的普通青年来说，它承载不了那么重大的意义，18 岁不意味着成熟的开始，只是生理年龄又一次增长而已。小丸子就不幸成了后者。也难怪，小丸子从小借着头疼的理由养成了不爱看书的习惯，没能从书中汲取成长需要的养分，父母也没有有意进行引导，怎么可能拥有成熟的特质呢？

大学时的她还是沉浸在“学习成绩上过得去就行了”的一贯标准里，不深究专业也不拓展兴趣，靠着上课听一听、考前背一背，年年拿着三等奖学金。

检察官的梦想，当然一直是没忘记的。不过，在大学时期的小丸子看来，她离检察官不过是两场考试的距离，一场是司法考试，还有一场是公务员考试。

虽然司法考试有“天下第一考”之称，是公认的国内最难的资格考试，但对于司考通过率排第一的 S 大法学院学生来说，司法考试并没有什么可怕的。他们坚信：只要好好准备，司法考试总会通过的。

知识点

司考是国家司法考试的简称。国家司法考试是司法部依据《法官法》、《检察官法》、《律师法》、《公证法》和《国家司法考试实施办法》的有关规定设立的法律类职业证书考试。通过国家司法考试是担任律师、法官、检察官和公证员的前提之一。

考试主要测试内容包括：理论法学、应用法学、现行法律规定、法律实务和法律职业道德。

据“百度百科”透露，国家司法考试每年的通过率一般占全国考生人数的10%左右。虽然该数据的真实性无法考证，但是司法考试以其难度之大、考试范围之广、通过率之低成为“中国职业资格考试第一大考”却是不争的事实。

不过，司法考试已经成为历史。从2018年开始，国家司法考试改为国家法律职业资格考试（以下简称法考）。需要通过该考试的职业范围也扩大到律师、法官、检察官、公证员，从事行政处罚决定审核、行政复议、行政裁决的工作人员，以及法律顾问、法律类仲裁员。

不过，“好好准备”四个字说起来轻松，做起来却没有那么容易。虽然从小到大的考试，丸子同学都是稍微努力一下就实现了预期目标，但是对于这场考试，她虽不惧怕也不敢怠慢。最终能够通过也是费了一番苦心的。

至于公务员考试，因为汉东省招录预备检察官的岗位都要求通过司法考试，这就将基数庞大的未过司考的那些潜在竞争者挡在了门外，除了省会等发达城市外，其他地区检察院岗位招录竞争都不太激烈。

知识点

公务员考试是公务员主管部门组织的担任主任科员以下及其他相当职务层次的非领导职务公务员的录用考试。

《公务员法》第22条规定：“中央机关及其直属机构公务员的录

用，由中央公务员主管部门负责组织。地方各级机关公务员的录用，由省级公务员主管部门负责组织，必要时省级公务员主管部门可以授权设区的市级公务员主管部门组织。”

中央公务员主管部门组织的就是通常我们所说的“**国考**”，省级公务员主管部门组织则是“**省考**”。

小丸子毕业那年，老家乐居县检察院没招新，她于是选择报考相邻的仙汕县检察院。当然，这一次，她也是一如既往地“稳”。因为竞争不激烈，小丸子在笔试时就狂甩第二名十几分，以压倒性优势考上了仙汕县检察院检察官预备人选的岗位。

至此，小丸子平平稳稳地度过了人生的22个年头，既没有特别令人骄傲的成绩，也没犯过令人懊悔的大错。总的来说，是个靠谱青年。

2012年夏天，人生中最后一个暑假，即将踏上从检之路的小丸子，也跟其他即将踏入职场的年轻人一样，为就业做着准备。她为从检所做的准备，不是看法学书籍夯实一下专业基础，也不是读实务书籍了解一下检察官必备技能，而是……

01 上微博见习

即将踏上从检之路的小丸子，为了从检所做的准备，是上微博看看。因为微博上有很多法官、检察官，他们经常在微博上晒工作中的经历——遇到了什么有趣的案件，遇到了怎样奇葩的当事人，遇到了哪些困难和挫折。

虽然这些经历可能带点浮夸，丸子觉得，这总归是法律圈生态的一个写照。上微博是了解真实的司法“民工”工作状况的一个快速有效的途径。

可以，这很小丸子*。懒人总能为偷懒找到捷径。

为了能够快点融入微博法律圈，被小伙伴们接纳，她给自己起了个网名叫“假装是检察官的小丸子”。

“检察官”三个字是为了突出职业身份。“小丸子”是她的昵称，虽然真实名字也叫丸子，但一般人都会觉得是网名。之所以“假装”，是因为当时她只不过是个“冒牌”的检察官。虽然考上了检察院，但

* 网络流行表达，指很符合小丸子的性格。

是离被正式任命检察官还需要些时日，只能委屈自己先假装一阵。“我已经声明了是‘假装’的，应该不算招摇撞骗吧？”丸子这样宽慰自己。

知识点

并非所有在检察院工作的人都是“检察官”，成为检察官需要经过法定程序。究竟要经过哪些法定程序呢？卖个关子，后文会有揭晓。

她起这么个微博名，其实也是参照了其他人的ID。当时的法律圈起微博名流行加上自己的职业，比如“@隐于庭的小法官”“@最低法院小法官”“@蒙面小法官”“@冷月检察官”“@检察官王子”“@检察官阿明”，等等。

丸子申请微博之后，“@假装是检察官的小丸子”这个横空出世的准检察官ID，很快就以活泼带点矫情、搞怪带点幽默、真实而不做作的风格，在微博法律圈小有名气了。

她也很快跟微博法律圈的“大V”“小V”们打成了一片。

“@隐于庭的小法官”是真的很“隐”。据说他还会经常百度自己看看能百度出什么信息，然后采取一些预防措施，防止真实身份被网友“人肉”出来——反侦查意识非常强了。

“@最低法院小法官”听名字就很逗乐，只听过最高法院，哪来的最低啊？但事实上，他是一个正儿八经的居家好男人、实打实的“老婆控”以及微胖但不“油腻”的帅小伙。为什么会成为“老婆控”？大概是因为他娶了貌美如花的女公诉人“@妙念念”的缘故吧。

“@冷月检察官”其实一点也不冷。“英俊帅气、风趣幽默、才华横溢、谈吐不凡”是丸子对他最深刻的印象。他还写了无节操推理小说《读瞳》，非常精彩，说摄人心魄也不夸张。后来他娶了妻、生了娃，年纪轻轻进了党组、当上副检察长，走上了“人生巅峰”。

“@御史书童”是假御史，真检察官。他跟“@冷月检察官”是一个院的一对好“基友”。物以类聚、人以群分，能跟冷检成为好“基友”的当然也是高颜值以及“油菜花”。

检察首席漫画家“@陈小轴”，承包了检察自媒体人所有的漫画头像，他后来还给时任首席大检察官画了头像。

学术精英“@施鹏鹏”，“80后”法学教授、博导，法学家中最会写段子的，段子手中最懂法的。“前有鹏鹏微博治学，后有川普推特治国”，多年后一位不愿透露姓名的网友如此评价鹏鹏老师。至于鹏鹏老师为什么学术成果这么丰厚头发还这么多，已经成了微博法律圈的未解之谜。

还有一群可爱的大叔——“@劳月”“老骥”“@潇海湘潮”“@法网捕鱼”“@乌云有波”“@斗散法”“@天津贾岩”“@开封府第一大跟班”“@检察官阿敏”“@何帆”“@八级司法钳工”“@刘建勋法官”“@八品法曹”“@汉德法官”“@最深的林”“@法律人老蒋”“@海坛特哥”“@何远律师”“@沈国勇律师”……一众萌萌哒美少女——“@卖灯王”“@鱼仲菲”“@检察官周姊沫”“@小小检察官一直在成长”“@警嫂兼检花”“@大之之猫”“@中了咖啡的毒”“@香芋布朗尼”……以及年轻有为的小伙子们——“@检道”“@偶像张熙怀”“@捡鱼客”“@评论员文章指出”“@舍法其谁”“@张北旋”“@小兴不小心”“@海东向前冲”“@烦小先生”……

大家在探讨、分享、互动中建立了深厚的友谊。虽然未曾谋面，甚至年龄也相差甚大，但这丝毫不影响他们的坦诚交流。彼此之间没有利益上的纠葛，只有志趣上的相投和思想上的共鸣，这些友谊纯粹而且珍贵。

那时候的微博法律圈的确是很热闹。在微博上，丸子看到了律师“大V”们纷纷为自己、利益共同体，以及同行们代理的案子摇旗呐喊，出于各种目的。有的是为了心中的正义，有的试图借着舆论的力量左右案件的走向，还有的只是装着很正义的样子欺骗不知情的网民，圈一波粉，提高知名度，以便日后“案源滚滚”。

法官们在干嘛呢？要么碎片化吐槽工作的点点滴滴，抱怨抱怨工资低、当事人“横”；要么就跟“死磕派律师”争论一番，“你说你是为了正义，我只看出你想用舆论绑架司法”。经常，这种争论会上升为骂战，而且是群体之间的骂战，场面异常惨烈。

知识点

何为“死磕派律师”？顾名思义，就是在代理案件过程中倾向于用比较激烈的死磕方式进行抗争的律师，其常用方法是“闹庭”“退庭”，将代理的案件发到微博上博取舆论关注等，其死磕的对象通常不是检察官，而是法官。关于“死磕派律师”的评价是毁誉参半。有人说，他们推动了法治的进步；也有人说，他们践踏了司法的权威。

案件引起的骂战大多发生在审判阶段，因此，矛头都指向了法院，检察院在这些事件中并非矛盾的焦点。所以微博上的检察官们在骂战中参与度不高，经常只是拉拉架。这其实是一种怪象，因为，法庭上检察官和律师才是对手啊。

看到法律共同体之间“互撕”，丸子在思考：一次次因为案子引发口水战有意义吗？从“真理总是越辩越明”的角度讲，或许有吧。但是这样的争论，更多带来的是法律共同体之间的割裂。虽然步入职场以后，这些法律人因为职业的分化产生了立场上的不同，但是“互撕”的这群人还在法学院的时候，也许还是一起奋斗的同学、睡上下铺的兄弟。想到这儿，丸子突然觉得悲从中来。“本是同根生，相煎何太急？”

不过丸子从来不会为了切实戳到自己痛点以外的事情伤神太久，很快她便释然了。她开解自己：毕竟骂战只是突发状态，法律共同体之间的常态是无伤大雅的“互黑”。法官偶尔吐吐检察官、律师的槽，什么检察官既是指控者又是监督者，律师藐视法庭、哗众取宠之类的；律师吐吐法检的槽，法检态度傲慢，公检法一条龙什么的；检察官吐吐律师、公安的槽，律师强词夺理钻牛角尖，警察不按要求积极取证等。吐槽之声虽有些尖锐，但是多夹杂着调侃、自嘲、无奈、心酸，甚至还有法律人之间的惺惺相惜。

当然，丸子看到的这些景象都是发生在微博上。现实中，法律人之间的关系也如微博上那般团结、紧张、严肃、活泼吗？他们的工作真的有微博上吐槽的那么水深火热吗？

02 报到——正式开启从检生涯

正式报到前，父母陪同丸子来到仙汕县，在检察院附近租了住处。

丸妈实在放心不下丸子以后要一个人吃住，不停唠叨："咱家虽然没有让你含着金钥匙出生，但是从小到大也没让你吃过苦。除了大学四年，一直都是爸妈在身边照顾，以后你就要一个人生活了，可怎么办呀？你一定要注意安全，晚上千万不要忘记给门锁上保险。你要实在不放心就在门把上挂个玻璃杯，门锁如果动了，杯子掉地上你听见声音就能醒来……"

"妈，我很放心。我是检察官，制服往房间一挂，小偷即便进来还敢把我怎么着？您就放心吧。"没等妈妈说完，丸子就不耐烦地打断了妈妈的话。其实丸子也没有自己说的那么有安全感，她只是不想表现出害怕让妈妈更加担心，也不想再听妈妈第 101 次唠叨这些事情。

知识点

检察制服是检察人员依法履行法律职务时统一穿着的制式服装。着检察制服时需要在左胸口佩戴检徽。检徽是证明检察人员身份的专用标识。检察人员的着装行为须遵守《人民检察院检察制服着装管理规定》。

丸爸觉得安全教育已经非常充分了，再唠叨只会适得其反，于是将话头引到了工作上。

“咱们家在仙汕县检察院也没有什么有交情的朋友，以后在这里立足、发展都要靠你自己了。你如果有远大的志向就好好干，不要怕吃苦，付出总会有收获；如果觉得有份稳定的工作就可以了，事业上没有什么想法，女孩子安逸一点也挺好。但是有一点，决不能做任何违法乱纪的事。之前无论是填报志愿时选择法学专业，还是大四时报考仙汕县检察院当检察官，我们做父母的没有替你安排好一切的能力，也就充分尊重你自己的意愿，都由你自己决定了。以前我们没有把自己的意愿强加给你，以后我们也会继续坚持。只要你在大方向上不出错，我们不会干涉你的人生，你开心就好。”

丸爸的这番话虽然有点有言在先的意思——以后你想有什么发展不要指望父母铺路，但绝无推卸责任之意。做父母的辛辛苦苦将女儿培养成人，二十多年的人生几乎都围着女儿转了，凡事都以女儿为先，对女儿的义务早就超额履行了。

丸子也深知父母的不易，对于父母没有更多要求，对于他们的理解和尊重更是充满感激。“爸、妈，我会好好工作、遵纪守法的。不说光宗耀祖、光耀门楣，至少不给你们丢脸。”她郑重地向父母承诺。

正式报到当天，父母像第一次送丸子上学那样把丸子送到了仙汕县检察院门口。在门口，丸妈还是不放心地叮嘱丸子：“手脚要勤快点，工作任务要主动承担；嘴巴要甜一点，碰到同事都要主动打招呼；跟同事相处一定要虚心，他们都是你的前辈和领导；还有，对于单位的培养和同事的帮助，一定要心怀感恩。”

“积极、嘴甜、虚心、感恩”，类似的教导，从第一天上小学、初中、高中、大学到逢年过节走亲戚以及去别人家做客，丸子从小到大听了不下百遍。但这一次，她没有以往听到时觉得母亲把自己当弱智教育那种本能的不耐烦，反而觉得有点伤感：“这样的叮嘱，以后只会越来越少了。”

丸子担心再跟父母道别下去自己会哭出来，轻声应了句“知道了”，就头也不回地跑向了仙汕县检察院大门，在父母的目送中远去。

“所谓父女母子一场，只不过意味着，你和他的缘分就是今生今世不断地在目送他的背影渐行渐远。你站立在小路的这一端，看着他逐渐消失在小路转弯的地方，而且，他用背影默默告诉你：不必追。”龙应台的《目送》，说的大概就是那一幕的场景。

跑进检察院大门后，小丸子在热情的保安大叔的引导下，来到了三楼政治处报到。政治处负责新人报到工作的是一位即将退休的老同志，大家都叫他老陈叔。

老陈叔虽然极力表现得和蔼可亲，但是多年的反贪工作经历还是让他不自觉地流露出不怒自威的气场，令人望而生畏。

丸子吓得大气也不敢出，打起十二分精神，竖起耳朵聆听老陈叔说的一字一句，掏出小本子快速记下，然后按照他的指示麻溜地办完了入职手续。

手续办完后，老陈叔吩咐丸子先在政治处待着，跟着他打打下手，熟悉熟悉单位环境，等党组作出决定之后再确定去哪个部门。

第一天报到也没啥工作，老陈叔见丸子一个人坐在那里无所事事，就主动跟她聊起了家常。因为老陈叔负责公务员招录工作，知道丸子是S大法学院毕业的，正好他女儿也是S大法学院毕业的，就告诉丸子他女儿是她的学姐。姓陈的学姐那么多，丸子一时也不知道是哪个。他见老陈叔没再说下去，也就没有问。毕竟她跟老陈叔还没有熟到可以过问家人的程度。

下班后走出检察院的大门，小丸子很有仪式感地发了条微博："报到了，我的检察生涯就此拉开帷幕。"

暑期时在微博上认识的法律圈的前辈和小伙伴们纷纷前来点赞、祝贺、加油鼓劲，热烈欢迎这位新人正式加入法律人的大军。

年轻人总是极易受到鼓舞的。那一刻，看着满屏的鼓励和厚望，丸子踌躇满志，真心觉得未来就如大家祝福的那样一片光明，磨刀霍霍准备大展拳脚。

但理想很丰满，现实却很骨感。

03 “年轻人就该多锻炼锻炼！”

理想很美好，而现实却很骨感。对于刚入职的年轻人来说，谈什么大展拳脚未免太好高骛远了点。大多的工作都是细小而琐碎的，而你要做的就是从低处着眼、从小处着手，从不起眼的小事中也能找到乐趣，获得成就感，这样工作才不至于变得索然无味。

报到后的第二天，父母就离开仙汕县回老家去了，丸子从此踏上了一个人工作、生活的征途。

跟所有懂事的新入职人员一样，上班第一天，小丸子早早就来到了办公室，灌好开水、擦干净办公桌，怀着既期待又忐忑的心情等着老陈叔一天的工作安排。

政治处最近一项很重要的工作就是将单位每一名干警的信息逐个录入新公务员管理系统。老陈叔正发愁自己打字太慢，一个个手动输入信息不知道要录到猴年马月，年轻同志来的正是时候。

安排下任务之后，老陈叔特地叮嘱了丸子一句：“注意保密。”机灵的小丸子“秒懂”，这些都是单位同事的重要信息。其实不仅这些，政治处负责干部人事工作，掌握着每位干部最全面、隐私的信息，知晓人事调动的第一手资料，身处“信息集散地”，“口风紧”是最基本的自我修养。小丸子学到了在政治处工作一条铁的纪律：保密。

知识点

检察院政治处是负责检察机关党的工作和政治工作的部门，理应遵守党的保密纪律。党和国家的机密在一定时限内只限一定范围的人员知悉，如果在保密时限内擅自公开或擅自扩大接触范围，就是泄密。违反保密纪律视情形轻重可予以批评教育或给予党纪处分，直至追究法律责任。

丸子若有所思地看着老陈叔，点点头表示知道了，然后就屁颠屁颠地拿着一叠打印资料回到自己的电脑前录了起来。

录信息工作尽管看起来很单调、很机械，但因为是第一次做，丸子并不感到枯燥，反而觉得充满了新鲜感。而且，录信息的同时还可以把同事们的脸和名字对上号，顺便了解一下大家的简要工作经历、成长路径，看是否有值得学习借鉴之处。这项工作还真是不错呢！

正当丸子录得起劲之时，老陈叔说，领导刚刚安排近期要组织一次干警文化活动，他正忙着安排检察官学院的培训和党建工作，分不开身，让丸子把录信息工作先放一边，抓紧想想单位活动的策划，策划通过之后由她负责筹备。老陈叔还特地强调，是领导点名让她负责，因为“年轻人脑子好使，年轻人就是要多锻炼锻炼！”

被委以重任的小丸子深感“压力山大”。“赶鸭子上架”，脑子不好使也得好使了！可怜的丸子大学时就不热衷此类活动，毫无策划组织活动的经验，现在也只能硬着头皮上了。

作为刚入职的年轻人，对单位既没有功劳也没有苦劳，有什么资格对工作挑三拣四、推诿拒绝？不会做的工作，也只能一点一点学着做，多思考、多请教。毕竟，单位不是为了当你的“长期饭票”才招你来工作的，付工资给你是为了获得对价的劳动。

苦思冥想一番之后，丸子对于活动策划仍然毫无头绪。中午发愁之际，她发了条微博求“江湖救急”，希望有经验的小伙伴们指点一下，帮她开开窍，最好再传授一下举办活动的经验。数个小时之后再上微博，丸子发现倒真有几位网友提了些建设性意见。

Pass 掉演讲比赛、辩论比赛、书画比赛、摄影比赛等一系列比赛后，丸子最终采纳了网友 @ 法官小安 提出的举办读书会的建议。她觉得读书会既有倡导多读书的良好导向，又能让同事们在分享读书心得时增加了解、联络感情，而且不至于像比赛那样有着强烈的对抗性和竞争性，这才是文化活动的应有之义，小安同志的建议靠谱。

丸子立马私信 @ 法官小安，请安法官详细谈谈自己的高见。安法官倒也不吝赐教，关于活动如何开展，一二三四五说得头头是道。丸子一一听取，再结合自己的一些设想，顺利完成了读书会策划的初稿。

第二天，丸子就把策划初稿交给老陈叔，因此获得了“快手丸”的雅号。老陈叔看了一下，觉得眼前一亮，连连称赞。这一次，丸子感受得到，老陈叔不是为了强凸“和蔼可亲的老同志”“人设”才笑的，而是发自内心的肯定，会心地一笑。

那一瞬间，小丸子觉得老陈叔也是一个可爱的大叔。尽管多年的反贪经历把他的气质锻造得比一般的大叔严肃，但他们骨子里都一样，都是殷切期盼年轻人快点成长，接过工作的接力棒，随时准备着为年轻人的点滴进步鼓掌的老前辈。

读书会的策划也成功通过了领导审批。在活动的筹办，部门、人员的协调、联系上，老陈叔给了丸子诸多指点，因此，读书会的筹备工作进行得非常顺利。

读书会开始前，小丸子在现场看到了一个熟悉的身影——大学里同一个社团，还是江东老乡的陈芳芳学姐！看到学姐突然出现，丸子是又惊又喜，赶紧跑过去跟两年没见的学姐打招呼。丸子考到仙汕检察院曾经跟芳芳学姐汇报过，只是刚报到事情比较多，还没来得及见面，没想到她主动来检察院了。

“学姐是以什么身份参加我们的活动呢？”丸子不怀好意地问，心里想着，不会是家属吧？

“家属。”芳芳的回答没有令她失望。

芳芳的回答比她出现在检察院更让小丸子惊喜。“哇！太棒了吧！快告诉我对象是谁？”丸子激动地追问。

“什么啊！是我爸在检察院好不好！”芳芳的话浇灭了丸子熊熊燃烧的好奇心。

看到丸子失望的样子，芳芳忍不住逗她：“猜猜我爸爸是谁！他对你评价很高哟！”

丸子可没心思猜她爸是谁，随口回答：“不会是政治处老陈叔吧？”

她可没想真的是老陈叔。芳芳知道她考仙汕检察院的事，她爸也在仙汕检察院，她肯定免不了要跟她爸说。如果是老陈叔，那他应该知道丸子跟芳芳认识，前两天提到时应该就说了。

“666，厉害了我丸，一下就猜中！看你不知道我爸在检察院的事，我爸应该是没有出卖我。我知道你们检察院都会拉新人在政治处干活一段时间，你要跟他共事，所以就跟他说了不许告诉你我是他女儿，我要给你个惊喜。”芳芳觉得很有趣，开心地说着。

“好你个芳芳！”丸子假装生气，连“学姐”都不叫了，直呼其名。“等我忙完了再来收拾你！”

丸子这才知道，老陈叔对她格外关照，可能也有点看在她是他女儿熟识的学妹份上。

眼看着读书会马上要开始了，丸子作为筹备人员没时间继续唠嗑，就匆匆告别了芳芳。

读书会上，主持人与嘉宾一对一进行访谈，8位同事作为分享嘉宾，分享自己的读书心得和体会。从《呐喊》《曾国藩家书》到《一百个人的十年》《汪国真诗集》《菊与刀》等，同事们讲述了一个个温暖人心的读书故事，诉说着自己的家国情怀，展示了鲜为人知的文艺一面。

读书会举办得很成功，效果超出预期，走心的交流在同事们中间的反响很不错，领导也予以充分肯定。作为筹办人员之一，丸子自然觉得很有成就感。

通过这次筹备活动，丸子学到了很多沟通协调的技巧和筹办活动的经验，过程虽然艰辛，但也获益匪浅。同时，她也明白，“年轻人就是要多锻炼锻炼”也不是一句忽悠年轻人多干活的话。没有锻炼哪来的成长？年轻人多锻炼锻炼才能学到更多的技能，提高职场竞争力，能够比同龄人更快地成长。

读书会结束后，丸子发私信向小安法官致谢，没想到对方回复的第一句话竟然是：“你是仙汕检察院的丸子吧？”

丸子惊得下巴都快掉了：“我从没在微博上暴露过真实姓名和单位，也没有po过照片，你你你……你怎么知道我的坐标和名字？”

04 原来你也在这里

“小安法官不可能从我发的微博中发现我所在地的蛛丝马迹！”小丸子把自己所发的为数不多的微博前前后后翻了三遍，确定除了职业和性别外，没有透露过任何个人信息，非常自信地得出了这个结论。

“那会不会是从网上公布的公务员拟录取名单中发现的呢？按说也不会啊，我一直都声称小丸子是网名。况且一般人谁叫这名字，不会有人觉得这会是真名。再者，谁闲着没事要百度我啊？我又没搞事。不可能不可能。”丸子继续自顾自地推理。

那边半天没动静的小安法官这时回了私信：“不好意思，刚加班结束。你猜？”

“猜你个头，在你消失的一个多小时里，我一直在猜。但是猜不出来。”小丸子本想继续怼，又担心把人怼急了偏不透露是如何知道的，这样就无法安放躁动的好奇心了，于是只好示弱：“您就告诉我是怎么知道我坐标和名字的吧，神机妙算的安法官大人，拜托拜托！”

安法官得意道：“好吧，看你可怜，告诉你吧。你说巧不巧，在你向我致谢之前，我看到朋友圈有人发仙汕检察院的读书会了。我从朋友圈知道仙汕检察院读书会跟我之前给你的建议差不多。我刚看到朋友圈你就找我说一样的事，同一天相同活动，我就知道了你是仙汕检察院的。”

“切，还不是运气好碰巧知道？我还以为是什么神探呢！”丸子不屑道。

小安忍不住偷笑：“不过你不自行暴露的话，我还真不知道你真名就叫丸子。我没那么无聊向我朋友打听你或者上网人肉你。我刚才其实想问‘你是仙汕检察院的吧，丸子’，‘丸子’仅指网名，结果不小心打成了‘你是仙汕检察院的丸子吧’。没想到你真名就叫丸子，谁想得到啊，哈哈哈。”

“够了，不许笑了。既然你知道了我是谁，你也必须告诉我你是谁，这样才公平。”丸子又气又急。

“哈哈，我是凭本事知道你是谁的，你想知道我是谁也得靠你自己本事。大家都凭本事吃饭，没什么不公平的。”小安继续逗丸子，气得她许久没回话。技不如人当然无话可说了。

小安觉得这个小姑娘有点霸道又有点可爱，反思了一下，觉得自己不该“以大欺小”：“看在你是小屁孩的份上让让你好了，我叫安阳。只能告诉你到这份上了。”

丸子的缺点之一就是太容易生气又太容易哄好。见小安给了个台阶，她就顺势下了，还讨好道：“安姐姐大度，以后我就叫你安姐姐了。”

听到小安的真名叫“安阳”后，丸子是特地去小安微博上侦查了一番，发现说话的语气也符合女生特质，爱用“哼”“切”等语气助词，这才叫上了“安姐姐”。

小安没再多说什么，只回了一串省略号。丸子心想：可能女生都不太喜欢被叫姐姐吧？但我为了表示礼貌，该叫还是得叫。

对话在小安的省略号中画上了句号。

结束读书会活动的第二天，小丸子又开始了录信息的工作。在“快手丸”雅号的激励下，丸子干活变得越发快速了，又快又准地完成了信息录入工作，老陈叔很是满意。很快，丸子就成了老陈叔工作上的得力小助手。

老陈叔也早已把丸子当成了自家晚辈，经常给她分享自己的从检经历，还时不时推心置腹地向她传授自己活了大半辈子悟出来的人生哲理，让她受益匪浅、很是感动。

谁说同事只能共事、不能交心？只要你付出了真诚，也能换来别人的真诚以待。丸子更加相信是这样的。

那边，丸子和小安因为知道彼此的真实姓名，交流明显比以前密切多了，两个人经常分享自己的工作、生活以及对一些话题的看法。网友之间的缘分真的是很神奇，不过是知道了真实姓名，距离仿佛就被拉近了一大步。

丸子觉得自己和安姐姐三观契合、说话投机，真是“网上存知己，天涯若比邻”。

随着了解的逐渐加深，小安一点点向丸子透露，自己是一名执行法官，也在汉东省江东市，并且也在仙汕县工作，而那条暴露丸子身份的朋友圈是他一个去围观检察院读书会的同事发的。丸子立马知道了原来“猪队友”是芳芳学姐。芳芳当年因为父亲希望“女承父业”被“逼”着学了法学。毕业后“长大了，了不起，厉害了”，就不愿意再受父亲“压迫”，死活不肯考检察院，最后考入了法院。

知识点

这段知识点比较密集。一个一个说。

执行法官是法院执行庭的法官，其主要业务是执行法院生效裁判和对行政机关依法申请执行的行政行为进行执行，其最广为人知的工作就是对付“老赖”。

“汉东省”是电视剧《人民的名义》中的那个汉东省吗？“江东市”是赵鹏检察官担任涉案编剧的电视剧《决胜法庭》中那个江东市吗？额……是，蹭热点被你发现了。向《人民的名义》和《决胜法庭》致敬。

这下可把丸子激动坏了：“原来你也在这里！”

丸子觉得这真的是缘分，说什么也要跟安姐姐“奔现”。“明明我们可以成为现实中的好闺蜜，为什么要委屈自己委屈对方当网友？”

“你还真是矫情，说什么委屈自己委屈对方——我不觉得委屈，谢谢。”小安其实也很想见识一下这个机智的傲娇丸在现实生活中是怎样的一个存在，但是很犹豫该不该见。

小安在网上极为注重保护自己的个人信息，就连告诉同在仙汕的隔壁公司人员自己的坐标都是在聊得很热络、确定交心了之后。

知识点

这是一个暴露年龄的知识点。21 世纪 10 年代初，法官、检察官在微博上不想太高调表明自己的身份，就暗戳戳地称自己工作的法院或检察院为“公司”，称对家为“隔壁公司”。现实中，也有很多地方的法院、检察院真的就在两隔壁，如浙江省义乌市。

丸子隐隐察觉到这位谨慎的安姐姐似乎有顾虑，但还是想一睹“庐山真面目”，只能继续打趣：“放心吧姐，我不会嫌你丑的，反正我也没好看到哪里去。”

小安却被激到了：“我不丑，见就见，谁丑谁尴尬！”

所以，到底谁比较丑？

05 尴尬到窒息的奔现

曾几何时，网友见面（俗称“奔现”）还是个新鲜事。那时候网友线下见个面都能当个新闻说上好几天。但是忽然间，几乎人人都用上了智能手机。人们的大部分时间开始被网络占据，网络还成了年轻人认识新朋友的主要平台。丸子和小安的相识正好处于中间的时间段，“奔现”算不上新鲜，但也没有后来那么平常。

知识点

奔现，网络流行表达，指在网络上认识的两个人由虚拟走向现实发展。因为在网络上认识，对彼此真实的身份、为人都缺乏充分的了解，所以“奔现”存在一定的安全隐患。在此友情提醒，“奔现”有风险，初次见面请务必选择人多的公共场所。

其实答应见面的话一说出口，小安就后悔了，觉得不该见面，安安分分当个网友就好了。但当时的微博私信没有撤回功能，一言既出驷马难追，小安只能硬着头皮去见。

奔现之前，小安千叮咛、万嘱咐，见面之后不要被吓到。丸子满口答应："你是怕美死我还是丑哭我？放心吧，你丸姐是见过世面的人，能承受住。再说了，咱俩都是女生，彼此之间没有任何非分之想，不存在'见光死'的问题。"

就这样，两个吃货约定周六晚上去仙汕县当时最红的日本料理店"幸食"约饭。

到了周五早上，小安突然告诉丸子，临时接到出差任务，在去带"老赖"的路上了，不知道能否赶回来。

"在法院有这么一群人，他们虽是法官，却不坐在审判台上；他们虽不是警察，有时却要天涯海角追击'老赖'。他们就是执行法官。"小安法官，就是这群人中的一员。

丸子听到小安说可能来不了之后觉得有点失落。但是作为隔壁公司的员工，她对于执行法官的工作也有所了解。当然是工作要紧，丸子表示理解。甚至，她还有一点心疼小安，一个女生还要到处跑、抓人。执行法官辛苦，执行局的女法官更是一把辛酸泪。

心疼了大概三秒钟之后，丸子突然想起"幸食"太火爆了，不好预约，而且她太馋他们家的鳗鱼饭和寿司拼盘啦，所以哪怕自己一个人也必须去吃。这是一名合格吃货的自我修养。

丸子大发慈悲地告诉小安，如果小安明天在她吃完前告诉她能回来，她就带个"幸食"的网红寿司拼盘亲自送去犒劳安姐姐。

小安突然觉得有点感动："都说执行法官没朋友，因为平时一般没时间跟朋友们聚会联络感情，难得有时间约了聚一下，还可能因为工作临时放人家鸽子，久而久之就跟朋友们失联了。而我不但没有因为第一次见面就放人家鸽子而失去朋友，反而还要因为工作辛苦受到犒劳，真是挺幸运的。没想到平日里大大咧咧的小丸子还有如此善解人意的一面。"

到了周六，小安他们顺利把人带回到了仙汕。因为想着别让小丸子担心，小安结束工作就给她报了个平安，当时已经是晚上 10 点了。丸子一听小安回来了，让小安在法院门口稍等，马上送夜宵过去。

原来，吃货丸早就打算好了，无论小安回不回来都先带个寿司拼盘回家，以防小安回来饿肚子。回不来，她就自己吃好了。反正对于吃货来说，吃不下是不存在的。

两个女生都是离开家乡独自在仙汕工作生活，丸子觉得应该互相照顾。友情一旦认真起来，比爱情还认真。

小安知道这是小丸子的一片心意，没有理由拒绝，就由着她过来送夜宵。

11 月的汉东已经有了丝丝寒意，等在寒风中，小安却觉得心里暖暖的。在仙汕这三年多，这是小安第一次产生了归属感。

不一会儿，一个一头齐耳短发、脸上还带点婴儿肥的"真人版樱桃小丸子"模样的小姑娘从一辆出租车上下来，手里拎着东西朝着法院门口飞奔而来。

小丸子的形象，跟小安想象中的竟然差别不大。可能从一个人的性格、谈吐，就能想象出 TA 大致的模样，也可能是因为某种叫作投缘或者默契的因素。

到了法院门口，丸子左看右看，并没有发现"安姐姐"的身影，只得问门卫大叔是否看见执行局的安阳晚上在法院。

门卫大叔指指门口站着的一米八高个、身材偏瘦、脸上白白净净的小伙子说：喏，他就是。

丸子终于明白，为什么自己喊小安“姐姐”时，他要发一串省略号以示无奈。她也终于明白，为什么他要再三给自己打预防针，见面时不要被他吓到。那一瞬间，丸子的感觉就只能用“三观尽毁”四个字形容。

不知道哪来的自信，丸子就认定小安是女生，并对此深信不疑。虽然小安从来没有纠正过丸子对自己性别的误解，丸子不是也从来没有直接问过吗？所以这次“毁三观”事件不能完全怪小安，丸子对于自己过于自信的过失也必须自担其责。

面面相觑几十秒之后，是小安先开了口打破这尴尬的僵局。“小丸子好，我是安阳。”小安的脸上带着尴尬又不失礼貌的微笑。

“你……你好，安姐姐，不，安哥哥……不，死小安！”终于回过神来的丸子，恨不得冲上去打爆小安的头。

但初次见面就大打出手的话，就不会有以后的“多多关照”了。丸子咬咬牙忍了下来。“算了，君子报仇十年不晚，我先拿小本子记下来。”她在心里盘算道。

小丸子把夜宵往小安面前一递，没好气地说了句“拿走”，转身就要离开。

小安见状赶紧道歉。毕竟丸子同学对他一直以来都很真诚，他虽然没有刻意隐瞒性别，但也一直没有主动纠正丸子的误解。对此，小安多少感到愧疚。

一向好哄的丸子，这次由于惊吓过度，并没有当场表示原谅。丸子告诉小安自己需要几天时间进行心理建设，等接受了这个事实才能再次面对他。

此时的小安，就像一个开完庭等待宣判的被告人，悬着一颗心没着落。小安肠子都悔青了，早点主动坦白会死啊？皮一下很开心了？

知识点

宣判，即宣告判决。《刑事诉讼法》第202条规定："宣告判决，一律公开进行。当庭宣告判决的，应当在五日以内将判决书送达当事人和提起公诉的人民检察院；定期宣告判决的，应当在宣告后立即将判决书送达当事人和提起公诉的人民检察院。判决书应当同时送达辩护人、诉讼代理人。"此处比喻的对象是"择日宣判"的情形。

06 检察院哪个部门好

周日一整天，丸子都沉浸安阳的性别之谜中。回看两个人从认识开始的聊天记录，喊“安姐姐”喊了不下百次，小丸子恨不得找个地洞钻进去。她觉得这一次的失误，真是愧对自己的一世英名。

生活上的冲击还没完全回过神来，工作上又要面临变动。

周一快下班时老陈叔叫丸子过来谈谈心：“丸子啊，你看你来单位工作也有段时间了，你的表现领导们也都看在眼里。近期要对新进人员进行定岗了，你有想去的部门吗？”

丸子当然有想去的部门了，小时候受港剧影响想成为的检察官不就是公诉人么？但她担心自己说想去公诉会让老陈叔觉得失落，所以没有直接回答他的问题，而是鬼精鬼精地让老陈叔给她分析分析每个部门对新人成长的利弊。

作为从检 30 年的老检察人，给晚辈分析这些是最拿手不过的事情。

老陈叔头头是道地分析了起来：

“公诉是检察院的门面，很多人觉得检察官就是公诉人。你虽然是学法律的，估计你来检察院工作前，对检察院的业务科室也不是很了解吧？可能就知道公诉和反贪。”

丸子点点头表示同意。

老陈叔继续问：“那你知道公诉科具体是做什么的吗？”

丸子有点心虚：“以前我就知道公诉人是开庭的，这段时间跟公诉科的小伙伴有过一些沟通，知道他们还要经常去看守所提审。”

“对，你说的这些是公诉的审查起诉职能。具体来说，公诉的职能是负责对公安机关、国家安全机关和人民检察院侦查部门移送起诉或不起诉的案件审查决定是否提起公诉或不起诉；出席法庭支持公诉；对人民法院的审判活动实行监督，对确有错误的刑事判决、裁定提出抗诉等。”老陈叔耐心解释。

丸子表示懂了。

“你想去公诉吗？”老陈叔问道。

丸子不好意思地点点头。

“我就知道。”老陈叔一眼看破，“你们学法律的年轻人刚来单位都想去公诉，特别是女孩子。我离开反贪做组织人事工作有几年了，每年负责招录新人，就没遇到过不想去公诉的新人。”

丸子心里窃喜：“果然我不是一个人。”

老陈叔准确 get 到了丸子脸上一闪而过的窃喜：“你笑什么？”

丸子不好意思地说了句“没什么”。

“公诉的确很锻炼人，应该说是最能提高年轻检察官业务能力的部门，没有之一。很多人觉得公诉人是最有检察官感觉的，代表国家出庭支持公诉，指控犯罪、唇枪舌剑，多酷啊。当然，庭下的锻炼也不会少，阅卷、审讯、分析证据、适用法律，在潜移默化中，作为法律人方方面面的业务能力都得到了提高。”老陈叔继续说道。

知识点

2019年，检察院进行“捕诉一体”改革，侦监和公诉不再分立，同一个刑事案件的审查逮捕和审查起诉工作由同一名检察官负责。但是审查起诉环节检察官的工作基本上还是这些。

丸子有点意外：“老陈叔，您还会说酷啊！公诉人的确是很酷，平时跟公诉的小伙伴们交流，我也知道光鲜表面的背后是不为外人知的艰辛。”

“你有这个认知就好。”老陈叔露出了欣慰的神色：“公诉人是真的很忙，加班加点是常有的事。别看有的人说，加班是因为你工作效率不高。在公诉不加班是不可能的，不是效率问题，基层公诉案多人少的矛盾太严重了。那么多案件不是每天按时下班就能办完的。而且有时候开庭会开到下班以后，不加班怎么可能呢？现在公诉正缺人，如果你自己也很想去公诉，我看还是很有可能把你分配到公诉去的。如果让你去公诉，你可要先做好心理准备哟。去了公诉，必然会牺牲很多私人时间。特别是对于新人来说，你们还要学习如何办案，就更没有自己的时间了。小心连谈恋爱的时间都没有！公诉那几个小姑娘都还是单身。”

丸子严正以待，一副马上要上战场的神情。

老陈叔大笑：“没被吓到吧？不会担心嫁不出去了吧？”

丸子赶紧否认：“才没有呢！”

老陈叔安慰道：“公诉的小姑娘还是比反贪的小姑娘好嫁的！”

“您给我讲讲反贪反渎具体是做什么的呗！有什么区别？”丸子

觉得有必要赶紧把话题从“嫁人”上移开。

老陈叔也回归正题：“反贪局和反渎局都是职务犯罪侦查部门，我们一般统称为自侦部门。反贪局负责对国家工作人员的贪污、贿赂、挪用公款等职务犯罪进行立案侦查，反渎局负责对国家机关工作人员的渎职犯罪和利用职权实施的非法拘禁、刑讯逼供、报复陷害、非法搜查、暴力取证等犯罪进行立案侦查。”

知识点

小丸子刚参加工作时检察院还设有“反贪局”和“反渎局”，统称自侦部门，非正式简称“两反”。随着国家监察体制改革的进行，“两反”已经转隶到监察委。至此，“两反”已成为历史，检察院不再设反贪局、反渎局，但仍保留部分职务犯罪侦查权。

《刑事诉讼法》第 19 条第 2 款规定：“人民检察院在对诉讼活动实行法律监督中发现的司法工作人员利用职权实施的非法拘禁、刑讯逼供、非法搜查等侵犯公民权利、损害司法公正的犯罪，可以由人民检察院立案侦查。对于公安机关管辖的国家机关工作人员利用职权实施的重大犯罪案件，需要由人民检察院直接受理的时候，经省级以上人民检察院决定，可以由人民检察院立案侦查。”

“哦，跟老谋深算、老奸巨猾的腐败分子斗智斗勇应该很过瘾吧？”丸子一脸好奇地问道，她知道老陈叔是老反贪。

“确实很过瘾，你想体验一下吗？”老王叔开玩笑地问丸子，通过刚才的对话他已经摸透了丸子想去公诉的心思。

“暂时不想体验，”丸子腼腆道，“我觉得以我现在的水平无法胜任”。丸子说这话也是真心的，她的确觉得自己还不具备反贪人的能力和魄力。

“自侦和公诉是完全不同的作业模式。公诉人经常是单打独斗，自侦都是团队战斗，比较锻炼团结协作能力。由于经常一起在外办案，并肩作战、共同吃住，自侦干部之间的关系相对来说更加紧密和真挚，新人从老同志那里得到的教诲和经验也更多。老同志对新人的这种言传身授，让新人得以站在前人的臂膀上，这对于新人的成长来说无疑是有利的。还有，自侦部门在院里一般也比较受重视，领导对自侦干部的关爱自然也不会少。但是在自侦也不是没有弊端。首先，“两反”办理的案件类型单一。其次，自侦干部需要经常出差，一出差就是十天半个月，甚至几个月，而且经常是说走就走，没有任何提前安排的时间，照顾不到家里是常有的事。再者，上案子时大家还要经常熬夜，日夜蹲守、不眠不休，作息不规律，对身体消耗比较大。”

老陈叔突然意识到自己自顾自说多了，有点不好意思：“哈哈，一说到老本行就滔滔不绝。”

丸子笑笑表示没关系：“您说的这些我爱听。”

“你不嫌我啰嗦就好。”老王叔接着问：“刚才你说对检察院的各个业务部门的分工不太了解，其他部门要我给你讲讲不？”

“非常乐意聆听！”丸子开心地答道。

“好嘞，那就从跟自侦部门联系密切的职务犯罪预防部门说起吧！预防科的职能是预防职务犯罪进行宣传教育工作，结合查处职务犯罪案件开展个案和系统预防，结合办案开展预防职务犯罪的调查研究，办理行贿档案查询等。预防科的工作研究性比较强，很锻炼调研能力和写作水平。另外，预防职务犯罪宣讲工作也锻炼口头表达能力。而且，相对于主要业务部门来说，预防工作强度不大，有时间钻研和学习，工作主动性、灵活性较高。但是自身如果不自觉、不上进，也容易荒废时间。不过我相信丸子不是会荒废的人！”老陈叔还不忘肯定丸子一句，令丸子非常开心了。

知识点

随着国家监察制度的改革，职务犯罪预防部门也已转隶到监察委。

听到肯定的话语，丸子开心之余还不忘表忠心：“在哪儿我都不会荒废的。”

“好好好，了不起、长大了、厉害了。”老陈叔见丸子这么说还是很欣慰。

“侦监科我知道是负责审查逮捕的，从名称上看，还有负责侦查监督吧？”丸子继续一本正经地问道。

“说对了。侦监科负责对侦查机关提请批准逮捕的案件审查逮捕，对侦查机关应当立案而不立案以及侦查活动是否合法进行监督等。”肯定丸子的认知之余，老陈叔也给丸子分析了一下新人去侦监科工作的利弊。“侦监科办案数量也很多，案件类型丰富，有利于提高业务水平，丰富司法实践经验。但是侦监的办案期限只有7天，压力大、节奏快，这对心理素质和抗压能力是巨大的考验。”

“哈哈，去侦监的话我的小心脏恐怕受不了。”丸子开玩笑道，“对了对了，说到快节奏，我突然想起与之相反的两个慢节拍部门。有人说，控告申诉科和监所检察科是养老部门，真的吗？”

“这种说法未免太刻薄了点”，老陈叔却笑不出来，“控告科和监所科也是检察院的重要组成部分。控告科负责受理、接待控告和举报；受理不服人民检察院不批准逮捕、不起诉及其他处理决定，不服法院已经发生法律效率的刑事判决、裁定的申诉；受理人民检察院负有赔偿义务的刑事赔偿案件等。控告科是检察院联系群众的第一线，很锻炼检察干部做群众工作的能力。特别是你们新入职的年轻人，工作经历少，很多还是应届生，没什么社会阅历，如果能到控申部门工作，还能让你们在与群众的接触中深层次观察这个社会。一般来说，会到控告科来的都是‘有故事’的群众，他们有的是蒙受了冤屈的可怜人，有的是来无理取闹、胡搅蛮缠的”。

小丸子意识到了自己错误：“嗯，我之前的看法有失偏颇。”

老陈叔还是意犹未尽地教育丸子：“以后不管你去了哪个科室，一定要用善意的眼光去看待其他科室，这样才能协调好与各个科室的关系。不能因为自己在主要业务科室就产生优越感，但凡你有一点优越感，别人都能察觉得到。进了检察院，大家就是一体的，一荣俱荣、一损俱损，不存在谁更优越，你也不太可能一辈子只待在一个科室。当然，也不是说要你无原则迁就、妥协，在原则性问题上还是要坚持自己的立场。”

“嗯，我懂您的意思，总的来说就是要团结，但是不能无原则地团结，所以是团结紧张！”丸子总结道。

“小姑娘悟性不错。”老陈叔感到欣慰。

“您接着给我介绍介绍监所科的职能呗，说实话我不太清楚检察官在看守所上班是怎样的一种体验。”丸子的求知欲很旺盛。

“好好好。监所科负责对刑事判决、裁定的执行和监管活动进行监督，对刑罚执行和监管改造过程中发生的司法人员贪污贿赂、渎职侵权案件进行立案侦查等，承载着有效维护监管秩序、保障在押人员的人权、监督刑事强制措施及刑罚公正执行的使命。在监所科工作，与法院刑庭、看守所和司法局联系比较密切，工作范围不局限于本院，可以开阔视野，在对这些部门进行监督、与他们的交流中很锻炼沟通协调能力。但是因为需要经常到看守所办公，上下班比较奔波，而且平时与院里接触较少，不利于增进同事之间的交流。”在老检察人眼中，看检察院的每个部门眼神里都是爱。

丸子意识到，监所科果然是很重要的。

这时已经下班好一会儿了，丸子看了下时间，跟老陈叔说道：“咱们先去食堂吃饭吧，边吃边听您讲，再不去就要错过饭点啦！”

老陈叔应和道：“对对对，赶紧去吃饭。吃饭不积极，思想有问题！”

老陈叔的话引得丸子哈哈大笑，“这些话您都哪里学来的呀，好时髦！”

到食堂端了饭菜后，丸子和老陈叔俩人对面坐着吃。老陈叔继续给丸子说道：“刚才业务部门就只剩下民行科没介绍了吧？民行科是检察院唯一一个从事民事、行政业务的部门，负责对法院民事、行政的诉讼活动进行监督，对虚假诉讼行为进行查处，理论上讲还能对行政机关的行政执法活动进行监督，但这部分职能法律还没作出具体规定，尚处于探索阶段。对于那些对民事、行政诉讼业务比较感兴趣，却进了以刑事案件为主业的检察院的年轻人来说，民行科无疑是最佳去处。在民行科是可以从对民事、行政案件裁判的监督中了解民事、行政诉讼实务，加深对相关法律的理解，提高业务水平。同时，民行查处虚假诉讼的职能也有助于提高调查取证能力。从目前来看，民行的工作强度相对来说不高，在这个科室可以有时间系统学习业务知识，扎实功底。”

知识点

与业务部门相对的是综合部门。机关单位不同，业务部门从事的业务也就不同，而综合部门却大体类似，一般包括政工部门、办公室、财务部门等。检察院的业务部门主要包括办理刑事、民事、行政检察案件的部门。

“嗯嗯。”丸子咽了口饭之后应和道，接着催促他也赶紧吃一点。当时的丸子不知道，自己有一天也会去民行科锻炼。

等到吃得差不多时，丸子又说道：“其实这段时间在政治处，在老陈叔的指导、教育下，我也学到了很多，感觉自己的综合协调能力得到了很大的提升，政治觉悟也提高不少！”

老陈叔笑道：“那是因为你有心，领悟力也高。如果去业务部门锻炼几年再回到综合部门，到时候你的收获又会不一样，大局意识蹭蹭蹭提高！”

丸子听得乐不可支，同时脑子里又产生了新的好奇。“对了，老陈叔，虽然我不太可能去技术科，还是很好奇技术科除了修电脑还有其他什么职能？”

“你这熊孩子，就只知道修电脑！按说你们年轻人对技术应该比我们老年人更了解才对，对于科技的重要性也应该比我们更明白！”老陈叔有点鄙视丸子的肤浅。

“哎呀，我是技术白痴嘛！”丸子辩解道。

“好，那我就在你这个技术白痴面前大胆地预测一下。我预测，5年内，技术部门在提高司法效率上一定会发挥越来越重要的作用。现在大家不是都喊着‘案多人少案多人少’嘛，但编制不可能无限制增加，而案件数量却不受控制，可能会持续走高，案多人少的矛盾很有可能会越来越突出。如何解决呢？出路是提高办案效率。虽然现在技术科的职能主要是负责对有关案件的现场进行勘验，对涉及技术性问题的证据进行审查或鉴定，还有你说的修电脑，以及管理单位的网络等，但是随着科技强检战略的深入实施，检察技术在司法办案和提高办案效率中必将发挥越来越重要的作用，技术人员也会越来越受重视。”老陈叔瞬间变身成了预言家。

丸子虽然对很多问题都没什么前瞻性，但毕竟也不笨，老陈叔的分析，她也是真的听进去了。对老陈叔佩服之余，她也深刻认识到了自己的思维缺陷。“以后看问题一定要把目光放长远点！”丸子暗暗告诫自己。

晚饭吃得差不多了，收拾餐盘前，老陈叔最后问道：“关于各个科室，你还有什么要问的吗？”

丸子举手：“有，正好还有最后一个问题！我看同事们普遍觉得监察室很有距离感，在监察室工作很艰难吧？”

老陈叔说：“确实有点这意思。监察室负责受理群众对检察人员违法违纪行为的举报和控告，并进行查处等。听起来就容易让人产生敬而远之的感觉。不过，群众对检察人员的举报、控告等也不一定就属实，所以监察室在工作的方法方式上就要很讲究，既要做到执纪必严、违纪必究，又不能冤枉同事、伤害感情。如果思想上、工作方法方式上不成熟，会难以胜任监察室的工作，容易不被同事理解，产生矛盾。”

丸子感叹：“太考验人了！”

吃完饭各回各家之前，丸子对老陈叔耐心、细致、准确地分析表示了感谢。

一个人回到家后，无聊之际，丸子习惯性地掏出手机登录了微博。开博半年多，丸子在微博上认识了很多优秀的前辈，经常向他们请教，既开阔了眼界也学到了很多。同时，因为经常在微博上分享自己的经历，丸子也为自己积累了近千粉丝。现在的丸子俨然已经离不开微博了。

一上微博，丸子就收到了小安法官简短的私信，内容只有三个字：“求原谅。”

对于小安之前的隐瞒，丸子会选择原谅吗？

07 当然是选择原谅他

其实丸子一直以来都是神经大条的女生，不会记仇，对于很多的不快都是隔夜就忘，怎么会因为小安没主动纠正她对他性别的误解这点小事生气很久呢，一觉睡醒这事儿就翻篇啦。

但是，刀子嘴豆腐心的丸子嘴上可不会这么轻易就饶过小安。她不客气地回复：“没见过求原谅还这么不诚恳的，三个字敷衍谁哦。”

小安见她回这么多字的内容觉得自己十有八九已经获得原谅了，于是也壮着胆抬杠：“态度是知错就行了，几个字只是形式。难不成还要我因为这个给您跪下不成？”

“别别别，我可承受不起。算了，我大人有大量，原谅你了。但是下次再敢骗我，拉黑没商量。”丸子向小安发出了严正警告。

小安继续强行为自己辩解：“什么叫骗你啊？我可从来没有说过我是女生，是你自己这么认为的。”

“并不是只有虚构事实才算欺骗，隐瞒真相也是一种欺骗手段！《刑法》第266条诈骗罪了解一下？”丸子这机智的应对，可以被收编“令人拍案叫绝的临场反应”系列了。

知识点

诈骗罪是指以非法占有为目的，用虚构事实或者隐瞒真相的方法，骗取数额较大的公私财物的行为。丸子举诈骗罪的例子是为了说明，小安故意隐瞒自己性别也是一种欺骗。法律人之间的对话有时候是带点“职业病”，小伙伴们跟着丸子好好get知识点，争取以后也能听懂。

这个故事告诉我们，千万不要跟女检察官争论，特别是一心要当公诉人的女检察官。因为你可能被怼得体无完肤，哪怕你本身也是学法律的……

“得，我说不过你，我认输。你这嘴皮子不去当公诉人真是可惜了。”小安虽是调侃的语气，内心也是真觉得机灵的小丸子适合去公诉。

丸子认真地表示：“我的确想去公诉。我听说我们很快就要定岗了，不知道会被安排到哪个科室去……”

“想去公诉就去争取。”小安建议道。

“怎么争取？送……送礼么？”丸子瞪大眼睛问。

“你想哪里去了！我可没教唆你行贿！”小安鄙视道：“就不能走点儿正道么？”

知识点

教唆犯罪，简而言之就是教唆原本没有犯罪意图的人去犯所教唆之罪。行贿大家都耳熟能详了，为谋取不正当利益，给国家工作人员以财物（含在经济往来中，违反国家规定，给予国家工作人员以财物，数额较大，或者违反国家规定，给予国家工作人员以各种名义的回扣费、手续费）的行为。

“那还能怎么争取……”丸子不知所措。

“一般来说在定岗之前政治处主任会找新人谈话，了解他们的意愿，党组再结合招录时的岗位要求、每个新人的特长及单位的实际情况决定岗位安排。你如果担心主任不约谈的话，也可以主动找你们主任表明自己的意愿。”

小安比丸子多工作几年，对于机关的人事程序比丸子了解得肯定多一些。

“主动去找领导表明意愿，这样合适吗？”小丸子将信将疑。

“没什么不合适的呀。你不说，领导怎么知道你的想法呢？而且，年轻人有想法，有自己想去的部门是好事，无论如何都比浑浑噩噩，只想混日子好。领导都是过来人，会理解你的。”小安对此充满自信。

“好吧，那我试试看。”丸子这才终于放心。

“对了，你最后别忘了表态，这只是你的个人意愿，无论最后单位决定让你去哪个部门，你都服从组织安排，并且会尽心尽力做好工作。这样领导会觉得你是一名成熟的年轻干部。另外，‘为什么想去公诉’以及‘去了公诉如何开展工作’这两个问题也好好思考一下，主任很可能会问。”小安补充道。

“心机 boy！” 丸子忍不住调侃小安，但心里还是很服气的，觉得小安考虑得非常周到。

“哼，帮你出谋划策还黑我！”小安假装生气。

“又说话娘里娘气了，当初就是这样我才会误以为你是女的，哈哈哈。”丸子继续 diss 小安。

“认错性别的梗什么时候才能过去？是你自己二，还怪我娘？”小安回怼。

“好了好了，咱不能继续互相伤害下去了。讲真，还是很感谢你的建议。虽然命运不完全掌握在我自己的手中，我也应该试着争取一下。只要我做了并且做好自己该做的部分，无论结果怎样，都不会有遗憾。”丸子突然一本正经地熬起了“心灵鸡汤”。

“嗯，心态一级棒！继续保持，丸子同学。话说，咱们既然已经‘奔现’了，也算是从网友升级为现实中的朋友了，加微信似乎变得必要了起来。”说完小安立刻甩出了自己的微信二维码让丸子扫，动作干脆利落，不留任何拒绝的余地。

丸子也只能配合地加了微信。

“为了表示我的歉意，这两天找个时间我请你吃饭吧，性别这事就此翻篇。就这么愉快地决定了！”

这是加微信后小安对丸子说的开场白。这当然不是一句客套话，因为小安说的是“这两天请吃饭”，而不是“改天请吃饭”。为了彻底消除丸子心里因认错性别而毁三观的隔阂，小安也是很用力了。

丸子领情道：“好吧，看在你态度如此诚恳的份上，我就空个档期出来吧。”

第二次见面，小安没有再放鸽子。（废话，再放鸽子还能愉快地玩耍么！小说还写得下去么！）他们约在了仙汕的另一家网红餐厅——

大武藏。

这是一家西餐厅，面积不大，并且地理位置相对较偏，是一对年轻夫妇开的。这样的条件下，它为什么能红？不是因为装修文艺有格调，也不是因为食材优质食物美味，这些优势其他餐厅也可以具备。它红，是因为老板夫妇的经营理念很有个性——两个月换一次菜单，并且每天的美食都是限量供应！人们总是有猎奇心理。

对于丸子这样的爱凑热闹又爱吃的年轻人来说，去这种地方约饭再合适不过啦——既满足了好奇心，又满足了吃货的口味。

约饭当日再次见到小安，丸子感到一种迷之尴尬。毕竟，这是第一次有心理准备地去见男生小安。上菜之前，丸子无所适从到只能低头玩手机，假装跟人聊天很忙。

好在，没有什么尴尬是一顿吃不能化解的！咖喱黄金蟹、武藏椰子鸡、BBQ 猪肋骨、招牌武藏 pizza……随着一份份美食上桌，吃到忘乎所以的丸子很快就忘记了尴尬，还主动找话题跟小安聊了起来。一说到他们微博法律圈的八卦，话唠丸根本停不下来——谁谁谁跟谁谁谁奔现见光死了，谁谁谁跟谁谁谁因为一点鸡毛蒜皮的分歧撕了……

但小安一个很扫兴的提问，立马就终结了八卦的话题。小安问起定岗的事进展如何了。丸子突然沉下脸，若有所思地表示，领导还没找她谈话，她也没敢去找领导说。

其实丸子迟迟不去找领导不是因为无所谓，她也把小安的建议放在了心上。只是每次路过政治处刘主任的办公室，她的手就跟灌了铅似的，始终抬不起来去敲门。每次，丸子都是狼狈而归。

小安鼓励丸子硬着头皮也要去说。为了去自己一心想去的部门，主动去争取不是什么丢人的事。

他还说了自己曾经因为不坚定、不主动，因而与想去的部门失之交臂的遗憾。

三年前，小安孤身一人来到仙汕。在政治部锻炼了一段时间之后，领导在定岗前找他谈话，问他是否有心仪部门。

小安也是一位有理想的青年。他之所以选择法学专业、报考法院，就是为了有一天能够坐在庄严的审判席上，手持神圣的法槌，维护社会的公平正义。

小安说，不是执行局不好，三年工作下来，他也得到了可能不亚于在审判庭工作的锻炼。但是，在审判庭更有做法官的感觉吧，就跟丸子想去公诉的心理一样。这是一种理想。

不过，当时的他还太年轻，在不该腼腆的时候太腼腆，不敢说出自己内心的向往。领导问他是否有心仪部门时，他的回答是“服从组织安排”。

跟他同一批考进来的另一个小伙伴就不同了，小伙伴就直接表示自己想去审判岗位。最后，那位小伙伴如愿去了刑庭，而小安则去了执行局。而且，小安还不知道以后什么时候有机会转岗去审判庭。虽然领导决定岗位安排还有其他方面的考量，但是新进人员意愿也是一个考量的因素。他希望丸子能做好自己该努力的部分，不要再经历一次自己的遗憾。

听完小安叙说的经历后，丸子下定决心，无论如何都要鼓起勇气去找刘主任说出自己的心声了。

其实，在基层并没有那么的等级森严，找领导表达诉求，也并非是多么难以启齿或者需要多大勇气的事。只是对于刚出校门，没什么阅历的年轻人来说，竟花费了那么大的心力……

第二天，丸子再一次走到政治处刘主任办公室的门口，鼓起勇气轻轻敲了三下门。不料主任不在。

“我去，太坑了吧？这是天要亡我啊！”丸子悲痛欲绝。

正当她转身要离开时，刘主任在背后叫住了她：“丸子，你找我有事吗？”

上一秒还元气满满、战斗力爆棚的小丸子，瞬间就像泄了气的皮球，怂了，支支吾吾说不出口。

还好天没有要亡她，刘主任说：“我正好要找你谈话。”

08 公诉人小丸子上线

刘主任边说着边开门让丸子进来。“这次找你谈话主要是了解一下你对于去哪个科室有什么想法，党组很快要讨论人事安排了。”见丸子面露难色，刘主任赶紧又补了一句：“没关系，你就照实讲。”

见主任如此强调，丸子真的就很耿直地照实说了：“主任，我想去公诉。”

知识点

公诉到底有什么魔力让丸子如此执着，非去公诉不可？关于公诉的职能，在第六章中老陈叔已经介绍过了。在法学生眼中，在公诉最有当检察官的感觉，因为可以在法庭上与律师唇枪舌战。很多有检察官梦想的法学生当初报考法学院就是希望有一天能成为公诉人。

“为什么呢？”刘主任问。这样的岗位意向完全在她的意料之中，所以想去公诉的理由就显得更加重要。

工作多年的老检察人，无论曾经是否经历过公诉的历练，对于公诉工作的艰辛都是一清二楚，再加之年龄渐长，生活压力逐年增加，身体状况也不如年轻时，想去公诉的意愿不一定强烈，甚至可能还有抵触心理。但是检察新人对于公诉基本都是一心向往、满腔热血。

“我觉得公诉人最有做检察官的感觉，小时候看的港剧中检控官就跟大陆的公诉人差不多。那时候觉得检控官在法庭上唇枪舌剑很酷，我就想长大了也能跟他们一样。”讲到小时候的理想，丸子两只眼睛都在放光。

“又一个被港剧‘骗’过来的孩子。” 刘主任心里暗暗地想，嘴角不自觉地向上扬了扬。

“我也向前辈们了解过公诉工作，知道公诉很锻炼人。我想锻炼一下自己。当然这只是我的想法，最终还是看单位安排。无论去哪个科室，我都会努力干活的。这是我对自己的要求。”丸子继续说道。

“不错，年轻人很有想法，对自己很有要求，也有大局意识。”刘主任肯定了丸子的表态后继续问道：“那如果去了公诉，你打算怎么开展工作？”

丸子窃喜：幸亏小安提点，我得以事先想好。

“我接受了四年的法学本科教育，并顺利通过司法考试，为从事公诉工作奠定了专业基础。当然，我也明白实践和理论可能存在脱节。如果让我去公诉，我会向优秀的前辈们好好学习办案，用所学的理论指导实践。成为一名公诉检察官是我从小的理想，我对公诉有热情，我会带着这份热情办好每一个案子，同时，利用业余时间多学习业务知识，努力成为一名优秀的公诉人。”她信誓旦旦地说着。

在从事组织人事工作多年的刘主任看来，这不算多么优秀的回答。但是作为新人，当着领导的面能够如此直接、清晰、顺畅地表达自己的想法，刘主任觉得这个小丸子勇气可嘉，表现也还算可圈可点。“嗯，你的想法我了解了。你回去好好工作，等着组织安排吧。”她把丸子差遣回去。

一周后，小丸子如愿被定岗到公诉。她把这则喜讯第一时间跟小安分享，感谢料事如神的安半仙提点。

“哎呀，不用谢。其实我跟你说的这些对于你去哪个部门的结果并没有太大的影响，单位可能很早就有了大致的安排。我给你的建议最大的作用就是可能让你给领导留下个还不错的印象。”小安中肯地说道。

“哟，谦虚得跟平时的您简直判若两人。您就别客气了，留下好印象也是您的功劳，还是要感谢。作为一个懂得感恩的孩子，晚上请您吃个饭吧，表达一下我感恩的心。”小丸子郑重地发出要约。

“好吧，那我就笑纳了。”小安“承诺”。

知识点

要约和承诺是合同法上的概念。根据《合同法》第 14 条、第 21 条规定，要约是希望和他人订立合同的意思表示，而承诺是受要约人同意要约的意思表示。

“切，还‘笑纳’，你真是越来越不要face了，给你个梯子你就上天。”见小安得瑟起来，丸子又有点不服气。

“你看看你也是越来越不客气了。我很怀念我们刚认识那会儿，大家都有些拘谨和真诚。”小安悲痛地表示。

“好了，不跟你废话了。下班后检察院门口见。我们单位附近最近开了家新饭店，同事们反馈还不错，晚上咱们亲自去鉴定一下。”

约饭计划再次成行。不知不觉间，丸子和小安约饭成了家常便饭。

被通知定岗到公诉的第二天，丸子向老陈叔交接了工作，认真地道了别，并对老陈叔长久以来的照顾和提点表示感谢。

平时大大咧咧的丸子突然变得这么郑重其事，老陈叔有点儿不适应。“以后还是在一个单位，抬头不见低头见，不用搞这么隆重吧？”

丸子这才不好意思地挠挠后脑勺，意识到自己刚才这个离别戏用力过猛了。

之后，丸子便收拾自己的东西去了公诉。这么重要的事，她当然不会忘记发微博：“公诉人小丸子上线。”

由于之前丸子曾经在微博上说过快定岗的事，关注丸子的粉丝们对她最后会去哪个部门也是操碎了心。现在看到丸子去了公诉，大家是真的替她感到开心，同时也对公诉人小丸子的表现充满期待。丸子自己也是这样的心情，既有终于如愿的开心，又在大家的鼓舞下对公诉生涯满怀期待。

公诉科李科长是一位从事公诉工作20年的老科长，为人正直、不苟言笑，但是对下属宽容、平和、有担当。

丸子到公诉以后，李科长带她跟公诉科的同事们挨个打了个照面，进行了简短的互相介绍。

丸子注意到，公诉的同事们都是一个反应——从一堆案卷中缓缓地探出个头，一脸迷茫地听科长介绍完新同事，打个招呼就迅速把头埋回案卷中，恢复狂敲键盘写审查报告的动作。这与她事先设想的受到同事们的热烈欢迎相差甚远。

后来丸子才知道，真不是小伙伴们不热情，而是，马上年底了，忙着结案都来不及，真的没时间寒暄。

最后，李科长让丸子跟张副科长一组，协助他办案。张副科长虽然年纪不大，三十七八的样子，但是因为沉稳老练、成熟稳重，大家都叫他“老张”。

知识点

在检察院，只有被任命为检察官以后才有独立办案的资格。那么，必须具备什么样的条件才能被任命为检察官呢？依照当时的规定，对于丸子这样的本科毕业生来说，除了通过司法考试、公务员考试之外，还必须年满 23 周岁，并且从事法律工作 2 年以上。丸子当时还不符合检察官的任职资格，只能协助有检察官资格的人办案，同时，在协助办案的过程中向前辈学习，为以后的独立办案积累经验。毕竟，谁都不是一生下来就会办案的。

能跟老张一组，丸子当然是很开心。因为老张既是全市优秀公诉人，业务精湛，又是院里重点培养的后备干部，所获荣誉无数，是优秀的人本人，青年干警学习的楷模。

但是当老张的助手也有缺点，就是他太忙了。他既是科室的办案主力，在“老弱病残”、青黄不接的公诉科承担着办理一半以上重大疑难复杂案件的重任；又是副科长，要协助科长处理行政事务；同时还是先进典型，要配合院里对他进行宣传。丸子担心，老张恐怕没什么时间搭理自己了。

不幸的是，丸子的担忧成为事实。不过她也能够理解，他那么多工作，纵使有三头六臂也没时间一点点教她如何办案。好在她长了嘴巴，不懂可以到处问，谁有空就向谁请教。

公诉的小伙伴们也都很nice，虽然自身工作忙，遇到丸子向他们请教业务的时候，他们都是知无不言，很耐心地解答。当然，在案件的处理上，丸子分到的那些还是由老张负责、把关。

科长把分组安排好之后，老张拿了4个案子给丸子，案由分别是：盗窃、危险驾驶和故意伤害。自从危险驾驶入刑以后，基本上所有刚到公诉的新人一开始接触到的案件都是这“老三样”。

老张说：“这4个案子科长刚刚给我，说让你拿去练练手。办案期限是一个月，但是你现在案子少，不要拖太久。这些都是小案子，比较简单，主要让你熟悉一下办案流程。”

说完，老张递给丸子审查报告、起诉书、讯问笔录、询问笔录等文书模板，让丸子照着这些模板起草文书。

老张给的案子的确如其所言比较简单，但小案子也有大文章。

09 小案子，大文章

案子拿到手以后，丸子看了看起诉意见书，发现两个故意伤害案的案情挺有意思的，于是决定先从这两个案子入手。

两个故意伤害案的当事人互殴，互为犯罪嫌疑人和被害人。其中一位犯罪嫌疑人康某是一位七旬老人，无收入，由儿子赡养；另一位犯罪嫌疑人夏某是康某的邻居，40 多岁，无子，育有一女。

在农村，没有儿子是要被看不起的。康某仗着自己有儿子有孙子，就经常嘲笑夏某没儿子，并骂他“绝后代”。夏某因为自己没儿子，一直觉得在村里抬不起头，说话也没底气，每次都是任由康某骂，自己就当没听见。

但是这一次，夏某的自尊心突然上来了。当他听到每天无所事事的康某又在骂骂咧咧，骂他“绝后代”时，他上去就扇了康某一大嘴巴。作为有儿子的人，康某当然不会由着没儿子的夏某打，于是还手，跟夏某扭打了起来。最后二人均受伤，伤情鉴定出来均为轻伤。

知识点

轻伤并不是说伤势很轻，而是一个法医学鉴定上的术语，比轻伤更严重的是重伤。根据《刑法》及相关司法解释的规定，故意伤害他人身体，经鉴定伤情达到轻伤以上（包括轻伤）的构成故意伤害罪，要依法追究刑事责任。

丸子正打算开始写审查报告，夏某找过来了。他表示自己已经意识到错误了，是自己太冲动，不该先动手，希望检察院可以主持调解一下。

丸子给案卷中记录的康某的号码打过去询问是否有调解的意愿，接电话的是康某的儿子小康。小康说什么都不肯接受调解，嚷嚷着要让对方付出惨痛的代价，知道他们康家不是好惹的！

丸子无奈道：“他去坐牢了，你爸不也要一起坐牢？！”

小康不屑：“坐牢就坐牢，我就不信我爸还能坐得比他久？”

“这是你亲爸吗！”丸子忍不住直呼。

调解必须在双方自愿的基础上。一方坚持不调解，这事只能先放一边。

这件事情让丸子觉得，这个世界有时候真的是不那么美好，儿子对父亲都可以这么冷漠。

正当她感慨着，同办公室同时也是全科室最最和蔼可亲的亚男姐告诉丸子，危险驾驶案要从快办结，并督促她早点着手办。

“也罢，还是从最简单的入手吧。”丸子心想。

危险驾驶案薄薄的两册案卷很快阅毕，证据摘录也同时完成了。老张看了之后让丸子通知犯罪嫌疑人过来做笔录。于是，丸子电话通知犯罪嫌疑人廖某第二天来检察院做笔录。

知识点

检察官讯问犯罪嫌疑人、询问被害人和证人不是说问了就可以了，还要把这过程记录在案，就是他们所说的“做笔录”。只有做了笔录，被讯问人、被询问人确认真实性并签字、捺指印了，才能证明检察官的确是进行了讯问或询问的程序。

“检察官，不好意思啊，我去上海上班了，能不能晚10天过来？”廖某恳求道。

丸子一听10天，觉得时间拖太长了，就没答应。“晚一两天我们还可以通融一下，10天太久了，严重影响我们的办案效率了。而且，当初民警给你办取保候审时应该跟你说过去外地要请假，还要随时接受传唤的。”

知识点

取保候审是对犯罪嫌疑人、被告人采用的一种刑事强制措施。被取保候审的犯罪嫌疑人、被告人虽然不用被关在看守所，但是其人身也并非是完全自由的，需要遵守一定的规定，如不能进出一定的场所，离开执行地前往外地要经执行机关批准，并且要随时接受办案机关的传唤等。

廖某忙说“是是是”。随即又问：“那我能不能让我朋友代我过来？”

丸子觉得他太夸张了，反问道：“自己犯事能不能让别人替你坐牢？”

这个廖某知道显然是不能。但他的确是有苦衷，就跟丸子倾诉了起来：

“检察官，我也实在是没办法。我们车间现在离不开我，我是师傅，在带徒弟，现在徒弟还没上手，我如果离开工作就必须暂停，影响了工作进度。”

“那你拖这么久才来，也影响了我们的工作进度呀！”丸子还是不松口答应。

“是是是，都是我的错，影响你们办案了。”廖某赶紧认错，接着又恳求道：“我也实在是没办法，家里两个孩子上学，老母亲又瘫痪在床，妻子在家照顾两个孩子和我母亲，全家现在都指着我这点收入。如果我的工作现在停掉，这段时间我就算白忙活了，一分钱都拿不到。您通融一下给我 10 天时间，我保证 10 天以后出现在检察院。”

见他说得这么无奈，丸子心软了，让廖某等她请示后回话。

她侧身问了亚男姐。亚男姐说，这种情况下可以通融，但慎重起见还是要经老张同意。老张也表示可以通融。所以最后，丸子通知廖某 10 天后无论如何都要过来做笔录。

通知之后，亚男姐跟丸子说：“做公诉人久了，见惯了人情冷暖、世态炎凉，心有可能会变得越来越坚硬，渐渐会缺乏同情心。但是在我看来，一名优秀的公诉人，不只是要法律功底深厚，证据分析能力强，出庭、辩论水平高超，还必须是能够理解和尊重当事人，具有人文关怀的。同情心递减也罢了，因为这毕竟会影响理性办案，但我们还是要保有同理心，多换位思考，多站在当事人的立场为他们考虑。司法，也是可以有温情的。”

丸子听进去了亚男姐的话，并记在了心里。“不管这个世界怎样，是冷漠还是充满恶意，我们还是要有温情。”

几天后，丸子跟老张一起去看守所提审手头那个盗窃案的犯罪嫌疑人小司。当问到他的出生年月日时，丸子发现，提审的前一天刚好是小司20岁生日，于是趁机教育了他一番：“以后不要再做触犯法律的事了，不然连生日都只能在看守所里过！”小司不好意思地低下了头。

通过讯问，丸子了解到小司也是由于虚荣心作祟，一时起了贪念，拿了同伴的苹果手机。对此，他也是懊悔不已。讯问完，看守所里民警过来着手把小司带回监室。丸子突然喊住了小司，微笑着说了一声：“祝你昨天生日快乐！”

听到检察官对自己说“生日快乐”，小司很惊讶，随即又笑得很开心。

一个人犯了罪，接受刑事制裁是他应受的处罚。但是作为人，作为一个已经知错的人，他也有接受关怀的权利。

不知道丸子是不是那年唯一一个跟看守所里的小司说“生日快乐”的人。看到小司笑得那么开心，她更加觉得，亚男说得很对，要做一个有温情的公诉人。而且，给予别人温情，自己也会因此变得更加开心和满足。

“犯罪嫌疑人并不等同于坏人。他们中当然有很多的坏人，有的十恶不赦，有的藐视法律、屡教不改，但他们之中也有很多人是不小心走上犯罪之路的，犯罪后也知道悔改，这些人值得给予理解、尊重甚至关怀。即便是十恶不赦、屡教不改的，检察官也应尊重他的人权。这当然不是推崇盲目的善良和泛滥的同情心，而是，来自检察官的理解、尊重和关怀，有时候可能会引起犯罪嫌疑人心理上的变化，扭转案件的走向。对待犯罪嫌疑人如此，对待他们的家属也是如此。”丸子这样思考着。

突然间，她好像知道该怎么做互殴案当事人家属的思想工作了！

10 实名“diss”* 当事人？！

提审回来回到办公室，丸子放下案卷材料后就给康某儿子打了个电话。对方的语气还是气冲冲的。

但丸子这次变得耐心、和善多了：“你的心情我可以理解。一方面，父亲被人打伤肯定心疼，所以想让对方付出代价；另一方面，你可能觉得挨打太丢人，只有对方坐牢了自家的面子才能挽回。但你有没有想过，面子重要还是你父亲的自由重要？七十多岁的高龄还要去坐牢，不想想老人家在牢里的日子有多不好过？而且，对方也意识到自己先动手不对，多次主动来找我们主持调解。严格来说，你父亲在这件事中也不是完全无辜，事端还是他先挑起的呢。对方没有儿子也没碍着你们什么，不带你父亲这样欺负人的，成天羞辱人家‘绝后代’。要我说，你们见好就收吧，

---

* 网络流行表达，本书中是指反驳、对抗的意思。

接受调解，握手言和，说不定还能多个朋友。远亲不如近邻。”

丸子动之以情、晓之以理。经过这几个月的职场锻炼，她已经明显比刚出校门时“社会”了。

“检察官，我这人就是太好面子。其实我也不是真心想让我父亲去坐牢，我就是气不过，嘴硬。既然对方有意调解，如果他愿意先跟我父亲道歉的话，我们会考虑一下的。”

最终，在调解中心工作人员的主持之下，互殴案双方当事人成功达成了和解，两个案子作了相对不诉处理。

经过这么几件有温情的事情，你是不是就要认为丸子是一个特别温情、特别正经的人了？并不是。骨子里，她还是一个有趣的人。而且，跟公诉科的年轻同事们熟悉了之后，丸子惊讶地发现，原来大家都是如此。

虽然公诉一年到头都很忙，但年底是最忙的时候，忙上加忙。度过年底疯狂的结案期之后，公诉科的几个年轻女同志约着私人聚个餐，庆祝大家活着熬过去了。

“以后，我们就是一起经历过生死的‘生死之交’了！”这群戏精握着彼此的手，激动得热泪盈眶。

席间，不知道是谁提到“当事人”三个字，于是，大家你一言我一语吐槽起当事人来了。

知识点

当事人是法律人常挂在嘴边的一类人。不同类型的诉讼中当事人的范围不同。公诉人所办案件的当事人是刑事诉讼中的当事人，包括被害人、自诉人、犯罪嫌疑人、被告人、附带民事诉讼的原告人和被告人。其中犯罪嫌疑人和被告人是同一类人，因所处的诉讼阶段不同而有了不同的称呼，被提起公诉前称犯罪嫌疑人，起诉到法院后称被告人。

毕竟，当事人是公诉人工作中“重要的人”，每一个公诉案件都至少有一个当事人。可以说，当事人，是公诉人每天的工作中接触得最多的群体，没有之一。经常接触，当然能发现很多的槽点。

“应女士”率先开始吐槽：“最烦嫌疑人玩失踪了。虽然《刑事诉讼法》对犯罪嫌疑人在取保候审期间应当遵守的行为作了一系列的规定，但是这毫不妨碍某些嫌疑人，尤其是轻罪嫌疑人，肆无忌惮地违反规定，特别是违反传讯时及时到案这条规定。经常是，我通知了嫌疑人来做笔录，嫌疑人满口答应，然后就随意放我鸽子，不按照规定的时间来。害我只好打电话另约时间。”

“是啊是啊，有的嫌疑人等我们再打电话过去约时间时，就各种无人接听了。更有甚者，把我办公室的电话号码都拉黑了！我还要通过保证人、警察‘蜀黍’转告他，再不来接受讯问要变更强制措施了，这样才能把嫌疑人给‘请’来。”小戴接话。

“哪怕罪再轻，但作为嫌疑人，这么任性真的好吗？”丸子无奈道。

“还好《刑事诉讼法》规定了被取保候审的犯罪嫌疑人在被传讯时应当及时到案，否则可以视情形予以逮捕。有这个规定在手，妈妈再也不用担心我们找不到嫌疑人了。”亚男乐观表示。

知识点

逮捕和取保候审一样，在性质上都是刑事强制措施，与后者不同的是，犯罪嫌疑人一旦被逮捕，就会被羁押在看守所，暂时失去人身自由。由于逮捕是最严厉的强制措施，所以法律在适用上规定了严格的条件。根据《刑事诉讼法》的规定，逮捕必须同时具备三个条件：一是有证据证明有犯罪事实，二是可能判处徒刑以上刑罚，三是具有社会危险性，确有逮捕的必要。另外，被取保候审的犯罪嫌疑人违反规定，具有社会危险性的，检察机关也可以决定将其强制措施变更为逮捕。

“我因为刚到公诉不久，最怕遇到一类犯罪嫌疑人。”丸子开启新一轮吐槽。

“哪类？”应女士问。

“二进宫、三进宫，甚至N进宫的再犯，他们已经‘百炼成钢’了。曾经‘进宫’的经历也造就了他们很强的反侦查能力和丰富的诉讼经验。他们一般在作案时就为以后反侦查埋下伏笔，使案件难以被侦破，到案后更是在程序上为自己争取利益最大化，想尽法子避免被起诉或者让起诉失败。我有次提审时就遇到一个反侦查能力特别强的再犯，还好有老张镇场，不然我都担心自己hold不住。”那场有惊无险的讯问虽然过去有些日子了，但丸子说起来还是一脸的庆幸。

知识点

再犯，顾名思义就是再次犯罪的人，与之相对的名词是“初犯”，也就是初次犯罪的人。一般来说，再犯因为之前有过犯罪经历，有经验，会比较狡猾，难对付，落网后不那么容易如实交代，检察官要与之斗智斗勇。而初犯则比较“小白”，由于之前没有经验，如果不是反侦查能力比较强、心理素质也很强的，一般很容易就交代了。

“但至少跟再犯沟通起来比较顺畅。”小戴觉得遇到再犯也不完全就是坏事。“相较初犯而言，再犯对于刑事诉讼和自己经常触犯的罪名都有比较成熟的了解，公诉人和再犯在这方面的沟通几乎没啥阻碍。我们平时提审初犯时问‘是否同意适用简易程序’，不是都要解释半天么？他们还觉得匪夷所思。但是对再犯不用你解释他直接就回答‘同意’了，因为人家早就适用过了。”

“哈哈，不仅沟通顺畅提高了诉讼效率，再犯在自己的从轻情节上还记得比谁都清楚。我有次去提审，有个再犯提醒我他有立功、自首的情节，让我别忘了。某种程度上来说，他们还能帮助我们查漏补缺呢！”应女士欣喜地补充道。

知识点

立功、自首都是法定从轻情节。《刑法》第 67 条第 1 款规定：“犯罪以后自动投案，如实供述自己的罪行的，是自首。对于自首的犯罪分子，可以从轻或者减轻处罚。其中，犯罪较轻的，可以免除处罚。”《刑法》第 68 条规定：“犯罪分子有揭发他人犯罪行为，查证属实的，或者提供重要线索，从而得以侦破其他案件等立功表现的，可以从轻或者减轻处罚；有重大立功表现的，可以减轻或者免除处罚。”

因为是法定从轻情节，对于犯罪嫌疑人来说是“利好”的事情，再犯这种有经验的犯罪嫌疑人肯定会记得特别清楚，生怕检察官没注意到，有时候在提审时会提醒检察官。

“这些当事人有的给我们工作制造了麻烦，有的还替我们省事了，算是喜忧参半。最让人头疼的是遇到无理取闹的当事人。”全场最资深的公诉人亚男姐语气突然有些沉重："当事人一闹、一上访，意味着我们又要花很多原本应该用来办案的时间跟当事人纠缠，以及写各种报告。"

丸子点点头表示深有同感。"我虽然还没摊上过这样的当事人，但是也见到过这样的当事人。前几天批捕不是收了一个案件，双方当事人都叫了一群小伙伴过来闹么？而且双方都以跳楼相威胁，一方是捕了就跳楼，另一方是不捕就跳楼。好像在他们眼里，我们作的决定不是捕不捕，而是决定哪方跳楼。"

"扎心了。"小戴陷入了忧郁："当事人的无理取闹确实让人头疼。明明是'你冷酷、你无情、你无理取闹'，我们却只能发挥最大的耐心，挤出最和善的微笑，拿出分贝恰到好处的嗓门，摆事实、讲法律。不然会被吐槽对群众没耐心、不友善、嗓门高，总之就是态度差。"

"不过，当事人如果试图以闹的方式绑架司法，那我们也要守住法律底线，不能被牵着鼻子走。不然到时候背锅的还是我们自己。"亚男提醒道。

"你们再说下去要男默女泪了。其实有的当事人也还是挺朴实可爱的。"应女士说道："我有次做笔录问被害人是否申请回避。被害人不知道什么意思，我解释了以后，他连声回答'不用不用不用'，然后把我一顿猛夸，说觉得我特别公正。他生怕我是因为觉得他对我有意见才问这个问题的。我宽慰他，这是我们给当事人做笔录时必问的一个程序性问题，不是针对谁。他这才释然。"

知识点

回避是指审判人员、检察人员、侦查人员、书记员、翻译人员和鉴定人遇有可能影响案件公正处理的情形时，退出该案诉讼程序的制度。回避既可以由上述人员自行提出，也可以由当事人及其法定代理人、辩护人、诉讼代理人申请。

小戴表示同意："是的，有的被害人真的很老实本分。有一次，我一个案子的被害人好几次过来反映情况，她就觉得是给我们添麻烦了，很难为情。面对这些善良、本分，连寻求法律保护都觉得是麻烦别人的被害人，真的会有一种保护欲被激发的感觉，我们必须要维护他们的合法权益才行啊。"

俗话说，"三个女人一台戏"，那四个女公诉人就能给你整出一部百集电视连续剧，而且是大女主的剧。

聚餐在七嘴八舌中热闹地结束了，不带半点冷场的。

走在回家的路上，丸子心想："虽然有的当事人让我们累觉不爱，但有的当事人其实也很可爱，很容易满足，值得被更好地对待。跟当事人打交道，对公诉人来说是一种修炼。我们在跟他们的打交道中看尽人间冷暖，体会人生百味，既提高了情商，也更深刻地感受到了司法的魅力和法律的局限。"

想到这儿，丸子突然觉得自己的想法很有道理，赶紧写下来发了条微博。

"哟，日理万机的公诉人，今天怎么有时间发微博啊？我看你最近在微博上很消停啊。"一到家，丸子就收到了小安的信息。

"彼此彼此。你不也忙结案么？同为'司法民工'*，心里没点数？"每次小安用这种欠扁的语气说话，丸子就忍不住把他往死里怼。

"那忙完了这一波，总有时间歇口气了吧？想吃什么，哥带你去

* 司法机关工作人员自我调侃的玩笑称谓，无贬低"民工"之意。

吃顿好的犒劳一下。”小安知道丸子这段时间肯定是累坏了，初到公诉就遇上了年底结案，想要试着说话温柔一点。但是，说出口的话，关心语气中还是带点“微贱”。

尽管如此，丸子还是察觉到了小安对自己不一般。虽然说不上无微不至的体贴，但大事小事都很关心；虽然谈不上灵魂伴侣，但是很多问题上也很有心灵共鸣。但小安对于感情从未有过明确的表示。所以丸子有时候也很纠结，一纠结，就不想搭理他，免得给自己添堵。

“无功不受禄。我又没为你做什么，只是做了自己该做的工作罢了。你以什么名义犒劳我？”丸子傲娇地拒绝。

话一问出口，丸子就有点后悔了。“万一他说‘以男朋友的名义’可怎么办呀？”她惊恐万分地想着。

但是，丸子的担心似乎是多余的。小安的回答是：……

11 以人民的名义

“以人民的名义。”这是小安的回答。

听到这样的回答，丸子觉得又好笑又有点失落。她自己也感到奇怪，明明上一秒还在担心人家强行“以男朋友的名义”该怎么办，见他说“以人民的名义”了，反而又失落了起来。

不过，丸子也懒得去深究原因了。对于那些不会伤筋动骨的问题，她还是一如既往的表现出得过且过的态度。

丸子继续不痛不痒地调侃小安：“人民表示：这锅不背。”

“哈哈，你真的辛苦了，我代表人民慰问一下人民检察官。一起吃饭吧。”小安再次真诚邀请。

“好吧，那我就勉为其难地接受你的吃请吧！”丸子也不是那种被宠坏的女孩子，就算傲娇也懂得适可而止。

有阵子没见了，再次见到小安时，丸子的感觉不太一样，又说不上来哪里不对。平时滔滔不绝的“话痨丸”、游刃有余的“暖场王”，这一次却表现得异常沉默和安静。

为了缓解无语的尴尬，丸子只好掏出手机漫无目的地刷起了微博。无意间刷到的一句话，让她觉得膝盖生疼，仿佛中了一万箭：爱是想触碰却又缩回手。

短短 10 个字，精准地反映出了她此刻的心情，不带半点多余或欠缺。“尴尬原来是因为这个啊。”丸子恍然大悟。

她抬头看看对面这个白白净净，有点瘦弱又有点书生气的男生，很好奇此刻的他，是不是也是一样的心情。

这时候，餐厅里很应景地播放了一首情歌：

我们两个人 陌生又熟悉
爱似乎来得很小心翼翼
我想问问你 是不是相信
爱来了这种滋味很美丽
心里有点急 也有点生气
你不要放弃行不行
……
最近我和你 都有一样的心情
那是一种类似爱情的东西
在同一天发现爱在接近
那是爱 并不是也许
……

歌词中的每一句猜测和期盼都直击灵魂，萧亚轩沙哑的歌声克制而又热烈，丸子只觉得句句扎心、如坐针毡。

这首曾经因为喜欢旋律被她单曲循环过无数次的歌，现如今有了具体的纠结对象。这个对象，就是安阳。

丸子惊恐地发现，她可能也许大概喜欢上小安了。

这个大胆的发现令她感到震惊和害怕。谁都有过这样的经历，在喜欢的人面前，紧张得手心冒汗，手脚不知如何安放，嘴巴不知如何开口。此刻的丸子觉得，手足无措、不知所措、无所适从等这类的词，简直就是为她量身创设的。

小安也不瞎，他也看出了丸子满脸的尴尬。只是很奇怪，为什么没有一点预兆地变成这样，于是一脸懵圈地问道："你怎么了？这歌有毒吗？"

丸子的脸刷得一下就红了：他怎么知道是因为这首歌？

但毕竟是经过公诉历练的女汉子，她深吸一口气后，暗暗告诫自己：小场面，别慌，稳住就能赢。

这招果然有奇效。丸子脑子里灵光一闪，脱口而出："我只是突然想起一个案子，觉得审查报告有问题，吓一跳。现在冷静下来想想，应该是没问题。"这临场反应，可以被纳入令人拍案叫绝系列了。

知识点

审查报告是公诉人在审查案件过程中制作的一种工作文书，用于向领导报告案件的审查情况。其正文包括犯罪嫌疑人基本情况及其他诉讼参与人的基本情况、案件侦破简要过程、侦查机关认定的犯罪事实、案件的证据情况、对证据的分析论证、依法审查后认定的事实、审查结论和处理意见等部分内容。审查报告内容全面翔实，撰写过程需要耗费较大的精力，制作审查报告是公诉案件办理过程中一项重量级的工作。

小安见她如此“敬业”，挖苦道：“您还真是劳模，等到了‘五一’要给您发个劳动奖章。跟我吃饭能不能专心点，还想着案子。”酸溜溜的语气有点像跟工作吃醋。

丸子自知有愧于“劳模”的称呼，明明不是案子的事让自己慌神，却让案子背了锅，但还是硬着头皮接受了小安的“表扬”。

“你不是说以人民的名义请人民检察官吃饭么，我得对事业投入一点才担得起你强行给我立的‘敬业人设’啊！”

小安搬起石头砸自己的脚，自然无言以对了，只能在心里暗戳戳diss：你这是要上天么？就不该让你这样伶牙俐齿的丫头片子到公诉去！

晚餐在尴尬又紧张的气氛中落下了帷幕。饭后，二人散步回去，小安先送丸子回家。

因为丸子就住在单位附近，所以，二人回去路上会路过检察院大门。换作平时，丸子不会觉得有什么异样。因为彼时心里坦坦荡荡，路过就路过，哪怕碰到同事，大大方方地介绍一下“这是我朋友”就可以了。

不过，之前坦荡的时候，丸子偏偏一次都没撞见过谁，尽管每天晚上都有加班的同事进进出出。

但这一次，丸子心里没底了。她觉得，如果遇到同事，她可能做不到特别坦然、特别淡定地给大家介绍小安这位朋友。所以，她特别担心偶遇。

生活就像墨菲定律告诉我们的一样，如果你担心某种情况发生，那么它更有可能发生。

当丸子忐忑地路过单位门口时，正好同事兼大学学长小王加完班走出来，看到丸子和小安并肩走着之后，眼神里大放八卦的异彩。

丸子强装镇定，冲着小王学长尴尬又不失礼貌地微笑，心里却万分焦急：快问我旁边这人是谁啊！这样我才能自然而然地解释！不然我跳进黄河也洗不清了！

还好命运也没有太为难她。这一次，丸子又化险为夷了。

只见小王笑着朝丸子走过来，大大咧咧地问道："这是你男朋友啊？小伙子不错，还挺帅，配得上我学妹！对了，他叫啥名字？在哪上班啊？"

眼看着就要开始人口普查了，丸子赶紧打住小王的八卦："不是不是，学长误会了，只是好朋友啦。有男朋友我肯定第一时间就跟学长汇报了，不会藏着掖着的，放心放心。"说完，丸子立马拉着小安逃走，头也不回地说了声："学长，明天见。"

丸子不敢扭头看身边的小安是什么反应。她怕他看穿自己的心思，又怕他看不穿，更怕他看穿之后的无所谓……

道别小安回到家后，丸子试着对自己进行心理建设，信誓旦旦地告诉自己："不久前还误会性别的这个人，我是不可能会喜欢的，我的取向可是正常的。好了，还是安安心心地上班吧，工作上还有那么多的挑战等着我去应对呢！"

是啊，工作上从来不缺挑战，很多的挫折随时准备着对你进行迎头痛击。

12 职场不相信眼泪

日子还是跟往常一样忙碌而充实。周末得空丸子会回家跟爸爸妈妈团聚，丸爸丸妈有时也会来看她。

工作上，丸子分到的案子不再都是最简单的危险驾驶案和盗窃案，有时候会碰到一些比较棘手的案件。

至于小安，自从上次“以人民的名义”约饭之后，丸子有意无意间在疏远他。一方面，她搞不清楚自己对他的感情，不确定自己是否喜欢他，或者说，不愿意承认自己喜欢他，所以想冷静冷静看清楚自己的心；另一方面，她也完全拿不准小安对她是什么感觉，不知道如何面对他。

虽然“鸵鸟心态”不好，但是在感情中，逃避有时候的确是个好办法。毕竟不是所有的感情问题都会有答案，就让时间来证明一切吧。

小安也不是傻子，他当然察觉到了丸子的疏远。这种疏远和冷淡，比大吵一架还令人难受。但是他什么都做不了。

临近过年时，老张给了丸子一个交通肇事案，特别叮嘱案子要尽快处理，春节放假前一定要办结，并且要特别谨慎，因为被害人的父母在一直在闹。

果然案子刚拿到手，还没捂热，被害人的父母就找上丸子了。被害人父亲咄咄逼人道：“我今天来找你就三件事。第一，我们认为这不是交通肇事，是故意杀人。他车开这么快，就是故意把我儿子撞死的！第二，我们不接受任何调解，我就要肇事司机坐牢，重判！第三，这案子你给我好好办，办仔细了，但凡有一点差池，我就去告你！把你发到网上去！”

知识点

交通肇事和故意杀人案件中都可能出现被害人死亡的结果，而且可能都是被车撞死。区分是交通肇事还是故意杀人的关键在于犯罪嫌疑人主观上是故意还是过失。主观这东西怎么判断？当然不能凭直觉猜测。检察官在办案过程中会通过了解犯罪嫌疑人和被害人之前是否认识、有无矛盾等情况确定犯罪嫌疑人有无犯罪动机，然后再结合事故发生时犯罪嫌疑人的客观行为，比如是刹车还是踩油门等综合判断其主观因素是故意还是过失。

办案以来，丸子还是第一次见到这种阵势，说没压力那是骗人的。虽然被害人的父母“来者不善”，她还是表示理解。毕竟，他们在交通事故中失去了唯一的儿子。

但是有时候越重视就越紧张，越紧张就越容易出事。接到这个敏感案件后，丸子把手头所有其他工作都放一边，第一时间审查这个案子。审查后，她认为这就是一起普通的交通肇事案，没有杀人的动机，也没有故意的行为，跟故意杀人完全无关。肇事司机在事故发生后没有主动报警的行为，不构成自首，但是到案后能够如实供述自己的犯罪事实，构成坦白，依法应予以从轻处罚。领导审批后同意她的意见。

在起草起诉书时，丸子再三确认，表述清楚了案发经过和被告人归案经过，也写明了被告人是如实供述，援引了正确的法条。但是鬼使神差的，因为脑子中一直想着“自首”这件事，她在起诉书上多写了“系自首”三个字。

知识点

起诉书是检察机关对刑事被告人提起公诉，请求法院对刑事被告人进行实体审判的法律文书。与审查报告的对内性不同，起诉书具有对外性。检察机关将起诉书提交给法院之后，法院会在法定期限内送达当事人。尽管我们说法律文书都是严肃的，起草、签发都必须严谨、慎重，但起诉书这样的对外法律文书对于严肃性提出了更高的要求，稍有差池可能就会惹上大麻烦，甚至酿成大祸。

因为想把案子快点起诉掉，而且看了前面的表述和法条援引都没问题，审批人也没留意到显赫的“系自首”三个字。起诉书就这样被送到了法院和被害人近亲属手中。

被害人父亲是一个有文化的人，也委托了律师作为诉讼代理人提供法律服务，他从引用的条款中知道检察院并没有认定被告人自首，写了“自首”是笔误。

但是他被痛失爱子的仇恨迷失了双眼，觉得全世界都对不起自己。

他需要找寻情绪发泄的出口。所以他抓住了这个笔误，在仙汕的论坛、网站上大肆抨击，“检察院司法腐败，检察官拿了被告人的好处所以包庇他，明明是故意杀人却起诉他交通肇事，还认定了自首！”

被害人父亲的言论没有在网上掀起什么波澜，因为网友们一看就知道这就是一起普通的交通肇事案件，不是什么杀人案。不过，检察院还是很快发现了这起舆情事件。丸子知道，这一次，自己闯了大祸。

领导们就这起舆情事件召开短会后，制定的对策是找被害人父亲谈话，向他解释、道歉。虽然被害人父亲关于“司法黑暗、检察官受贿”的抨击纯属抹黑，没有任何根据，但是检察院这次也是犯了一个不该犯的低级错误，应该向被害人家属致歉。丸子作为这次事件的责任人之一，也参与了与被害人父亲的谈话。

她原本以为，领导会当着被害人家属的面把自己劈头盖脸骂一顿让家属消气。没想到李科长只是客观陈述了错误发生的始末，然后把责任全部扛下来了。

李科长恳切地对被害人父亲说：“这个案子都是我审批时没看仔细才出现这样的错误，责任在我。您的悲痛心情我能理解，但是要说司法腐败，我们的同志是绝对没有的。我们也是因为考虑到您的焦急心情，所以这案子一到检察院第一时间就着手办了。没想到因为太着急，出现这样的差错，实在是不应该。我们对此深感抱歉。”

随后，李科长又给被害人父亲耐心解释了为什么被告人不构成故意杀人罪。被害人近亲属的代理律师章俊也从专业角度确认了李科长这番解释的客观性。被害人父亲虽然还是有很多的怨恨，但是对于案件的情况也只能表示接受。

送走被害人父亲之后，李科长专门找了丸子谈话。这一次，他还是没有批评丸子，就只是说：“这次的事我也是疏忽了。不过已经解决了，你不要太放在心上。等下记得把起诉书上的错误更正过来。以后仔细一点，这种案子再怎么谨慎都不过分。”

科长的担当和宽容，让丸子觉得无地自容。她觉得，如果科长把她臭骂一顿，倒让她觉得舒坦点，至少她为自己的失误付出了一点代价，现在这样真的是有无法言说的难受。

因为当时办公室只有丸子一个人，想着想着，她的眼泪就无法控制地掉了下来。泪水中夹着不小心犯错的懊悔，以及对当事人、对领导、对单位的愧疚。

哭了一会儿，她突然想起了科长交代的补救措施，就赶紧擦干眼泪弥补错误，校正了起诉书上的错误。

下班后，丸子闷闷不乐地回到了家。这是她人生中第一次难过得连饭也吃不下。正苦闷时，小安打来电话。丸子带着哭腔接起。小安询问发生了什么，丸子就把事情的经过及自己苦闷的理由一五一十地告诉了他。

小安说：“我能理解你的心情，你有责任心，想自己为自己的错误承担责任。这样，你明天上班后给当事人打个电话，亲自向他道歉。”

丸子有点担心：“会不会多此一举啊？我觉得被害人家属已经对我恨之入骨了。”

“不会的。就像你说的，被害人家属只是找不到情绪的发泄口，仇视社会，你对他们报以理解和善意，他们心里也会好过一点，你的心里也可以舒坦一些。”小安对此很确信。

第二天一上班，丸子就按照小安说的给被害人父亲打了电话，为自己的失误道歉。说到自己的错误时，她没忍住哽咽了几声，随后又打住。她向被害人父亲表示了对其痛失爱子心情的理解。这份理解，是丸子一开始接手这个案子时就有的，而不是在犯错后才产生。这一点，在短暂的几天办案时间中，被害人家属也是能感受得到的。

所以，在接了丸子的电话之后，被害人父亲那边也泣不成声。他为自己抹黑检察官感到抱歉，因为痛苦实在无处排解，才会仇恨一切。最后，他也表示相信司法机关能够公正处理案件，自己不会再做这样的事情了。

至此，丸子觉得这事才是真的解决了。但是她的心情还是久久无法平静。

很多法官、检察官的职业生涯中可能都出现过在法律文书上写错字的情况，虽然不该，但要完全避免也很难。她觉得自己既不幸又幸运。说不幸是因为，如果只是一般的案件，文书上的笔误被发现以后，更正了就可以了，不会发生这么大的波折；但她又是幸运的，至少她的失误没有酿成重大舆情事件，没有造成无法挽回的局面。

“这辈子，这样的错误绝对不能再有第二次了。”丸子郑重地告诫自己。

午休时，丸子想起昨晚小安打来电话时，自己因为心情不好都没问他有什么事，于是给他打了个电话。

“那个……案子的事解决了，谢谢你啊。你又给我提了个好建议。”因为这段时间的疏远，丸子跟小安说话明显也变得客套了起来。

“你这么客气倒让我有点不适应。”小安也觉得有点无所适从。

“那你是想让我对你不客气咯？好吧，你昨天找我有何贵干？”丸子恢复了往日的调侃口吻。

“没有贵干，就是想跟你道个别。”小安平静地说道，语气中又带点不舍。

“什么道别？”丸子瞪大了眼睛问。

13 有故事的男同学

小安听出了丸子语气中的惊讶，赶紧宽慰道："放心吧，不是永别。我只是请了探亲假早点回家了。"

知识点

探亲假，是指与父母或配偶分居两地的职工享有的与父母或配偶团聚的假期。依照《国务院关于职工探亲待遇的规定》，凡在国家机关、人民团体和全民所有制企业，事业单位工作满一年的固定职工，与配偶不住在一起，与父亲、母亲都不住在一起，又不能在公休假日团聚的，可以享受探望配偶、父母待遇。假期上，探望配偶的，每年给予一方探亲假一次，假期为 30 天；未婚职工探望父母，原则上每年给假一次，假期为 20 天；已婚职工探望父母的，每 4 年给假一次，假期为 20 天。

探亲假是职工的合法权益，职工在规定的探亲假期和路程假期内，用人单位应当按照本人的工资标准发给工资。但现实中，很多职工由于种种原因“不敢请”“不愿请”或者“不知情”。2012年《老年人权益保障法》修改后明确规定了与老年人分开居住的家庭成员，应当经常看望或者问候老年人。这说明探望老人更是一种义务，用人单位应当按照有关规定保障职工的探亲假。

“什么，你为什么会有探亲假？”丸子觉得这个人身上有太多自己不知道的事。

小安说：“我是河北人，跨省考到汉东省来，当然有探亲假了。”

丸子很震惊，在平时交流的过程中，她根本没有听出来小安是北方人。这个不是她的错，小安说普通话很标准，不带北方口音。丸子的神经大条在于，认识这么久了，她居然从来都没有问过小安是哪里人。她见小安也是一个人在仙汕，家人不在身边，就想当然地以为他是江东市其他地方的人。她觉得，最远也是汉东其他市的吧。谁能想到一个北方人大老远跑到汉东省的一个县城来啊！

丸子想要刨根问底问小安为什么会来仙汕，但是他并没有坦白的意思。这个话题也就不了了之。她也只能转而问小安什么时候走，表达了去车站送他的好意。

“我已经在高铁上了，昨晚给你打电话道别是真的道别，临行前的道别。我今天一大早就走了。”小安说道。

这令丸子感到愧疚，她觉得，昨晚通话时应该至少关心一下小安打电话来有什么事，不该只顾着自己。

最后，小安以回来给丸子带特产终结了这场通话。

工作后的第一个春节，丸子在一派祥和的良好氛围中度过。在中国家长眼中，似乎只有公务员才是唯一正当职业。所以，考上了检察院的丸子，受到的来自工作话题上的“恶意”是不存在的。虽然偶有长辈问候情感状况，但也只是慈祥地表示关心，并无催促之意。他们觉得，丸子刚参加半年不到，还年轻，又有体面的工作，可以好好挑挑。丸子尽管不认同这样的感情观，但是对于家长们没催婚已经是感激涕零了，也就没有反驳他们俗气的感情观，敷衍地一笑而过。

知识点

其实职业没有高低贵贱之分，但是在某些中国家长眼中，只有公务员才是正当职业，最多再加个教师。谁家孩子在私企上班，拿的工资是公务员的数倍甚至数10倍，在他们眼里也不过是“不稳定的工作”。扎心……

假期结束后，丸子回到仙汕上班。几天后，小安也回来上班了，并且信守承诺给她带来了北方的特产。北方的糕点做得比较粗糙，南方人的确是不能接受，特别是对于丸子这样挑食的南方人来说。

拿了第一块糕点尝了一口，丸子只觉得干巴巴地难以下咽，但还是礼貌性地吃完了。表面平静，心里早已在哀嚎：世界上还有更难吃的糕点吗？！不甘心的丸子拿了第二块糕点尝了一口，然后她哭了：还真有啊！

“不装了，太难吃，我！吃！不！下！了！”丸子大大咧咧地吼道。她觉得，在这么难吃的情况下，她还吃了一块零一口，已经给了小安天大的面子。

可能很多人觉得丸子这样直接地表达自己的感受，会不会太自我，不顾别人的感受？

但是小安不这么认为。他觉得这是他跟丸子相处起来轻松的原因。至少丸子不装，不需要他去猜测她的想法。在一个人面前不掩饰、不遮掩，也是信任的表现。而且，丸子不是会委屈自己去成全别人的性格，这一点也让小安觉得跟她相处不会太有负担。大家都只要舒适地做自己就好。

因为在处理年前那个棘手的交通肇事案上，小安又给了她一个靠谱的建议，于她有恩，而且小安还给她带了礼物示好（尽管巨难吃，总归也是惦记着），于是，丸子很识相地跟小安恢复了往日的密切联系、友好交往。“没办法，拿人手短、吃人嘴软啊！”她扼腕叹息道。

恢复“建交”后，小安对丸子似乎比以前还要好一点。虽然还是改不了贱贱的口气，但是联系比以前更密切，陪伴也比以前更多。小安作为一名执行法官，平时工作有多忙碌可以想象，但是只要他有闲暇时间，他首先想到的还是陪伴丸子，看电影、逛街、跑步、登山……

有些女生比较能沉得住气，只要对方不明确表白，就可以装傻到底。丸子在很多事情上都稀里糊涂，唯独在感情问题上却泾渭分明。她无法心安理得地接受小安不明不白的好意。他的殷勤和体贴，令她心绪难平、纠结万分。“除了没有声明是男女朋友，没有牵手拥抱，这样的相处跟谈恋爱又有什么区别？他到底在顾虑什么？就算他不是汉东人，那他不是也在汉东工作了吗？我俩也没异地啊！”

有的时候丸子觉得，宁可不要这种不明不白的好，也不要再纠结了。心被搅得一团乱麻，她不知道该如何面对小安。

人一纠结就容易烦躁，经常小安来找丸子，莫名其妙地就被故意找茬、吐槽。

小安虽然可怜，但也并非无辜。对此，他心里还是有点数的。加之他本来脾气就好，所以就心甘情愿地忍受着丸子的小情绪。

小安的沉默和忍耐，让丸子既恼火又愧疚。有什么办法能撬开他的嘴呢？

14 娶女检察官是何体验?

那段时间有篇文章特别火，叫《娶女律师做老婆，是怎样的一种体验》。受该文启发，一次在食堂吃午饭时，几个检察官坐在一起讨论起“娶女检察官做老婆是什么体验”的话题来了。

应女士首先感叹：“唉，现在女检察官难嫁啊。”这个看似无奈的开场白，其实是道“送命题”，接过话茬的男士若答得稍微有点偏差，可能将“死无葬身之地”。

小王勇敢地挺身而出，接过了话茬：“那是因为你们太优秀了，男的觉得自己配不上，不敢追！”说出这个答案的他，比在场的所有的女士加起来还优秀。虽然觉得有点浮夸，还是忍不住要给他满分。

不过，客观点来讲，女检察官难嫁的确可能有自身比较优秀，在本地找个“势均力敌”的男士不太容易的因素在，也有人们对女检察官存在某种误解，误以为女检察官要求很高，导致男士们只敢远观不敢近追的原因。此外，还有一个很重要的原因，就是她们太忙了，没什么时间相亲、谈恋爱。

“女检察官普遍颜值比较高。”亚男姐说道：“这不是我自夸，是我混迹这个圈子多年，圈内公认的事实。当然我说的颜值高并不是说女检察官个个貌美如花，花枝招展，毕竟我们不是混娱乐圈的，只是说外表让人看着舒服，穿上制服后就更精神了。”

“不过，我的颜值拖后腿了。” 亚男姐又谦虚地补充道。

“你的颜值还拖后腿啊？亚男姐明明是拉高女检察官平均颜值 2 个 level 的存在啊。”马屁精·丸子上线。

“丸子你什么时候也被他们带坏了，变得这么浮夸？”亚男姐假装责怪道，接着把扯远的话题拉回来：“好了，我还没说完呢。因为女检察官颜值普遍比较高，我看到娶了女检察官的男士们经常在朋友圈晒媳妇。所以，娶女检察官的第一个体验应该是会忍不住想炫耀吧。”

“但是你们明明可以靠颜值，却非要拼才华。”顾主任“奉承”道。这群检察官们真是一个比一个浮夸。

“怎么说怎么说？”小戴催着顾主任继续表扬。

顾主任娓娓道来：“如果光有外表，没有内涵，跟花瓶又有什么区别？娶女检察官就不用担心老婆徒有虚表啦。成为检察官的条件是什么？现在任命检察官除了年满 23 周岁，是中国公民，政治过关等要求外，还要求通过有国内‘通过率最低的从业资格考试’之称的司法考试*。此外，任命机关可能还会有公开发表论文等要求。这样一个过得了司考，发得了paper，而且还办得了案子，能和犯罪分子斗智斗勇的女人，不用担心她无才，很多男人只需要努力和她齐头并进就行了。”

“顾主任666,太会聊天了,不愧是领导身边的人！”丸子赞不绝口。

但小戴敏锐地发现了顾主任第二波盛赞中的bug，她抱怨道：“顾主任，您这么说显得我们有点强势唉！”

顾主任赶紧解释：“绝对不是这个意思！你们是进可御姐，退可萝莉！ 工作使然,你们必然要有强势的一面,不然怎么震慑犯罪分子？但生活中，你们也只是普普通通的女人。你们不会用侦查贪官的手段去侦查老公，对吧？如果利用职务之便去查是违纪，甚至还可能构成犯罪。你们也不会总是用讯问嫌疑人的口吻去讯问老公孩子，对吧？还有,你们也不至于用审查证据的质疑眼光去怀疑身边的一切,对吧？”

“咳咳……知法犯法我们肯定是不会的，但是会不会‘讯问’老公孩子还真不好说……毕竟，老公一懒、孩子一皮，我这职业病一上来,场面就比较容易失控了。”已婚已育的反贪美女侦查员蓁蓁自黑道,听得在场的未婚人士目瞪口呆。

知识点

很多职业的人都有着特点鲜明的职业病，检察官也不例外。检察官的职业病通常表现为：讲逻辑、不服输、强烈的证据意识和质疑精神以及时不时冒出的讯问口吻。据说患这种病的概率女高于男。原因很简单，男检察官回到家可能就不太管事了，女检察官回到家不但要

* 现在叫法律职业资格考试，简称“法考”。

管教孩子，有时还得管管老公。没办法，能力越大，责任越大。

蓁蓁又赶紧宽慰道："别怕别怕，女检察官还是很温柔的。检察工作的复杂性使我们练就了同龄女孩没有的成熟稳重、冷静从容，所以另一半经常可以享受到被照顾的感觉，在大事上也有人商量。"

小戴点点头表示同意，同时又卖萌道："但成熟不意味着我们没有可爱的一面。工作上独当一面久了，在生活中就会特别想依赖。所以'老公不在，生活不能自理'这种事应该偶尔也会发生在女检察官身上吧？毕竟，这才是一个有血有肉的正常人。"

作为在场唯一一个已婚女检察官，蓁蓁最有发言权："你说得都对，都对！不过，你都说了会跟另一半撒娇才算一个正常人，我还能给否定回答不？"

"唉，其实当我老公也挺惨的。"蓁蓁话锋一转，突然神色凝重："我经常出差，扔下孤儿寡父一走就是十天半个月，我老公是一个人既当爹又当妈。"

"的确是不容易。"应女士表示赞同。

"因为对老公有愧疚，所以我在金钱上对老公很大方。我老公最好哥们的老婆是银行的，那哥们每个月的工资没到手上就被老婆扣走了。每次他跟我老公吐槽，我老公都很自豪地说，他工资卡都是妥妥地受自己支配的！"

"蓁蓁检察官太善解人意了！"小王看看自己工资卡上的余额，十分羡慕女检察官的老公钱包那么充实。

"哈哈，你是不是很羡慕？"蓁蓁一眼识破，小王忙不迭地点头。

"别急着羡慕。我老公说了，因为我是检察官，他的工资卡虽然保住了，但仍然过着谨小慎微的生活，因为担心万一惹我不开心就被我弄进去了，有钱也只能留到牢里去加餐。”蓁蓁继续自黑。

“哈哈，你老公肯定是在说笑，哪有他说的那么可怕，你平时明明是一个很 nice 的人啊，这点我们大家有目共睹。或者，是你自带不怒自威的气场。”应女士替她正名。

“优秀的同事，绝对是优秀的同事！会聊天！”蓁蓁很感恩这帮同事的理解。因为大家互相比较坦诚，对彼此也都心存善意，所以相处起来没那么多后顾之忧，闲聊时也不用欲言又止。这样的同事间相处模式，在体制内实属难得。

“说回正题，最近有个很热的词叫‘经济适用’。从这个角度来说，我觉得娶女检察官的男士可以偷着乐了。既然是谈婚论嫁，话题当然不能免俗地要落到养家糊口上。女检察官既能自己糊口，也能帮着养家，可以说非常优秀了。你们看啊，女检察官虽然不是高收入群体，但只要不是太败家，工资收入解决个人温饱问题还是够了的，一般不需要老公支援。不过，要在经济上养家可能还需要再节衣缩食点。但我说的养家不只经济上的，还包括操持家务、赡养老人、抚养孩子等。咱没钱，还不能出力嘛。虽然工作繁忙，但除了自侦部门上案子时说走就走外，其他部门的同事上班以外的时间基本上还是能自己支配的，而且组织也会考虑个人情况，在分配任务时适当照顾有家室的女同志，所以女检察官多少还是能照顾到家庭，只是辛苦点。”蓁蓁继续分析道。

顾主任觉得蓁蓁说得在理，顺便还补充了几个娶女检察官的优点：“有体面稳定的工作让公婆对检察官儿媳多了一份尊重，明事理、情商高的女检察官们在处理婆媳关系时也比较懂得如何进退，所以咱们身边以蓁蓁为代表的女检察官们跟公婆的关系都很融洽。另外，在小孩问题上女检察官们做得也绝不含糊。从朋友圈就能看出，她们工作上细心耐心的好习惯正好也用在了照顾孩子上，永远都在学习新法的劲头也被用来和孩子共同学习上。说到这，我想起上次在朋友圈看到，蓁蓁老公问孩子更爱爸爸还是妈妈，尽管威逼利诱、软硬兼施，孩子还是始终坚持更爱妈妈的立场。所以你们看，尽管陪伴不一定多，但是检察官妈妈们对宝宝的爱和付出，其实宝宝们都感受得到。”

“哈哈，我也看到那条朋友圈了，不愧是检察官儿子，懂事又有主见，立场坚定！” 丸子激动地表示，一向爱看朋友圈晒娃的她当然不可能漏看。

“对了，我还想到一个娶女检察官的体验！”丸子的思维比较跳跃。“有些娶了美貌与智慧并存的老婆的男士，可能会担心老婆带出去就带不回来了，所以不敢带出去；有些娶了没那么让自己满意的老婆的男士，可能会不想带老婆出去。但是女检察官的另一半应该还是很乐于带妻子出去的吧，不会有那么多顾虑。”

小王觉得丸子也是女检察官，应该不好意思太过自夸，于是很有担当地接过表扬的接力棒：“虽然我没娶女检察官，但是站在男士的角度来考量，我也觉得是乐意带出去的。因为一方面，身为检察官的老婆言谈举止得体，能给自己挣足面子；另一方面，还不用担心带不回来，检察官是监督者，打铁还需自身硬，自己的生活作风首先要过硬。所以，娶女检察官还是很让人有安全感的。”

小王这番话虽然有“奉承”之嫌，但也基本符合客观实际。

这时，亚男姐发出了直击灵魂的拷问：“既然我们把自己夸得这么好，那为什么我们都没嫁出去？”全场顿时目瞪口呆。

几秒之后，丸子率先反应过来：“大概是因为我们太忙了吧？”

可以可以，非常好的自我安慰理由。在座的女检察官们都表示很受用，有被安慰到。

聊至此，午休时间已过去一大半，各人散去，准备稍作休憩，满血投入下午的工作。

作为新手公诉人，丸子在工作上虽然逐渐上手了，但还远未到得心应手的程度，所以经常免不了加班。

当天晚上加完班一个人回到家，她回想起中午同事们聊天时的场景，突然灵机一动，知道怎么试探小安了！

15 猝不及防的告白

在感情中，女生到底该不该主动?

关于这个问题丸子形成了自己的一套系统的理论。虽然当时的她还是个母胎 solo*，从没正儿八经地谈过恋爱，也没看过多少言情小说，但这并不妨碍她在“纸上谈兵”方面见长。

她支持女生主动“撩”喜欢的男生，但是不鼓励“倒追”。所以，什么是“追”，什么是“撩”呢?

在她看来：“追”就是直接告诉对方“我喜欢你”，然后各种“骚扰”各种邀约，糖衣炮弹，简单粗暴。而“撩”，则是指隔三差五地找对方聊个天，关心近况、嘘寒问暖，让对方觉得你对 TA 有意思，但又不挑明，相对婉约。

她不鼓励女生倒追，并不是说她对女生倒追有偏见，并且，她也

* 网络流行词，指从出生开始一直保持单身，没谈过恋爱。

不觉得这样的行为掉价。之所以不鼓励是因为女生倒追一般都没有好下场。（划重点）

想想《致我们终将逝去的青春》中“玉面小飞龙”郑微，多勇敢、多美好、多明媚的一个女孩子啊，最后还是被她好不容易追到的男神林静放弃了。

那么多剧、文、电影中，未曾辜负过女孩倒追的那份勇气的就只有何以琛。不是所有女生都像那个总是睁大眼睛问“我怎么这么笨，追了半天人家都不知道我在干什么”的赵默笙那么幸运。

所以，丸子其实是为了女生好才不鼓励倒追，因为风险太大。

那么，她为什么又严重支持女生主动撩男生呢？

首先，丸子认为，主动“撩”了，他才可能变成你的啊。如果是“郎有情妾有意”就不存在谁主动的问题，肯定就一拍即合了。现实往往是，你看上了一男生，但是人家暂时还没看上你。这时候，你如果还不主动“撩”一下，怎么能进入下一个互“撩”阶段，然后再把他彻底变成你的？

“千金易求，真爱难觅”，遇到真心喜欢的人不容易。所以，每次闺蜜或粉丝有这方面的情感问题咨询丸子时，她总是说：“不要干巴巴等着，眼睁睁看着他被其他人‘撩’走。该出手时就出手！”

可能有些女生会担心，因为是自己主动“撩”的对方，“撩”到手后，对方不珍惜怎么办？对此，丸子也有自己的一套说辞。她觉得，对方不珍惜不是女生主动“撩”的问题，而是她看错了人。好男生才不会因为是女生先主动“撩”的他就不珍惜。

丸子支持女生主动“撩”喜欢的男生还有一个理由是，就算“撩”失败了，后果也不严重。

因为“撩”侧重于试探和刷存在感，打死不表白。所以，就算“撩”失败了，女生也可以潇洒转身，对外宣称：“我只是觉得他懂很多，想跟他做个朋友，所以有时候会主动找他聊天，向他请教，或者约个饭。不信你问他。你们不要脑补太多了。”这样就不会造成“恶劣”的社会影响。

并且，“撩”失败了，对于女生自身而言，顶多就是伤筋动骨，伤口离心脏还很远，死不了。因为“撩”失败的原因一般是对方不怎么热情回应，或者暗示婉拒，你根本还没来得及投入太多的情感和精力，所以一般不会陷得太深。

只提供原理不提供方法论的，那叫空谈。关于“如何撩汉”，丸子也有自己的一套“方法论”。

知识点

一套成熟的理论都会有自己的原理和方法论。原理是自然科学和社会科学中具有普遍意义的基本规律，方法论是人们认识世界、改造世界的方法的理论。在丸子这套“撩汉”的“歪理邪说”中，她不仅总结出了原理，还贴心地提供了实践的方法。

她认为，“撩汉”，是理性，是隐忍，是克制。所以得多开动脑筋。她甚至还觉得，在“撩汉”这件任重而道远的事情上，使用一点点套路也不为过。因为只要心是真的就行，套路也是为“在一起”这个美好的终极目的服务的。

在双方还不熟的时候，女生可以多主动找对方聊天，刷足存在感。不过，主动归主动，还是要把握分寸，要做到热情主动但不纠缠，切忌天天去烦，从早烦到晚，因为大家都很忙。

如果有幸挺过那个半生不熟的“尬聊”阶段之后，丸子觉得可以试着约出来吃饭看电影了。毕竟“聊天得来终觉浅，绝知此事要躬行”。

对于“撩汉”这件事，她还是持谨慎态度的——实践出真知，是否合适还是要见面多接触接触才能下定论。

凭借这套完整的“撩汉”理论，丸子成功帮助几个闺蜜和女粉丝脱了单。不过，她心里也清楚，现实生活千变万化，没有哪本教科书能够完全囊括，她的理论还是有局限性的。而且，人一旦动了心，哪那么容易控制自己的行为，哪能做到凡事都按理性设想的那样去做。就像杨绛先生说的，感情是很难控制的，人是很可怜的。

正如她自己，当她遇到喜欢的男生时，她的那套“理论”就完全失灵了。她甚至“怂”到不敢承认自己喜欢小安，连对自己坦白这一点都做不到，更别提主动“撩”了。

不暗戳戳地“撩”就算了，她还违背了自己一贯以来坚持的“打死不表白”的原则，简直就是“花式作死”。

有句话说得好，暧昧中沉不住气的永远是女生。丸子也没能幸免。她犯了绝大多数暧昧中的女生都会犯的错误——沉不住气了。

或许是因为真的很喜欢吧，所以才会铤而走险去试探。她用了自认为很隐晦、很高明的方法，其实笨拙到对方早已看穿这一切。

自从跟小安线下见过之后，平时如果没什么大事，丸子基本很少主动找他聊天。哪怕是真的有想聊的话题，她也要等到小安找她聊天了才装作不经意地说起。她认为这是女生应有的自觉。虽然丸子基本上称得上是一个不做作的女生，但是在喜欢的人面前还是会不自觉地端着以示矜持。

这一天，在等到很晚小安还没来聊天的情况下，她破天荒地主动找他聊些有的没的，然后又“不着痕迹”地将话题过渡到她中午跟同事的聊天主题上。

她把跟同事们聊天的内容一五一十地说给小安听，想试探一下他的反应。

聪明如小安，当然知道丸子的用意。她的心意，他一直都看在眼里。

女检察官是公认的高冷人群，她们在喜欢一个人时，可能会比其他女生表现得稍微含蓄一点。但毕竟也是女人，真的喜欢上谁了，再怎么隐藏，难免还是会在不经意间露出马脚。

有人说，女生喜欢一个人时会经常主动找你聊天。虽然在跟小安的交往中，丸子不太主动开启聊天模式，但每次聊上了她都会有意无意地主动找话题。

他们之间总有说不完的话。她可以放心地跟他分享一切心情，开心的、伤心的、得意的、失落的，不用担心他会鄙视她的大惊小怪、没见过世面，也不用担心会被他出卖、背叛。

虽然能说会道是法律人的天性，但“司法民工”们都这么忙，没有时间跟无关紧要的人闲聊。之所以跟你说那么多，还不是因为你很重要啊！对此，小安心知肚明。

她会不自觉地担心他误会。有时候临时有工作放他鸽子，或者在看守所提审、在开庭很久没回复信息，她都会在方便回复的时候第一时间回他。还有，每当朋友开她和其他男生的玩笑，不管小安是否知道，她都会有意无意地向他解释，以免他误会。对此，小安也是清清楚楚的，因为他自己也是这么操作的。

有人说，女公诉人比较有攻击性。某种程度上来说，的确是这样的。工作上，她们要跟犯罪嫌疑人斗智斗勇，在法庭上与辩护人唇枪舌战，她们要做工作上独当一面的女汉子，有时候难免看起来会比较强势。要一个女汉子放下身段跟一个真汉子撒娇，太困难了。

丸子平时也不是那种会撒娇的好命女人，不然也不会 solo 至今。但是面对小安，她总能毫无违和地撒一些无伤大雅的娇，“偶罢，拜托拜托”，“就知道你对我最好了，么么哒”……如果不是因为爱情，谁能干出这种事？对此，小安也是早已看破，并且很受用。

“我很忙，但永远对你有空。”这句温暖的情话，相信很多人都曾经看到过，幸福的人们可能还亲耳听到情人说过。

因为工作、职责、使命，女检察官可能做不到永远对某个人有空。但是对于小安，丸子都会尽量抽时间相处。

有一次，小安几个大学同学过来玩，问丸子周末是否有空一起，她爽快地答应了。如果不是周五晚上小安临时有事去检察院找丸子时从门卫大叔口中得知，他可能永远都不知道丸子为了周末陪他们，那个星期每天晚上都加班到10点以后。当时小安觉得又好笑又感动："为了周末不加班跟我们一起出去，她也是够拼的。"

小安还发现，不知道从什么时候开始，丸子的情绪也变得容易受自己影响。声称早已看破世间万象、人情冷暖，练就了一颗坚如磐石的心的她，却会因为他一句话开心到飞起或者心情跌到谷底。

能轻易牵动一个人的情绪，说明你真的走进了TA的心。小安也不是直男癌患者，察觉丸子的情绪容易受自己影响之后，他在跟她相处时就多留了点心。他明白这样的感情有多可贵，所以不想仗着能够影响她的心情，就随随便便伤她的心。

丸子的心意他都懂，甚至可能比她自己还了解。但是他给不了任何承诺，所以每次在她试探时都只能浑水摸鱼混过去。不过，这一次，他没能跟之前每次的试探一样化险为夷。

丸子说完跟同事们的聊天话题之后，小安仍然只是装傻应和，不发表任何倾向性意见。丸子一下就急了：

“平时看你挺机灵，为什么关键时刻总掉链子？你是装傻还是真愣啊？你到底喜不喜欢我？你到底知不知道我喜欢你？”

老帅哥乔治克鲁尼曾经这样评价过爱情：“找一个爱的人是一件畏羞的事情，尤其是用上你的一辈子。”

在我们这个爱情快要沦为快餐的时代，深情而专一地去喜欢一个人反而成了一个笑话。所以，喜欢一个人的情感，让那些原本就害羞的人们更加难以启齿。

但是就像《傲慢与偏见》中说的，“将感情埋藏得太深有时是件坏事。如果一个女人掩饰了对自己所爱的男子的感情，她也许就失去了得到他的机会”。一味地沉默，只会铸就错过。所以，适当地坦露自己的感情，其实是必要的。就算是直截了当的告白，也不一定像丸子认为的那样就是错的。

只是，会在这样的场合下，毫无征兆、简单粗暴地表白，是丸子始料未及的。她被自己打了个措手不及。

小安的反应倒挺淡定。可能因为对丸子的心意早已形成内心确信，知道这一天迟早会来，心理有所准备。在丸子一连串的拷问之后，他也没说到底喜不喜欢她，只是说了句：“我现在不想谈恋爱……”

知识点

内心确信指法官在内心对审理的案件形成某种确定且坚信的结论性意见，产生成竹在胸的感觉。这种确信是法官通过听取当事人的举证、质证、辩论、审阅卷宗、查找法律规范依据等活动，并运用既有的法律知识，按照一定的诉讼规则作出的理性判断，而非对案件的感性认识，具有非常高的可靠性。

文中用“内心确信”这个词，说明小安对丸子喜欢他这件事在经过充分论证之后深信不疑。毕竟，小安是一位严谨的法官大人呐。

16 他只是没那么喜欢你

收到小安婉拒的消息时，可能由于冲击太大，丸子有点懵。过了好一会儿她才反应过来，眼泪夺眶而出。心理学上的“创伤后应激障碍”在她身上体现得淋漓尽致。

知识点

创伤后应激障碍又称延迟性心因性反应，是指个体经历、目睹或遭遇严重威胁或受伤后，个体延迟出现和持续存在的精神障碍，临床症状表现为回避、麻木等。此处是夸张用法，可见作者文风比较浮夸。

人生中第一场告白，不说十拿九稳，多少也应是有点把握的，没想到竟以这样的狗血理由收场。丸子已经不想再跟小安多说一个字了。

哭了好一会儿，她觉得自己的心情稍微平复一点了，就给闺蜜娜娜子打了个电话。

"什么？失恋？你恋爱都没谈，哪来的失恋？"电话那头，娜娜子一脸懵。

丸子不好意思地解释道："我脑子秀逗了跟小安告白．就是那个法院的小伙伴，然后被拒绝了。"

娜娜子觉得很奇怪："听你平时跟我说的，我感觉你俩挺情投意合的呀，就是谁先捅破窗户纸的问题。他怎么会拒绝你？"

丸子很无奈："他说他现在不想谈恋爱。"

娜娜子试着以轻描淡写的方式宽慰丸子苦闷的心："不谈就不谈呗。"

"可我明明觉得他是喜欢我的啊。"丸子辩解道。说完又"哇"地哭了。

她是真的不甘心，明明两个人互相有感觉的，为什么就不能在一起？

娜娜子见状安慰她："多往好的方面想。虽然我还没见过小安，但是从你跟我描述的你俩的相处情况来看，我觉得他对你并非完全没有感觉。所以，可能是因为他是外省的，以后还是想回老家去，不想在这里谈恋爱。如果是这样，那他就是出于对彼此负责的考虑，才选择不跟你在一起的。或者还有一种可能，就是他旧伤未愈，还没做好开始一段新感情的准备。又或者，他得了绝症，不想拖累你呢？……好吧，我编不下去了，其实根本没有那么多可能。他不是不想谈恋爱，只是不想跟你谈恋爱而已。他只是，没那么喜欢你。"

"不是说'爱是想触碰又收回手'吗？我觉得他还是爱我的。"丸子不甘心就这么被说服，试图做最后的辩解。

娜娜子不留情面地拆穿："你怎么知道他想触碰？现实是，你都向他伸手了，他还收回手。他如果真的喜欢你，就不会舍得让你这么难过；他如果真的喜欢你，就不会甘心让你的幸福由其他人给，而他自己只当一个旁观者。所以，别再自欺欺人了。节哀顺变，该干嘛干嘛去吧。”

这下丸子哭得更厉害了。

娜娜子心存内疚：“怪我，瞎说什么大实话呢！”

但行动上，她还是继续补刀，为了让丸子直面惨淡的现实：“第一次遇到这种事难免伤透心，以后遇到的多了就习惯了。”

这下丸子倒是不哭了，一脸惊呆地问她：“以后还会遇到啊？”

娜娜子以过来人的口吻回答：“当然了。人生在世，哪那么幸运，刚好你喜欢的人也喜欢你。不是说，受了一次伤，下一次就一定会跟幸福相遇。我们只能选择坚强，去抵御所有冷不防的不测。”

丸子听了觉得很有道理。既然人生有那么多的挫折和无奈，这次不过是其中之一，也没必要太想不开了。就像娜娜子说的，“该干嘛干嘛去吧”。

虽然二人同龄，但是娜娜子从中学开始就一个人在外求学，更早的独立让她经历得更多，在很多事的看法上自然也比丸子成熟一点。

大概失恋也是会传染的。就在丸子单方失恋后不久，芳芳学姐也失恋了。

那个被丸子视为女汉子的女人，竟然因为一个男人，在她面前哭得跟个傻子似的。这让她大跌眼镜。

丸子确实感到很意外。芳芳学姐在她眼中一直是雷厉风行的刑庭女法官形象。大学时就是学校的法学会会长，很能干、很强势。工作之后因为她在公诉，芳芳在刑庭，平时接触比较多，丸子更是多次领略了她在法庭上的果敢、干练。

然而，就是这样的一个强大的女人，也逃不过爱情的魔掌。

虽然丸子连自己都安慰不了，她还是试图安慰芳芳：“不就正常的失个恋么，跟你以前遭遇的悲剧相比，根本算不了什么。”一个女人安慰另一个女人的最好方式是“我比你更惨”，但是因为芳芳跟小安一个单位的原因，丸子觉得不好跟他的同事说他们的状况，就从没在她面前提过小安这个人，这个时候也不好提小安伤她心的事。

芳芳哭着说道：“我知道这不算什么大事，可还是无法控制得想哭。我以为经历了这么多我已经足够坚强，不会再轻易掉眼泪，没想到还是这么容易被感情压垮。一瞬间所有的努力都失去了意义，我小心构筑的精神世界突然轰塌了。”

人最怕就是动了心。她们都曾为爱彻夜流泪、辗转难眠。同是天涯沦落人，丸子特别能理解芳芳的感受。但是除了陪着，她什么都做不了。

失恋，是绝大多数人人生中必须经历的苦痛，他人无法替代承受，甚至无法安慰。要走出来，也只能靠当事人自己。

走出失恋这门人生的必修课，需要自己去摸索。

现如今是一个羞于或者不屑谈论爱情的时代。一说到钱，所有人都兴致勃勃；一说到爱、喜欢，大家就觉得这些浪费时间精力的破玩意算什么东西？

我们没时间去认真体会喜欢一个人的感觉，我们害怕受伤，不敢去喜欢、去爱。那些单纯的爱情似乎离我们已经很远很远了。物质时代，就连爱情都成了奢侈品。

所以，能像丸子和陈芳芳一样卸下防备、毫无保留地去喜欢、去爱，其实是一件特别美好的事。哪怕最后伤心泪流，至少真心付出过，就没有遗憾和悔恨。就算最后没有收获幸福，至少收获了成长，不是吗？

17 那些讯问过的奇葩嫌疑人

在一起过和从没在一起过的失恋是两回事。正如丸子自己所说，撩失败了顶多是伤筋动骨，离心脏还很远，因为还没来得及投入太多的情感和精力，一般不会陷得太深。告白失败也是同样的后果，最多加一个丢脸。

所以，伤心了没几天，她就迅速满血复活，又变回那个元气满满的鸡血少女。跟小安的关系，两个人很有默契地从好朋友变回陌生人，互相切断了任何联系。

自从到了公诉，丸子发微博就有了更多的素材。在不断地介（吐）绍（槽）公诉检察官日常工作的积累之下，她成了圈内小有名气的“准检察官”博主。

知识点

准检察官并非一种正式的说法，是指通过司法考试（现在是“法考”）并考入检察院的检察官预备人选。检察官预备人选的年龄、工作年限等符合检察官任职条件后，才有可能被任命为检察官。

以前跟小安打得火热时，丸子总是不自觉地在小安身上耗费很多精力。不联系了之后，她正好把这部分精力都用在自己身上。以此为契机，丸子开始琢磨如何“玩”好微博，并渐渐从在微博上比较随意地碎片化“吐槽”向有意识地运营微博转型。

周三上午，她跟老张一起去看守所提审犯罪嫌疑人。因为要提审的嫌疑人比较多，他们早早就去了看守所，很幸运赶在提审高峰期到来之前抵达，不需要“等位”。

先从简单案件入手。他们第一个提的是盗窃案犯罪嫌疑人王迅。

王迅系初犯。他到朋友家借住时，看到朋友的苹果笔记本电脑很是喜欢，一时起了贼心，趁朋友不在时偷偷配了钥匙。搬离朋友家之后的一天，王迅趁朋友出差期间又折回他家中偷了苹果电脑一台、现金一万元。被抓获后，现金已被王迅挥霍完毕，笔记本被当场扣押。

王迅对自己的行为懊悔不已，所以讯问时，他供认不讳。他是彻底想明白了要好好表现，争取获得从宽处理。但是，他似乎用力过猛了。

当老张按照惯例问王迅有无立功时，他突然大义凛然地举手道：“有，我要检举我同监室的刘炎！”

“你要检举他什么？”老张一副愿闻其详的表情。

“刘炎整天在监室骂你们领导，还有公诉科的全体检察官，真的是太过分了！”王迅愤慨地说着，带着义正言辞的表情。

王迅的回答让老张和丸子大跌眼镜，他们以为能挖到什么犯罪线索。

老张无奈地表示："这不算立功，要检举揭发他人犯罪才行。"丸子也感到无奈，不过内心还是默默感谢王迅告诉她谁在背后说她坏话！皮一下很开心了。

第二个提审的李大伟是一个涉嫌故意伤害罪的犯罪嫌疑人。李大伟很社会，讲义气，替朋友出头，将朋友的死对头打伤，现在自己进局子里了。

虽然打人不对，但李大伟也算敢做敢当，对自己的行为也是供认不讳。在这一点上，丸子敬他是条汉子。前面的讯问还算顺利，也是问到立功问题时，他"出戏"了。

老张问："你有无立功？"

李大伟表现得很不屑："立功这种事情我是不会做的。"

停顿了一会儿，他旋即又加了一句："虽然我的确是知道不少线索。"李大伟特地强调这点，表明自己并非不能立功，而是不愿、不屑。

丸子见状，决定满足一下他的虚荣心，于是装作很好奇的样子问他"为什么"。

李大伟无时无刻不想展示自己的江湖义气："这种都是出卖朋友的事，我才不干。"

老张见他不但对"立功"问题存在某种误解，态度还那么不端正，决定灭灭他的威风，反驳他："检举别人犯罪怎么是出卖呢？犯罪了就应该受到制裁，又不是你逼他去犯罪的。检举揭发他人犯罪或者协助抓获其他犯罪嫌疑人是对社会有利的事，所以才叫'立功'。"

李大伟虽然觉得老张说得挺有道理，但为了面子不肯承认，脸上还是一副不屑的表情。估计他当时的内心活动是："哼，看破不说破还能好好做笔录！”

提审的第三个犯罪嫌疑人刘岳林是一个N进宫的惯犯，前科犯罪和本次涉嫌的犯罪均为盗窃。丸子在记录讯问过程时，写刘岳林的前科情况几乎写到手软，光是前科就写了满满半页纸。（当时由于看守所设备不完善，讯问笔录还需要手写。）

知识点

前科的意思很简单，就是以前的犯罪记录。前科的一个著名的搭配是“累累”，前科累累说的就是刘岳林这种前科够写半页的情况。司法实践中，由于学历低、犯罪成本低、再就业困难等原因，盗窃犯的再犯率相对较高，一些人甚至以此为生，成了职业惯犯。

讯问时，他本来还多有狡辩，能赖的想尽量赖掉，争取数额少认定一点，然后可以轻判，早日出来继续偷。

但是他的同案犯罪嫌疑人并没有他那么“经验丰富”，在监控录像、聊天记录等铁证前，早就一五一十地交代了。

刘岳林也只能怪自己当初瞎了眼，找了“猪队友”。既然大家都交代了，他也只能坦白，这样还能获得从宽处理。

知识点

坦白一种法定从轻情节。犯罪嫌疑人自动投案，到案后如实供述自己的犯罪事实，是为自首。但如果犯罪嫌疑人被动归案(比如被抓获)，到案后能够如实供述自己的犯罪事实，这种情形即为坦白。同为从轻情节，因为坦白没有“自动投案”这个动作，所以量刑时从轻幅度较自首轻。

做完笔录之后，老张让他核对一下笔录，看看有无需要更改或补充的。

刘岳林爽快地接过笔录之后，刷刷刷地签字、捺指印，还自觉在涂改处按了指印。在没有讯问人提示和指导的情况下，连贯地完成了这一系列动作。

丸子暗自窃喜：“不愧是N进宫的人，动作很娴熟嘛。虽然讯问时挺不老实，至少签字时不用像刚才那个王迅一样需要指导半天，还总是漏这漏那。”

提审完刘岳林之后，已经到了饭点。因为还有个嫌疑人需要提，老张和丸子就跟着驻所检察室的同事在看守所食堂蹭了个饭。午休一结束，他们马上开始了下午的讯问。

这次讯问的是抢劫犯罪嫌疑人杨文希。他在侦查阶段就一直拒不认罪，但是因为其他证据比较扎实，还是被批准逮捕了。

到了审查起诉阶段，老张本想做做思想工作，让他看清形势如实交代，然后尽量赔偿被害人损失，争取从宽处理。没想到他并没有认罪的打算。

老张问他：“你在公安机关交代的是不是事实？”

杨文希想好了要否认一切：“不是事实，我没有抢劫。”

“你在侦查阶段讲的就是没有抢劫，你所说的‘没有抢劫’是不是事实？”老张很无奈，但还是耐心向他解释。

“不是事实，我没有抢劫。”杨文希跟复读机似的，就只会说这一句话了。

老张的内心是崩溃的，“究竟是我的表达有问题，还是你的理解能力有问题？”丸子看得也抓狂，“这也太沟通不能了吧！”

眼看着要问不下去了，老张就停下来跟杨文希闲聊几句，关心一下他的家庭状况，然后继续做思想工作。因为杨文希的妻子早年就抛夫弃子离家出走了，儿子由他一个人抚养。现在他被抓进去，他的儿子只能到亲戚家暂住，寄人篱下。老张劝他为儿子考虑一下，改变认罪态度，争取获得从宽处理。

说到儿子时，杨文希有些动容。但是跟他自己要坐牢相比，儿子有没有父亲又显得没那么重要。

犹豫了一会儿之后，他还是选择不坦白。“扛过去了可能就能无罪释放了呢？”这是很多不认罪的犯罪嫌疑人都会有的侥幸心理。其实杨文希不那么为儿子考虑也能料到，如果真那么爱儿子，可能就不会干出抢劫这种事了。

做了将近两个小时的思想工作之后，杨文希还是坚持不认罪的立场。这时候，老张接到院里电话，说丸子负责审查的一个危险驾驶案的犯罪嫌疑人不请自来了。

“既然这边没进展，不如收工回去吧。”二人结束了对杨文希的讯问匆匆忙忙往单位赶。

经过这次的讯问，丸子也明白了，不是所有的动人以情、晓之以理都能成功说服别人改过。

回到院里之后，远远就看见有个人在大厅候着了。原来是她手头的一个危险驾驶案的犯罪嫌疑人林建。丸子纳闷：“怎么不招呼一声就自动过来接受讯问了？”问了才知道，原来人家急着出门谈生意，担心跟讯问的时间撞上，所以就主动来找了。

“这如意算盘打得还真不错，诉讼、生意两不误！”丸子暗暗吐槽。

但是人家主动找上门了，还是不能为难他，老张和丸子就给他做了讯问笔录。

丸子觉得很奇怪，为什么林建在两次酒后驾驶被行政处罚了之后还要酒驾，然后有了这次血液酒精含量达到 129mg/ml 被刑事立案，于是问了缘由。

林建抱怨道："还不是因为卡点经常设在我家附近，我每天都要经过这条路，所以比较倒霉，又被查到！"

丸子惊呆了，林建居然还没认识到自己的错误，认为有今天的下场是因为卡点老设在他家附近而非自身原因，一时情急脱口而出："不是因为你家住卡点附近才会被查，是因为你有酒驾的行为才会被查的！"

当时她忍不住觉得：对于这种不能正确认识自己行为危害性的人来说，只有重判才是为他好吧。重判要么能够帮他记住这教训，要么可以延迟他下次再犯的时间。

很快，丸子意识到自己刚才的态度太急了点，做当事人工作态度不应该如此粗暴，转而语气变得缓和："下次喝酒之后不要再开车了。还有，这次出门之前先向公安机关请假，征得同意后才允许到外地。到了外地也要遵守取保候审的相关规定。"

林建被丸子这么一说，似乎也意识到自己的问题所在了，诚恳地说道："知道了，谢谢检察官。"

一天 5 场讯问下来，丸子觉得又累又充实，甚至还有一点点兴奋，因为那些犯罪嫌疑人或多或少都有自己的"奇葩点"。她不是想要好好运营微博么？这些正好可以作为微博素材。

经过一番斟酌之后，她决定在微博上开一个叫"讯问花絮"的话题，专门收录讯问过程中发生的一些趣事和有意义的事。

说做就做。她编了两条讯问的微博发出去。不出所料，网友们对检察官讯问过程的揭秘和趣事都饶有兴趣，微博上的很多法律同行有类似的经历，表示深有同感，转、赞、评瞬间暴涨。

看着“蹭蹭蹭”上涨的曝光量，丸子甚至有一点点担心：“万一红了怎么办？记者要来采访我怎么办？”

18 情与法冲突的考验

事实证明，她想多了，“一夜爆红”这种事从来都只会发生在别人身上。

冷静下来之后，她为之前有点“飘”的想法感到羞愧。“我是检察人员，不是什么‘网红’，还是要时刻牢记自己的身份，不能‘飘’！而且，我玩微博也是因为兴趣所在，不是功利地追求什么红不红，不能忘记这个初心。自己的兴趣能为检察事业宣传添砖加瓦就已经很有成就感了。”

调整好心态，她又脚踏实地地投入到紧张的办案工作中去了。

最近有个故意伤害的案子让丸子感到头疼，基本案情是这样的：陈建军和陈国富系邻居，两家人因房屋问题发生纠纷，陈建军认为陈国富新造的房屋影响了其采光，找来弟弟陈学军等人助阵，一行人到陈国富家谈判。谈判过程中，双方发生口角，进而发生肢体冲突，陈国富被打致鼻骨粉碎性骨折，构成轻伤。公安机关立案侦查，并将陈建军一方的召集人陈建军以涉嫌故意伤害罪移送审查起诉。

案子到了丸子手上之后，刚进单位那会儿带她的老陈叔就来找她了。原来，该案的犯罪嫌疑人陈建军是老陈叔的堂弟。

“丸子啊，实在是不好意思。”老陈叔有点难以启齿，“我这堂弟也是不争气，做事太冲动。我从小父母双亡，我的叔叔婶婶，也就是他父母抚养我长大，还供我读书，我才得以到检察院工作。他自己的一双儿子却早早辍学，没能走出农村。我对叔叔一家一直是既感恩又歉疚。在检察院二三十年，我从来没有为案子的事拜托过任何同事。但叔叔一家对我恩重如山，这次堂弟出事，我实在不能坐视不理。你看看能不能尽量促成双方和解？如果和解以后符合酌定不起诉条件，再看看能不能作不诉处理？”

知识点

酌定不起诉又称构罪不起诉、相对不起诉，根据《刑事诉讼法》第 177 条第 2 款的规定：“对于犯罪情节轻微，依照刑法规定不需要判处刑罚或者免除刑罚的，人民检察院可以作出不起诉决定。”

除了酌定不起诉之外，不起诉还有法定不起诉和证据不足不起诉两种类型。法定不起诉又称不构罪不起诉、绝对不起诉，是指在没有犯罪事实或者犯罪嫌疑人死亡等情况下，检察院依法作出的不起诉。而证据不足不起诉则是在证据不足的情况下作出的。

丸子明显察觉出了老陈叔的纠结和为难，但又不得不违背一贯以来的原则向同事开口求情。

中国社会传统历来特别重视亲情，况且老陈叔和堂弟是那样的关系，她其实能理解老陈叔的做法。而且老陈叔提的也不是什么过分的要求，甚至可以说是完全合理的要求。

本来邻里纠纷引发的故意伤害案件，仙汕县检察院出于促进社会和谐稳定的考虑都会尽量促成双方当事人和解，符合不起诉条件的话一般都会考虑不起诉。所以，其实无论当事人是不是谁的亲戚，承办人都会努力让此类故意伤害案和解结案。更何况老陈叔对她一直关爱有加，又是芳芳学姐的父亲，于公于私，她都应该尽己所能促成双方和解。所以她答应老陈叔会尽力。

这天，她把双方当事人再次叫到院里来，让调解中心的人员就民事赔偿部分从中调解一下。

经过调解中心工作人员苦口婆心的劝说之后，陈建军答应赔偿对方 27,000 元，而被害人坚持要 3 万元，一分不肯少。双方因为 3000 元的差额始终无法达成一致。最后，陈建军一方表示，宁可被起诉也不愿意多赔偿 3000 元。双方再次翻脸，和解以失败而告终。

更纠结的是，丸子在补充证据后发现，除了陈建军，其弟弟陈学军也动手打了陈国富的面部，两兄弟是共同致害人，均要对被害人陈国富的受伤结果负刑事责任。而且，被害人也强烈要求对陈学军一并提起公诉。

这样的局面让丸子犯难了。从法律上讲，因为双方在民事赔偿上没有达成和解，案子就必须得起诉。不仅陈建军要被提起公诉，陈学军作为共同致害人也要被追诉。但是从情感上讲，老陈叔来讲过情，自己没能促成双方和解就算了，还要把他的两个堂兄弟都送上法庭，实在是有点对不住老陈叔。

知识点

追诉是审查起诉中一个特殊的程序，指在审查起诉环节追加起诉侦查机关未移送审查起诉的人为被告人。经常与追诉并列提起一个概念是追罪，即追加起诉犯罪嫌疑人的一起或几起侦查机关没有移送审查起诉的犯罪事实。

这个案子中，侦查机关只将陈建军作为犯罪嫌疑人移送审查起诉，一般情况下，检察机关也只会起诉陈建军一人。但是丸子在审查过程中发现陈学军成立共同犯罪，所以在起诉时应追加陈学军为被告人。

但是为难归为难，她也始终清楚，当“情”与“法”出现矛盾时，法律底线肯定不能失守。她在向老张汇报了案件情况后，建议对陈建军、陈学军提起公诉。领导们审批同意，案子被送到了法院。

比作出建议起诉这个决定更让她犯难的是，要怎么告诉老陈叔这个噩耗。她觉得自己没能成功促成和解，还把他的两个堂弟都起诉了，太对不住一直耐心教导她的老陈叔，开不了这个口。但是如果对老陈叔没有任何交代，她又更加鄙视那么没勇气的自己。

最后，她鼓起勇气拨通了老陈叔的电话，结巴着告诉他案子的处理结果。

听闻这个噩耗，老陈叔却比她想象得平静。

“起诉的结果我早就料到了。建军这个人性格比较犟，我说了替他出这 3000 元，他就是不肯，我就知道这案子肯定要诉了。只是连学军也一起被起诉让我有点意外。虽然这样的结果对我们家来说打击挺大，我还是相信丸子你是秉公办案的，所以你不用感到抱歉。我再做做我堂弟们的思想工作，无论如何也要在审判阶段让他们和解。”

老陈叔能表现得如此平静，既因为他是办案经验丰富的老检察人，对案子的走向有一个基本的判断，也因为他是一生秉公办案的老检察人，能理解同事坚持法律底线的选择。

丸子觉得自己特别幸运。很多同行，可能会因为办了这么个在别人看来虽然依法但是不近人情的案子就得罪了同事，给自己也带来了负面影响，而她却得到了同事真诚的理解和信任。这让她更加珍惜与仙汕检察院同事们之间的情谊。

19 微妙的检警关系

在法学院的时候，丸子就不止听一位刑诉法老师这样形容公检法的关系："公安机关做菜，检察院端菜，法院吃菜。"在这个比喻中，法学教师口中检察院"端菜"指的是审查起诉过程。

当年听老师们说起时，她就当一个段子听听就过了，也没深究。直到真的从事审查起诉工作时，她才发现并不是这样的！审查起诉，并没有传说中的"端菜"那么简单。检警之间的关系，也不仅仅是"公安机关做菜，检察院端菜"那么简单的配合关系。

何为审查起诉？通常认为，审查起诉是指人民检察院对侦查机关侦查终结的案件进行审查，依法决定是否对犯罪嫌疑人提起公诉的诉讼活动；同时对侦查活动进行监督，纠正违法情况。

最近，单位成立了一个新部门——案件管理中心。丸子正好有个案子刚办结，需要让案件管理中心送案到法院，就将相关材料拿到一楼案管大厅。

知识点

案件管理中心，顾名思义，就是管理案件的一个部门。具体管理案件的什么方面呢？各地检察院权限划分有所不同，但主要是包括经手案件进出检察院、负责案件质量的评查等。该部门成立以后成为了检察院的一个对外窗口。现在，由于检察内设机构改革，很多基层检察院的对外窗口更名为“检察服务大厅”。

到了案管大厅，她看到那么大排场，顿时惊呆了：一排警察“蜀黍”* 在排队移送案子！

警察“蜀黍”A：故意伤害案，请签收！

警察“蜀黍”B：这有个贩毒案，emmm……毒品数量还蛮大的！

警察“蜀黍”C：又端了一个盗窃团伙……

警察“蜀黍”D：这个是寻衅滋事案件，唉，一群熊孩子没事找事，结果摊上大事！

……

见到此情此景，丸子的内心是充（拒）实（绝）的。“不用内幕消息也知道，接下来分到的案子肯定要涨停了！老板，97 号鸡血，请加满……”

于是，她把材料移交给案管之后，还没顾得上观察一下刚刚“开张”的案管大厅，就麻溜地“滚”回办公室阅卷了。

当手头的案件优先级差不多，没有哪个需要特别快出手时，她习

* 警察叔叔的谐音。

惯先从简单的、看起来比较容易结案的案件入手。翻了翻保险柜里的未结案件，她把张少坤盗窃案拿出来看。该案犯罪嫌疑人是一名未成年人。

案情的确比较简单，就两起盗窃事实。但是往后翻了之后，丸子的面色越来越凝重——除了头两次讯问，后面的讯问笔录上没有一份有犯罪嫌疑人法定监护人或其他合适成年人签字。

打电话问了承办民警杨警官什么情况。杨警官称，张少坤父母当时人在外地，不方便回来，于是在没有法定代理人到场的情况下讯问了张少坤。

知识点

《刑事诉讼法》第281条规定："对于未成年人刑事案件，在讯问和审判的时候，应当通知未成年犯罪嫌疑人、被告人的法定代理人到场。无法通知、法定代理人不能到场或者法定代理人是共犯的，也可以通知未成年犯罪嫌疑人、被告人的其他成年亲属，所在学校、单位、居住地基层组织或者未成年人保护组织的代表到场，并将有关情况记录在案……"根据该规定，讯问未成年犯罪嫌疑人时，必须有合适成年人到场，讯问程序才是合法有效的。

丸子觉得有点不可理喻，怎么可以如此随意，如此不注重程序？她心直口快地告诉杨警官，他在该案的讯问中程序违法了。

"没那么严重吧？不就是有几次讯问监护人没在场么？讲的都跟之前的一样的啊。你你你……你别给我发《纠正违法通知书》啊，我让他爸妈过来补签！"

知识点

纠正违法是检察院进行诉讼监督的一种手段。检察机关作为法律监督机关，有权对诉讼过程中侦查机关、审判机关的行为提出纠正意见。实践中，《纠正违法通知书》的发送对象大多还是公安机关。因为被纠正违法影响到办案民警的个人考核，所以警察蜀黍们对此比较惶恐和抗拒，但也只能无奈接受。

杨警官混迹警队 15 年没得到提拔或重用，办案一直吊儿郎当、将就凑合，是刑侦大队出了名的“老油条”。之前在办案中丸子跟他有过几次接触，他每次都是丢三落四，要么忘记调取一些该调取的证据，要么调取了之后忘记附卷，总之就是各种不靠谱。而且，让补充证据的时候还总是叫不动人，拖拖拉拉，不催个三遍绝不可能把证据材料送过来。好几次，丸子都恨不得自己去调取了，无奈侦查手段不具备只能依赖警察。有一次，杨警官在被催了三次之后依然无动于衷，最后丸子跟他说会在补充侦查提纲中说明要补充什么证据，他一听要退查了才终于起身去补证据。所以，这样懒散又不靠谱的杨警官能说出让不在场的监护人假装在场补签名字的话，丸子并不感到奇怪。

知识点

补充侦查是指检察机关审查起诉之后发现案件事实不清、证据不足，将案件退回侦查机关补充侦查或者自行补充侦查的程序。司法实践中，由于检察院公诉部门人员有限、侦查手段有限等原因，通常是退回侦查机关补充侦查。

侦查机关对此当然也是不喜闻乐见的，虽然补充侦查没有直接影响考核，但是案件被退回来补充侦查了，意味着要继续侦查，这样会增加工作量。不过，公诉部门也不喜欢补充侦查。案子如果一次侦查就能办出去，谁愿意来回折腾？但是，为了查清楚案件事实，有的时候该折腾也只能折腾。毕竟，案件的公正是首要的。

但是这事可容不得他图省事。“杨警官，你刚才也说了，讯问时他父母不在场。既然不在场还忽悠他们签字，不是赤裸裸地造假么？在证据上造假后果就不是《纠正违法通知书》了！”丸子严正地告知问题的严重性。

杨警官一听，觉得这事儿的确不是什么小事，语气立马转变了：“是是是，刚才的确是我认识不到位。但是事已至此，你帮我想想怎么纠正这个问题吧，检察官大人！”

请示了师父老张之后，丸子让杨警官依照程序重新对张少坤进行讯问，并确认之前笔录的真实性。

当然，《纠正违法通知书》是逃不掉的。杨警官过来领的时候，虽然脸上笑嘻嘻，心里还是略微不爽的。

“最重要的是把错误纠正回来，感谢监督！”杨警官高姿态地表示。

丸子知道，他只是嘴上说得好听，没有一个民警会对《纠正违法通知书》心存感激，毕竟这玩意儿对民警个人考核影响太大，几乎是对其一年工作的一票否决。他们更希望的是错误直接改过来就好，不用收纠违通知。“唉，这梁子算结下了。”她无奈地感叹。

说实话，丸子其实内心也不乐意发那张冷冰冰的通知书。谁都不喜欢去得罪人。但是程序上的违法明摆在那儿了，不去纠正那不是渎职么？监督是职责所在，她不得不发纠违通知。而且从另一方面来说，纠违通知虽然戳到了办案民警的痛处，使他的利益受到了重大影响，但是也只有这样，他才能记住，警醒自己不要犯同样的错误。

“以后谁再说检察院是‘端菜的’我跟谁急！如果只是端菜，有这么艰难么？总是要人在两难中作出抉择，还动不动就得罪人！”她暗暗吐槽。

因为跟杨警官在工作上产生的一系列摩擦，丸子觉得检察官跟警察蜀黍的关系真的是一言难尽。她正感慨检警关系太复杂难处理时，意外收到了模范警察张警官的短信：

“丸检察官，李大全的案子快到期了，记得不要超期哦！还有，我了解到他的家属近来情绪有点激动，你要多留意。有什么情况我会保护你的！”

其实这个案子前两天已经被起诉到法院了，由于信息滞后，承办民警张警官还不知道。收到这样的短信，丸子只觉得心头一暖。“这样细心、负责又暖男的警察‘蜀黍’请给我来一打！”

“谢谢，已起诉。”她回复张警官。因为太感动了，她反而说不出长篇大论感谢的话。

因为这个案子老张到时会出庭，丸子收到张警官的提醒之后马上把相关情况向老张进行了汇报。

放下电话，她回想起之前办案过程中跟警察“蜀黍”们的配合，绝大多数的“蜀黍”还是靠谱和负责的。再想想杨警官，虽然懒了点，不靠谱了点，但是积极性不高可能跟工作多年没有任何提拔或者重用的迹象也有关，而且归根结底他的态度也还是配合的。丸子反思了一下，反而觉得由于一贯以来跟杨警官配合不愉快，这次在沟通过程中自己的态度也太粗暴了点。

“因为工作结下私仇没必要，真的没必要！”想到这，她作出了破冰之举——给杨警官打了个电话。

“杨警官，这次发‘纠违’是职责所在，还望您理解。我们发现了侦查过程中的程序违法，肯定是要纠正过来的。不过，我打电话给您也不是为了跟您说这套官方说辞，估计您也不爱听。我主要是想为我们在沟通过程中的出现一些不愉快跟您道个歉，我应该更注意说话的方式，对于您这样的前辈理应再多一点尊重。”

杨警官这么多年吊儿郎当下来，其实早就习惯了因为闯祸被大呼小叫，听到丸子说到“尊重”二字，眼眶突然有点湿润。作为前辈，又是大老爷们，听到一个小姑娘开口向自己道歉，当然是选择原谅她啊，《纠正违法通知书》的事早就被他抛到脑后了。

“你这么郑重地向我道歉，弄得我怪不好意思的！抛开情面来讲，其实你做得一点错都没有，是我没办好案子，被纠正违法也是应该的。真的理解你，这点觉悟都没有的话我还办什么案子。”杨警官真诚地表态。

尝到久违的“受尊重”的甜头之后，他突然想要一直被尊重下去，于是默默决定要痛改前非。

得到杨警官的理解，丸子长舒一口气，终于可以安心回宿舍了。

临睡前，她还是满脑子想着工作：“法律监督工作虽然比较敏感，很让人为难，但只要注意工作技巧，也不是说就一定会得罪人。毕竟，无论是监督者还是被监督者，心中都怀着同样的理想和追求，那就是捍卫社会的公平正义。”

丸子正大义凛然地想着，手机突然震动了两下，她随意地瞄了一眼，发现是久违的小安！她吓得马上捂住了手机屏幕，不敢摊开看……

20 赶不走的是真爱?

在没有小安的日子里，丸子虽然忍住了不联系，却忍不住不去想念。天冷了会想着他有没有加衣，下雨了会想着他有没有带伞，错过饭点了会想着他是不是也经常因为太忙而顾不上吃饭。

这个人明明白白地来到你的生命中，走进你的心里，一点痕迹都没留下是不可能的。但丸子也明白，小安不给任何承诺，一切都白搭，在他身上耗下去不过是浪费生命，她必须及时止损、回头是岸。

所以在表白失败之后，无论遇到什么样的问题和困难，无论多么纠结和难以抉择，她都忍住了没有联系他，不再向他倾诉，不再向他求援。她要努力向自己证明：没有小安，她也可以过得很好。渐渐地，她也开始重新习惯没有小安的日子。

“如果不是想明白要在一起，他应该不会再来找我了吧。”那些日子里，她是这么断定的。至于会不会有那么一天，他终于想明白了回头找她，她心里没底。

小安这回也挺自觉的，在拒绝了丸子之后也没有再联系过她。毕竟给不起承诺的人是他，他也不好意思再去耽误人家——道理小安都懂。

只是，习惯真的是一个很可怕的东西，它很容易让人丧失理性。就像小安曾在丸子心里占据重要位置一样，丸子也在小安的生命中留下了不可磨灭的印记。那些共同经历过的事，并不是丸子的独家记忆，也是小安难以释怀的回忆。

小安知道自己不该再去打扰丸子，但心里总是不甘心就这样让彼此彻底消失在对方的生命中，从此不再有任何交集。

终于，感情在长久的压抑之后爆发。在加班到深夜独自回宿舍的路上，他没管住手，装作冷战好像从没发生过的样子，若无其事地给丸子发了条微信："最近真的是太忙了。"

是的，那条让丸子吓得捂住手机不敢看的微信，内容居然是这不痛不痒的 8 个字。在丸子鼓起勇气摊开看了之后，她气得差点从床上跳下来。她以为他至少是想明白了要在一起才来找，没想到他没想明白还敢来。

"真是莫名其妙！我好不容易习惯了没有你的生活，又来打扰我！凭什么你就可以不经过我的同意随意扰乱我的心还不负责！"丸子想回微信把他劈头盖脸地骂一顿，转而还是忍住了，"无视才是最大的冷漠。管住手，绝对不能回。"为了说服自己当没收到过小安的信息，她还把那条微信给删了。

手是管住了，心却没管住。

微信是删了，却没能从记忆中删除。

那天晚上，丸子辗转反侧，久久无法入眠。第二天一早，又早早醒来。醒来后，她下意识地看了看手机，见小安不打扰了，没再说什么，她莫名地还感到一阵失落。

没过多久，这种失落又变成了惊喜。“为什么不回我微信！”小安理直气壮地来质问。

“奇怪，明明被质问，有点开心是怎么回事。”丸子想着，嘴角忍不住上扬。

这一刻，丸子也终于承认，她还是没放下他。终究还是在意的，丸子怕再作下去就真的失去了，还是给他回了微信，虽然照例 diss 了他一顿：“你太忙，关……关我什么事？现在不是倡导‘理性、平和、文明、规范’么，法官大人您说话怎么还是这么横呢？”丸子忍了这么久不去主动联系，却没能在他主动联系时忍住不回复。

知识点

“理性、平和、文明、规范”是时任中央政法委书记提出的执法理念。该执法理念强调执法过程中要设身处地地考虑到当事人的切身感受，善于用群众语言、用群众易于接受的方式来执法。

小安见丸子还是会回他微信，语气还故作冷漠，就料定她也是没放下他，于是自信地哄道：“好了，别生气了，我知道我们都不想失去对方，我们和好好不好？”

因为二人的关系定位问题，小安和丸子发生了无数次大大小小的冷战，最终都以和好而告终。以前每一次冷战，丸子都挺有自信小安会回来找自己。这一次大家都把话说得那么明白了，作为一个成熟的人，要和好肯定是会更加慎重。而且他还消失了那么久，丸子实在是吃不准他到底会不会回来。没想到，他还是回来了。

丸子想：“可能大概也许，这就是真爱？不然怎么会这么赶都赶不走？至少他心里是有我的吧？可能他只是还不明白或者还没想好……要么再给彼此一个相处的机会吧？也许会有守得云开见月明的一天。”

她早就把“不在一起，说明他没那么喜欢你”“不给任何承诺，一切都白搭”等经过深思熟虑得出的结论全部抛到脑后了。

21 还是好朋友

这一次好不容易和好，丸子和小安的相处比之前都更小心翼翼，他们都尽量避免谈及“要不要在一起”这个随时可能点燃吵架导火索的敏感话题。只是，这个问题也的确是丸子的一个心结。

小地方有一个弊端，就是哪哪都是熟人。丸子和小安经常这样出双入对的，虽然只是朋友间的交往，没有不得体之处，但毕竟男女有别，撞见熟人次数多了之后，大家口口相传，以至于在很多人的印象里，他们两个人就是在谈恋爱。

陆陆续续也有一些共同认识的朋友来问丸子，二人是不是男女朋友关系。一开始，她也会很认真地澄清：“我们只是好朋友，因为比较聊得来，所以平时接触比较多。”

但是对方都是一副狐疑的态度：“哎呀，都什么年代了，在交往就在交往嘛，大大方方地承认了吧！”说这种话的人，很多人可能都觉得她是害羞，不好意思承认。但也难免有一些不怀好意的人，觉得她不承认交往是想保持一种“伪单身”的状态，骑驴找马。

这样澄清的次数多了，丸子后来也懒得再解释什么了，反正对方也不相信。所以之后每当有人来八卦她跟小安的关系时，丸子都是保持一种“尴尬又不失礼貌的微笑”。“你自己猜去吧，我又没义务跟你交代什么，哼！”

知识点

“权利”“义务”是法律人的口头禅，从他们口中经常可以听到“你没有权利这么做”“我没有义务做什么”之类的话。法律人都有一种强烈的“权利义务意识”。有这么一句法谚：“法律不保护躺在权利上睡觉的人。”意思是说，不能因为法律规定了你的权利就可以躺在安乐椅上睡大觉了，权利要靠自己去保护，用法律的武器保护。法律人在生活中会时刻注意维护自己的权利。相对的，也会比较自觉地去履行自己的义务，因为知道不自觉履行法律义务是要承担法律责任的。

感情中总是容易“严以律人，宽以待己”。丸子自己是这样的态度——从否认到不置可否，但是当听到小安否认跟她的关系时，她的心情瞬间跌到了谷底。

跟小安恢复建交不到一个星期，有次丸子临下班时去法院送材料，交接完之后正好下班，碰到准备去食堂吃饭的芳芳，就跟着她去法院食堂蹭了个饭。

吃饭时，芳芳主动说起小安：“你跟我们院执行局的安阳好像走得挺近的？”

丸子轻轻“嗯”了一声。

“他有女朋友吗？”芳芳问道。

“据我所知没有吧。”丸子如实回答。

“那……你有想过跟他发展一下吗？”芳芳继续问。

丸子沉默不语。芳芳立刻明白了她的心意。

“有件事我不知道该不该说……”芳芳欲言又止。

“你就照实说呗。咱俩还有什么该说不该说的，你失恋这么悲惨的事都告诉我了。”丸子嘴上拿芳芳打趣，心里却作好了最坏的打算。

“我跟小安没在一个庭待过，不是很熟。但是感觉他还是一个不错的小伙子，工作上勤奋上进，平时单位里碰到都很亲切礼貌，还是重点大学毕业的高材生，我也很看好他以后的发展。丸子学妹，你看你这么努力、上进，性格开朗，长得也很好看。最近听到你俩谈恋爱的八卦，我真的是很开心，因为觉得你俩很般配。大家说的有鼻子有眼的,我因为真的替你开心也没细究。本想着下次见着了要好好说说你，谈恋爱了都不跟我说一声，没想到刚听到八卦就碰上了小安。我把他当成妹夫了就多事问了他你们是不是在交往。我是真的以为你们在交往，所以才问的。但是小安……”说到这，芳芳又打住了。

听到芳芳夸自己好看时，丸子的内心还是窃喜的。但当她说到问了小安，丸子感到情况不妙，瞬间转喜为忧。

“小安什么反应？你就直说吧。”丸子假装平静地对芳芳说。

“小安说，你们俩的确关系很好，但只是好朋友，让我不要误会，并且让我听到关于你俩的传言时也帮忙澄清一下。他说大家误会了对你一个女孩子不好。”芳芳觉得应该让丸子知道小安的想法，就一股脑全说了。

明明小安说的是事实，而且很为丸子考虑。但是听到这样的答案，丸子却一点都开心不起来。

芳芳不清楚小安和丸子的具体情况，见丸子没说话，也就没有继续追问，就只是以过来人的口吻最后叮嘱了丸子一句：“我也不知道小安这孩子到底怎么想的，但如果你喜欢他，就主动告诉他！现在这个时代女孩子主动一点也没什么。”

丸子没接芳芳的话，就只是低头吃饭。她没告诉芳芳的是，当初她俩一起失恋，那个拒绝她的人就是小安。她想到了自己在别人误会他俩关系时的态度，再对比了一下小安，觉得内心很不平衡，很生气。

回到宿舍之后，她冷静地分析了小安对芳芳说的话，他不但澄清了他们之间的关系，还把两个人的后路也完全切断了。她终于承认，小安根本没有跟她在一起的打算，无论等多久都不可能了。想到这儿，眼泪止不住地流了下来。

“不行，我必须去找小安问问清楚。”一向怕冷的丸子顾不得外面寒冷，径直跑到小安宿舍楼下。

虽然经常哭，但丸子都是一个人偷偷哭，从没在小安面前掉过眼泪。她有一种莫名其妙的倔强，就是绝不在不心疼自己的人面前哭泣。小安一次次让她流泪，她早就把他视为不心疼她的人了，因为他舍得让她伤心。

丸子擦干眼泪，收拾好心情之后，打电话让小安下来。小安火急火燎地往下跑。因为丸子从没到他宿舍找过他，他以为有什么要紧事。

见到之后，没等小安开口，丸子就面无表情地问：“咱俩到底有没有可能？”

“什么有没有可能？”小安刚跑得上气不接下气，被劈头盖脸地这么一问，一时有点懵。

“你别装听不懂，有没有可能在一起？”丸子气不打一处来。

“我觉得我们比较适合做好朋友，那样更长久。”小安沉默了片刻之后，给出了这样的回答。他不敢看丸子的眼睛。其实他自己也怀疑，他们是不是真的只能是朋友。

她都豁出去没脸没皮地当面问了，小安还是这样的态度，这让丸子觉得失望透顶。

“或许我就不该再对他重新抱有什么希望。”丸子心里懊悔万分，后悔再一次跟他和好，才有了今天再一次的痛彻心扉。

“有些人可能对我们的关系存在误解，咱俩以后还是保持点距离吧，没什么事不用见面也不用联系了。这才是真正的为我好。”说这番话的时候，丸子很想哭，还是强忍住泪水，用尽可能冷静的语气说出来。

“既然没有可能在一起，那就体面地道个别吧。”她是这么想的。只是，这冷静，在小安看来近乎冷血。

说完这些，丸子转身就跑，背对着小安挥手再见……

22 工作总结还能这么写？！

一月的江东刺骨的冷，一个人走在路上，丸子觉得整个身体都被冻僵了，大脑也因为遭受打击和气温过低快要无法运转了。她只觉得是靠着惯性才挪回自己宿舍的。

回到宿舍后，丸子一个人哭了很久很久，仿佛要哭到地老天荒，哭到眼泪流干，哭到没有力气哭为止。“今天放任自己彻彻底底地哭一回。哭完这一次，以后不会再为他掉一滴眼泪了……”

那天晚上，丸子不知道什么时候哭睡着了，第二天早上醒来，两只眼睛肿成了“灯泡”，头也昏昏沉沉的，精神上却感到前所未有的轻松，因为了却了一桩久悬未决的心事。

“啊，放弃的感觉真好啊！虽然很痛，但是痛不死我的只会让我更加强大。我又满血复活了，耶！”丸子顶着个肿眼泡，精神抖擞地去单位上班。

她说的满血复活，并不只是说说而已。一天满满当当的工作下来之后，她看了看年末年初交汇之际微博上的小伙伴们都在写年终工作总结，于是动了自己也写一篇，总结总结参加工作一年多以来的经历和思考的念头。

对于写作这类技术含量较高的事情，丸子总是比较有执行力。因为反正迟早都要写，不如早写早超生。

当时的丸子并没有多少写作经验，也没受过专门的写作训练，没有任何写作技巧。她就凭着朴素的直觉和一腔的热情吭哧吭哧地写了。写到凌晨三点，终于写好了。

准检察官“累觉不萌”的 2013

入职一年多以来，我一直都是在微博上碎片化地吐槽我的工作，还没系统总结过，现在是时候回顾一下了。可能不那么精彩，因为都是真实的。

“信息集散地”政治处

不知道其他单位会不会这样，我们单位的很多新人在刚进来时都会被“近水楼台先得月”拉到政治处去锻炼一下，我刚好不是被“豁免”的少数人之一。作为一个爱“咋呼”的小孩，在去政治处之前，我就被某前检察官告诫禁止大声喧哗。因为政治处周围分布着很多的领导办公室。于是，我战战兢兢地去了。

去了之后才发现被吓唬了。政治处并没有传说中的那么可怕，同办公室的副主任和老同志也很耐心、和蔼可亲。因为不可能把某方面的工作交给一个什么都不懂，而且很快要被定岗到其他科室去的新人来负责，所以当时我的工作主要是“打杂”，发通知、写稿件、录信息、做统计、搞活动，宣传教育、组织人事的活也都做。每天的工作琐碎、忙碌，但因为我不是负责人，所以不会有太大的压力，领导前辈有吩咐，及时去做就是了。

对于新人来说，政治处算是一个还不错的去处。作为“信息集散地”，它能让你迅速了解一个单位；作为“综合部门”，它给你很多机会接触和熟悉单位人员。但如果你是一个有志于从事法律实务的人，就不宜在那久待了，因为政治处的工作跟法律的关系真的不是很大。

讨伐积案公诉科

定岗后，我到了传说中“女的当男的使”的公诉科。刚到公诉时，真的是各种不适应办案的快节奏啊！望着越堆越高的案卷只能兴叹，空有一颗消灭积案的心，却无消灭积案之行动。终于有一天，当各种人来催办案件，当做梦都是案子到期时，我松弛已久的神经终于再次紧绷，一鼓作气降低了积案总数。

知识点

公诉由于人均办案量大，往往都是一批案件还没办出去又有一批新的案件分进来。一个公诉人同时有十几甚至几十个案件在手，这些没办出去的案子就被称为积案。积案数与公诉人的焦虑值密切相关，一般来说，积案越多公诉人就越焦虑。消灭积案才能一身轻松。

此后，我便踏上了艰难的讨伐积案的征途，并且迟迟无法将其消灭殆尽。

我记得，我不止一次表露过对法院书记员（法官预备人选）的羡慕，因为他们有老师手把手教。我们虽然也有老师，但是公诉人平时办案就已经很忙，再加上条件跟不上无法配备足够的内勤（我这样的书记员已经被安排一起办案了），还有很多的事务性工作，如打印、盖章、填发文书等需要亲力亲为，根本没什么精力带书记员，检察院像我这样的书记员，更多的则是到处拜师学艺，谁有空就向谁请教。

这样的“放养”模式一开始让我惊慌失措、手忙脚乱。慢慢地能Hold住了，回过头来想想又觉得挺好的。公诉的忙碌，不用说你们也知道了，我就不再赘述。这次主要谈谈感触。

检警之间若即若离

警察是我们的工作伙伴，我们指控犯罪需要的证据依赖于他们的侦查，成功指控犯罪需要检警之间的亲密合作，但是我们的伙伴并不总是值得信赖。如何妥善处理检警关系是每一位公诉人的必修课。

我相信大多数警察都是辛勤工作、认真负责的，也有少数警察对于我们的要求敷衍了事，甚至无端拒绝。以前需要补证据什么的，如果叫不动警察会自力更生，能力所限补不了的，就只能耐着性子一催再催，这样就严重影响了办案效率。

后来有一次，对于蛮横拒绝补充证据的警察，我竟然一改往日好商量的态度，强硬地告诉他会在退查提纲中写明需要补充哪些证据材料。一听退查，他又愿意补了。法律是规定可以自行补充侦查，但那是职权，并非义务，而且实践中由于时间、侦查手段等限制，自行补充侦查的条件不完备，“手无缚鸡之力”的我们只能依赖警察。因此，为了查清事实真相，该召唤警察的时候就必须语气坚决，必要时还需语气强硬，这也是对于司法资源的合理配置。

除了合作伙伴之外，警察也是我们主要的“监督对象”。有的时候，由于疏忽大意、对事实过于自信等原因，警察在取证的过程中会有这样或那样的程序问题，需要我们用审慎的眼光去发现并予以纠正。另外，每个群体都有害群之马，甚至还可能出现发现民警在侦查过程中渎职的情况，这对于公诉人来说简直是噩耗。不仅无法指望侦查人员帮忙，还得防止其搞破坏。此外，在掌握证据前还不能暴露出你的怀疑，因为无端质疑共同承担败诉风险的小伙伴太伤感情。或许放弃更为容易些，但我们无法辜负当事人的信任和入职时的誓言，没有放弃的资格，只能凭借自己的力量去追寻真相。经历过无助的洗礼，在绝望中找寻出路，将会是公诉人的一次蜕变。

知识点

渎职是指国家机关工作人员在履行职责或者行使职权过程中，玩忽职守、滥用职权或者徇私舞弊，致使国家和人民利益遭受重大损失的行为。人非圣贤孰能无过，是人就难免犯错。但是渎职与工作中一般的失误不同，是一种严重的违法违纪或犯罪行为。

正如无法割裂侦查和审查起诉一样，两个主体之间也永远存在纠结的关系，既要彼此依赖，又要相互防备，那就只好若即若离了。

喜欢听律师看法

警察也有不可信的时候，工作上，没有永远的伙伴；辩护人也有可信的时候，工作上，没有绝对的对手。

我不反感我的案子有律师介入。我们和律师同样都是法律人，就法律问题沟通起来更加方便，律师和当事人之间，因为存在委托关系，律师有时更能取得当事人的信赖。因此，有时我们可以通过律师让当事人接受我们的建议。我也喜欢倾听律师对于案件的看法，不同的思路能让我们发现工作中的疏漏。

知识点

当事人在诉讼中获得律师提供的法律帮助有两种方式：一种是自己花钱聘请律师，这种情况下当事人与律师之间的关系是委托关系；另一种是在符合特定条件的情况下，如经济困难等，由司法局指派律师免费为其提供法律援助。提供法律援助的律师与当事人自行委托的律师享受同等的诉讼权利。

我想，一个优秀的公诉人应具备“草船借箭”的智谋和勇气，但必须是出于善意，而且不能违反法律。

尊重当事人但绝不能“惯”

“上访”“网络舆情”让不少的小伙伴们头疼又无奈。很多当事人深谙此道，动不动就以上访、发网上相威胁，以为能闹就能得到自己想要的。

曾经遇到过分案后案卷还没到手，当事人就过来威胁的情况。

当时的我还比较胆小，被威胁之后一点不敢怠慢，赶紧把他的案子给处理了。或许太过紧张，某文书中有几个字笔误，解释并道歉之后还被大肆抨击司法黑暗，还好领导们出面很快解决了。自己捅出的娄子，自己总得给个最终的交代。于是我打电话给当事人，再次解释原因并致歉，讲着讲着竟然委屈地哭了，因为觉得自己是有错，但是也没有那么十恶不赦啊！我也不知道，当时如此软弱的我，后来到底经历了什么才变成了现在这样听到威胁面不改色，甚至被当事人无理指责时还敢反驳。而且也这样做了，竟然也没摊上什么事儿。

很多网友爱用“人民是国家的主人”、要“为人民服务”压我们。首先请搞清楚，人民是一个集合概念，并非指单个的人。其次，就算我们的当事人是人民中的一员，我们为人民服务，但不是“为奴”，我们之间的人格是平等的，没有谁是高高在上，也没有谁要低三下四惯着谁，互相尊重就好。

守住法律底线

工作中我们经常会遇到各种人士打招呼的情况。中国人讲究人情关系，我们要在社会中生活，也不可能完全不考虑。在法律限度内，适当地予以考虑在所难免也无可厚非。

于我们来说，在工作中能寻“情”与“法”的统一当然是极好的，但有时事情就是这么不凑巧。当你遇到有人打招呼说能不能促成和解，符合条件的话希望能相对不诉时，却偏偏无法促成和解要起诉，而且还发现了有追诉漏犯的必要。情与法出现矛盾，讲人情违背法律是渎职行为，不可取。我们只能不近人情地选择坚持法律原则，尽管这样一次的不近人情可能给我们带来负面影响。

有的时候觉得检察官真的不是一个阳光的职业，竟然把蠢笨呆萌的我也逼得机智腹黑。但是法学，特别是刑法，是研究人性恶的科学，如果不深刻地直面邪恶，又怎能彻底地明白正义？所以，还是笑着去接受吧，从选择检察官职业的那天起，就该有当工作上的女汉子的觉悟。

前几天发了条微博：生的是书记员的命，操的是检察官的心，还要揽法警的活，各种送达……一位检察前辈补了两刀：再写着办公室的公文，做着政治处的外宣。办公室的公文我没写过，论文倒是有写，年末也参与管理官微。因此，我现在的工作可以归结为：生的是书记员的命，操的是检察官的心，还要揽法警的活，写着研究室的论文，做着政治处的外宣。

跟那些组团卖萌的法院真汉子不同，我们检察院的女汉子光是活着就已经够竭尽全力了……

第二天早上醒来，丸子校对了一下这份年终工作总结，感觉没什么问题了，就在微博上发了出去……

23 突如其来的身份曝光

年终工作总结的微博发了之后，丸子跟往常一样去单位上班了。自从之前好几次担心“突然爆红”无所适从最后都被证明想太多之后，她再也不担心会爆红了。这一次，她压根没往那方面想。

因为不想被微博影响工作，她很早之前就把微博的转发、评论、点赞、新粉丝提醒关了，所以并不知道她的年终工作总结推送之后微博上发生了什么。一上午，她陆陆续续收到了几条微信新消息提醒，但是因为前前后后来了几波当事人，一直在忙，而且在当时微信也没成为工作交流的常用工具，丸子觉得应该不是什么重要信息，就没顾得上看是谁发来的。

直到中午吃饭时，她才打开微信看了那几条未读信息：

“小丸子，你红了！”

“小丸子，看到好多法律同行转了你的微博，你要火啊。我是来火前留名的！”

“小丸子，你的微博被你们系统的‘大V’、某省检察院的新闻发言人转发了！”

丸子现实生活中身边的人除了小安之外谁都不知道她的微博，这些信息是微博上那些聊得比较好从而加了微信的小伙伴们发来的。

“哪有啊！”

“你太浮夸了……”

“我去看看什么情况。”

她一一回复那几个前来报告“喜讯”的小伙伴们，同时还不忘表示谦虚。丸子这一次的反应比她自己想象中淡定。她的内心毫无波澜，甚至还有一点点想继续手中的这碗吃到一半的饭。这一刻，她觉得自己是一个见过世面的人，因为能Hold住大场面。

她不紧不慢地关掉微信，打开微博，做好了微博评论区和私信“满到炸”的心理准备。但是结果证明，她的那些小伙伴们真的是浮夸了。

哪有什么爆红，转、评、赞加起来也就300而已，涨粉也不过200。但是，被微博ID为“@老骥”的检察“大V”、某省检察院的新闻发言人转发了倒是事实。并且，这位省级检察院新闻发言人还是丸子所在地汉东省的。同时，她还收到了来自这位新闻发言人的私信——“老骥”问她是哪个检察院的。

丸子本来应该为她的那条工作总结微博没有如她收到报喜信息后设想得那么火而感到失落的，但是被“大V”，而且是自己上级检察院的领导pick的忧虑吞噬了这种失落。

“以后，是不是再也不能没有顾忌地发微博了。”此时的丸子忧心忡忡。

她放下手中的筷子，百度了一下网名叫“@老骥”的这位前辈，知道了他姓季，是汉东省人民检察院宣传处处长、新闻发言人，于是只好回复：“季处好，我是江东市仙汕县人民检察院公诉科的胡丸子。”上级检察院的领导来问，当然要老老实实地交代自己的身份了，这点觉悟丸子还是有的。

“现在正需要你这样的有想法、有干劲又敢于在网上发声的年轻干部。我还想着在咱们省好好发掘一下这样的人才，没想到这么快就发现一个苗子。你好好加油，我会继续关注你的！”老骥开心地表示，对小丸子寄予了厚望。

丸子本来担心被领导 pick 之后在微博上会失去自由，微博也要被组织征用，没想到领导的态度是鼓励、支持，这让她感到如释重负。

“谢谢季处，我一定会好好努力的！”当时的小丸子初出茅庐，不懂什么场面话（当然直到现在她也不会说场面话，但多少能懂一点了），就只会单纯地对领导的支持表示感谢。

知识点

场面话，顾名思义就是场面上说的一些让别人听了心情舒畅的话。场面话不一定就违心，有些场面话是在走心的前提下进行适度的恭维。这种情况下，被恭维的人听了开心，其他的围观群众也不会觉得太假，太溜须拍马，利于活跃气氛。在体制内，会说场面话还是必要的，这是对别人尊重和情商高的表现。但是场面话说归说，也不能闭着眼睛瞎说。场面话说过了头可能会引起周围听众极大的不适。

“对了，你可以试试给《检察日报》投稿。你这清新脱俗的文风会让编辑眼前一亮的！”老骥补充道。

“真的可以吗？我担心我的文风太欢脱了点？而且，这篇文章有些内容会不会有点敏感？”丸子表示担忧。

“没关系的！文风活泼是你们年轻人的风格，要相信《检察日报》的包容度。至于内容是否敏感，编辑会把关，放心大胆地投稿吧。”老骥继续鼓励丸子投稿。

“您这么说我就放心了！我马上去投稿！”小丸子麻溜收拾碗筷，跑回办公室对稿子进行整理、修改，发到了《检察日报》的投稿邮箱。

这是她参加工作以后第一次给《检察日报》投稿。虽然文章得到了“@老骥”的肯定，她也没信心一定会被录用。

几天后，小丸子还是从微博上得知自己的文章被《检察日报》刊登了。因为好几个同行在报纸上看到她的文章，发私信告诉了她。

由于在报纸上发文，小丸子的真实姓名和所在单位就被彻底在微博上公开了。很多网友知道了她的身份信息，丸子于是就从“潜水党”变成了“实名认证”。慢慢地，她所在单位的领导、同事们也开始知道，原来他们身边一直潜伏着一位小网红。

虽然平日里跟同事们相处融洽，丸子之前还是选择不让他们知道自己的微博。她担心大家知道之后会觉得她跟他们不一样，然后对她敬而远之。都说“和而不同”是人与人之间相处的正确打开方式，但是在体制内，不怕“和”，怕的是“不同”。

24 这不是告白，是耍流氓

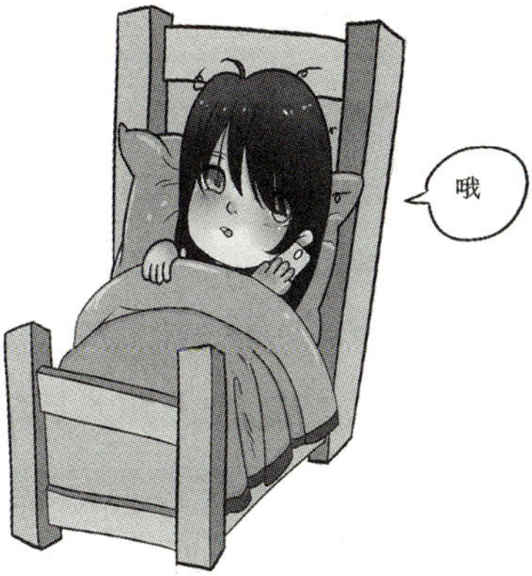

丸子因为微博被同事们知道了，跟大家的交往变得稍有顾忌，没以前一起吐槽、玩耍时那么自在了。碰到一些好玩的事儿，也不好意思往微博上发，担心同事们看到会有想法。

那段时间，同事们碰到她都会调侃一下：“哟，网红来啦！”语气中都带着笑意，并没有她想得那么复杂。笑意的背后会有不同的想法吗？肯定会有。但至少，丸子没有听到大家对此有何负面议论。

所以没出半个月，她就对被同事们知道微博这件事释然了。同事们呢，调侃的新鲜劲过了之后，对此也见怪不怪了。甚至，他们在微博上还互粉了起来。那之后，丸子就大大方方地在同事们的眼皮底下“吐槽”他们了。

以前每次失去小安，丸子都会沮丧一阵子，至少一段时间内会感到诸多不适，日常想念有他在身边的日子。

但是这一次，也许是真的放下了，也许是反反复复太多次真的累了，也许是那段时间的生活太多变化令人应接不暇，她很少想到小安这个人。即便在粉丝咨询情感问题时联想到他，也不会有任何情绪起伏，有的只是理性分析。

因为跟小安的感情纠葛是丸子人生中的第一次经历，那时候的她没经验，又学不会不动声色，所以经常在夜深人静时微博上发情感方面的感慨和感触。因此，她被很多粉丝当成情感专家倾诉和咨询感情问题。也有一些粉丝跟丸子开玩笑说："你一定是老司机吧，你这么懂感情现实中一定是游刃有余吧？"

对于这种评价和猜想，丸子感到很无奈：正是因为在感情中是一个 loser，才会想那么多。幸福的人，幸福都来不及，哪有时间去思考感情问题？

这次失去小安后，有两位粉丝的情感咨询对丸子的感情观冲击很大。

第一位是一个 23 岁的女生，网名叫"晓晓"。

晓晓在高中时曾经和一位比自己大 7 岁的男律师交往。后来男律师觉得她年纪太小就跟她分手了，并且在此后交了其他女朋友。晓晓一直没有交往过其他男生，还为了这位男律师考上法学院，通过司法考试，最后也成了一名律师。也是蛮励志的。因为爱一个人，所以想跟 TA 成为一样职业的人，只为了对 TA 有更多的了解，更能体会 TA 的感受。

知识点

律师这个职业群体给公众的印象一般是有钱又自由的社会精英，

就像何以琛那样。事实上，律师这个职业的确还挺自由的，律所一般都不会要求执业律师坐班；收入也可观，至少比法官、检察官可观多了。但是律师群体的收入两极分化也很严重。

看了以上介绍，可能很多人还是蠢蠢欲动想成为有钱那一极的律师，那就有必要科普一下成为律师需要具备的条件啦。跟法官检察官一样，要当律师也必须通过法律职业资格考试（2018 年以前是“国家司法考试”“律师执业资格考试”）。通过法律职业资格考试后，还必须在律所实习满一年，方可向省级司法行政机关申请律师执业证。

晓晓毕业后，男律师也早恢复了单身，于是他们又重新联系回去了。由于之前有交往过，当然没法好好做朋友啦。因为做不到只拿对方当普通朋友，难免会忍不住想太多，对对方有超越朋友的要求。所以两个人就这样暧昧着，不说和好，却又比朋友多一点。

暧昧中沉不住气的永远是女生，所以最后受伤的也是女生。晓晓跟丸子一样犯了沉不住气的错误，因为忍受不了这种暧昧状态了，就去侧面打听前男友对她的看法。前男友回复中间人说，他觉得晓晓很好，但是他想结婚了，如果让晓晓刚毕业就跟他结婚，他觉得自己这么做有点自私。

听完晓晓的倾诉，丸子感觉到这位男律师对晓晓是有感觉的，但是谈不上有多爱。如果够爱，就不会顾虑那么多了，很多的障碍也不再是障碍。如果够爱，跨越千山万水，排除艰难险阻，也要跟你在一起，自私一点又算什么。就她自己而言，唯一能让她放弃爱的人的理由就是，他不爱她。丸子觉得，一切不敢在一起的顾虑都是扯淡，不过是不够爱的借口。就像小安一样，迟迟不表明自己的心意，没有决心在一起，就是不够爱，没有其他理由。

晓晓问丸子怎么看他们的感情，她就照实说了。

接着晓晓又问丸子该怎么办。对待别人的问题，丸子还是理性的。她告诉晓晓："如果你实在割舍不下，并且不介意你爱的人没那么爱你的话，那就坚持吧。不然就放弃。"

本来对话已经结束，她又想到了小安，想到了年龄相仿的她们面临类似的困境，想到了如果小安不那么爱，她不会接受这样的感情，就又多嘴说了一句："23 岁的人生还有无限的可能，换作我不会接受这样一段委曲求全的爱情。双方给的爱不对等，就是一方在受委屈。"

如果说晓晓经历了一段不对等的感情是不幸，那阿牛就更惨。阿牛在她们省法院的业务培训上认识了他的女神，一见倾心。培训之后二人各奔东西，阿牛和女神成了异地。只有异地，没有恋。阿牛一直苦苦暗恋女神，却迟迟不敢表白，更加不敢明目张胆地追求。

然而，在某个周末，不争气的阿牛终于行动起来了——只身前往女神的城市，坐火车 10 个小时，还转 3 趟车。

女神是个懂事的姑娘，虽然因家里有事没能陪他到处逛逛，但还是抽时间请他吃了晚饭，次日又请他吃早餐。其余的时间，阿牛就顶着炎炎夏日 40℃的高温在女神的城市一个人逛。看了她的单位，走了她每天早上跑步的地方。阿牛说，就想去看看女神生活的地方。

真的很纯情，就像学生时代的爱情。"我吃你吃过的东西，走你走过的路，是不是就可以离你更近一点？"但是在阿牛回去以后，马上就被女神拒绝了。

虽然有点残酷，但是阿牛被拒绝也在丸子意料之中。阿牛之前就找丸子倾诉过，所以丸子知道他的确很爱女神，无时无刻不牵挂着女神，随时随地关注着女神的动态。他愿意为了女神放下身段，放下骄傲，甚至放弃一切去女神的城市。但是他太仰视女神了，在她面前他是自卑的，觉得自己配不上。

如果你觉得自己配不上一个人，那你永远都配不上。丸子清楚，阿牛对女神已经足够关怀和体贴，他们的问题出在他对女神缺乏吸引力。说得直白点，你自己都把自己放低到尘埃里了，又怎能指望别人高看你一眼。要先学会爱自己，然后才能更好地爱别人啊。这也是为什么，丸子虽然喜欢小安，对小安很好，但是从来不会在他面前失了尊严。哪怕哭，也要背过身去。

所以她给阿牛的建议是：女神最清楚自己的真实感情。既然都明确拒绝了，就是对你没兴趣，至少现阶段没兴趣。爱情不是追来求来的，而是吸引过来的。所以别再傻等了，潇洒转身，然后尽最大的努力去成为更好的自己。等你能够平等地面对她了，哪怕还是不能俘获她的芳心，至少你变得更好了，也不亏啊。

这是她对阿牛的建议，也是自己接下来的打算。

“成长的过程中，我们可能会遇到各种各样的感情问题：我爱的人不爱我，爱我的人我不爱，相爱又不能在一起，相爱还是要分开，相爱却不能好好相处……并不是每个人都足够幸运，你爱的人刚好也爱你，你爱着的人也会一直爱着你。这些问题可能让我们痛哭流涕、彻夜难眠，甚至让我们怀疑人生。但那些爱错了的，都叫青春。”丸子感慨着。这一刻，她觉得自己真的释然了，发微博向过去告别。

当丸子下定决心她以后的人生中都不会有小安这个人时，他又不管不顾地来打扰她的生活了。

失去之后，他开始怀念丸子曾经对他的好，怀念彼此之前的默契。看到她越发成熟的处事方式、精神状态，小安比以前更加欣赏她了；看到她微博做得风生水起，逐渐形成个人品牌，认识越来越多优秀的人，包括单身异性，小安又有点担心真的要失去她了。种种情绪交汇，让小安焦虑不堪。

在酒精的刺激下，他拨通了丸子的电话。此时已是凌晨12点。

平时熟睡后雷打不动的丸子，因为刚睡下没多久，大脑还没进入深度睡眠状态，很快被电话铃声吵醒。虽然她之前一气之下已经把小安的手机号删除了，但是小安的手机号能从通讯录中删除却无法从脑海中删除。看到那一串熟悉的号码，丸子本该吓得惊坐起。也许是情绪真的平缓了，反应过来是小安打来后，丸子也只是半睡半醒中惯性般接起。

电话那头传来小安醉醺醺的话语："胡丸子。"说完这三个字，他下意识停顿了一下。平时，他都只叫她"丸子"或者"小丸子"，从来不会连名带姓地喊她。

丸子还没完全清醒，随口"嗯"了一声。

"胡丸子，"小安再次喊了她的名字，然后语气严正、一个字一个字地说："我喜欢你。"

平时机智、关键时刻总掉链子的丸子，在这一关键时刻，临场反应还是一如既往的不给力。她一脸懵地"哦"了一声。

那边小安已经醉得七荤八素了，听到丸子说"哦"，他无言以对，默默挂了电话。

听到小安挂了电话，丸子好似瞌睡虫袭脑般地倒头继续睡觉。

但是瞌睡虫不会致人失忆。第二天早上醒来，丸子想起昨晚听到小安的告白后自己的反应，肠子都悔青了。"我这种人，大概是注定要孤独一生了。"

嘴上说"注孤生"，心里肯定是不甘心好不容易等来了告白最后还是轻易失去。之前丸子决定放弃，是因为小安从不表明自己的心意。这次小安借着酒劲表白，丸子知道他是喜欢她的，又开始憧憬他们之间的可能。所以，她给小安发了微信，问他昨晚的告白是什么意思。

都说“酒后吐真言”，她相信小安昨晚的告白是他内心深处对她最真实的感情。

早已酒醒的小安，跟以前一样选择退缩，选择继续逃避。他告诉丸子，没什么意思。

丸子想起之前小安说“还是做朋友比较好”，继续不依不饶地追问：“我们，这辈子，是不是，只能是朋友？”语气中充满了绝望，可小安听不出来她的决绝。

过了很久，小安回复了一个字。这一个“是”字，他打了删，删了打。他也挣扎要不要在一起试试，但是又担心朋友变恋人，如果没能结婚，最后会真的成为路人。他迈不出这一步。没办法，他只能先回复“是”。

收到小安肯定的回复，丸子没有掉一滴眼泪，就只是默默给单位周副检察长回了条短信：“这周末我不回家，可以抽时间跟他见见。”

 25 小丸子相亲记

一直以来丸子对于相亲都是拒绝的。她觉得相亲就像市场上的交易，每个人都明码标价，彼此的条件对等是成交的基础。接触一下聊得来，可能就成交了，然后三步并作两步奔谈婚论嫁去。既高效又庸俗。

虽然很多人在相亲之后的相处过程中产生了真感情，但是一开始的目的太过功利，她不喜欢这样的开始。

一方面不喜欢相亲这种结识模式，另一方面也因为心里一直有小安的位置，所以虽然工作后有很多同事和前辈给丸子介绍对象，她都找理由拒绝了。包括周检要给她介绍男朋友，她之前也是婉拒了。

周检要给丸子介绍的对象叫杨谨睿，长得比小安还要帅一点，年龄比丸子大两岁，大学毕业后跟几个同学一起创业，开了家互联网公司，是一个很有上进心的男孩子。小杨公司还有个微信公众号，在当地很有名，跟法检也有宣传方面的合作。

为了谈合作，小杨来过几次检察院，在走廊上遇到了抱着一堆案

卷走过来的丸子。跟老套的电视剧情节一样，丸子走路时不小心绊了一下，差点摔倒，两本案卷“顺势”掉到了地上，是刚好路过的小杨帮她捡起来的。

他还跟丸子开了个玩笑，说：“应该让男生帮你拿一下的。”

丸子先是愣了一下，接着恍然大悟：“还有这种操作？我怎么没想到。”

“不过还是算了吧，我自己也拿得动。谢谢你啊，我马上就到了，帮我堆上来就行。”丸子示意小杨把那两本掉下来的案件叠上去。

因为她坚持要自己搬案卷，作为并不熟悉的路人，小杨也不好太过热情，就把案卷还给了她。

小杨当时就对这个有点冒失又有点可爱还有点要强的小姑娘留下了很深的印象，他觉得这个女生跟他之前认识的那些都不太一样，心生好感，或者，说一见钟情也不为过。

这次的一面之缘，丸子没有其他想法，只记得有这么个事儿，还有，那个小伙子乍一看还挺帅。这是作为“外貌协会”会员的自我修养。

跟丸子碰过面之后，小杨经过多方打听终于知道了她的名字。在小地方，通过不超过 5 个人，总能打听到一个陌生人的大致信息。这是小地方的好处，也是小地方的缺点。

小杨父母本来就盼着他赶紧找个稳定的对象结婚，听到他说起这么个女生，感觉不错，于是提议请跟他家来往密切的杨爸爸的同学，也就是周检帮忙介绍一下。对于父母的助攻，小杨乐于接受。

丸子虽然没在周检分管的科室工作过，但周检分管侦监科，平时工作中跟丸子也有接触，知道这个小姑娘还不错，所以很乐意帮忙介绍。只是没曾料想，第一次打电话给丸子时，竟被她婉拒了。她表示暂时不想谈恋爱。跟小安拒绝她时用的理由一样。

知识点

侦监部门负责对侦查机关提请批准逮捕案件的审查逮捕，对侦查机关应当立案而不立案以及侦查活动是否合法进行监督等。因为侦监部门能决定一个犯罪嫌疑人是否逮捕，这对于侦查阶段的案件走向影响较大，且侦监部门还有权对立案和侦查活动进行监督，所以警察“蜀黍”们通常比较“敬重”侦监部门的检察官。检察机关“捕诉一体”改革后，不再区分公诉部门和侦监部门，但是对于检察机关来说，侦监部门审查逮捕、侦查监督等职能不变。

周检因为觉得丸子和小杨真的很合适，而且小杨一家也很有诚意，所以只能先安抚道：“见一下又没事，又不是非得谈恋爱。”

见领导如此坚持，丸子也不好再明着反对，只能先不置可否地说一句“知道了”，然后再找机会拒绝。

因为不认识周检口中杨谨睿这个人，更没有联系方式，丸子一时不知道该如何把自己的想法传达给他，就想着走一步算一步，周检不再过问就当什么都没发生过。

在周检打电话后过了没几天，彻底拒绝的机会毫无防备地来了。小杨又找来了他的高中同学、丸子的同事兼大学学长小王来当说客。跟学长当然可以有话直说了，丸子坦白告诉学长自己不想相亲，不会跟小杨见面的。

她都把话说得这么明白了，学长也不好再坚持，只能尊重丸子的意思，并原话转达给小杨。

拒绝之后一个多月的时间里，丸子再没听到关于小杨这个人的任何消息，她也就把相亲的事儿抛到脑后了。

小杨当然没有就此放弃。如果这么轻易就放弃，那他也谈不上多么有诚意。小王转达了丸子的意思之后，小杨当即就表达了会继续坚持的态度，并向他了解了更多丸子的信息，从而知道了她的微博名。

知道微博名后，小杨就一直默默关注着丸子，还把她之前发的微博都翻看了一遍，大概猜到了她处于单恋或暧昧期。

直到前几天，他看到丸子发的那条微博："成长的过程中，我们可能会遇到各种各样的感情问题：我爱的人不爱我，爱我的人我不爱，相爱又不能在一起，相爱还是要分开……并不是每个人都足够幸运，你爱的人刚好也爱你，你爱着的人也会一直爱着你。这些问题可能让我们痛哭流涕、彻夜难眠，甚至让我们怀疑人生。但那些爱错了的，都叫青春。"小杨读出了言语中的无奈、伤心和决绝。他知道，他的机会来了，又赶紧找周检帮忙联系丸子见面。

小杨知道自己这么做有点无耻，找她的领导给她施加压力。而且，这么做风险还很大，可能招致反感。但他是真的想认识丸子，而且她越拒绝越想认识，也顾不得那么多了，只能冒险。不无耻，连认识的机会都没有。

周检知道，现在的小伙子这么坚持约一个女生的已经不多了，而小杨却如此执着，觉得不好打击他，就又帮忙联系了丸子。

"丸子啊，这周末回家吗？不回家的话，我叫上小杨，一起喝个茶。你不用太有压力，就当多认识个朋友。"周检给丸子打电话说道。

领导再一次开口了，并且表态只是当认识朋友，丸子不好再当场婉拒，只能先回复："这周末还不确定回不回家，得看爸爸妈妈的安排。"

"好好好，那你定下来了就给我回个信息。"见丸子终于松口，周检很开心。他很看好这一对儿，觉得能促成良缘也算是做了桩好事。

按丸子原本的打算，她是想等到周五再告诉周检家里临时有事得回去，这样就不用去相亲了。

在周检打完电话后的同一天晚上，小王学长见丸子一个人在办公室加班，再次来当说客了：“丸子，杨谨睿这人真的挺不错的，勤奋、上进、阳光、帅气，最重要的是对你上心。你看你上次狠心拒绝之后，人家还是不放弃，这次又找我约你了。我看小杨比我撞见的总是跟你出双入对又不跟你谈恋爱的法院的男孩子强多了，至少人家够诚意。这么好的男孩子打着灯笼都找不到咯，还不赶紧抓住！”

“我就奇了怪了，仙汕是没单身女孩子了吗？为什么非要找我？”丸子虽然觉得小王说得有几分道理，但对于相亲还是抗拒。

其实小王也搞不懂，就一面之缘而已，小杨为何如此执着，只好拍马屁道：“你好呗。”

这话丸子还是受用的，她承认自己的确是一个还不错的小姑娘。但她同时也是清醒的，没有轻易被这种阿谀奉承的话给忽悠，仍然坚持不能违背一贯以来的原则去相亲。

“哎呀，你就见见吧！见一面又不会死！就这么说定了，等哪天咱们仨都有空，我约你们一起吃饭。”见丸子对于自己的“违心”表扬无动于衷，许久不吭声，小王只能自顾自继续说道。

因为之前已经跟周检说了看周末回不回家再决定，为了防止穿帮，也为了让小王闭嘴，不要继续游说，丸子以同样的说辞回答小王。

小杨这个心机 boy 办事还是靠谱的，找来丸子的领导和学长，一个施压，一个说情，软硬兼施、双管齐下。他觉得，这回丸子肯定逃无可逃总得见见了，难道连周检和小王的面子都不给吗？

但他不知道的是，真正给他助攻的，其实是小安。周检和小王相继出手并没有动摇丸子的“军心”，是小安回复丸子他们这辈子只能是朋友，才让丸子毅然决然地，也可以说是一气之下踏上相亲这条不归路，答应周检跟小杨见面。

周检收到丸子的信息后马上给她回了周末他来安排见面。丸子一看周检要亲自参与，吓得手机都快掉了。周检、小杨、她三人一起坐着喝茶，这场面有多尴尬可想而知。机智如她，赶紧搬来学长当救兵。

她主动联系了小王，告诉小王周日晚上可以在他陪同下和小杨一起吃饭。小王当即回复说“好”。其实小王原本已经答应女朋友周末陪她去周边城市玩了，但是之前磨破嘴皮都没能说服丸子见面，这次她主动说见了，当然不能错过，只得放女友鸽子。冒着跪搓衣板的风险也要帮哥们相亲，是真哥们没错了。

可能在很多男生的观念中都是如此，出生入死的兄弟第一，朝夕相伴的女友第二。

达成共识之后，丸子赶紧给周检回复：“周检，您这么忙，这事儿就不用麻烦您亲自安排了，我跟一个同事还有小杨会一起吃个饭。”

发完信息的瞬间，丸子心里其实也有一丝丝后悔，觉得自己太过草率，不该在生气的时候作这个决定。她害怕自己还是无法从上一段感情中走出来，担心辜负人家的诚意。

那边小王哭丧着脸告诉给小杨这个好消息：“兄弟，安排上了！我费了好大劲，她才答应见面。周日晚上一起吃饭，你别安排其他事了。我这次可是冒着跪搓衣板的风险帮你促成这门亲事的，别到时候你有了媳妇我却没了！”

小杨一听丸子答应见面了，开心得像个一百多斤的孩子，没顾上回复小王就赶紧给自己调研了很久才定下来的餐厅打电话预约定位。

虽然之前不确定是能跟周检一起喝上茶，还是能跟小王一起吃上饭，他早就做好了两手准备，本地表现优异的餐厅和茶室都侦查了个遍，最后餐厅定下来去这家有品位、有格调，颇具江南特色，菜品又上佳的“烟雨江南”。

小王觉得小杨听到这个消息后应该秒回表示喜悦才对，但是却迟迟没见到反应。他只好打电话过去看看小杨还活着没。

看到小王打来电话，小杨马上反应过来自己没回微信，接通之后赶紧道谢：“谢谢谢谢，谢谢兄弟，你看我激动得马上去联系餐厅了。”

“哈哈，我办事靠谱吧？这次你得给我好好地记上一功。”小王邀功道。

“行行行。”小杨满口答应，随即反应过来小王跪搓衣板的事，关切地问道：“为何帮在下约人，会让兄台付出如此惨重的代价？”

小王一五一十道来。小杨流下了感动的泪水，告诉他：“你这个兄弟，我这辈子交定了。他日上刀山、下火海，你只管吩咐！”

很快到了周末。不回老家的周末对于丸子来说，当然是选择加班啊！到约定的时间后，小杨开车到检察院接丸子和小王，然后一起前往餐厅。

见到小杨的第一眼，丸子恍然大悟，“这不是一两个月前帮我捡案卷的人吗！”虽然当时没留下太深刻的印象，但是余光扫过，丸子觉得这小哥哥长得居然有点帅，所以记得这张脸。

小王给他俩互相进行介绍：“这是胡丸子，这是杨谨睿。”

目光对视之下，丸子觉得有点儿尴尬。既为之前的强硬拒绝感到尴尬，也为小杨穿着如此正式隆重而她却很日常休闲尴尬，相形见绌了。之前是赌气式地答应相亲，丸子对于这次见面原本不存任何期待。

小杨倒不嫌弃丸子的穿着。如果真心喜欢一个人，她怎么样都是对的，精心打扮是重视，穿着随意是真实。

他唯一的问题是紧张得手心冒汗，只好说了句“你好”就径直去开后座车门，招呼他们上车。小杨之前在父母的安排下见过几个女生，已经不是第一次相亲了，却是第一次感到紧张。

在封闭、狭小、缺氧的车内环境下，气氛一时显得更加尴尬。小杨开了点轻音乐，试图缓解尴尬的气氛。跟丸子第一次见面，还是以“相亲”这样的方式，尚未恢复冷静的小杨把握不好该跟她聊什么，又不好顾着跟小王聊天冷落丸子，只好保持沉默。还是闭嘴最保险，他可不想还没开始就 game over 了。

还好，有担当的小王再次展现了他的担当，充当起“暖场王” 的角色。因为丸子和小杨平时都比较关注网络上的热点事件，他就有一搭没一搭地聊了最近大家热议的几个话题，对此他俩都能说上几句。这样，时间才过得快了一点。

从检察院出发沿穿越主城区的环城南路一直往西开大约 20 分钟，他们到了位于城乡交界处这家名叫“烟雨江南”的餐厅。

餐厅是一座带庭院的三层独栋别墅。进了庭院门，第一眼看到的是仿照古建筑建造的带有“烟雨江南”四个字的正门。庭院里摆着几把休闲摇椅，在阳光正好的冬日午后坐上去晒晒太阳，惬意极了。走进大门，最先看到的是一只美丽动人的“孔雀”雕塑在与你说话。迎宾台上摆着当天新摘的鲜花，上方挂着当地有名的书法大师写的书法作品——“醉笑陪公三万场”。在服务员的引导下，丸子他们沿着复古的楼梯上楼，来到预定的二楼卡座。卡座有纱帘遮住，确保用餐的私密性。看到此番场景，丸子觉得小杨这个人还算有点品位，好感度加一分。

服务员来点菜时，小杨绅士地表示，因为之前不知道丸子爱吃什么所以没点，并让丸子按照自己的喜好来点，他也可以知道她的口味。并非点菜达人的丸子礼貌性回应，小杨来点就好，自己口味还比较广泛。毕竟刚认识，丸子还是有些拘谨和矜持的。

小杨也只来过一次，对于“烟雨江南”的招牌菜、特色菜不太熟悉，小王也是第一次来，并且完全不挑食。所以，小杨就让服务员帮忙推荐。

服务员首先推荐了他们家最响亮的特色招牌“杨梅仔排”。听到这个菜名，丸子对这道菜产生了好奇。她觉得，虽然水果煮肉极易变成黑暗料理，但仔排本来就可以做成糖醋的，糖醋跟杨梅一样都是酸甜口，应该不会难吃。所以，在小杨征求她意见时，丸子点头表示可以。

接着服务员又建议他们家上座率很高的“黄金羊排”和“沙拉牛排”可以点一个。从不吃羊肉、牛肉的丸子一听到牛羊头都大了。小杨征求她意见，她也不好只顾自己爱好说不喜欢，于是笑笑说：“你们喜欢吃的话点就好了！”说这话虽然有讨巧之嫌，也是挑食之人的无奈之举。她总不能说要点吧，万一他俩也不怎么爱吃怎么办，难道要她强行吃掉？

小杨不是完全没有眼力见的直男，听丸子这么说了，就让服务员推荐其他菜。最后，他们除了“杨梅仔排”外，还点了餐前小吃“紫气东来”“私家泡菜”，招牌菜“舌尖诱惑”“童年回忆”“三珍猪肚煲”“极品笋衣”和当地的特色主食“咸酸饭”。

“烟雨江南”的装修是江南古居风格，菜也是地地道道的江南特色菜，很符合丸子的口味，她吃得很香。在吃饭这件事上，丸子从不做作，能吃就是能吃，不会装作胃口很小的样子不吃。看到她得这么香，小杨觉得胃口也变得很好了呢！

许是食物味美让人心情大好，又或者是雅致的环境让人神清气爽，他们聊天的氛围也变得轻松愉悦了。小杨这时也已恢复冷静，很有分寸地引导着聊天话题，小王跟他配合得比球场上还默契，大家融洽地交流了一下自己的工作、习惯和爱好。还好不是聊那些常规又俗套的人口普查式相亲聊天话题，否则，他就被丸子在心里拉黑了。

在交流中，丸子得知小杨平时的工作也是非常忙碌，因为从事互联网行业，还要经常熬夜。但工作再忙，他每个月都会抽时间跟小王他们踢几场球，是足球死忠粉。

丸子也如实相告，自己平时除了加班，唯一的爱好就是上网，刷刷微博、看看电影追追剧，完全不爱运动，也不懂运动。

知道丸子是个死宅（没有肥）后，小杨突然憧憬了起来，他觉得以后可以带她领略一下运动的魅力。

在轻松的氛围中，他们结束了晚饭。结束前，小杨主动加了丸子的微信。因为还想跟丸子再多待一会儿，多了解了解她，小杨就提议去三楼的茶座喝茶。

丸子出去吃饭前匆匆忙忙整理好明天去看守所提审需要的材料，晚上还得回办公室看看讯问提纲是否需要调整，材料是否还有遗漏，加之她本来就不喜欢喝茶，就拒绝了小杨的盛情："我对喝茶不感冒，要喜欢的话就接受周检的邀请跟你一起喝茶了！"检察官的敏感性使然，丸子对于刚认识的人，哪怕是善意的朋友，也不会说太多工作上的事。而且隔行如隔山，小杨对她的工作也不是很了解，没必要说，所以她就只讲了不喜欢喝茶这个理由。吃饭时聊了那么多之后，她没有之前那么拘谨了，话说得也比较直接。

丸子只是说了不喜欢喝茶，小杨不知道是否可以有其安排，毕竟时间还早，于是问道："那你有其他好玩的提议不？"

"明天还要上班呢，今天就这样吧，谢谢你的款待！"还要加班的丸子，哪有什么心情继续玩。

小杨只好作罢，"那我送你们回家吧！"

小王表示自己已经把女朋友哄回来了，她已经在来接他的路上了，很懂事地遁了，让小杨送丸子回家就好。

丸子这才告诉小杨得回去加班，让他送她回单位。小杨把车开到餐厅门口，打开副驾驶的门示意丸子进去。

回去的路上，两个原本陌生的人因相亲第一次单独相处，还是近距离地并排坐着，气氛又变回诡异的尴尬。丸子突然无比痛恨小王抛下自己跑了，有他在至少会好一点。

小杨试图打破尴尬，问她晚上还要做什么工作。丸子简单地说了要准备明天去看守所的提审。去看守所提审对于法律人来说是最习以为常不过的事，但是作为"门外汉"的小杨听到一个刚出校门的小姑娘要去这种地方，内心是既佩服又有点担心和心疼。

"那……你会不会遇到嫌疑人调戏你？"小杨忧心忡忡地问道。

丸子有点哭笑不得："关在里面的，哪敢这么嚣张调戏检察官啊？"

"哦，那我就放心了！"小杨方才紧皱的眉头又舒展开了。

丸子突然有点感动，小杨这样的担心虽然很傻，但这种不自觉的情感流露，才能体现出是真的关心一个人。联想起自己之前的所作所为，她觉得她对一个长得这么好看的人如此粗暴，真是太不应该了，所以转过头，努力对他挤出了一个友好的微笑。

不知不觉，车已到达检察院。小杨担心丸子加班到太晚一个人回去不安全，想在车里等她加班完送她回去。丸子觉得自己住得近，不存在不安全的问题，是小杨多虑了，而且她也不是那么娇弱的女生，就把他遣走了。

再次遭拒的小杨，虽然理性上知道这就是丸子能做出的事，走廊上初次相遇时她就是这么要强，但还是有一点失落，并且担心她是因为对他没啥好感才连送她回家这种最基本的礼仪都不允许他做……

26 闺蜜是半个丈母娘

被遣走的小杨车开了没几米，还是不放心丸子一个小姑娘晚上那么晚一个人回宿舍，就又掉头开回检察院附近。

虽然在他出现在丸子的生命中之前，很多个深夜她都是一个人走回宿舍的，甚至有时候还冒着打雷下雨、顶着严寒大雪，但是现在既然有了他，他就不允许她再去经历这些。所以哪怕她暂时拒绝让他送，他也要暗中护送她。

在楼下等了大概一个多小时，他看到丸子办公室的灯暗了下来，开始特别留意从大门口出来的人。几分钟后，丸子从门口蹦蹦跳跳走出来，步行着离开。他见状正想下车跟过去，没想到她很快就走进检察院旁边的小区大门了。小杨这才恍然大悟："怪不得不让我送，原来住得那么近！"见丸子安全回去了之后，小杨也放心地回家了。

小杨一到家立即装作不知道的样子给丸子发微信，问她是否加班结束回宿舍了。丸子如实回答。小杨又问她明天早饭想吃什么，因为他正好一大早要去检察院洽谈宣传合作的事。

从没被男生这么主动过的丸子哪里招架得住这架势啊，他觉得小杨殷勤得让她承受不起，果断拒绝："谢谢你的好意，但是不用这么麻烦了，我们单位食堂有早餐。"

除了承受不起这个因素以外，她也觉得没那个必要，明明食堂有早餐，还要从外面带了送过来，太麻烦、太矫情了。"母胎 solo"哪懂谈恋爱这些举动的乐趣和意义啊！

这一天的接触，小杨看出来丸子是一个不太愿意接受别人的好的人，但是从她微博可以看出，她是一个善良带点软弱的女孩子，所以他断定丸子不会让对她示好的人难堪，决定继续坚持："天天吃食堂早餐多没意思，也该换换口味了！我给你带本地最正宗的早餐店的早餐，保证好吃。不知道你喜欢吃什么，我就每样都带一点，你也可以分给科室的同事们。"

小杨这一招野心不可谓不大，看着是要连周围的人也一起收买的架势。丸子一听差点没被吓坏："他是怕大家不知道我们俩认识吗？"

她忙不迭地继续拒绝："真的不用这么麻烦了。"语气不容置疑。

小杨最后说了句，"早点休息吧。你明天不是还要去看守所吗，不休息好哪有力气跟犯罪嫌疑人斗智斗勇？"

丸子苦笑，她明天要提审的是 5 个未成年犯罪嫌疑人，就是涉嫌盗窃的次数多了点，哪有小杨想得那么险恶。很快，她反应过来，她的关注点似乎跑偏了，现在的重点在于阻止小杨送早餐。所以，她又再强调了一遍："行，我睡了，但你真的不要送早餐了。"

知识点

未成年人犯罪是不是就不用承担刑事责任？不是的。《刑法》第17条规定："已满十六周岁的人犯罪，应当负刑事责任。已满十四周岁不满十六周岁的人，犯故意杀人、故意伤害致人重伤或者死亡、强奸、抢劫、贩卖毒品、放火、爆炸、投放危险物质罪的，应当负刑事责任。已满十四周岁不满十八周岁的人犯罪，应当从轻或者减轻处罚。因不满十六周岁不予刑事处罚的，责令他的家长或者监护人加以管教；在必要的时候，也可以由政府收容教养。"

也就是说，已满16周岁的人犯罪就要承担法律责任，已满14周岁不满16周岁的人犯重罪也要承担法律责任，只是依法应当从轻或者减轻处罚，而非不处罚。

小杨没答应也没否决，就回了两个字："晚安。"

丸子不确定他会不会真的送。虽然内心不希望他送，但是如果他坚持要送她还能怎么办？不让他进院里还是让他把早餐拿回去？这不是她能左右的事，她干脆就不去纠结了，反正兵来将挡，水来土掩。

第二天早上丸子还没到单位，就收到小杨发来的照片。他已经买好早餐放公诉内勤办公室了。因为还有其他事他先行离开，打算晚点再回来和仙汕检察院政治处谈工作。同时，小杨还告诉她，她的小伙伴们已经吃上了，让丸子赶紧过来，"手快有手慢无"。

最令人担心的事还是发生了，而且看这架势，他已经跟她周围的小伙伴们都打成一片了。丸子对此无奈，但也只能硬着头皮去接受这个局面。

丸子到单位才知道，原来科室的好几个小伙伴本来就知道或者认识小杨，高中一个学校上下届的，小杨当年因为足球踢得好是学校的风云人物。“怪不得能这么快就打成一片！”

小伙伴们一方面吃人嘴软，另一方面小杨的热情、体贴、阳光也确实给大家留下了很好的印象，加之校友的这份情谊在，大家对小杨是交口称赞、说尽好话。

“你们也太好收买了吧！亏你们还是堂堂的检察官呢，这么经不起诱惑！”丸子鄙视道。

尽管把大家 diss 了一通，但是平心而论，她觉得他们对小杨的表扬虽然有浮夸之嫌，也颇有几分道理。

“你觉得我们太好收买，那我们要不要表现得不好收买一点？我这就给他发微信，告诉他我们太好收买被你鄙视了，让他加大力度展示他的诚意。”菲菲八卦道。话音刚落，她就拿出手机给小杨发语音。

小杨和菲菲二人的母亲是同学，所以他俩从小就认识，称得上是发小，互相有联系方式，但是没事几乎不联系。要不是早上小杨送来早餐时正好碰上菲菲，他还不知道她跟丸子在同一层楼办公。给发小助攻，菲菲自然要比其他人更卖力一点。

不等丸子开口阻止，菲菲的语音已经发出去了。当时微信语音还没有撤回功能，发出去的语音就是泼出去的水，撤不回来。丸子感到绝望。

菲菲都暗示得这么明显了，小杨又不是傻子，赶紧顺势表忠心：“好嘞！领导有指示，我定当全力以赴。中午想吃什么水果，尽管点，我给大家安排。”

收到小杨的回复，小伙伴们看热闹不怕事儿大，真的点起水果来了。菲菲一一记录，准确传达给小杨。双方就这样愉快而轻率地把这件事敲定了，留下丸子一脸懵，全程没人问她什么意见。

都说“闺蜜是半个丈母娘”。关键时刻，心仪对象闺蜜的一句话就能让你上天入地。她对你的好评能让你心仪对象对你的好感度加99，她给你差评，你心仪对象可能就直接让你OUT了。因为丸子不是本地人，从小就认识的闺蜜都不在身边，这些同事跟她相处融洽，有时候还会一起结伴出游，也算得上闺蜜级别了。所以，小杨先搞定这群人的思路是完全正确的。有了丸子现在身边小伙伴们的加持，他当然是如鱼得水、如虎添翼了。

可怜的是丸子。从没见过如此强势的进攻和助攻，她已经完全不知道如何招架了，只能任由大家“赶鸭子上架”……

27 未成年人为什么会犯罪?

给小杨下达“指示”之后，差不多到了上班时间，大家自觉散去。丸子回到办公室拎起提审要带的材料，和老张一块下楼前往看守所。

今天丸子和老张一起提审的是一个团伙盗窃案。5个来自不同家庭的有着不同背景的未成年人，因为盗窃这一被他们视为“事业”的活动走到了一起。

每到夜幕降临的时候，这群已满16周岁的未成年人就三三两两走上街头、河边，走进寺庙、商店、网吧、棋牌室，从现金到手机，从香烟到饮料，只要有机会顺走的都不放过。短短时间内，查实的作案次数就有几十次。

丸子很纳闷：原本应该在学校好好享受高中时光的他们，为什么要走上犯罪的道路？办好案子是首要的，但同时，她也想知道他们犯罪背后的原因，所以打算讯问时一定要了解下他们的犯罪动机。

在去看守所的路上，丸子和老张再次打电话向未成年犯罪嫌疑人的法定代理人或合适成年人确认会到场。

当天提审的第一个人是小周，到场的法定代理人是他的父亲。这位父亲脸上有刀疤，乍一看像是在道上混的。果不其然，一进讯问室，他就炸毛了，指着儿子的鼻子破口大骂："妈的小兔崽子，老子缺你吃还是缺你穿了，好好的日子不过要跑来蹲大牢，你老子我都还没进去你倒先进去了！脸都被你丢尽了！"

听完父亲的责骂，丸子有点懵：Ex...excuse me？"我都还没进去"是几个意思？这位父亲请如实交代……

如果不是隔着铁栅栏，周父能马上冲上去胖揍他一顿，而且是拉都拉不住的那种。那一刻，小周该有多感激铁栅栏的存在啊。

知识点

这是一个关于看守所讯问室构造的小知识点。为了保障讯问人员的安全，保证讯问的顺利进行，看守所讯问室设有铁栅栏，将犯罪嫌疑人与讯问人员隔离开。

老张及时叫停了周父的骂骂咧咧，跟丸子开始讯问。讯问过程中，小周倒很配合，如实供述了自己的作案经过，只是三番五次被其父亲的骂声打断。

丸子很无奈，如此粗暴的教育方式，父子关系能好吗？父母给予孩子生命，就可以不顾孩子尊严随意骂孩子吗？

本来教育孩子的事情外人不好插手，但现在是在讯问，由检察官主导，丸子终于忍不住打断周父：“小周父亲，您要教育孩子待会儿我会给您留点时间，但是现在请让我先把笔录做完好吗？不过待会儿教育，您也得注意方式。”

周父满口答应，似乎也意识到自己骂多了，脸上露出不好意思的神色。

小周听到丸子说“注意方式”四个字，眼泪再也忍不住夺眶而出：“爸，我是您亲生的吗！您平时除了打我骂我，真正关心过我吗？您教过我什么可以做什么不可以做吗？您自己也没有多守规矩，我只是向您学习！”

子不教，父之过。丸子这才明白，原来是父亲没有做好榜样，儿子才有样学样。父母是孩子人生的第一导师，父母的言传身教对于孩子的成长来说，比什么都重要。丸子觉得，小周走上歧途，其父难辞其咎。

小周当着检察官的面说了这番话，周父也不好意思再继续骂下去。丸子他们讯问完之后看守所民警把人带了回去，周父最后就嘱咐小周在里面照顾好自己。

提审的第二个人是小吴，到场的法定代理人也是他的父亲。吴父脖子上挂着根很粗的金项链，土豪模样。他一见到儿子也是骂，骂儿子不好好珍惜自己给他创造的荣华富贵要跑去住班房，骂他在牢里面还有心情吃吃吃，比进去前还胖。就连教训儿子这么严肃的场合，吴父还不忘顺便炫富。他的目光落到老张和丸子身上的片刻，满是对他眼中低收入群体的蔑视，同时又夹杂着些许同情。

对于来自吴父这种有钱人的蔑视，丸子虽然心里不爽，但也没办法，只能接受。因为在当时，检察官的收入的确是有点低，他们的职业尊荣感绝非来自收入，而是源于心中对于这个职业的向往和热爱。

丸子更关心的是小吴在看守所还能变胖这事。她的关注点的确是比较奇怪，但不是想取笑他。她想来想去只有一个可能，那就是小吴年纪还太小，不明白这次坐牢对他的一生意味着什么，而且在看守所除了不自由以外对他来说似乎也没有其他不适，他的父亲会源源不断地给他打款，让他不愁吃穿，所以他不痛不痒，照样该吃吃该喝喝该睡睡。

丸子问小吴为什么要偷东西。小吴说，小伙伴们说一起偷就一起咯，不一起偷以后还怎么一起愉快玩耍？果然是不懂事的小孩，进看守所前根本没意识到自己的行为已经涉嫌犯罪。

吴父见儿子对于犯罪如此轻描淡写，不当一回事，开始意识到自己的疏忽了。他反思道，自己和孩子母亲只顾着赚钱，以为只要给孩子足够的钱就是为他好，没想到还是错了。

讯问完小吴后，丸子对老张感慨道："在一些父母眼里，以为努力赚钱给孩子更好的物质生活就是对孩子好，可以让孩子赢在人生的起跑线上，却忽略了孩子精神上的成长，结果导致孩子的人生才开始起跑就跌了一跤！"

作为一名在公诉近 10 年的资深检察官，老张表示赞同："是啊，这些年我也碰到过不少类似案件了。努力给孩子创造物质条件并没错，但是精神上的教养同样不可或缺，而且还更为重要。所以，我无论工作多忙，都要抽时间陪陪孩子。努力工作是给孩子树立榜样，陪伴孩子可以给他们精神引导。"

老张刚说完，第三个讯问对象小刘被带进讯问室了。小刘的父母离异，这一次却因为小刘被逮捕再一次在看守所聚在了一起。老张问小刘为什么去盗窃。小刘说，因为不同意父母离婚所以要变坏给他们添堵，不让他们好过，不能只有自己一个人不幸福。

知识点

父母要离婚，孩子有权反对吗？答案是：可以反对，但不具备法律效力。《婚姻法》第2条第1款、第3条第1款规定，实行婚姻自由，禁止包办、买卖婚姻和其他干涉婚姻自由的行为。也就是说，婚姻当事人在法律规定的范围内，对婚姻问题上享有的充分自主的权利，任何人不得强制或干涉，这其中也包括孩子。但是作为父母，在决定要不要离婚时还是应该考虑孩子的意见。

听到孩子这么说，刘母顿时泣不成声，后悔自己不该那么自私，早知道会这样就不坚持离婚了。

看到此情此景，丸子有点动容：父母不是孩子奴，有权利追求自己的幸福。没有感情的婚姻是可耻的。要求父母为了孩子勉强继续结合，其实也是对父母的不公平。但是身为父母，既然把孩子带到世上，那么在他成年前对他就有抚养的义务，不仅是物质上的抚养，也包括精神上的抚养。在你铁了心去追求自己的幸福前，是否也该安顿好跟感情破裂的另一半所生的孩子的身心呢？只顾自己不顾孩子的行为，也很可耻。

只是，看到刘母已经哭成那样，丸子不忍把这些略带责怪的话说出口。人生没有早知道，事情已经明明白白地发生了，后悔也没用，唯一能做的就是想办法把影响降到最低。

老张这时开口说：“小刘，父母的事有时候当孩子的管不了太多。

你也 17 岁了，不该这么不知轻重，你为了报复父母去偷东西，的确让他们很痛苦，你的目的达到了。但是你也没有因此减轻痛苦，并且还要坐牢，你这么做是两败俱伤。你以后的人生还很长，不要带着对父母的仇恨走下去，那样你会苦不堪言。”

小刘眼神中的愤怒和仇恨渐渐消失，他什么都没说，低下头泪如雨下。

讯问完小刘已是中午，因为还有两个人要提审，丸子和老张就在看守所的食堂吃了便饭。

午饭吃完不久，丸子收到菲菲发来的微信，小杨如约给她们送来了她们点的水果。菲菲让丸子放心，慢慢提审，多晚回来都还有，因为小杨很客气地给她们送来了一后备箱的水果。除了菲菲，其他几个吃人嘴软的家伙也先后给她报信了。

小杨什么都没跟丸子说，没有邀功，但也不是为了深藏功与名。因为他知道，那么多的嘴巴，总有人会跟丸子说他的好。他的愿望，她们也很懂事很自觉地帮他实现了。而且，这样的效果反而更好。

看到小杨如此上心，丸子虽然觉得一切发展得太迅猛，而且这样的行事太过高调，还是忍不住有点感动。没办法，从没被人宠成小公主过的母胎 solo，就是这么经不起别人对她好。

“谢谢你这么用心，不过以后不要这样了。”出于礼貌，丸子要给小杨发条微信表示感谢，同时也表明自己的立场。

“你如果跟我在一起，我会更用心的。不过不是对她们，是对你。”小杨突然表白。

丸子有点惊讶，严格来说，他们认识才两天，他就这样表白了，也太草率了吧？

除了惊讶这外，丸子还有一丝丝感动。每个女生的内心可能都会希望，有那么一个人明白无误、毋庸置疑地喜欢自己，没有迟疑，没有踌躇，没有犹豫。如果说，之前答应跟他见面部分原因是被他的执着打动，那么这一次，她有一点被他的坚定打动了。之前的小安是打死不表白，现在这位小杨是轻易就表白，这样的对比让她哭笑不得。

“我觉得我们还不太熟。不，是不熟。”丸子很耿直地回复。

“你对我是不熟，不过我可以等你慢慢了解我。但是，我对你很熟啦。实不相瞒，我是你的大粉丝，你发的所有微博我都看过了。很心疼你。”小杨接着吐露心声。

“你写了成百上千条微博，有些是写给专门的人看的。但是这个人看不到，不会看，不想看，或者看了也只当没看到，看了也没有任何反应。突然有一天，另一个人看了你过去所有的心情，弥补他迟到的时光，然后跟你说，‘你写的所有东西我都看完了，很心疼你。’”丸子没想到，这种小说似的场景，居然会发生在自己身上。糟糕，是心动的感觉。

你看啊，真正在乎你的人，读的不是你的某条心情，他们想读的，是你的整个人生。丸子差点儿就想不管三七二十一地答应了。但仅存的一点理智告诉她，她不能跟着一起草率。于是回复小杨：“那就让我继续慢慢了解你吧。”

结束和小杨的对话后，丸子收拾收拾心情开始了下午的工作。

下午场提的第一个人是小徐。小徐是留守少年，家庭经济条件不好，父母外出打工，无法亲自照看儿子，生活所迫只能将他扔给爷爷奶奶。这次孩子出事，父母双双从外地回来。

问了小徐偷东西的原因，他说因为不想给父母更多的负担才参与盗窃，这样可以省点钱。父母听到后泪如雨下，恨自己为什么就不能有出息点。

尽管小徐的“懂事”实际上是不懂事，尽管小徐父母在管教上也有缺失，但是对于这样的父母，丸子更多的是同情，实在是无法谴责。生活有时就是这样的不公平，有的人再怎么竭尽全力，也还是在社会的最底层挣扎，因为所占的资源有限，是那种“孩子，我搬砖的手无法再拥抱你”的无奈。当生存都成了问题，陪伴有时就成了奢侈。

最后一个讯问的小侯是个孤儿，父亲早逝，母亲出走，从小在各个亲戚家流转长大。这次讯问，他的成年亲属没有一个愿意到场，只能请到学校的老师作为合适成年人到场。

丸子问他为什么偷东西。17 岁的小侯显得有着这个年纪不该有的老成和世故。他说为了生存，一切能来钱的方式他都不拒绝，除了杀人。

听到这样的话，丸子只觉得后背发凉、寒心彻骨。经历了怎样的痛苦才让尚未成年的他下定决心为了生存不择手段？

虽然明面上，老张、丸子和老师对他这样的想法进行了思想教育。但对于这样的孤儿，丸子还是觉得是我们的社会亏欠了他，其实这个社会能做的原本应该要更多，而不是指着没有抚养义务的亲戚自觉施舍来让他们成长。

结束提审已到了下班时间。回单位的路上，丸子感慨万千地发了条微博：“尽管我还没有成为一名母亲，但也已经深感为人父母的责任重大。所以，希望每一位完全行为能力人在决定让自己升级为父亲/母亲前，一定要考虑清楚自己是否承担得起一个父亲/母亲的责任？是否有精力照顾孩子的起居、陪伴孩子的成长？无论贫穷还是富裕，是否有能力带给孩子幸福？我们的社会，也应该完善相关制度给那些缺乏父爱母爱的孩子多一些关爱。每个孩子都是上帝牵着手来到人间的天使，愿他们都能健康、快乐地成长。”

微博发出去之后，评论里尽是些歪楼的：“哟，想这么多，想当妈啦？”对此，丸子只能“怒斥”：“严肃点！”虽然，她还是很爱她的粉丝们，但有时候会忍不住 diss 网友们不分场合的调侃。早就把丸子设为特别关注的小杨在收到她发微博的提醒后，看到网友们这样的评论，躲在手机屏幕后面窃喜。

28 不要让真爱你的人追太久

从看守所提讯回来后，已过单位食堂的饭点，还好有小杨送来的水果充饥，不然丸子还真没时间出去觅食，因为明天一早她就要去省城京州市参加公诉业务培训了。晚上把这个未成年团伙盗窃案的审查报告提交给领导审批后，还得回去收拾行李。

水果很甜，也可能是因为送的人很在乎丸子，让她觉得心里甜。跟小安反反复复、猜来猜去，已经耗尽了所有的力气。现在的丸子更享受这样轻轻松松、明明白白的踏实感。

吃完水果后她给小杨发了条微信表达了吃后感并致谢，同时还不忘叮嘱他接下来别送了，因为她要出差了。

一看丸子说出差，小杨有点惊讶："怎么突然要出差？去抓人吗？"

看到"抓人"二字，丸子再次哭笑不得："你还跟我们院合作呢，对检察业务这么不了解。公诉哪需要去抓人啊！你说的抓人是侦查部门。”

“哦……知道了。不抓人就好，我不用担心你会有什么危险。”小杨关切地说。

“您费心了。”丸子突然有点嫌弃，一个大男人咋那么矫情。

“那你这次出差是干啥？”小杨继续问。

“培训。”丸子简短回答，因为已经着手打审查报告了，没时间唧唧歪歪。

小杨不知道她忙，继续关心：“培训难不难？我看你之前微博上有说参加新办案系统的培训，让你很头疼的样子。”

知识点

新办案系统指的是全国检察机关统一业务应用系统。该办案系统用数字技术把刑事诉讼法、民事诉讼法和刑事诉讼规则、执法工作基本规范等固化下来，对检察机关每个办案环节设置明确的流程指引和预警功能，对办案流程进行统一的规范化设计，对重要环节实行节点控制，使案件从受理到办结全程网上运行，程序公开透明，便于强化监督制约。该系统的应用也是检察系统适应信息化时代进行的一次“技术革命”。因为操作流程具有一定的复杂性，对于初学者来说具有一定的难度。

丸子一忙就忘记回微信。过了很久，她才回复：“这次还好，是公诉业务的培训，不是上次那种技术方面的。”其实丸子有点惊讶，这种事他都记得那么清楚。

“好吧。你以后遇到系统操作上的问题可以问我，虽然我没用过这软件，但我是学这方面的，说不定能给你提供技术指导。”小杨主动请缨。

“好嘞，先谢过。先不跟你说啦，我还有事儿要忙。”她还想着早点做完工作，就赶紧结束了对话。

第二天一早，丸子就出发去培训了。她在省城培训期间，小杨也坚持每天嘘寒问暖。他想着，虽然暂时不在一个地方，但还是可以多联络感情，拉近两个人心里的距离。

第一周培训的周五是情人节。单身人士们都在商量着晚上组团出去玩，以避免在房间独自空虚寂寞冷的尴尬。丸子觉得，没有情人的情人节，哪怕有再多人陪都是寂寞的，就没有加入大家。“还不如在房间睡大觉，关上眼睛和耳朵，不看不听。拒绝被‘虐狗’，哼！”

原本每天早上准时“请安”的小杨，这一天却出奇得安静，丸子感到有点奇怪。

“不会跟别人过情人节去了吧？所以不方便对我献殷勤了。”她暗暗揣测，心里略微不爽。

虽然这时候她对小杨的感情还谈不上爱，甚至谈不上喜欢，但小女生难免会有点自私的占有欲，你对我好就只能对我好，不能朝三暮四。

直到临近下课时，小杨突然发微信说自己在来省城的路上了，问是否有幸跟丸子女士共进晚餐。

收到小杨发来的信息，丸子有点惊喜。人家大老远赶来了，总不好拒见吧？她欣然同意见面。

下课后，她赶忙回房间换了身衣服补了个妆。这次她不能再像上次一样不体面了。好好收拾一下，丸子倒也挺像模像样的。

小杨赶到检察官学院，带上了鲜花和精心准备的礼物，订了他每次来省城都会去的餐厅。一看就是有备而来。

吃完晚饭后，他们并排走在充满浪漫气息的大街上。情人节的夜晚，成双成对的小情侣们肩并肩，或牵着手或挽着手，有说有笑地走着。丸子心生羡慕，觉得恋爱还真是一件美好的事情啊。

正走着，丸子接到了一起培训的小伙伴打来的电话，说他们已经找好狂欢的地儿了，确认一下丸子是不是真的不要一起去。丸子捂着手机拒绝了，怕被小伙伴听到周围熙熙攘攘的人群声。其实是她多虑了，他们那边那么吵，哪听得见。

接电话的工夫，丸子的手就已经被冻得通红了。机智如小杨，见状赶紧伸出右手抓住丸子刚从手机上放下来的左手，放进了自己的大衣口袋里。

丸子先是一愣，等反应过来之后，许是贪恋小杨手心的温暖，鬼使神差的，她居然没有收回手。

这样走了好一会儿，小杨冷不防地说了一句："牵了手你就是我女朋友了。你要对我负责，不许耍无赖哦。"

在恋爱这件事上，丸子一直崇尚感觉至上，适不适合可以处了以后再看。谁追谁也只是形式，喜欢是最重要的。这也是她"母胎solo"的原因。从出生到遇到小杨前，她就没对谁动心过，只有小安算得上她第一个真正喜欢的男生，结果人家扭扭捏捏、欲拒还迎的，一直没谈成。

因为觉得喜欢是最重要的，相处磨合是后面的事，她也觉得，如果真的对一个男生有感觉，没有必要为了考验他让他追太久。

在丸子看来，既然女生愿意给一个男生追求自己的机会了，说明对方是能入得了她的法眼的，而且相处的感觉还不赖。如果看不上对方还要一直吊着，那十有八九是这个女生有问题。要么虚荣心作祟，喜欢被人围着转的感觉，要么是仗着对方喜欢自己就肆无忌惮地利用对方，要么就是拿人家当“备胎”安抚着，实在没有更好的选择再让备胎转正。

既然看得上人家，处着也不赖，还要让人家苦苦追求，就不怕被人截胡，眼睁睁看着煮熟的鸭子飞了啊？要知道，现在这年头，有个追你的人不容易。很多男生都是暧昧一下，然后就没然后了，愿意认认真真守着一个人的男生已经很少了，遇到了要珍惜，因为错过一个就少一个。

此外，丸子还觉得，让男生追很久才追到，这样的恋爱容易引起反噬。你为了考验他，让他费尽心机，历经九九八十一难才追到你，他可能不会因为得来不易而倍加珍惜，反而可能会因为追你过程中透支了过多的热情和耐心，追到手后感情就火速降温。

前几天知乎给她推送了一个问答。题主问：为什么男生追到女生之后就冷淡了？看到这个问题，丸子觉得知乎简直就是她肚子里的蛔虫，推送的问题好精准。她好奇地点进去一看，获赞最高的回答是：“你考完试还看书吗？”

看到这个回答丸子的第一反应就是：好有道理，我竟无言以对。

是啊，谁考完试还看书啊，是有多热爱？原本是你高高在上，喜欢你的男生跪求你接受他的追求。一旦追到手，他自然而然就觉得你们的地位平等了，慢慢就不会跟追你时那样永远笑容可掬、热情洋溢了。这也正常。那些付出感比较强烈的，甚至可能觉得他现在逆袭了能耐了，应该换你像飞蛾般扑向他了呢。

你一脸懵圈、目瞪口呆，突然不适应这画风了。然后作死作活希望他对你跟从前一样爱，或者继续高冷、转身离开。总之不会太完满。

假设换个对象，你们的感情本来就比较健康，一见钟情、干脆利落、直接互撩，或者由三观相似、兴趣相投、志同道合发展而来，没有一方委曲求全、苦苦追求，那么在一起后，你们之间的感觉就不会有太大落差。

有个段子说："世界上没有追不到的女生，只有一追就到手的和追了很久才到手的女生。"丸子觉得这话基本属实。几乎没有女生能挺住不被追走。

既然迟早会被追走，不如感觉来了就接受人家，然后好好过日子。人生那么短，要把时间花在相爱上，没必要在追求这场拉锯战中浪费太多的时间。

丸子是这么想的，也是这么做的。

小杨拉她手的那一刻，她认真而短暂地审视了一下自己的内心，觉得自己应该是喜欢他的，因为当时的感觉是踏实和温暖，而非反感。

联想到小杨在跟她见面前那么执着和诚心，见面后那么体贴和坚定，再看看周围的人都是成双成对，在内心的心动、感动以及对爱情的向往多重感情交织下，丸子决定答应小杨的追求。

在答应之前，她要小杨正式向她表白才行，要有仪式感。

小杨很配合，转过身面对丸子，真诚告白："丸子，虽然你才刚认识我不久，但是我认识你已经很久了。一直以来，我都是默默关注你的小粉丝，今后，让我做你最大最忠实的粉丝。我喜欢你，咱们交往吧！"

"看在你这么有诚意的份上，我就勉为其难地答应吧。初次恋爱，以后请多多指教。"丸子开心地回答。

因为培训班周六上午还安排了交流活动，丸子必须早点回去。所以，脱单后一起逛了没多久，小杨就送丸子回培训地了。

上一次小杨送丸子回单位时的尴尬还历历在目，这次送她回去，就已经变成小杨怡然自得地左手握住方向盘，右手伸手过来牵丸子的手。他说，这样开车比较慢。丸子一把甩开，告诉他，她还想多活几年，开车请双手握方向盘，注意安全。

送丸子回去之后，小杨在附近找了个酒店住下，打算第二天再回家。知道小杨住下了，丸子径直就去睡了。小杨发信息给丸子，过了很久她都没回，他就直接打了电话。

听到丸子电话里的声音像是已经睡着了，小杨假装生气地“指责”道：“你怎么不说一声就睡了啊？以后每天晚上要说了晚安才能睡觉。”

丸子无奈，谈恋爱还真麻烦，规矩这么多，“母胎 solo”表示很不适应啊。但是又有什么办法呢，既然谈了，就得遵守恋爱中的规矩，再也不能像单身时那样一人吃饱全家不饿了。她只能答应小杨的“傲娇”要求。只是，答应归答应，由于单身状态的惯性太强，培训期间丸子后来又有两次忘记说晚安就睡了，然后被小杨活捉。

29 疑人不用，用人不疑

一个多星期的培训很快结束了。结束那天刚好是周五，丸子本来想说搭从省城回家的朋友的顺风车到江东市区，然后坐大巴回仙汕。但是小杨男友力爆棚，一定要来接。

丸子拗不过他，只好妥协：“那你到市区的高速口来接我吧，接过顺风车的接力棒，这样你也不会太累。”

他还是不同意，还因为不让接生气了。

丸子解释了不让接的原因：“我是担心你太累，开车过来3个多小时，还得当天回去。如果你一定要来接的话，那就由你喜欢吧。”

小杨这才转怒为喜。“任何一个对你好的机会，我都不想错过。”情话boy小杨上线。

在回仙汕的路上，他又开始搞事。他想起丸子之前喜欢的男生，不放心，撒娇要丸子发微博“官宣”自己恋爱了。

如果说之前答应跟小杨见面有赌气的成分，那么答应跟他交往的时候，已经完全没有赌气的想法了。此刻，她只想沉浸在被小杨的爱和温暖包围的感觉中，不去理会小安会不会看到，会不会生气。对于小安，她真心喜欢过，也真心等待过，不留遗憾，无愧于心。

“行，发就发吧。”丸子欣然答应，发了条微博简短地说了下自己恋爱了，竟收获了无数的祝福和点赞。

小杨把自己的手机递给丸子，要她帮他去给她留言宣示主权，语言由丸子自行组织。丸子虽然觉得小杨这样的举动很幼稚，但是恋爱中的男生智商为0，当然是选择原谅他啦。她敷衍地用小杨的号留了个“爱心”的图标。

知识点

大家经常听到在恋爱中要“宣示主权”，但是有些人可能不知道，宣示主权是一个国际法上的专业术语。在国际法上，宣示主权是指用国家力量和手段、法律、国际间的政治和一切可以证明主权象征的历史来表明主权归属性的行为，宣示主权的范围涵盖空间、海域和陆地。

小杨对于这样的评论很不满意，但是碍于在开车没办法。

登微博之后，丸子看到有个女生给她留言，问她是不是京州市检察院的，最近公诉忙不忙，以及周末有没有休假。

直觉告诉她，这个女生一定有个在京州市检察院的男朋友，然后他声称最近很忙，没时间陪她，让她很没安全感。

机智的丸子早已看穿这一切，她把看到的私信和自己的推测跟小杨说，小杨很配合地表示她说得很有道理。

对于这种别人家务事，丸子一般是不想管的，所以她试图推掉，告诉女生她没在京州。

没想到女生不放弃，继续问丸子有没有在京州市检察院工作的朋友，让朋友帮忙了解一下，然后告诉她实情，并对丸子表示万分感谢。

女生这一追问，丸子再也遏制不住内心熊熊燃烧的八卦之火。“不行，我忍不住要八卦了。”丸子自言自语说道。

旁边的小杨不自觉地嘴角上扬，他觉得这样的丸子有点可爱。

丸子问女生是不是在侦查她男朋友，女生表示丸子的猜测是对的。

丸子虽然之前没谈过恋爱，但是她见过别人这样。女生没安全感的时候就是这种表现，跟无头苍蝇似地逮着个人就问。所谓病急乱投医不过如此。比如上次跟她一起失恋的学姐芳芳。

当时芳芳不知道丸子也失恋了，丸子觉得她跟小安是同事不好说就没告诉她。但是这么巧碰上一起失恋，丸子觉得这是缘分，学生时代的情谊加上一个在刑庭一个在公诉，平时联系也多，就跟芳芳走得越来越近，建立了深厚的“革命友谊”。芳芳很多感情上的事都会跟丸子分享。丸子后来也知道了芳芳那次分手是因为她前男友“劈腿”，被她偶然间看到了聊天记录。

但是在她提出分手之后，她的前男友苦苦哀求、死缠烂打，要她再给他一次机会，就差跪下了。并且，他还拍胸脯保证永不再犯。

芳芳当时觉得在一起这么久有感情了，一时无法割舍，于是忍痛答应给他一个缓刑考验的机会，没发现问题就继续谈，一旦发现问题立马分手。考验期限是在一起的每一天。做刑事法官久了，就连处理感情问题都要带上专业，动不动就用“刑”，想必她的男朋友也是害怕的。

缓刑考验期间，对方必须遵守的规定是，不能不接电话，手机密码必须让她知道，并且她想看他手机随时都可以看。

那个时候，芳芳觉得自己是高尚的，伟大的。你看你这个罪人，干了这种畜生不如的事情我都原谅你了，从此你在我面前就是低我一等，你没资格有隐私，也没资格要自由。

芳芳也是说到做到。从此翻手机就成了她最大的爱好。遭遇过背叛，神经大条也被逼成了心思缜密的名侦探柯南！她仔细揣摩他朋友圈所有状态下的每一条留言及回复，翻遍他所有聊天软件的所有聊天内容，连男的都不放过。发现通过附件的人添加的，不分青红皂白一律删除，以防成为出轨对象。发现有暧昧嫌疑的，一律让解释清楚，然后决定是删还是留待观察。除了翻手机，每次只要她男朋友说加班，或者出去玩不带她，她都要求他自证清白，找一个靠谱的证人来作证，最好是通过视频证实。法律人卓越的侦查能力和强烈的证据意识在芳芳的“捉奸”行动中展现得淋漓尽致。她恨不得一年 365 天把他绑在身边才放心。

知识点

自证清白的意思很好理解，就是自己拿出证据证明自己的清白。这个举证规则是与现代刑事诉讼法理念背道而驰的。现在各国刑事诉讼中普遍确立了“不得强迫自证其罪原则”，要求由指控的一方提供充分的证据证明被告人犯罪，不得强迫被告人承认自己有罪。不过法律归法律，感情中，要对方“自证清白”虽然有点残酷，但是外人也不好加以干涉。

看到原本那么酷的芳芳学姐变得这么捕风捉影、神经兮兮，丸子都心疼。她觉得谈恋爱谈到这份上也是够了。表面上看都是芳芳前男友由于自感愧疚、亏欠等原因顺着她由着她，实际上芳芳才是最累的那个人，活得毫无安全感，觉得自己只要稍不留心，随时会再次遭遇背叛。

好几次丸子都想劝她分手。因为她对他已经连最基本的信任都没有了，在一起还有什么意思，只不过是互相折磨罢了。但是每次她又都憋了回去。即便关系再好，她也不能主动劝分，除非学姐来问她的意见。

毕竟大家都是成年人了，自己能对自己的人生负责。而且这种事总要自己想明白了，才会甘心。等她折腾累了，也许就放弃了。

渣男回收站并不是每个人都当得了的，必须做到遗忘，做到原谅，做到不计前嫌。然后翻篇重新经营这段感情，像没遭受过背叛一样重新信任对方。唯有如此，才有可能让这段感情回归正轨。芳芳没有这么强大的内心，她当不了渣男回收站。

后来有一天，芳芳如释重负般告诉丸子：她恢复自由了。是她主动提出的，没有再发现出轨，而是因为她累了。是的，被她折磨的有前科的前男友还没有受不了，她自己先受不了了。她说，既然已经不再信任，她选择放过彼此。

丸子猜中了微博上这个女生的心思，却没有为自己的机智感到开心，反而有点同情她。她担心女生会发展成芳芳之前的样子。

只是，作为素不相识的网友，丸子也管不了太多。她只能如实告诉对方，按照常理，公诉人平时是很忙。如果遇到特殊时期，比如公安有专项行动之类的，会更忙。晚上、周末加班也很正常。但是忙归忙，也不至于失联，说个话的时间还是有的。所以如果只是最近没时间约会，正常联系的话，应该不会有什么问题，不必太过担心。丸子希望她能够理解、信任他，因为公诉人找个稳定的对象，真的是太不容易了，因为忙，很容易被分手！当然，如果她实在不放心，可以去问陈小轴（丸子发现她微博也关注了 @ 陈小轴）最近京州市检察院公诉忙不忙，一个单位的，他更有发言权。

就这样，机智丸既没有辜负对方的坦诚，又成功把烫手山芋甩给了小轴。

甩锅之后，丸子也不忘向小轴自首，告诉他京州有个女生在打听公诉人男友是不是很忙，她让对方去问他了。

小轴问："要不要故意告诉她不忙？"

丸子"笑 cry"，她以为自己已经够实力坑队友了，告诉那个女生"公诉人就算再忙，回个信息的时间还是有的"，没想到小轴更坑。

当然，这只是个玩笑。丸子相信小轴同学还是很厚道的，他一定能力挽狂澜，拯救这段受工作影响的岌岌可危的爱情。

女生后来没再说什么。解答完她的事情后，丸子感叹："唉，女生没有安全感太可怜了。"

一旁开车的小杨接话："放心，我不会让你这么没有安全感的。你如果对我有什么不放心，都可以直接问我，不用像她那么可怜。"

小杨的话让丸子觉得很窝心。

她一直认为，两个人相处最重要的是信任。即使做不到事事信任，时时信任，至少对对方的人品和能力要有一个最基本的信任。相信他是一个负责任、有一定的能力，让你看得上的男人。

没有对他人品上的信任，你就会总担心他出轨、犯错，甚至担心他违法犯罪什么的；没有对他能力上的信任，你就容易担心他这也做不好那也做不好，做的决定也不英明，为他的人生操碎心。

女生如果对男朋友丧失信任，没有基本的安全感，很容易迷失自我，绑架对方。就跟芳芳发现她前男友劈腿之后一样。这样在一起多累啊，纯粹是互相消耗，就差把自己的人生都搭进去了，还不如一个人来得轻松自在、快意潇洒。

丸子也表态让小杨也放心，她不会把他当犯罪嫌疑人一样侦查的。她说，她选择相信小杨，她宁可被背叛最后才发现，也不要在疑神疑鬼中消磨彼此的感情。

“呸呸呸，不要说这么不吉利的话。”小杨阻止丸子继续说下去。

丸子既然说了相信小杨，也是说到做到。

其实在她发微博公布恋情之后的第二天，就有两个朋友告诉她，小杨之前交过蛮多女朋友的，但是她都选择了自动过滤一切风言风语。即便他们说的是真的，那也是跟她在一起之前的事了。她没参与他过去的人生，也没资格去计较。而且，她自己之前也喜欢过别人。

到了周日，又有个女生发私信告诉丸子，她是仙汕县育才小学的老师张青，跟小杨在一起三个多月。昨天，她跟丸子的男朋友小杨分手了，接下来请丸子照顾好小杨。也就是说，是丸子跟小杨确立恋爱关系之后才分的手。

这算得上是当事人实名“举报”劈腿了，丸子不能再像之前一样选择无视。看到私信的那一刻，说完全很淡定那是骗人的。丸子只觉得眼前一片漆黑，她很怕自己来之不易的幸福只是一场空欢喜，怕表面暖男的小杨其实是这个渣男。但是很快，她的修养，她的懂事，她的严谨告诉她，不能哭，不能闹，先保持冷静，搞清楚事实。

丸子什么都没回那个女生，径直去问了小杨怎么回事。小杨说，的确有这么个女生，是他认识丸子之前有个领导介绍的。后来出于礼貌见过几次面，吃过几次饭，但是没有以男女朋友的关系交往。在检察院见过丸子之后，他确认丸子才是自己喜欢的女生，从此再没主动联系过那个女生，也没有再见过面。直到一个星期之前，那个女生跑来责问他跟丸子的关系，他才知道那个女生误会他们之间的关系了，就跟她说清楚了自己的心意。然后那女生提出分手。小杨说，她坚持认为这是分手，他也没办法。他让丸子不要搭理她，他会处理好。

小杨的解释能够自圆其说。而且，从丸子和他相处的过程来看，小杨不仅对她百依百顺、有求必应、有信息秒回，还那么高调地让全世界都知道他在追她，以及他们在一起了。加之，跟小杨认识是周检介绍的，如果小杨有女朋友，周检也不会介绍给她。丸子觉得小杨还是值得信赖的，她选择继续相信他。

所以，在听完小杨的解释后，丸子什么都没回复张青，直接把她拉黑了。“他们的事就让他们自己去处理吧，我不需要再知道什么，更加没必要去掺和什么。”那以后，张青这个人也没再出现在丸子的生活中。丸子更加相信，是她误解了小杨的意思。

有句话叫“疑人不用，用人不疑。”其实感情的世界中也是如此。能够百分百信任一个人是一种能力，因为我们内心强大，因为我们输得起。

30 公诉人没资格生病

拉黑张青之后，她没继续来找。丸子和小杨感情稳定，也没有再出什么幺蛾子。不用再为感情纠结了，丸子也得以全身心投入到工作之中。

年初那篇《累觉不萌的 2013》着实让她红了一把，不仅荣登高大上的《检察日报》，被《公诉人》杂志主动约稿，还被检察宣传界的大咖老骥作为 90 后典型进行正面推广。后来还遇到了带给她幸福的小杨。幸运接踵而至，那时的她觉得自己简直是全天下最幸运的人，对命运的眷顾充满感激。人生第一次有了一个这么英勇的决定：为了撑得起这份幸运，要拼了命去努力。

上一考核年度，丸子所在科室破除“经济基础决定上层建筑”的定律，以经济落后地区公诉科的身份在省同类院和全市基层院的考核中取得双料第一的佳绩，让他们自豪之余也倍感压力。

但是今年不但没有中坚力量来充实队伍缓解压力，还遭遇了资深或骨干公诉人纷纷“出走”（一个被选调走，两个被借用走，还有一个去生娃）的困境。公诉队伍不仅单薄，而且稚嫩、青黄不接，男女比例也严重失调，成了名副其实的“母诉科”，让人不忍直视。

这样的现状让作为新人的丸子既兴奋又恐惧，兴奋在于有机会接触一些正常情况下不可能接触的高端业务，恐惧是因为在本应好好“做任务”的初级阶段却跟着“使用技能”，虽然有前辈带着，还是怕 level too low 一不小心犯了大错。她就是揣着这么一颗纠结的心投身于新的战斗中。

丸子参与办理的案件的案由也变得丰富多彩起来了，从案由到案情，让她感觉读书时那么多个刑法罪名原来没白学。

刚到公诉的时候，她接触到的案子案由大多是危险驾驶、盗窃、故意伤害之类最常见的罪名，偶尔拿到一个贩卖毒品罪的案子都能新鲜上一阵子。

但是今年以来，很多于她而言是新案由的案子接踵而至，很黄很暴力如抢劫、强奸、故意毁坏他人财物、容留他人卖淫等，规格很高如职务犯罪、知识产权类案件等。

知识点

职务犯罪案件指国家机关、国有公司、企业事业单位、人民团体工作人员利用职权实施的犯罪，包括贪污贿赂罪、渎职罪和国家机关工作人员利用职权实施的侵犯公民人身权利、民主权利犯罪。此类犯罪由于主体比较特殊，案情相对复杂，社会影响力较大，对公诉承办人来说是个考验。

公诉部门办理的知识产权类案件主要指侵犯知识产权犯罪。此类案件大多属于新型犯罪，案情也比较复杂，办理案件的公诉人除了要熟练掌握法律知识外，还必须对知识产权保护对象所涉及领域的专业知识也有一定的了解，办理难度较大。

每一次接触于她而言是新类型的案件都是一个学习的过程，哪怕是学霸，也要在实践中学习如何把握该罪起诉的证据标准，像她这种普通学民，就只能理论、法律司法解释都再重学一遍。

有一次在参与办理网络赌博类案件时，丸子乍一翻堆积如山的案卷有种不明觉厉的感觉，因为丸子本身是个好小孩，不赌博也不玩游戏，所以从网络赌博与一般网络游戏的区别，到实践中如何把握在网络上开设赌场的构罪标准，主从犯如何确定，量刑标准是怎样，再到如何审查案卷多的案件，她统统都得学。

参与办理的案件更复杂了，遇到的当事人似乎也比之前任性。

丸子遇到过被害人没有特殊困难天天拉着个行李箱要求马上办她案件，不答应就威胁住他们单位的；遇到过已经自愿和解的故意伤害案中，被害人无理反悔要把赔偿费用扔他们单位的；遇到过取保候审的嫌疑人习惯性放鸽子打乱她档期的；还有让兄弟冒名顶替参加庭审的。

她惊讶地发现，任性不是有钱人的专利，而是当事人的专利。但任性是他们的，她只能克制，只能发挥最大的耐心摆事实讲法律，在切实可行的情况下将嗓门提高一分贝定分止争，在不失尊严的情况下默默将大事化小。

除了面对艰巨的办案任务，他们还要应对检察系统的“技术改革”——全国检察机关统一业务应用系统正式启用。改革都是要经历阵痛期的，原本光是办案就已经竭尽全力了，现在还要花大量时间学习新系统的操作。

身为“技术弱”的丸子之前被安排去参加省院组织的新系统统一培训，回来后还要肩负起教小伙伴们操作的重任。本来就学得不是很好，实践中出现的问题很多又是培训时未曾预料的，所以不出所料，她果然还是没能成为一名合格的技术老师。

后来多亏了操作指南、小伙伴们的互教互学、技术部门的技术指导及小杨的技术答疑，大家才在一次次的试练和失败中，慢慢 get 新技能，慢慢地驾驭了新系统。

办案的本职工作以外，丸子还“揽”了些宣传的活。不知不觉，微博粉丝已经过万。那么多粉丝的关注让她责任感油然而生，为了不辜负大家的厚爱，她就继续用萌萌哒方式尽量多讲讲检察院那些让人不明觉厉的事儿，检察院到底是“检察”什么的，公诉人怎么“提起公诉”，反贪局和检察院究竟有着什么样的纠葛等。

另外，在《公诉人》杂志发过第一篇文章之后，丸子的文风得到了编辑大叔的认可，因而在该杂志又发表了几篇文章，通过纸媒进行检察宣传。

作为业界良心，丸子也很注重和粉丝大人们的互动，所以每次发表了文章之后，她都会通过转发微博抽奖的方式，给中奖的幸运粉丝赠送杂志。

因为忙碌，丸子在很多时刻感到“累觉不萌”。

比如业务培训刚回来的一个月时间里，她不但要消灭新老系统的积案，消灭不在单位的一个多星期里拿到的新案子，写各种材料，还要学习第一次接触的案件如何办理，学习新系统如何操作。那段时间，丸子过着真正的“白加黑、5+2”的生活，每晚加班到 10 点半，几乎毫无私生活可言。为此，她也觉得很对不起小杨，很少有时间陪他，都是要他配合她的时间。能驱使一个成年人，在每周一到周日的晚上，全然不顾外面寒风凛冽、白露为霜，等到漏尽更阑之时才披星戴月回家的，或许就只有理想了……

比如写稿时，丸子喜欢有想法就要马上写下来，全文尽量一气呵成，这个坏习惯直接导致她在很多个写稿的夜晚码字到凌晨两三点甚至通宵，第二天疲惫不堪地照常上班。没有作家的命，却沾染了他们废寝忘食创作的习气，也是醉了。

又如生病时，因为老了、压力太大，丸子的身体却突然不好了，小病不断，三天两头上医院。看着系统上闪烁着的小黄灯，觉得请假看病就已经够奢侈了，没好意思再请假休息。试过才知道，原来在公诉连生病都没啥资格，因为永远有那么多案子等着你。

知识点

小黄灯是全国检察机关统一业务应用系统上的一个办案预警。当某个案件的办案期限快满时，系统会在案件列表中该案所在条目上亮起小黄灯，一闪一闪提示承办人案件快到期了。如果案子到期了还没办结，小黄灯就会变成小红灯。这时候公诉人的焦虑值会爆表。不过，这种情况一般不会发生，超期办案可是违反法律规定的。

虽然丸子有时会累觉不萌，但是转而想想，熬过去就好了啊，又可以愉快地卖萌了。

31 生活很苦，一定要加你这块糖

尽管工作忙碌，该照顾到小杨的地方，丸子也是尽量去照顾。

小杨生日的那天刚好是周末，虽然发着低烧，她还是跑去亲手做了个足球图案的蛋糕，只因小杨喜欢足球。出现在小杨公司的时候，连续加班到忘记生日的他，着实被惊喜到了。

小杨加班丸子不加班时，她都会送点心去犒劳，然后陪他加班。他在干活，她就在旁边安安静静地看书或玩手机，做着自己的事，不打扰。

小杨去踢球，丸子只要有空都会陪着去，他踢球她围观，尽管她对足球完全没兴趣，但对男朋友有兴趣啊。

小杨交友广泛，只身一人到仙汕工作没有太多朋友的丸子，也积极融入他的朋友圈。虽然一开始小杨介绍丸子是检察官时，他的朋友们都先入为主地以为她很高冷。但只要她一开口，大家就会发现，原来她“高冷”的职业外表下有一颗“逗丸”* 的心。

有一次，大家聊起找对象的话题，姑娘们认为理想中的男朋友应该是早睡早起生活规律，不抽烟不喝酒，最好是吃国家饭的。一言不发的她突然插了一句：你们要找的人在看守所。

知识点

很多人可能觉得看守所戒备森严、纪律严明。的确是这样，但又不仅仅是这样。看守所里有统一规定的作息时间，要求在里面的人早睡早起，不许抽烟、喝酒，纪律非常严格。虽然不能保证住得舒适，但是在里面的人的基本生活还是有保障的，国家也会按时提供一日三餐。所以丸子说得没错，看守所的人确实符合姑娘们理想对象的要求。

还有当初约定好的睡前说晚安，丸子养成习惯之后，每次先睡都会记得说，倒是小杨，有时候会忘记。

毕竟是第一次谈恋爱，经验不足难免会有疏忽，而且性格本来就不是温柔那种的，生活自理能力也差，丸子没能成为一个贤惠的完美女友。有的时候还是会比较幼稚，会耍小孩子脾气，会不够体贴，但她也是尽己所能做到最好，并成为大家交口称赞的“别人家的女朋友”。

对于自己不够温柔优雅成熟懂事这一点，丸子自己心里也是有点数的。有时候，她会不自信地问小杨，男生是不是都喜欢温柔优雅成熟懂事一点的?

对于这样的送命题，小杨当然是矢口否认啦。不过，他否认的不是男生们不喜欢，而是他不喜欢。他给出的教科书般的回答是：“你

* 很有幽默感的小丸子。

是什么样的，我就喜欢什么样的。”

这种经修饰过的回答，在外人看来可能有奉承讨好之嫌，却是小杨当时最真实的想法。那时候，他对丸子是真的喜欢。

去电影院看恐怖片时，影院里尖叫声不断，很多女生吓得躲到男朋友怀里，丸子却鄙视地看了一眼，然后转身告诉小杨，她参与办理的杀人案中，那个犯罪嫌疑人比电影里还变态，案卷中的尸体解剖比电影中还血腥，电影中这些没啥好怕的。最后小杨被吓得闭上眼睛，期待电影早点散场，丸子还依然淡定。这样的女汉子·丸，他欣赏。

陪他加班时，有时候窗户会突然飞进来几只虫子。丸子每次都被吓得不轻，还不敢杀生。这样的小胆儿·丸，他觉得很可爱。

工作上积极向上、勤奋努力、一丝不苟，这样的认真·丸，他佩服。

生活中自理能力差，很多技能都不会，丢三落四，犯了错就靠着卖萌蒙混过关，这样的闯祸精·丸，他很想去照顾。

刚开始恋爱时，总是神经大条忘记说晚安，这样的粗心·丸，他虽然嘴上嫌弃，却觉得很庆幸。因为只有没经受过很大的磨难的人，才能如此心大。

后来努力履行跟小杨的约定，为了他养成说晚安的习惯，这样的暖心·丸，让他很感动。

无论是什么样的丸子，他都喜欢。只要有她在身边，体贴也好，闯祸也罢，他都觉得很幸福。他对丸子唯一的要求就是陪在他身边，做她自己就好。

小杨的公司还处在创业初期，他的压力很大，所以他经常对丸子说的一句话就是：“生活很苦，一定要加你这块糖。”

就这样跟小杨过一辈子，丸子觉得，也挺好的。没有哪个女生会讨厌被捧在手心里的感觉。

 32 检察人员约饭指南

跟小杨在一起之后，丸子虽然也积极融入他的生活，但是对于饭局，她还是时刻保持警惕。有句话叫作“饭可以乱吃，话不能乱说”。对于检察人员来说，不但话不能乱说，饭也不能乱吃。因为要防腐拒变呀。

检察人员有普通人属性，也有必要的社交，拒绝一切的饭局在现代社会中几乎是不可能的，而且一般来说也没这个必要。但是，得知道什么饭可以约，什么饭不该约，以防给自己带来不必要的麻烦和风险。

所以，丸子一早就跟小杨交代好以下三类饭不能约。

第一，当事人的饭不能约。这是一条不能触碰的红线。私底下跟所承办案件的当事人接触，接受当事人的吃请，是严重违反办案纪律

的行为。其后果是，不但要回避，退出案件的办理，还要接受纪律处分，严重者甚至还会被追究刑事责任。此类饭绝对不能约。她叮嘱小杨，如果有当事人通过他请她吃饭，一定要替她拒绝。

知识点

《检察人员纪律处分条例》第二章第三节规定了对检察人员违反办案纪律行为的处分，其中第 89 条规定："私自会见案件当事人及其近亲属、辩护人、诉讼代理人、利害关系人、中介组织，或者接受上述人员提供的礼品、礼金、消费卡等财物，以及宴请、娱乐、健身、旅游等活动的，给予记过或者记大过处分；情节较重的，给予降级或者撤职处分；情节严重的，给予开除处分。"

在此也提醒大家，千万不要迷信"送礼、请吃饭"就能获得从轻处理或者逃避被追究刑事责任。办案有办案的纪律规定。想要从轻，如实交代才是正道。

对此，小杨肯定是支持的，并承诺严格把关。但是，脑洞大开的他又设想到另一种情况："你宅心仁厚，你觉得当事人可怜，请他吃饭可以吗？你掏钱。"

"你说得对，我的确是宅心仁厚，但我应该也不会请当事人吃饭。如果觉得他们太可怜，我可能自掏腰包给钱，但是坐下来一起吃饭还是免了吧。还是要避免私下接触，被抓拍了说不清。当然，如果是办案需要的话可以，比如这样的环境更能与当事人拉近距离让其说出真相。不过，这种情况下我会先向组织汇报，全程留下证据，做好自我保护。"

“我媳妇儿就是优秀，但我没你这么优秀，万一我被坑了，带你去了才知道饭局上有当事人怎么办？”小杨继续开脑洞的同时不忘拍马屁。

“我觉得最干脆利落的做法是找个借口立即溜掉，让家人打个电话说有急事啥的，这样大家都好下台。如果实在走不掉，那就抢着把饭钱付了吧，你来付，因为你闯的祸。然后我立即向单位说明情况，自动回避该案。不自掏腰包的话就是接受当事人吃请，就当买个教训。”“溜掉”这么中二的办法，大概只有她想得出了吧。

第二，案件辩护人、代理人的饭不能约。小杨的同学、朋友中有好几个是律师，在仙汕这个小地方，办案遇上他们代理的概率还挺高。根据相关规定，朋友担任案件辩护人、代理人不属于法定回避的情形。不过办案可以，约饭是肯定不妥的。在案件办理期间，私下接触案件辩护人、代理人，接受其吃请，也违反办案纪律，后果跟接受当事人吃请差不多。所以，丸子要求小杨，如果有律师朋友要介绍她认识，一起吃饭，无论谁请谁，无论关系有多好，一定要先了解清楚有没有代理的案子是她经手的。

“那……我那个关系特别铁的律师哥们叫我带上你一起吃饭，也要盘问一下啊？他觉得我见外生气怎么办？”小杨担忧地问道。

“不会的，案子第一，该避嫌的还是要避嫌。这是法律人之间应有的共识和自觉。饭吃了可能对案子更不利。”丸子自信地回答。

第三，社会人士的饭不能随便约。作为检察官，如果能做到深居简出、远离喧嚣，那最好不过了，可以自动屏蔽很多潜在的廉洁风险。但是生活在社会中，怎么可能只跟自己相处，还是不可避免地会有社交活动。更何况，社会经验丰富也是一个有利于办案的优势。只是，在与社会各界人士交往的过程中，需要更加审慎。

比如在约饭这个问题上，社会上的朋友来约饭了，平时吃饭倒也无伤大雅，但是不能老让人家请。非亲非故，人家凭什么无条件请你吃饭？人与人之间的交往讲求有来有往。人家付出金钱了，你如果不能对等地付出金钱，以后他有案子上的事需要麻烦你，那不是只能拿手中的权力去交易了？很多腐败都是从平时社交中埋下的隐患开始的。就算你拒绝了权钱交易的勾当，也无法拒绝得理直气壮，因为吃人嘴软。

这一点上，她倒不担心小杨给她招来麻烦。因为小杨虽然交友广泛，平时比较爱约饭，同时他也爱抢着付钱。而她自己也不占人便宜，所以在办案和人际交往的过程中能挺直腰杆。没有亏欠也就没有那么多的为难和顾虑。

在社交活动中，丸子一直坚持“人情里面有原则，交往之中有纪律”。

33 见不见家长，这是个问题

一起吃晚饭的时候，小杨把想带丸子见家长的事告诉了她。在她没有一点点防备的情况下。“你看，咱俩交往也有 100 来天了，我爸妈很想见你，定个时间跟我爸妈见个面吧？”

“不行不行，我还没准备好。”丸子把头摇得跟拨浪鼓似的。见家长是她从没想过的，她觉得来得太突然。

“哎呀，要准备什么啊？不就见个面吃个饭么。”小杨继续劝说。

“心理准备。”丸子没好气地回答。

“我爸妈都很好相处的，听我跟他们介绍了你之后，他们都很喜欢你，早就想见你啦。”小杨试图消除她的顾虑。

“真的太突然了，我还没想过这个问题。”丸子解释道。

“什么？你还没想过这个问题？从我跟你第一次正式见面，我就想带你见我爸妈了。你对我到底是不是认真的？”见丸子执意不肯见，还说从没想过这个问题，小杨心里有些失衡，甚至还怀疑她是否有跟他过一辈子的打算。

“我对你是不是认真的，你跟我在一起这么久了还没个基本判断吗？推理能力这么差，即便我直白地告诉你你也不知道真假！”丸子真的是气坏了，以至于不自觉地流露出了法律人的傲慢，外加公诉人的职业病——咄咄逼人、不肯示弱。

知识点

推理能力指个体根据已知的判断，通过分析和综合得出结论的能力。推理能力对法律人来说非常重要，因为在办案过程中无处不需要推理。只是，感情的事怎么可能做到时时刻刻用理性去分析和推理？

小杨的质疑让她觉得她的付出不值得，自己全心全意对待这段感情，对方竟然毫无感觉，还问她是不是认真的。

谈话不欢而散。丸子饭都没吃就直接走了，小杨也没追出去。这是二人交往以来第一次吵架，也是丸子第一次被他气哭。

走到餐厅门口的时候，丸子还回头看了一眼。见小杨并没有追出来，气得当场就哭了。

躲进角落里哭了一会儿之后，她就后悔了，觉得自己太倔。小杨想带她见父母，是对感情认真负责的表现。她不见，应该解释清楚不见的理由，而不是发脾气。小杨说丸子对他不是认真的，其实只是气话，明明是哄一下就消气的事，丸子偏偏也跟着生气。为了这点小事就吵架，才是真正的不值得。而且，小杨又不是傻子，她的付出他怎么会不知道呢？因为这点事情气哭，她觉得自己有点小题大做了。

因为吃饭的地方比较偏，不太好打车，即便能打到车，丸子也不敢一个人晚上打车。平时工作中和新闻上见多了小姑娘晚上一个人打车发生的犯罪事件，她是断不敢做这么危险的动作。不巧的是，丸子的手机也没电了，她无法找朋友来接。此刻摆在她面前的只有两条路，要么踩着高跟鞋走回去，要么回去找小杨认错。但丸子是那种即便知道自己错了也放不下面子主动低头认错的倔驴。她宁愿穿着高跟鞋走回去。

小杨一个人在餐厅坐了一会儿，冷静下来之后，他想起跟他在一起后丸子的改变和为他做的事，觉得不该怀疑她的真心。这个时候他才想到吃饭的地方比较偏，丸子一个人出去不安全，于是赶紧跑出去找她。只是周围找遍了都没找到人影，打她电话也是关机。

小杨心急如焚，径直开车去她宿舍楼下去等她。

他觉得丸子可能会走小路，因为路程比较短，于是往小路开，边开边找。

但丸子是一个怕死的人，走小路危险，她不敢走。而且，她想着，万一小杨追上来，肯定也是往大路开。所以，虽然穿着高跟鞋走脚生疼，她还是选择了走路程较远的大路。法律人的胆小和想太多在她身上体现得淋漓尽致。

知识点

说法律人胆小，其实也不是真的胆小，只是我们太了解违法犯罪的法律后果了，在法律制裁的威慑下轻易不敢触碰红线；说法律人想太多，那是真的想很多，我们总是习惯于把所有的可能性都考虑到，综合分析之后再作出决定。

他们就这样擦肩而过。

走了一段路，因为脚实在是太疼了，她干脆把高跟鞋脱下来拎在手上继续走。虽然脚趾头不疼了，但是脚底却开始疼了，因为直接与地面接触。

看着自己此刻的处境，想起小杨这种情况下都不来找，丸子忍不住泪如雨下。一边哭，一边走。

走着走着，她听到后面好像有人快步追上来，吓得后背发凉，大气也不敢出，更不敢回头看。她屏住呼吸，佯装镇定地继续走着。

很快，后面这个人走到了她身旁，侧过身关切地叫了声："丸子。"

吓得有如惊弓之鸟的丸子，听到原来是熟悉的声音，长舒了一口气。

34 什么时候最爱一个人？

追上来的这个人，是小安。他刚好散步路过这儿，看到丸子晚上一个人光着脚在路上走着，觉得很奇怪。走上去之后才看到，丸子满脸泪痕。

“你怎么哭啦？他呢？怎么让你一个人在路上走？！”小安有点生气。

“没……没什么。”虽然丸子没有亲口告诉小安自己有男朋友了，但是发过微博，他应该看到了。而且，仙汕这么小，共同认识的人又那么多，就算没看到微博肯定也早听说了。所以，对于小安知道她有男朋友的事，她并不感到意外。但是她觉得自己跟男朋友的矛盾，没必要跟其他人说，所以没告诉他原因。

小安蹲下来要脱自己的鞋子给丸子穿。丸子见状赶紧阻止，表示自己没事，还能走。

“你看，一时半会儿也没出租车路过，你这样走回去，脚底非得磨得血肉模糊不可。放心，我鞋子是刚洗的，凑合能穿，总比你光脚走路强。”小安担心丸子是因为嫌弃。

“你误会了，我是不好意思让你光脚走路。”丸子解释道。没说出口的是，她觉得这样也有点暧昧，她是一个有男朋友的人，这样不太好。

“我一个大老爷们皮糙肉厚的，走几步又怎么了？而且我还有袜子。你就穿吧？不然，难道要我背你？你自己选一个。”

“好吧，那我穿你的鞋吧。”

丸子放下高跟鞋换小安鞋子之际，小安把高跟鞋拿起来，另一只手去扶丸子站起来。

再见面，丸子已经是有男朋友的人了。至于小安是否还单身，丸子不清楚。自从他们最后一次聊天，小安说他俩这辈子只能是朋友之后，他们就再没联系过。

丸子觉得，跟喜欢的人是没办法做朋友的。

首先，你永远不可能真的只拿对方当普通朋友。你喜欢对方，你们又没在一起，所以TA是你喜欢但又得不到，或者曾经爱过最后却失去的人。爱过的人怎么做朋友，怎么甘心只做朋友？因为喜欢，总是会忍不住对TA要求更多啊。对方不从，会让你自取其辱，很难堪；对方从了，你们就会暧昧不清，对谁都没好处。既然分不清界限，做不到只拿对方当朋友，那还做什么朋友？既玷污了爱情，也亵渎了友情。

其次，跟喜欢的人做朋友，不利于“放下”。既然跟喜欢的人没有可能，肯定要忍痛放下。如果继续做朋友，你们的生活还是会有千丝万缕的联系，没有交集也要制造交集，剪不断理还乱。付出越多，感情就越累积，然后越放不下，接着付出更多，形成恶性循环。所以除非你压根就不想放下，心甘情愿当个永远不可能转正的备胎，不然就狠狠心停止跟对方做朋友。

最后，跟喜欢的人做朋友，不利于“新恋情”的开始和经营。如果你打算或者已经开始一段新恋情，又要去主动勾搭之前喜欢的人，那只能说明你怂，拿不起也放不下。或者你就是个渣，喜欢到处勾搭和暧昧。如果是对方时不时来打扰，你是被动的，很明显 TA 就是不想让你好好重新开始。你如果做不到让 TA 滚出你的世界，解决好这个历史遗留问题，TA 一定会把你的新恋情搅黄的。

让喜欢的人从你的世界里消失，不是无情无义，而是绝顶聪明。因为你懂得该珍惜什么，该舍弃什么，不去惹不必要的麻烦。不搭理对方，也是为了不浪费 TA 的时间瞎折腾，是为了 TA 好。况且，如果 TA 都好意思不让你好好重新开始了，你让 TA 滚出你的世界又有什么不好意思的呢。

除非有一天，大家都已经彻底放下了，对于过去不再有任何留恋，不再有任何的遗憾和不甘心。等到了那一天，才有可能做回朋友。

丸子持这样的观点，所以自从她下定决心放下小安之后，没有一次主动联系过他，就让他安安稳稳做自己的世界里那个最熟悉的陌生人。

幸好，小安也不是那种死缠烂打的人。不需要丸子动手让他滚出她的世界，他就静悄悄地消失了。所以，这段时间以来，他们没有任何的交集。

“也可能他根本就没喜欢过我吧，所以有没有人追我，我有没有谈恋爱他都不关心。不过这也不重要了。”再一次见到消失了几个月的小安，丸子心里是这么觉得的。

久别之后的偶遇，话痨丸也不知道说什么。还是小安先开的口，“你今天为什么哭？又为什么大晚上一个人光着脚在路上走？”对于这个问题，他还是不依不饶。

“没什么。”丸子依旧不想说。

“你别糊弄我，我还不了解你吗？除了感情，什么能让你这么狼狈？他到底做了什么让你这么伤心？我之前就听说他是个花花公子，是不是老毛病又犯了？”小安一时情急，说了小杨的坏话。

见小安如此黑小杨，丸子有点生气。“第一，我为什么哭，那是我跟他的事，跟你无关；第二，无论他认识我之前是怎么样的人，跟我在一起之后他没做过任何对不起我的事；第三，他现在是我男朋友，请你不要在我面前诋毁我的男朋友。”丸子还是拎得清，现在对她来说，谁是外人，谁才是自己人。

知识点

“第一、第二、第三”是法律人跟人讲道理时的惯用句式。如果你身边也有一位学法律的朋友，请习惯 TA 在跟你争论时动不动就摆出“一、二、三”“首先、其次、再次、最后”。当然，比习惯这样的句式更好的选择是，尽量避免跟他们争论。

小安虽然觉得自己那么揭情敌的老底不是很地道，但是见丸子现在如此维护他，又感到很心痛。

“之前我以为现在你很幸福，所以没来打扰你的生活，宁愿自己一个人承受着失去你的痛苦。不过，我也是自找的。你全心待我、真心等我的时候，我怂，没敢跟你在一起。但是看到你微博上说你有男朋友了，那一刻，我是真的体会到了什么叫心如刀割、追悔莫及，我觉得我这辈子不能没有你。‘你最喜欢一个人的时候，是当你看到她跟另一个人在一起的时候。’我没想到过这样戏剧化的一幕会发生在我身上。

其实他追你的时候，也有好几个人来提醒我了。说实话，当时我也挺急的，我原本想等你培训回来跟你说，我什么都不顾虑了，就想跟你在一起。但我没想到你会那么快就跟他在一起。”

“之前不懂珍惜，现在追悔莫及”，丸子做梦都不好意思这么做，现在却实实在在地发生了。经历着这么激动人心的时刻，本来应该破涕为笑才对，丸子却因为这迟到的真情流露，眼泪止不住地流。但是她不敢哭出来，怕被他发现。

“如果当初我没那么快答应他跟他在一起，如果在答应他之前再来试探一下小安的想法，那结局会不会不一样？明明当初那么情投意合的两个人，为什么会变成现在这样？”后悔的不止小安一个人，这一刻，丸子也觉得心痛到快要窒息。但她什么都无法回应。她已经因为冲动那么快答应小杨，才让此时的自己如此纠结，不能再因为冲动，让以后的自己后悔今天的决定。

“其实，我挺希望你们分手的。可能你会受伤，会短暂的痛苦，但是，以后我会让你一直幸福下去。丸子，如果我告诉你我后悔了，后悔当初的懦弱，你会跟我在一起吗？”

小安越说情绪越激动，他转过身看丸子，她已经哭得泪眼模糊了。

什么样的爱情最令人遗憾？不是单恋，也不是在一起后又分开，而是我们本可以在一起。

小安伸手去擦丸子脸上的泪痕。这时，不远处有一辆车开过来，远光灯照到了他们身上。

35 选择了，就得负责到底

车开过来的人是小杨。他一路开到丸子的宿舍，发现窗口的灯是暗着的，猜到她可能走了大路，于是又开车回来找她。没想到看到小安替她擦眼泪的那一幕。

看到这一幕，小杨毫无疑问是生气的。但是他有危机意识，他知道刚才他没及时跑出去追丸子，让她落单，已经是把她往外推了，如果这时候还发脾气，只会把她越推越远。

所以他只是径直走下车，来到他们旁边，握住丸子的手，接过小安手中她的鞋子，没好气但又男友力爆棚地说了句“今天谢谢你护送我女朋友”，然后拉着丸子转身就走。

“你不接我电话，却叫他陪你？”小杨虽然极力压制心中熊熊燃烧的怒火，说出来的话还是夹杂着生气和指责。其实这也正常，没有哪个人看到自己的对象和自己的情敌在一起会开心。

"你要这么想，要觉得我是这种人，我也没办法。"丸子不打算解释什么。她觉得解释是最多余的，相信你的人不解释也相信你，不相信你的人解释了也还是不信。

"你就什么都不打算解释一下？"小杨见丸子这么犟，虽然生气但也拿她没办法。

过了一会儿，丸子稍微平复了心情，觉得没必要故意惹他误会自己，就告诉他实情："关机是因为手机没电了，跟他是偶遇，他在散步。你也不用脑子想想，如果是我叫他来的，他有两种可能来这里，一是打车二是走路。如果是打车来的，那他干吗不让我坐上车走，要这么狼狈地在一起走路？如果是走过来的，他有可能这么快就走到这里吗？"法律人的思辨能力这时候就派上用场了。

知识点

什么是思辨能力？通俗地讲，就是思考辨析的能力。思辨能力通常具有层次分明、条理清楚的分析，清楚准确、明白有力的说理等特征。法律人经过专业的训练之后，在思考问题时一般能做到条理清楚、说理明白，具有较强的思辨能力。

小杨听了丸子有理有据有节的解释，觉得很有道理。加上他们在一起之后，他从没见丸子跟小安有联系，当然是选择相信她啦。

"不仗势欺人而是以理服人，不愧是国家公诉人。"在求生欲的驱使下，小杨拍了个走心的马屁。

虽然不是丸子把小安叫过来的，但是刚才小安的一番表白，毕竟是扰乱了她的心，让她产生了动摇。她觉得自己对小杨有愧，想跟小杨坦白，告诉他刚才发生的一切，那样她才会觉得心里舒坦点。但是如果说了，她又担心引起更多的矛盾和纷争，给小杨也带来痛苦，她不能那么自私，把自己的痛苦转嫁给他。最后，丸子还是忍住了告诉他的冲动，决定他不问就不说，他如果特别想知道就坦白。

“你刚才为什么哭成那样？是因为我不管你，还是他跟你说了什么？”小杨终于还是开口问了。

“都有。”丸子如实说道。

“那他跟你说了什么？你如果想说就说，不想说我不逼你。我也不会去质问他什么，毕竟是我先放下你不管的，才给了他乘虚而入的机会。”小杨没有逼问丸子，由她自己决定说不说。

“我现在脑子很乱，你让我先整理一下思绪。”丸子想说，又不知道从何说起。

“其实你不说我也知道。他也喜欢你对不对？男人虽然神经大条，但是面对情敌时嗅觉还是敏锐的。从他刚才看你的眼神我就知道他喜欢你，那种关切‘直逼我’。我不能说‘不亚于我’。”小杨想尽量把这事说得不那么沉重。

“你刚才说，你哭也有因为他说了什么。你还会因为他哭，所以你对他还有感情对吗？”小杨继续问道，语气中没有责怪，只有痛苦。

被小杨看穿内心的想法，她突然变得有些急躁：“我不知道，我不能马上给你回答，否则会给三个人都带来痛苦。能不能先不谈这个了？”

“如果你的选择是他，我会祝福你。”

小杨说完这最后一句，他们全程再无其他交流。送丸子回去之后，他就像一个等待宣判的被告人。

那天晚上，丸子整整一宿没睡。她想起了自己跟小安还有小杨的种种过往。

小安是她欣赏的人，他们有很多的共同语言和爱好，情投意合，如果能在一起，既是最好的恋人，又是最好的朋友，是她心目中理想的爱情模样。但是因为他迟迟不肯往前迈一步，导致他们就此遗憾错过。

而小杨，始终坚定地选择她，始终如一地呵护她，给了她踏实和温暖。他在她跌入深渊的时候稳稳地接住了她，在她对爱情失望的时候让她重新燃起了希望，这样的爱情既有爱，又有恩，她不能辜负。

“人生总是会有这样或那样的遗憾，这样或那样的不完美。有时候，错过了就是错过了。”丸子想到了电影《ex》中的一句台词：“就算有一天你已经认不出我来，但我们一起过的日子，永远都会在我的生命里，留下美好的回忆。我知我不是他的最爱，但我只要他想起我……”小安虽然不是她的前任，却是她第一个真正喜欢过的男生。也许这就是她跟小安之间最好的结——活在彼此的回忆中，互不打扰。

她把小安的鞋子洗干净了，然后约他见面还给他。

“谢谢你那天的护送，鞋子还给你。我们都该学着接受遗憾。我们都已经不是当初的我们了。”想明白之后的丸子，内心是平静的。

“这次换我来等你。你如果过得幸福，我不会来打扰你。但是你如果不开心，你要记得，无论多远都有我守着你。”

听到小安说坚持要等她，丸子并不觉得开心。既然他们这辈子有缘无分，她还是希望小安也能找到属于自己的幸福。但她无法替他做决定。她只能告诉小安，不要因为她耽误自己的任何事情，然后管住自己的行为，和小安保持距离。

听到丸子让他不要因为她耽误自己的任何事情，小安在心里默默作了一个重要的决定。

告别小安之后，丸子去了小杨的公司找他。她知道，他肯定是在加班。

看到突然出现的丸子脸上挂着的是开心的笑容，小杨很是惊喜，他已经知道她的选择了。

“说说你 pick me 的理由。”小杨调侃道。

“我之前已经在你和他之间作出过选择了。选择了你，就得对你负责到底啊。”丸子又恢复了往日的活泼，冲上去给小杨一个大大的拥抱。

“既然要对我负责到底了，那见家长的事是不是得重新提上议程了？”小杨的父母一直催着要见他女朋友，他也是压力很大，所以就抓住时机，趁着丸子心情还不错重提此事。

丸子知道见家长意味着什么。见完家长，谈婚论嫁的事可能也要提上议程了。对于结婚，她还从来没想过，她只觉得自己都还是个宝宝。“给我三个月的时间，容我再心理建设一下，以及准备准备。”

“行，那我们就说好了啊。”见丸子终于松口，还给了 deadline，小杨仿佛看到了万里长征的尽头。

 36 从假装检察官到检察官

丸子曾经写过一个流传甚广的段子：“生的是书记员的命，操的是检察官的心，还要揽法警的活，做着政治处的外宣。”她就是如她的段子所说的那样度过她的书记员生涯的。很快，工作两年将满，她也在为即将被任命为检察官作最后的冲刺。

怎么冲刺呢？就是在最后跟着师父老张学习的时间里，多办案，多向他取经。正好，公安最近有个专项行动，移送过来很多案子。现在最不缺的就是案子了。

此时也正值四年一届的世界杯。作为足球的狂热爱好者，小杨也挺忙的，白天要上班，晚上还要熬夜看球赛。

丸子想着，刚好，这段时间可以各忙各的。

因为公安送来的案子多，她经常会有光是办案就已经竭尽全力的感觉，每天总有阅不完的卷，做不完的笔录，写不完的审查报告和加不完的班，所以也没什么时间搭理小杨。

马上要当检察官的人了，她看起来还是那么不“稳重”。办案过程中，

还是会忍不住在不违反规定的前提下无伤大雅地吐槽遇到的当事人。

有人问丸子，你遇到的当事人怎么都那么奇葩？其实不是她遇到的当事人比较奇葩，而是天底下的当事人都一样，只是她比较爱大惊小怪地吐槽着同行们早就习以为常的事情。

对此，丸子是持庆幸的态度。庆幸两年了，她依然保持着工作之初对办案的新鲜感和好奇心，用文艺青年的话说就是“不忘初心”。同时，她也很庆幸她那些少见多怪的吐槽引起了同行的共鸣和外行的兴趣，让大家觉得原来压力山大、如履薄冰的审查起诉工作也是可以有很多乐趣的。

盼望着，盼望着，两年的书记员生涯满了，丸子终于符合条件并于年初被院里任命为助检员了，从此可以开始独立办案，暂时不用假装检察官了。

知识点

助检员是助理检察员的简称。员额制改革之前，检察官包括检察员和助理检察员两类，任助理检察员满一定年限之后才能被任命为检察员。员额制改革后，检察官专指员额检察官。

为此，还闹过一场小小的改微博名风波。丸子发微博“官宣”自己已被任命为检察官，然后广泛征求意见，问网友们要不要把“假装是检察官的小丸子”改成“检察官小丸子”。有的网友叫好，有的网友反对，有的网友表示可以随意，只要丸子开心就好。

最后，一位叫“@洛神惊鸿”的大叔声称丸子若改名就抢注“假装是检察官的小丸子”这个昵称。丸子想想，反正司法改革后还是得假装回去，改名之事就此作罢。

当时，司法改革牵动着千千万万法律人的心，因为关乎切身利益，法律人纷纷予以强势围观。或许因为人微言轻，丸子对此倒挺淡定，对它缺了些“钱途”可期的心潮澎湃，也少了点未来惨淡的黯然神伤，即便会被从检察官改革成检察辅助人员，她也只把这件事看作“假装回检察官”而已。

知识点

员额制改革（司法改革的一部分）后，检察院的人员组成包括检察官、检察辅助人员和司法行政人员。检察辅助人员的职责是辅助检察官办案，不具备独立的办案资格。因员额制改革后检察官占检察工作人员的比例少、要求高，改革前的部分检察官不符合入额条件，或者因员额有限入不了额，只能成为检察辅助人员或司法行政人员。

对于司法改革，唱衰声不断，很多同行辞职、跳槽了，也开始有小伙伴劝说丸子有机会有条件就争取去晋升途径更为通畅的党政机关。但丸子“军心”始终没有动摇。受 TVB 的“毒害”，她从小就立志从事法律职业，大学时填报志愿也只报了法学一个专业。虽然长大后惊讶地发现我们的检察官并不像港剧中演的那样可以“objection 啊法官大人”，但是能从事自己理想中的职业，她觉得已经足够幸运，所以很珍惜。

丸子相信，司法改革对于年轻人来说哪怕再残酷，只要够努力够优秀，在任何艰难的环境中都可以脱颖而出。

对于司法改革，她的态度是，与其去操心自己左右不了的事情，不如好好耕耘自己的一亩三分地，办案、写作和卖萌，然后淡定地等待着改革的大浪潮来袭。

扯远了，说回丸子任命一事。

被任命为检察官之后，丸子第一次在起诉书上署名的案子是一个简单的盗窃案。但是，就是这么一个简单的盗窃案，她把起诉书反反复复看了无数遍，生怕出现半点差错。她在心里默默告诫自己：无论大案小案都要做到慎诉、慎不诉，让每一个案子都经得起历史的考验和良心的拷问。

从假装检察官到检察官，变的是职务，不变的是小丸子。她还是一如既往地搞笑，一如既往地在网络上卖萌，把开心的事毫不吝啬地拿出来跟大家分享，把无关痛痒的不开心也很有牺牲精神地说出来让大家开心一下。

开心的如办案时遇到一个异常靠谱的警察“蜀黍”，一不小心拍了张足以令她原谅世上所有不愉快的美照；不开心的如没带钱没带手机出门却遭遇了半路车爆胎；明明要买搜狐会员却买成爱奇艺的，还跑去问卖家哪里不对。

那么，那些严重的挫折和悲伤呢？丸子也并不是没有遭遇过，她只是不想把负能量传递给大家，选择了独自舔舐伤口。

所以，关注她的微博也可以拯救法律人的不开心。

从假装检察官到检察官，丸子在新媒体的道路上越走越远。随着知名度的提高，她也遭受了一些质疑，其中最强烈的要数“不务正业”和“被宠坏的花瓶”。但是丸子始终牢记公诉人的本职工作，从来没有因为写微博而耽误办案。

所以，她不想在言语上辩解太多。对于第一种质疑声，办案量就是最好的回应；至于第二种质疑声，丸子才不是恃宠而骄的人，能自黑也开得起玩笑，只是不接受恶意中伤和攻击，因为关乎名誉和尊严。虽然当时的丸子确实不是多么的优秀，多么的才华横溢，她也在努力充实自己的内涵。只是，努力归努力，她也不会因为外界的质疑就自乱阵脚，为难自己要一口吃成大胖子。

从假装检察官到检察官，“责任”被赋予了更多的意义。

在办案上，意味着再也没有检察官手把手教她怎么处理一个案子了，她要自己拿主意，独立提出承办人意见，然后对案件终身负责，所以必须更加审慎、尽责。

办案以外，万余名粉丝的关注，让她深感责任重大。但是丸子在网上发声，始终坚持一个原则：我不能保证说出我所知道的所有真相，但是可以保证说出来的都是我所认为的真理。

还有油然而生的对于整个检察系统的责任感。她是真的热爱检察事业，所以力所能及地利用自己的平台宣传检察工作，展现真实而丰富的检察百态，让公众更多地了解这个职业，喜欢这个职业。看到有损检察职业形象的言论时，她也总忍不住以事实为依据予以反驳。尽管每次瞎说大实话都逃不过挨骂的下场，因为爱惜无数同行用汗水甚至生命换来的检察职业形象，她甘愿承受。

刚成为检察官的丸子，对于未来充满豪情壮志。虽然她还没能成为那个她想成为的人，但也一步一个脚印地朝着理想中的自己奋发前进。她相信，命运不会亏待每一个努力的人。

37 严肃点，这是在开庭

正式被任命为检察官之后，丸子终于能够独立开庭了。

开庭原本是一件极其严肃的事情，但是由于庭审参与人众多，不能保证所有人都是靠谱的，还有，很多人都是第一次见识开庭这种场面，难免会出状况。于是就发生了一些让人忍俊不禁的插曲……

被告人发表最后陈述，什么样的都有。有的滔滔不绝，有的一言不发，有的言简意赅感谢法官。一千个被告人有一千种最后陈述。

知识点

最后陈述是被告人在法庭上最后的发言机会，因此，被告人一般都会说点啥，抓住这最后为自己辩护或者争取从轻的机会。说出来你可能不信，百度上都出现了被告人最后陈述范文。这真是一个什么都可以有范文的时代。

丸子第一个独立开庭的案子是一个容留吸毒案，那个案子被告人发表了慷慨激昂的最后陈述："发生了这样的事，我真的是很悔恨，很痛心！我每天都在自责中度过！今后发现毒品，我一定立刻去举报，保证不会再让类似的事情发生！BALABALA ~"

丸子虽然在心里暗暗嫌弃这位被告人戏有点多，但鉴于其是初犯，她还是决定姑且相信他说这些话时是真心的。

当天开庭的另一个案子，原本一切正常，没有出现任何状况。只是到了最后陈述阶段，气氛又突然变得诡异起来。

审判长常规地发问：被告人，你最后还有什么要说的?

被告人开口就称呼："尊敬的法官大人、公诉人、辩护人"，然后发表了大段的庭审感言。

丸子听到这样的开场白只觉得耳熟，"这位被告人，请问你是港剧看多了，还是穿越到英美法系庭审去了？"

丸子是仙汕隔壁县的人，两地的方言差不多，讲各自的方言一般都能进行正常的交流。在仙汕两年，生活在方言的环境中，语言能力很强的丸子也学了些当地方言。有时候遇到一些年纪比较大听不懂普通话的当事人，她就跟对方讲仙汕方言，对那些没学会的不日常使用的方言她就用老家的方言代替，竟然也达到了跟当事人沟通起来毫无障碍的程度。因此，她对于自己的方言水平是很自信的。

只是，日常的方言交流和用方言读书面语是两回事。

丸子独立出庭没多久时，就遇到了用方言进行庭审的案子。那个案子除公诉人以外的所有诉讼参与人都是仙汕本地人，而且双方当事人年纪都比较大，听不懂普通话。法官考虑到公诉人虽然不是本地人也是隔壁县的人，可能能适应方言庭审，就在开庭前询问公诉人是否同意用仙汕话庭审。

丸子虽然对自己的仙汕话水平比较自信，但是用方言开庭可不是闹着玩儿的，她有点惶恐。只是，当事人听不懂普通话她之前接触过也是知道的，不用方言开庭还能怎么办呢？她也只能硬着头皮同意。

善解人意的主审法官特地交代了，如果她不会讲仙汕话，可以用普通话宣读起诉书、发问和辩论。当事人听不懂的话他来解释。虽然当时丸子不太会用仙汕话读书面语，但是如果全场都讲仙汕话，就她一个人特立独行地说普通话，那样太尴尬，于是丸子就用蹩脚的仙汕话夹杂一些她老家乐居话艰难地参与了庭审全过程。

丸子本以为那场庭审她是最艰难的那个，开完庭后才发现不是的，要记录她发言的书记员才是最艰难的那个人。那次庭审记录，她都快记哭了，以至于开完庭后她就对丸子咆哮道：你下次还是讲普通话吧！

知识点

书记员也即速录员，在法庭上坐在法官前面，负责记录庭审经过。速录员的工作很考验听力和打字速度。不开庭的时候，书记员也会帮助法官处理一些事务性工作，比如通知当事人。因为书记员和书记只差一个字，经常会有单纯的当事人以为书记员是书记，是官最大的那个。

听到书记员小姐姐的抱怨，她还能怎么办呢？也只能羞涩地说一声："不好意思，辛苦书记大人了！"她学着分不清书记员和书记的当事人的样子，"尊称"书记员为书记大人。

当天开庭的另一个被告人户籍显示是外省人，丸子在审查起诉阶段讯问时他的时候，他会讲一点普通话，虽然蹩脚，但至少能听懂。现在到了庭审阶段，丸子觉得这次法官不会用仙汕话开庭了，松了一口气!

如她所料，法官宣布开庭时讲的是普通话。但是这位被告人旁听了前一场庭审，知道还能用仙汕话开庭。由于长期生活在仙汕话的语言环境之中，他的仙汕话讲得比普通话好太多了，于是，他仿佛本地人似的，用一口极其标准且顺溜的仙汕话回答了法官的提问。

丸子和法官大人都惊呆了！这么有语言天赋怎么不好好读书要来犯罪!

法官也被被告人带得说起了方言。

但是丸子可不敢再说仙汕话了。书记员小姐姐刚刚 diss 她的场景还历历在目，而且在被告人用仙汕话回答完问题之后，书记员还用意味深长的眼神瞄了丸子一眼。那眼神仿佛在说，“瞧瞧人家被告人，老家比你远，仙汕话说得比你好”，又仿佛在警告她：“可别再说你那蹩脚的仙汕话了！”

两场庭审下来，丸子感受到了深深的羞耻感，她进行了深刻的自我反思。她觉得，老家在外省的被告人尚且能把方言学得这么好，她作为公诉人，作为仙汕隔壁县人，为了工作，为什么就不能把仙汕话学得再好一点呢！那之后，她就发奋图强苦练仙汕话，发誓要熟练掌握用仙汕话参与庭审的技能。终于，在她第二次仙汕话庭审中，赢得了书记员对她仙汕话水平的由衷认可。这是后话。

当天开庭的第三个案子，审判长是丸子的学姐芳芳。遇到熟悉的人坐在审判席上，她一下子就从之前的尴尬中缓过来了。

顺利开完庭后已过下班时间，她跟芳芳一起走出法庭，一路上还不忘热络地聊彼此的近况。丸子的感情状况自然而然地成为芳芳的首要关心话题。她也只能如实交代，感情稳定，男友懂事。

汉东作为经济发达、气候宜人的省份，尽管高校实力不那么雄厚，高等教育水平远不及经济发展水平，但是学生们一般也不愿意去省外读大学，除学霸和学渣外（学霸远赴他乡追求学业，学渣在省内实在没啥好选，也只能放眼四海再找找）。连读书都不愿意出省的学生，毕业后自然通常也是留省内工作。

所以，汉东的法律人开个庭遇到学长学姐学弟学妹啥的是合议庭成员、公诉人或辩护律师的情况，再正常不过了。有时候，开庭前或者开完庭后，就犹如一场小型的校友见面会。“你好啊！”“你好。”“好久不见。”“最近怎样？”之声不绝于耳。

出过几次庭之后，丸子变得游刃有余起来，甚至还会暗戳戳地看“热闹”，眼睁睁看着法官和被告人在那里沟通不能。

有一次开庭，法庭辩论阶段，审判长问被告人有什么要为自己辩护的。

被告人答非所问：“我要取保候审。”

审判长无奈解释道：“你现在已经是取保候审了。”

被告人就只表达诉求：“我不要去坐牢。”

到了最后陈述阶段，审判长问被告人最后还有什么要说的。

被告人跟之前的回答一样：“我要取保候审。”

审判长只能重申：“本庭刚才已经告诉过你，你现在的强制措施是取保候审。其他还有什么需要陈述的吗？”

被告人不想坐牢的欲望强烈，再次表达诉求：“我不要去坐牢。”

此时的审判长已是满脸黑线。*

丸子之前讯问时也多次遇到过沟通不能的犯罪嫌疑人，她能理解

---

* 网络流行用语，表示尴尬、无奈的复杂心情。

这种痛苦。所以当在庭上看到审判长跟被告人沟通不能到快抓狂时，坐公诉席上的她，对法官产生了强烈的“同病相怜”之感。

因为之前就经常作为书记员跟着老张出庭，丸子对于庭审也比较了解，所以在经过个把月的出庭磨炼之后，她的出庭状况渐入佳境。可偏偏这时，她又遇到了新手法官。

有一次开庭，主审法官是刚刚从综合部门调到刑庭的新手，庭审经验并不那么丰富。开庭时，被告人对涉案的某笔犯罪事实突然失忆了。法官大人就开始向他发问，被告人听不懂，法官就向他解释自己的意思。被告人继续一脸懵圈。二人的沟通出现了极大的障碍。

坐在公诉席上的丸子都替他们捉急，恨不得冲上去跟法官大人说，发问这种事情交给公诉人来做就好了！

还好，最后被告人突然又恢复记忆，对起诉书指控没有异议了。终于结束了这一场纠结的对话。

庭审的尴尬瞬间当然少不了辩护人的戏份。

有一次开庭，丸子还遇到了喜欢用教育、命令的口吻发言的辩护人，而且还经常发表与案件无关的长篇大论。

当审判长请辩护人发表辩护意见时，辩护人开始了他的表演：谢谢审判长。（此处省略几千字）本辩护人认为，合议庭应当……应当……应当……（此处请自行脑补大段大段内容都与案件无关的话，但是听起来很义正严辞的样子。）

审判长看不下去了，纠正道：“辩护人请就案件事实和证据发表辩护意见，不需要教合议庭如何审案。”

从法官的当场纠正可以看出，想要有效辩护，语言艺术很重要。教育或者命令的口吻并不利于辩护观点被合议庭接受。没有人喜欢被说教，在法庭上的法官更是如此。

在被审判长纠正了之后，辩护人也停止了他的表演。

这个辩护人还算比较懂事，审判长纠正之后，知错就改了。遇到那些不管不顾地要表演给委托人看的辩护人，才是真的让人头疼。法官如果采取比较强制的措施制止，可能还会被发到网上炒作。

其实，有时候辩护人真的没必要用那么多与案件无关的滔滔不绝的陈词来表现自己的高超。作为辩护人，首先要考虑的是被告人的利益，其次才是个人秀，且秀自己应以不损害当事人利益为前提。如果在庭上故意招惹合议庭，甚至跟合议庭对着干，对当事人是相当不利的。法官虽然要中立、客观地审案，但法官首先是人，是人就会有感情，有偏向，不可能完全摒除主观情绪。做惹怒合议庭的事等于是给当事人招黑。

有人说，庭审是一门缺憾的艺术。在任何一场庭审中，公诉人都不可能觉得自己的表现已经尽善尽美。在之后的复盘中，总能发现开庭时存在这样或那样的不足，总觉得自己原本可以表现得更好。作为新任检察官，出庭经验并不丰富的丸子更是如此。尽管有诸多的不足，她也努力朝着更高的出庭水平进阶。

38 对“打探案情”say no

打探案情是指打探必须保密的案件情况，而非打听案件到哪一步了等可以公开的程序问题。

知识点

对于检察人员来说，打探案情或者向打探案情的人泄露案件秘密是违反办案纪律的。《检察人员纪律处分条例》第77条规定：“泄露案件秘密，或者为案件当事人及其近亲属、辩护人、诉讼代理人、利害关系人等打探案情、通风报信的，给予记过或者记大过处分；造成严重后果或者恶劣影响的，给予降级、撤职或者开除处分。”

无论你是法官、检察官还是警官，只要你在一线办案，应该都或多或少遇到过别人打探案情的情

况。这个“别人”可能是领导（本院的、其他院的、本系统的、其他系统的，etc.），可能是同事，可能是家人，可能是亲戚，可能是朋友，可能是熟人，也可能是自认为跟你很熟的人。

但大家都知道，严守办案秘密，是一条铁的纪律，是不可跨越的、必须严防死守的底线。所以，每当被打探案情时，司法人员内心的想法都是拒绝的。

拒绝这个总的指导方针，很简单、很直白、很粗暴。但是在具体执行的过程中，还是应该更加人性化一点，尽量做到有效而且无害。为了有效且无害地拒绝别人打探案情，丸子可谓费尽心机。

在她刚参加工作不久时，就遇到过类似的事情。不过，严格来讲，老陈叔那次是“说情”，让丸子看下能否帮忙调解一下，也不违反规定。

因为上次的事情，丸子就顺便考虑了下，遇到同事来打探案情怎么办。其实这种情况还比较好应对。因为大家同为办案民工，或者即便没在一线办案，也是办案民工身边的人，应该比较能互相理解。

她觉得，如果同事打听的案子的确没看或者这个同事实在不熟，可以直接告诉 TA：“不好意思啊，最近实在是太忙了，手头案子都堆成山了，你问的案子我还没看或者没好好分析呢。我会尽快看一下，等有定论了我再给你回复哈。”

这样说有两个结果：一是同事相信了你是真的没看，然后等你主动回复。同事如果对办案一线有所了解的话，是可能相信你没看的。二是 TA 也觉得你可能是在婉拒。这种情况下同事一般也能理解，不好意思再为难你了。如果不幸遇到不理解、不原谅你的，那也没办法，只能想开点，吃饭靠的是本事又不是他人脸色。

如果案子看了，而且也是比较熟的同事来问，则大可坦诚地告诉对方：“不便透露啊，都是一个单位的，你懂的。”然后给他一个十分为难请求放过的表情，他会理解你、同情你、原谅你的。

只是，在她想好应对措施之后，还没有机会付诸实践。倒是遭遇了更大的难题——领导来打探她手头在办的一个案件办得怎么样了。

之前丸子就听一些人说过，因为拒绝为领导办事而挨骂和受排挤，被穿小鞋，被使绊，甚至还有晋升受到影响的。所以，肯定不能跟领导说什么规定啊办案纪律啊，以展现自己的原则性、纪律性，对于这些领导比她懂。丸子知道，正直的确是个难能可贵的品质，也不只她有，没必要随时随地去展示，更没必要在这种场合展示。但是又不能一五一十就跟领导把案情给交代了吧，那样会分分钟丢了饭碗啊。所以，当领导来问她案件情况时，她感到压力山大。

还好，丸子之前曾经想过，同事来打听案件时怎么办，所以就脱口而出，案子还没看。

听到她说还没看，领导也没什么好说的，只是让她尽快看一下。见领导没说是帮犯罪嫌疑人来问的还是帮被害人问的，丸子也就没多事，没有为了向领导献殷勤去主动“关心”这个问题。

拒绝完领导后，她很快就把那个案子办了，免得夜长梦多，更多人来打听。

等到分管领导批下来案子起诉时，丸子第一时间告诉了之前来打探过的领导。领导稍微有微词，问为什么就不能不起诉。她这才知道原来领导是帮犯罪嫌疑人一方打探的，于是向领导解释，他在缓刑考验期内重新犯罪，不符合不起诉的规定。其实这种情况下，在不违反办案规定的前提下，是可以向领导解释法律的有关规定，挽回点好感的。也不是非要顶撞领导以展现自己的刚正不阿，是吧？

领导一听不符合法律规定，自然也就理解了。

丸子虽然还没跟小杨家里的人正式见过，但是他家亲友基本上都知道了他在跟一个叫丸子的检察官谈恋爱。小杨家在仙汕的亲友多，难免会有一些亲友，或者亲友的亲友因为案子跟检察院扯上关联，案子被分到丸子手上。

他们打听到案件承办人之后，有时会让小杨帮忙问问。在感情上，丸子其实也能理解小杨。每个人都不是从石头中蹦出来的，也不是生活在真空中，家人、亲戚、朋友在每个人的生命中都不可或缺，是对大家来说“重要的人”。重要的人遇到困难要袖手旁观也很难。

丸子知道，这些人来打探案情，可能也不是故意要让她为难，他们只是不懂检察官的办案纪律。所以，当小杨的舅舅让他帮忙问问丸子，他的小舅子的妻表弟的案子现在是什么情况时，丸子虽然拒绝了，还是很注意说话的态度。

她先告诉小杨，他对她来说很重要，让他感觉到这件事她很认真在对待。之后再认真向小杨解释他们的办案规定，告诉他，他问的那些属于要保密的范畴，泄露出去的话丢饭碗都算轻的，让他明白她的难处。最后告诉他结论，就是他打探的案情实在是没法透露。丸子知道，这种情况下肯定是要诚恳、真挚地向他说明原因，不然如果粗暴拒绝，她担心爱情的小船说翻就翻了。

丸子都这么诚心诚意地拒绝了，小杨那么在乎她，当然也不会再为难她。同时，她也不忘叮嘱小杨跟他舅舅转达时也要端正态度好好拒绝，不能有半点的敷衍、傲慢以及不耐烦，不然小心亲情的巨轮说沉就沉。

小杨是一个懂事的boy，被丸子告诫过一次不许帮忙打探案情之后，再没有在这种问题上给她添麻烦。

但是除了领导、同事、亲戚朋友打探案情之外，自从丸子独立办案之后，她还遇到过连朋友都算不上只能归为“认识的人”那一类的人来打探案情。

之前在朋友聚会上认识并加了微信的女生，因为她亲戚的案子在丸子手上，就千方百计向她打探案情。要知道那个女生除了拉票、集赞时给丸子群发个消息外，平时跟她没半点联系。

丸子对于那种平时冷淡，有求于人时却毫不见外的行径有点反感，觉得太功利。所以内心忍不住咆哮：咱俩很熟吗！透露给你是违规的，怎么好意思打听这个！弄得我还要花时间想怎么拒绝你，我办案很忙的好吗！

当然，这些话也只能在心里暗暗 diss，不能说出来。说出来的话会为自己树敌的。如果为了这种事都要去树敌，那敌人就会多到连出个门都要担心被砍。

“心机丸”说出口的话当然是讲道理。她直接告诉那个女生，并不是她装，按照规定，她打探的这些情况真的没法告知。但是，她会秉公办理的，请放心。她都这样明确表态了，而且面上是客客气气的，那女生尽管心里可能不一定欣然接受，但面上也只能笑嘻嘻地说声“谢谢”。

当别人来打探案情时，大概是办案民工职业生涯中最容易得罪人的时刻。学会好好说话，学会有效且无害地拒绝很重要。拒绝也是门艺术。

39 与夫家的相处之道

虽然刚被任命的那段时间工作很忙，但丸子既然答应了小杨会考虑跟他父母见面，当然也是在做思想准备。

几年前，她看过杨绛先生的《我们仨》。那时候的她虽然没有经历过那种至亲骨肉分离的痛苦，读的时候还是能体会到一点杨绛先生两年内先后送走独女和丈夫的那种肝肠寸断的感觉，不舍又无奈，渐行渐远却无力挽留。同时，她为他们一家人永远互相信任、扶持而感动。尽管钱钟书受人排挤和非议，常有不得志的时候，杨绛始终陪伴左右，始终理解他、无条件支持他；尽管一家人受“文化大革命”影响分居各地，但他们的心是在一起的，始终牵挂彼此。丸子喜欢这种纯粹、真挚的爱情和亲情。这个世界什么都可以复杂，唯愿感情可以简单点，可以不设防地彼此依赖。

除了他们这个小家庭成员之间的爱之外，丸子依稀记得杨绛先生在书中谈到了一些与夫家的相处之道。她跟小杨虽然没到谈婚论嫁的地步，但是既然打算要好好走下去，她觉得有必要拿出来看看，好好学习一下，有备才能无患。

书中杨绛先生写自己如何与夫家相处的篇幅委实不多。毕竟她是大家闺秀出身，又有自己的事业，不会拘泥于家长里短的小事，而且该书的主题是“我们仨”这个小家庭，与夫家如何相处的篇幅不多也完全合理。不过，虽然篇幅不多，丸子还是从中看出一些她与夫家相处的门道。

1. 重视夫家，主动和善

钱钟书先后在英国、法国留学，杨绛也出国陪读，他们的女儿出生在英国。留学结束，一家三口乘船回国。船到香港后，由于钱钟书要直接奔赴清华（当时清华属昆明西南联大）教书，杨绛就带着女儿先回上海。当时她的夫家和娘家都定居上海。虽然钱钟书没有一同回上海，杨绛也不是说就直接带着女儿回自己娘家去住了，而是由其小叔子和钱家亲戚先接回钱家。

那时候人们的观念是“嫁出去的女儿就是泼出去的水”，女儿嫁出去了就成了外人。但杨绛的原生家庭没有这种重男轻女的封建思想，杨绛本人也不是因为觉得自己是“泼出去的水”了才在回国后先回夫家。与自己家人分开几年，杨绛当然很想家，但是出于对夫家的重视，在到达上海后，她还是带着女儿先去了夫家。

虽然尚未婚配，丸子也听过一些媳妇与夫家相处不融洽的事。很多媳妇跟夫家关系处得不好有一个根源就是对夫家不（够）重视（夫家人不好相处除外）。

其中一小部分媳妇是出于功利的因素，觉得自己娘家好瞧不上夫家，刻意为之。“就不重视了，你能拿我怎么地。”对于这些人，丸子觉得，如果那么瞧不上，当初原本可以不嫁。

而大部分人是出于感情的因素，毕竟父母跟自己有血脉之亲，而且对自己还有养育之恩，几十年的亲情，跟公婆相比总有个亲疏远近，不经意间就流露出更重视娘家了。对于这部分人，丸子是这么想的：感情上跟娘家更亲近是人之常情，可以理解。但正因为跟娘家人亲近，他们也更能体谅你，所以有时候不妨克制一下自己的感情，学学杨绛先生，至少在行动上表现得对夫家重视一点。毕竟你嫁人了要跟他全家相处，关系能处好点就尽量好点咯。况且，对夫家重视也不是什么委曲求全或者违反原则的事。

此外，在跟夫家人的相处中，杨绛也很主动和善。女儿刚回国在钱家见到一屋子的陌生人，小孩子怕生，表现得很不文明，杨绛也没有一味心疼女儿、护着女儿，而是由着钱家人逗她玩。女儿不会走路，她也听从钱家长辈的意见，将洋皮鞋换成软鞋。没住在一起的时候，杨绛经常带女儿去钱家看望家人，和妯娌、小姑子说说话，联络感情。从这些细节中，丸子都看出了杨绛先生在与钱家人相处时的主动、和善。

2. 保持距离，相敬如宾

很多媳妇不愿意跟公婆住一起，担心太多约束，担心久处生厌，担心日常生活摩擦不断影响感情，顾虑重重。

丸子觉得，凡事都有两面性。住一起虽然可能会有一些不便和不适，但是公婆也可以替你减轻一些负担。好相处的话住一起也无妨（虽然未婚的她这么想有点站着说话不腰疼之嫌）。

但是条件允许大家又达成共识的话，像杨绛那样跟夫家保持一定的距离是最理想的。杨绛平时基本上没跟夫家住一起。钱钟书在外地教书时，她就带着女儿住在自己父亲家。钱钟书回来了，一家三口就搬出去住。除了后来实在找不到房子，一家三口才一起挤在钱家住了一段时间。有句话叫，距离产生美。有距离虽然不会让大家特别亲近，但也避免了很多摩擦，能够让彼此敬重对方。

不过，即便没住一起的时候，杨绛也经常带着女儿去钱家“做媳妇”，尽到礼数，没有让彼此疏远。

3. 不干涉夫家“内政”

钱钟书原本在清华教书，但是其父亲要他去蓝田当英文系主任，同时可以侍奉父亲。钱钟书内心舍不得清华的工作，但是他全家都觉得他该听父亲的，他也觉得该听父亲的。杨绛却觉得清华的工作来之不易，而且工作不满一年，不该换，他应该向家人讲道理，拒绝去蓝田。

很明显，杨绛的想法更加理性，也是为了钱钟书的利益考虑。不过，最终她还是觉得，一个人的出处去就，是一辈子的事，应该让钱钟书自己去选择。她只能陈说自己的道理，不该干预，更不该强迫他反抗父母。最后钱钟书听从家人的意见放弃了清华的工作去蓝田侍奉父亲。

杨绛虽然是钱钟书的妻子，是他最亲近的人，但是她没有利用夫妻感情去左右他、绑架他。她首先尊重他是一个独立的个体，其次也尊重他对家人意见的听从。哪怕她觉得大家的意见并不是出于钱钟书的利益考虑，也尊重他为了大家庭做出牺牲的决定。

杨绛先生能做到如此有“边界感”真的很大气，很难能可贵，令丸子感到佩服。丸子觉得，身为女检察官的她，以后如果成家立业了，这一点是她必须要向杨绛先生学习的。

4. 孝顺公婆，又有主见

知识点

孝顺公婆，既是中华民族的传统美德，也是法律上的要求。《婚姻法》第4条规定：“夫妻应当互相忠实，互相尊重；家庭成员间应当敬老爱幼，互相帮助，维护平等、和睦、文明的婚姻家庭关系。”该法第 21 条规定：“……子女对父母有赡养扶助的义务。……子女不履行赡养义务时，无劳动能力的或生活困难的父母，有要求子女付给赡养费的权利。……”《婚姻法》上虽然明确规定的是子女对父母的赡养义务，但是作为另一半，对于家庭成员要敬老爱幼，也应当共同赡养老人。

杨绛在婚后经常带着女儿去钱家“做媳妇”。所谓“做媳妇”就是带一些东西去孝敬婆婆，看望看望她，关心她的生活（公公不在家）。钱钟书是家中长子，其父对于他“爱之深责之切”，苛责多过慈爱，甚至有时还让他受委屈，而对小儿子，则是多有偏爱。但是杨绛没有因此生事，而是理解他们父子之间的这种相处模式。从这两点可见，杨绛对钱钟书的父母很孝顺。

不过，孝顺归孝顺，他并不是什么都听从钱父指示，也有自己的主见。比如给他们女儿取名一事。钱父给他们女儿取名健汝，号丽英，他们觉得“健汝”叫起来拗口，“丽英”不能接受，最后他们给女儿取小名圆圆，学名钱瑗。

虽然对于丸子来说谈如何与夫家相处为时尚早，但道理都是相通的。再次看完书，她觉得收获满满。对照反思了一下自己之前的行为，她有点担心自己之前对于跟小杨父母见面的事的推脱，会不会让长辈们觉得她对他们不重视。所以，她打算接下来小杨父母如果再提出想见她，她就厚着脸皮去见了。

 40 乱担当也是一种错

公诉人之间，由于临时有其他工作安排、有私事或者出于效率的考虑，互相帮忙开一下简单案子的庭的情况，在基层是存在的。比如，法院可能会决定好几个危险驾驶的案件同时开庭，这时候出庭公诉人只要一个就行，而开庭的几个案子不一定是同一个公诉人办的，这种情况下，检察院一般会指派这些案子的其中一个承办公诉人出庭。

单位最近新成立了未检科，菲菲前不久从批捕调到了未检。这天上午，丸子开完庭正要回单位，在法庭内被菲菲“活捉”。菲菲临时让丸子帮忙开一个抢劫案的庭。

“什么？抢劫？这种案子你都让我代开，出了问题怎么办？”丸子有点儿惊恐……

“这个案子很简单的，是未成年人抢劫，被告人认罪，律师是指定辩护人。我儿子发烧送医院了，我得马上赶去医院。拜托你了……”

菲菲请求道。

知识点

辩护人分为委托辩护人和指定辩护人两种。委托辩护人由犯罪嫌疑人、被告人方委托，指定辩护人则由办案机关指定，属于提供法律援助。

丸子心软，只好答应："好吧。"

因为事发突然，菲菲来不及跟领导和法官说一声，就自作主张让丸子帮忙代开庭。临危受命的丸子感到格外的有压力。离开庭只剩十几分钟了，她只能尽快把菲菲给的审查报告、起诉书等材料过一遍。

一开始开始一切顺利，被告人如菲菲所讲自愿认罪，对指控的犯罪事实没有异议，法定代理人也没有异议。但是到了法庭辩论阶段，辩护人突然作了无罪辩护：

知识点

辩护人认为被告人无罪，提出理由或事实为其辩解，否定控方有罪指控的正确性。辩护人有独立辩护权，即便被告人认罪，辩护人仍然可以按照自己的意志为被告人作无罪辩护。

"……最高人民法院《关于审理未成年人刑事案件具体应用法律若干问题的解释》第 7 条规定，未成年人之间强拿硬要一般不认为是犯罪。本案被告人、被害人均为未成年人，是典型的未成年人之间的强拿硬要行为，辩护人认为本案适用该规定，应认定被告人无罪……"

听到"无罪"二字，全场最震惊的不是丸子，而是被告人和他的法定代理人。要知道，被告人认为自己是有罪的，他的父亲更是认为儿子有罪，还希望法院把他儿子判得重一点，让监狱帮他管教儿子呢！

丸子开始独立出庭还没多久，第一次遇到律师搞突击作无罪辩护，这次又是第一次接触未成年人抢劫的案件，她不知道司法解释还有这样的规定。她记得开庭前看审查报告时菲菲在审查报告中也没有提到，再次确认后发现真的没写，一下子就慌了。

但是法庭上瞬息万变，容不得半点慌乱，丸子只能深吸一口气强迫自己镇定。她赶紧掏出手机偷偷搜索"未成年人强拿硬要"，找到了最高人民法院的司法解释。幸亏当时法庭没有屏蔽信号！

只是，找出来这个规定似乎也并没有什么用！最高人民法院《关于审理未成年人刑事案件具体应用法律若干问题的解释》第7条是这么规定的：

"已满十四周岁不满十六周岁的人使用轻微暴力或者威胁，强行索要其他未成年人随身携带的生活、学习用品或者钱财数量不大，且未造成被害人轻微伤以上或者不敢正常到校学习、生活等危害后果的，不认为是犯罪。已满十六周岁不满十八周岁的人具有前款规定情形的，一般也不认为是犯罪。"

被害人轻微伤以上肯定是没有的，索要的钱财也不过400多元，数量不能算大，这些菲菲在审查报告中倒是有说明，但都是对控方不利的。至于被告人使用的强迫手段是否属于轻微暴力或者威胁，是否造成了被害人不敢正常到学校学习、生活等危害后果，审查报告中完全没有提及！可能她想当然地认为这个案子肯定构罪，根本没想到司法解释的这个规定，也就没有注意在审查报告中摘取相关的供述。

"对于辩护人提出的本案属于典型的未成年人之间的强拿硬要，不构成犯罪的辩护意见，公诉人有什么需要答辩的？"

该来的还是来了，审判长终于开口问了公诉人的意见。

"……"丸子一时紧张到无法呼吸，不知道如何接话。

"公诉人！"审判长以为丸子走神了，又叫了她一声。

"审判长，公诉人需要看一下案卷。"因为审查报告中摘录得不详细，丸子只能硬着头皮跟合议庭要回案卷。

拿到案卷后，她快速翻阅了被告人的讯问笔录，还好顺利找到相关供述："他开始不想把钱给我，我就打了他两巴掌，他被打倒在地，爬起来的时候嘴角有血，脸上也被擦出血。我告诉他，这次如果不给钱，以后在学校见他一次打一次。他就把身上的160元钱给我了。拿了钱之后，我告诫他不要告诉家长和老师，否则让他在学校消失。之后我又跟他拿了三次，总共加起来400多元钱，但是没有再打他……我说了他如果不给，就像第一次那样打他……我不是这个学校的学生，他们放学我就在学校门口等，第一次见他一个人走，挺瘦小的一个，而且穿得不错，像是有零花钱的小孩，就跟他拿钱了。后来有段时间放学没看到他了，我就很少再去这个学校门口……"

宣读完这一页被告人的供述，她没有急着发表公诉意见，又快速翻了被害人母亲的证言，看到这样一段陈述："我儿子那天回来之后嘴角有伤，脸上也有擦伤的痕迹。我问他怎么弄成这样，以为他跟同学打架了，他说没有，自己磕到石头后受伤的。我不放心问了老师，老师也说他没跟同学打架，我就信了他说的。那次受伤去医院看了之后跟学校请了两天假，伤好之后他就经常编理由骗我们说，不愿意去上学。他说头痛，我以为是那次磕到留下了后遗症，带他上医院检查了，医生说没事。后来我就每天押着他去学校。我是看着他进学校的。后来班主任跟我反映，他每天下午最后一节课都找各种理由跟老师请假，说自己头晕。这样差不多有半个月，老师担心头晕这么久了还没好是不是有什么问题，就跟我说了。我跟他谈了很久，他才告诉我有人打他，跟他要钱，我就马上报案了。”

“本案的确是发生在未成年人之间，所以暴力、威胁程度是否属于轻微，也应站在未成年人的角度去衡量。本案中，被告人第一次实施抢劫时对被害人使用的暴力手段虽然没有造成轻微伤的后果，但是很明显这样的暴力程度也说不上是轻微，而是达到了足以使被告人不敢反抗的程度。之后两次实施抢劫，被告人虽然没有再使用暴力手段，但是以不给钱就像第一次那样打他相威胁，胁迫程度同样达到了足以使被告人不敢反抗的程度，符合抢劫罪的客观方面。另外，本案中被告人的行为还影响到了被害人的正常上学。这种情况下不适用最高人民法院《关于审理未成年人刑事案件具体应用法律若干问题的解释》第 7 条的相关规定。公诉意见暂时发表到此。”经过宣读笔录时的心态调整，丸子稍微整理了一下思路，反驳了辩护人的意见。

“辩护人还有什么意见需要发表？”审判长问辩护人。

“公诉人提到的被害人不敢去上学的情况，只是被害人母亲的一面之词，证明力不强，请合议庭不予采纳。”辩护人补充道。

“法庭辩论到此结束。本案择日宣判，现在休庭！”

丸子终于松了一口气。还没等她缓过神来，审判长把她叫了过去，语气略带严肃地质问：“你们怎么回事？菲菲人呢，怎么没来开庭？”显然，她对于公诉人今天的表现很不满意。

“她儿子发烧了，得去医院，让我帮她代一下。”丸子对自己今天的表现心知肚明，说到“帮她代一下”这事是心虚的。

“那也不是什么案子都能代的啊！这种情况你们应该事先跟我们

沟通好改期开庭的。”

“她以为这个案子不会有什么问题，我之前也没看案卷，相信她说的没问题，又不好意思拒绝，就答应了。”丸子弱弱地回答。

“丸子啊，你还年轻可能不太懂，工作上不是什么忙都能帮的！如果案子出了什么问题谁负责？我不是针对你，但是这件事我一定要跟你们领导反馈，你们不能自己临时随意更换公诉人。另外，你把今天的庭审情况也转达给菲菲，需要补充什么证据也跟她讲清楚。部分事实的证据还是有点单薄。”

“嗯，知道了，我会跟她说。”

消息到单位的速度比她还快。等她回到单位，公诉和未检共同的分管领导应副检察长已经知道了上午的开庭事故。丸子一回到办公室，亚男姐就传话给她，应检让她去他办公室一趟。

应检让丸子把上午的情况汇报一下。从为什么帮菲菲开庭，到开庭时发生了什么，再到目前案子还需要补充哪些证据以证明被告人的行为造成了被害人不敢正常上学的结果，丸子一五一十地向领导进行了汇报。

“她让你帮她开庭，案子什么情况都一无所知你就敢帮，你胆子也真够大的！”应检批评道。

“她说了这个案子简单，被告人认罪，不会有什么问题的。”丸子还想辩解。

“不会有什么问题？还不是出问题了？开庭的事能随意代替吗？”应检继续批评。

丸子低头不语。当时的情况，她也的确不知道该怎么应对。正当她疑惑时，应检继续补充道：“当时菲菲让你代她开庭时，你就应该当场打电话给我，跟我说明情况，决定是另行指派比你有经验的公诉人还是跟法院沟通开庭改期。”

丸子这才恍然大悟，其实当时的情况，也有其他的解决途径。

“你刚工作，脸皮薄，可能不好意思拒绝人。但是你要知道，工作上有些忙是能帮，有些忙是不能随便帮的。你帮同事开庭是出于好意，但好意造成结果的严重性可能就是一个案子出问题，甚至无法定罪。乱担当，是会出事情的。”

应检差点把丸子说哭了。她没想到自己好心帮同事忙，竟然险些闯了大祸。委屈吗？委屈是一定的。“都说好心有好报，这么看来也不都是这样嘛，好心可能遭了恶报。”丸子对这个世界的规则产生了一丝不解。

但是冷静下来之后，丸子觉得应检的话还是有道理的。公是公，私是私，不能因为同事之间的交情就帮同事代劳工作上的事。你达不到她的专业水平，却轻易答应帮忙，有的时候不但落不到乐于助人的好名声，还造成工作上的失误，影响两个人的业绩。职场上，乱担当也是一种错。

菲菲知道应检批评了丸子之后，感到很对不住丸子。要说疏忽，其实是她疏忽了。她审查案子时没考虑周全，以至于在庭上这么被动。同时，将案子临时托付给一个刚出道的检察官也有点草率。

丸子知道这件事菲菲也是因为事发突然才拜托的她，对菲菲也没有怨言，只怪自己太不慎重。

因为被害人母亲讲的是事实，菲菲后来联系承办民警补充了学校老师的证言，案子总算顺利判了下来。丸子一方面庆幸没有酿成大祸，另一方面仍然为自己的不慎重感到懊悔。这个教训，足以让她记很久，很久。

41 谁才是“小三”？

应检是一位不苟言笑的领导，丸子本来就有点儿怕他。因为“乱担当”事件被他批评了之后，丸子就更不敢直视他了。路过他办公室门口时，都是加快脚步的，生怕被他撞见！

“乱担当”事件过去没多久，丸子去法院时总感觉大家看她的眼神不太一样。她心虚地以为，是她上次出庭时答不上来，跟法官当庭要案卷的糗事被大家知道了。

人们看她的眼神的确有些异样，这点丸子感觉得没有错，只是不是因为开庭的事，而是因为八卦。吃瓜群众对于这种出庭过程中发生的小事故，并没有那么关心。

外面的流言都传到飞起了，可怜的丸子还被蒙在鼓里。直到芳芳告诉她，她才知道，她成了大家口中抢怀孕女生男朋友的小三。芳芳是真的关心丸子，才斗胆跟她说这件事，其他人根本不想蹚浑水。

“什么？怀孕？小三？到底怎么回事？”丸子有点懵。

“有个叫林美美的女生在好几个QQ群里晒你的照片，说她都怀孕了，一个叫丸子的法官抢了她男朋友。”芳芳小声道，顺手拿出手机给丸子看怀孕女生的照片和她在群里发的消息。

丸子看了一眼照片，发现根本不认识这个女生。“搞错了吧？我从来没见过她啊？而且我跟小杨认识是周检介绍的，我怎么莫名其妙就被‘小三’了？”

“虽然你的职业她搞错了，她以为你是法官，普通老百姓搞错法官、检察官也正常。但是你和小杨的名字都没错，她清清楚楚地说了她男朋友叫杨谨睿。而且，她是实名说这些事情的，都晒了身份证上的名字，还有怀孕的B超图。所以，这事应该不是空穴来风。因为她说你是法官，法院都传开了。我也是因为外面的人向我打听，问我我们单位有没有一位叫丸子的法官，我才知道这件事。”芳芳试图帮丸子理清经过。

“好吧好吧，我不知道是不是有什么误会。我马上去问小杨怎么回事。”

上一次，她选择相信小杨。这一次，面对那么多的“证据”，她如果还选择无条件信任他，那就是愚蠢了。

见到小杨后，丸子完全顾不上好好说话了，开口就质问：“林美美是谁？孩子又是谁的？为什么我突然之间就成‘小三’了？”

“丸子，你听我说。你知道，我是爱你的，我的心里就只有你一个。那个女的就是个疯子！你放心，我会处理好这件事的，不会由着她继续这么抹黑你！”

“抹不抹黑什么的我已经无所谓了。‘怀孕后因为小三介入惨遭抛弃’，这样的说法已经赚足眼球和同情了。我百口莫辩。现在我就只想知道，孩子到底是不是你的？你们到底上没上床？！”

面对眼前哭得泪眼模糊的丸子声嘶力竭地质问，小杨回答不出来。

小杨的沉默，早已告诉了丸子答案。“行了，我知道了，你背叛我了。我那么信任你，别人说你是花花公子，我不听，只在乎跟你的以后；别的女生跑来跟我说和你分手了，我信你，只当她胡说八道。出轨，这就是你对我无条件信任的回报！你这么做良心不会痛吗？”

“你听我说，不是你想的那样。我跟她根本就不熟，更不用说会爱她。那天跟朋友一起在酒吧看世界杯，她是另一个朋友带过来的，对我和我家的情况有所了解，故意给我灌了很多酒。球赛结束之后，她见我喝得有点多就说叫车送我回家，她知道我有女朋友的，那天我也是把你挂在嘴边，连喝多了叫的也是你的名字，这还是她告诉我的，但她还是带我去开了房……”

“够了，你别说了，我不想听你背叛我的经过！”丸子想着忙完工作就去见小杨的父母，然后带他回老家见爸妈，他却背着她跟别人搞在一起，还怀孕了。丸子不敢相信，这比电视剧还狗血的情节，怎么就发生在她自己身上了。

“我发誓，我跟她就那么一次，我也不知道她怎么就怀孕了，我也不知道是不是我的。”小杨还想继续解释。

“求求你别说了，我不想听。”丸子早已泣不成声。

看着原本大大咧咧的丸子如此痛苦，而且这些痛苦都是他给带来的，小杨也是心如刀绞。他心疼地伸手去抱丸子，被她一把推开。“别碰我，我嫌你脏。”

“丸子，我向你保证，我会处理好她的事情。她不就是想要钱吗？无论这孩子是不是我的，无论她要多少钱，我都给她，只要她把孩子打掉。我们就当什么都没发生过，重新开始好不好？我会加倍对你好的。”小杨还想试图挽回。

“杨谨睿，你这个名字还真是起错了。你，既不谨慎，也不睿智。你如果谨慎，就不会干出这种事，还让人家怀孕了；你如果睿智，就不会天真地以为发生这种事了我还能当什么都没发生过。我们就到这儿吧。”哭够了以后，丸子冷静地提了分手。

“不行，我不同意分手！明明你也是爱我的，我是因为喝醉酒才犯错，你原谅我这次，这种事情以后都不会再发生了！”也许是意识到，他可能真的要失去丸子了，小杨也哭了。

“在一起是两个人才能决定的事，但分手一个人就能决定。这是我的决定，也希望你能接受。我不能假装失忆，当作什么都没发生过。我不恨你，是你让我第一次体会到被一个人宠着、爱着、捧在手心是什么感觉。虽然最后这些都成了笑话，还是谢谢你曾经带给我的那些美好，也谢谢你带给我的成长。就这样吧，希望你以后好自为之。”丸子极力忍住了又要涌出的泪水，说出了这番告别。

“你为什么突然变得这么决绝？是因为那个法官吗？你跟我分手了，以后就可以名正言顺地跟他在一起了？”小杨突然把矛头指向了小安。

“看来跟你分手的决定是正确的。你的过去我可以全盘接受，你自己对此应该也是欣然接受的。我就这么点过去，你却一直把它当一根刺。你双标，还不大度。你根本就看不到我是怎么对你的，所以才会不懂珍惜，才会那么轻易地就背叛我，还把分手的责任推给其他人！你不仅让我受伤，更让我失望！是我看错你了。”遇事才看清，原来这个男人这么的自我，还没有担当！

“我错了，丸子。我不该怀疑你对我的感情。都是我的错，刚才是我太急了，一时情急说错话。求你不要跟我分手。你跟我分手，就中了那个女人的计了，她现在在网上抹黑你，就是想逼你跟我分手！”感情留人不成，小杨试图激发丸子的斗志，让她别分手。

小杨的分析没有错，丸子也是明白人，她看得出来那个女人在网上抹黑她是想给她施压，逼她分手。“这个世界还真是残酷。明明人家才是小三，现在却倒打一耙，诽谤我，说我‘小三’。真是人不要脸，天下无敌。”想到这儿，丸子很是愤懑，觉得难以咽下这口气。

知识点

诽谤指以捏造并散布虚构的事实，贬损他人人格，破坏他人名誉。很多人可能觉得说别人坏话不过是道德问题，事实上，如果这种坏话不是事实，说坏话的行为可能就构成诽谤。诽谤不仅是道德问题，还是违法行为，严重的还可能构成犯罪。

根据《治安管理处罚法》第42条第2项规定，捏造事实诽谤他人的，处5日以下拘留或者500元以下罚款；情节较重的，处5日以上10日以下拘留，可以并处500元以下罚款。《刑法》第246条第1款规定，捏造事实诽谤他人，情节严重的，处3年以下有期徒刑、拘役、管制或者剥夺政治权利。

只不过，感情都被背叛了，斗来斗去又有什么意思？她接受不了出轨，接受不了背叛，没必要为了不让那个女人得逞就不分手。她会不会提分手，跟那个女人有没有在网上黑她是小三无关。

“那个女人爱怎么样就怎么样吧，改变不了我们的结局。”扔下这一句话，丸子转身就跑了。这一次，她不希望小杨再追出来。真的爱过，怎么可能说放下就放下，她不希望小杨再给她制造任何不舍的因素了。

42 最深的信任，最大的背叛

魂不守舍地回到宿舍后，在空无一人的房间里，丸子痛到快要窒息，眼泪就跟决了堤似的，怎么哭都哭不完。她想到了他们的相识和开始，想到了他们在一起的种种，想到了自己从一开始的被赶鸭子上架到感动心动交加地接受再到全心投入跟小杨交往。她不明白，这样一个心里眼里都只有她的人，在她也终于下定决心认定这个人的时候，怎么就背叛她了呢？

她是那么地信任他。他们在一起之后，她从来不干涉他的交友，没有一次翻看他的手机，也没有一次去他公司查岗，就连那个叫张青的女生找上她告诉她“撬男友”了，她也还是选择相信小杨。令她没想到的是，百分百的信任换来的竟然是被背叛的下场。直到此刻，她才明白，感情上最大的打击不是求而不得，而是遭遇深信不疑之人的背叛。

或许是她太轻率了，在对一个人还不了解的时候就毫无防备把心交给对方，一股脑儿地掏心掏肺。她为自己的轻率付出了惨重的代价。但这不正是爱情吗？如果工于心计、精于算计，那是博弈，不是谈恋爱。

“夜把心洋葱般剥落，拿掉防卫剩下什么？”丸子只觉得，此刻的她脆弱得再无法承受任何打击。一次次掏出手机又放下。她犹豫着不敢点开芳芳发来的链接，看那个女人怎么疯狂地攻击她、诽谤她、辱骂她。最终，害怕还是战胜了好奇心。

就算看了又能怎样呢？她也无法去反驳。因为人家现在怀着孕，博得了大家的同情，又先下手为强，颠倒黑白、不择手段地抹黑她。丸子知道，这次她是跳进黄河也洗不清了。反驳也没什么用，公众的心里还是同情弱者。除非她去告那女人诽谤，收集好证据去法院自诉。

知识点

自诉是指被害人或其法定代理人为追究被告人的刑事责任，直接向法院提起的刑事诉讼，区别于由检察院提起的公诉案件。不过，并不是所有案件都可以由被害人一方向法院自诉。《刑事诉讼法》第210条规定：“自诉案件包括下列案件：(一)告诉才处理的案件；(二)被害人有证据证明的轻微刑事案件；(三)被害人有证据证明对被告人侵犯自己人身、财产权利的行为应当依法追究刑事责任，而公安机关或者人民检察院不予追究被告人刑事责任的案件。”第一项所称“告诉才处理的案件”包括诽谤案件。因此，诽谤案属于自诉案件的范围，遭遇诽谤的被害人可以向法院提起自诉。

但是这样公然battle也不体面，能低调她还是想尽量低调处理。“家丑不可外扬”，人家好意思拿出来撕，丸子却拉不下这个脸跟她“互撕”。“被绿”毕竟不是什么光彩的事。如果忍让能让这件事早点平息，丸子愿意独自吞噬所有的委屈。

这是她第一次为当初选择小杨而感到后悔。她想到了小安，“如果当初没有因为赌气跟小杨见面，如果当初再等等小安，那现在的一切会不会不一样？小安，你有听到这些传言吗？你会选择相信我吗？”

丸子觉得痛到快要窒息了。

在她心中郁闷无法排解的时候，小安打电话过来了。自从上次小安的表白被丸子拒绝之后，他们再无任何联系。现在关于丸子是小三的传言那么盛，不用接电话，她也知道小安想说什么。她挂掉了电话。虽然她很想知道这种时候他是否相信她，但还是不敢接这个电话。她怕控制不住自己的情绪，在他面前失了态。她已经没有资格在他面前任性。

小安不放心，继续给丸子打电话。丸子依然挂掉。再次被挂电话，小安有点不放心，发了条微信试探丸子的状态：“我都听说了……”

丸子跑到卫生间拿毛巾擦了脸上的泪水，平复心情之后回复小安：“那你相信我吗？你觉得我是小三吗？”不仅感情上受伤，还被反咬一口，被污蔑成小三，这是何等的委屈和残酷？只是，路人误会也就罢了，她可以不在乎，因为她跟那些路人，可能这辈子也不会发生什么交集。但是，如果身边亲密的朋友也听信了那些谣言，她做不到那么洒脱不去在乎。

“如果你也听说，会不会相信我？对流言会附和，还是你知道我还是我？”张惠妹的《如果你也听说》，正好印证了丸子此刻的心情。

“傻瓜，我怎么可能相信那些谣言？我知道你现在一定很难受，我打电话只是想告诉你，我一直都站在你这边保护你，你有什么事随时找我。”

小安的话很暖心。人生中四面楚歌的时刻，有个人愿意给你依靠就如雪中送炭。只是丸子心有顾虑，她担心小安会因此误会她的感情，她也不想在这种时候再节外生枝，让原本已经一团糟的情感状况再平添更多的麻烦。

“谢谢你相信我！这就够了。我自己能解决好所有的事情，你放心。”丸子逼着自己拒绝了小安的好意。因为太过决绝，竟然下意识地把嘴唇都咬破了。尝到了血的咸味，她才意识到此刻的心有多狠。

她不能再盲目地靠近温暖，草率地决定依靠一个人。她，只能一个人战斗，独自去面对这一切，情感打击、流言蜚语以及可以预见的可能来自单位的压力。

“傻瓜，我知道你担心什么。你就拿我当朋友倾诉，我不会乘人之危的，放心哈。”

小安这种贱贱的语气，却意外地让人感到稍微放松。只是，此时的丸子已经无力 diss 回去了。

可能的来自单位的压力，比想象中来得要快一点。收到小安的微信后不久，芳芳学姐又给丸子发来了微信：

“丸子，刚才我上网看了一下，那个女人已经知道搞错你身份了，扬言明天要来检察院找领导告状，你自己小心一点……”

43 站在你这边

“知道了，谢谢学姐。”丸子虽然回复得很平静，但是心里却极其不淡定。

她不知道领导会如何看待此事又会如何处理，不知道领导会不会觉得她给单位添麻烦，不知道这件事会给她未来的发展带来怎样的影响。正好在跟小安聊着，她就跟以前一样把心中的顾虑说给他听。

“坦白讲，这的确是一件给单位添麻烦的事。”小安没有选择不顾事实地安慰。他知道，这时候丸子最要紧的是解决问题，所以让她认清现状才是对她最有利的。

听到小安如此耿直地回答，丸子心一沉。其实，就算小安安慰她说“不会的”，她也不信。她知道，这对单位来说不是什么好事。

还没等丸子回复，小安接着说道：“但你要相信领导是有辨别是非能力的，不是说手下干警有个什么事儿，领导就不分青红皂白拿自己的手下开刀。人这一辈子，总会遇到一些麻烦，有的是你自己的原因，有的根本不是你的错。你这次给单位‘惹’的麻烦根本不是你的错，是其他人闯的祸，你还是受害者。遇到困难，组织就是依靠，要相信你的组织。”

“好吧，我们单位的环境是还挺好的，我应该相信组织。我接下来要做什么？”丸子问道。

“领导没找你，你就什么都不用做，按兵不动。因为你也不清楚她去找了哪位领导，不清楚领导是否已经调查清楚此事，你主动去说可能多此一举。”小安对于如何应对单位思路清晰。

“那领导找我了怎么办呢？”丸子接着问。

“领导要找你谈了，你就实话实说，这是最直接有效的办法。”

“我……我有点说不出口。”这种不光彩的事的确是令人难以启齿，丸子连最好的朋友都不想说，更何况是领导？

“你必须说，再难以启齿也要说。你总不会甘心就这么任由别人在领导面前胡说八道、颠倒是非吧？领导经历了那么多才到领导的位置，什么世面没见过？你这事对领导来说不一定是什么骇人听闻的新闻，放心。”小安的话看似宽慰，却因为有理有据，令人信服。

“好吧，我说。”丸子只能答应。

“丸子，我知道你这次受了很大的委屈和伤害，但是你现在必须保持清醒、保持冷静，去解决面临的所有困难。现在还没到伤心、疗伤的时候。当然，你不是一个人在战斗，我会一直站在你这边。从我最开始听到流言，我没有一秒钟怀疑过你会是这样的人。我知道，无论这个世界怎么变，丸子永远是那个单纯可爱的丸子。”

小安动情地说着，给了丸子莫大的鼓励和勇气。丸子只觉得胸口阵阵温热。她很感恩身边有小安这样坚定地站在她这边的朋友。哪怕外面狂风暴雨，有他一起抵御风雨。

挂了电话，她上网找到了林美美在网上造谣她的帖子。亲眼见证“小三”如何反咬自己对丸子来说是巨大的折磨，但是没办法，她必须了解清楚情况，必要的时候该反驳的还是要反驳。之前，那个女人只是攻击她个人，她可以咬咬牙忍下。现在把单位牵扯进来了，丸子再也不能无动于衷，她可以不顾个人名誉，也必须起来维护单位声誉。因为是她连累单位的声誉受损，如果她却什么都没有做，什么都不去捍卫，她会更加过意不去。

“小三”“丑女”“碧池”“不要脸”……帖子中各种不堪入目的字眼扎的丸子的心在滴血。但她没有哭。

闭上眼睛，有那么一瞬间，她只觉得自己的心现在要多坚硬有多坚硬。她甚至怀疑善良是否真的是一件好事。

“现在这些也是楼主的一面之辞，我看大家还是不要偏信比较好。”“我认识那个检察官，她根本就不是楼主说的那样的人。”再次睁开眼睛时，一位维护她的网友的评论让她心头一暖，她觉得还是不能放弃善良。网络上一些言论虽然暴力，网友们虽然容易被谣言煽动，但这个世界上总归还是有理性和讲道理的人存在。

这时候，她收到了芳芳学姐发来的微信：“可能现在这种时候说这些话也不一定合适，我还是忍不住要告诉你，小安为了你做了很多。之前我就在网上看到有个网友一直在维护你，替你澄清事实，尽管这样的努力相对于谣言来说有点苍白无力，但这位网友还是尽他所能为你对抗所有针对你的谣言。当时我就有点怀疑是小安，愿意在这种时候挺身而出维护你的，我很难想到第二个人。今天中午在走廊上，我路过时正好看到小安斥责两个议论你的书记员小姑娘，口径跟那位网友的评论一样，我就知道肯定是他没跑了。其中一个小姑娘还喜欢他，被他当场说哭了。小安，真的是一个很值得深交，或者说值得托付的人。你落难了，他没跟你划清界限，而是选择在你身边与你一起面对。患难见真情，希望丸子能够珍惜。”

芳芳的一番话，看得丸子更加感动。她不知道，一直要她勇敢地去面对小安，原来在她看不见的地方默默地为她遮风挡雨。如果不是小安的守护，这暴风雨怕是会来得更猛烈。她不明白，明明他是那么好的小安，他们之间怎么就沦落到现在这个样子？

感动、遗憾、困惑、无奈……稍微平静的心情被打破，丸子再一次泪如雨下。哭到不知何时睡着了。

睡着时，她做了一个很长的梦，梦里后来的一切都没发生，没有小杨，没有相亲，没有背叛，没有遗憾，回到了她跟小安最初见面的时候，彼此情投意合，他比现实勇敢，她比现实成熟，他们自然而然地走到一起，既是好朋友又是好的爱人，彼此相扶着过完了一生……

许是这一天受到的打击太大，比她之前二十多年受的所有打击加起来还要大很多，哭着睡着的丸子睡得很沉很沉，根本没听到第二天早上的闹钟。等她醒来时马上就要上班了。她以最快的速度刷了牙，洗了把脸，然后一路狂奔到单位。

一上午在忐忑不安中度过，没有人来单位门口拉横幅闹事，也没有领导找她谈话，很像是暴风雨来临前夕的平静。奇怪的是，下午依然平静。

“是她没来找领导告状，还是说领导无条件相信我？不会是领导没找我问话就给我判刑了吧？希望她就算去找领导也不要去找应检，应检前不久刚严肃地批评过我，我再惹事儿，他不得把我往死里批啊……”丸子心里很是惶恐。但也无法去问。

接下来的两天，丸子特地留意了网上的言论。那个林美美还是继续在网上抹黑她，但是稍微收敛了点，也没再扯上单位。

丸子不知道发生了什么，直到菲菲告诉她："前两天应检找我了，我想了两天还是决定告诉你。你作为当事人应该知道实情。"

"嗯，说吧。"丸子佯装平静，心里早就炸开了锅。"那女人也太有眼力见了吧，偏偏找了我最怕的领导告状！"

"那天那个女人的父亲来找应检告状，我当时没在场，也不知道她父亲是怎么说的，反正肯定不会说你什么好话。后来应检就把我叫过去问了，问我你的事到底是怎么回事。可能他看我平时跟你和小杨走得比较近所以来问我。我开始不知道那女的父亲来找过他，不想跟领导提你的私事，应检说了那女人父亲来告状之后我也只能如实相告。我告诉应检，你跟小杨认识是单位领导介绍的，他当时追你我也知道，那个女人才是插足你感情的小三，你是受害者。"

"谢谢菲菲。"尽管这种事很丢脸，但是菲菲作为同事能在在领导面前如此维护她也让很感动。

"你说了之后应检什么反应？"丸子接着问。

"应检就说知道了，这件事问题不在你，并且叮嘱我，一定不能告诉你那女人的父亲来找过他。他怕你有心理负担。"

丸子没想到平日里对下属要求极为严格的应检，在下属遇到麻烦时却这么有担当，这么替自己的同志考虑，意外和感动之下，她都不知道说什么了。让她更感动的是菲菲接下来告诉她的事：

"应检后来还说了，她会告诫那女的的父亲，让他们不要再在外面造谣，否则会被追究法律责任。"

丸子同时也明白，可能是因为这个，林美美觉得检察院惹不起，所以在网上发言才没有再扯上单位。

她很想给应检发条短信表示感谢。但是应检为了保护她，不让她有负担选择了帮她默默把事儿给办了不让她知道，她也就遂了他的意。

大恩不言谢，或许，在应检的领导下更努力地工作，才是对他的信任和保护最好的回报。

丸子正感动之际，周检和小王学长相继给她打了电话，周检为自己给丸子介绍了小杨让她现在遭受这样的伤害致歉，并表示单位领导对此如果有什么误解，他都可以帮她澄清。小王则为当时那么努力撮合她和小杨道歉，觉得她现在这样自己也有责任。

善良的丸子当然不会把自己受到的伤害归责于他们。他们当初帮忙介绍、撮合也是出于好意，出了现在这种事肯定也不是他们希望看到的。而且，是否接受小杨的追求最终还是丸子自己的选择，怪不了任何人。

知识点

法律人的另一个职业病，就是发生一个后果究竟是谁的责任要分得清清楚楚。对责任进行归结在法律上有一个特定的术语就是归责。不过，按照法律规定，这种法律责任的归结必须由特定机关依法对行为人的法律责任进行判断和确认。

人这一生真的很漫长，指不定会遇上什么天灾人祸。摊上这些事儿虽然很倒霉，但是遇到明辨是非、有担当、肯保护你的领导，遇到几个在你落难时雪中送炭、不离不弃的挚友，又何尝不是一种幸运呢？

44 失恋了，怎么办?

在林美美不遗余力地宣扬下，丸子被“劈腿”的事很快在整个单位都传遍了。虽然难免有个别人看笑话，但大多数人对她都是抱以同情的态度，并且所有人都知道她是受害者，而不是“小三”。

之前小杨追丸子时很高调，单位那些上了年纪的女同事对此不太看得惯并多有议论。所以在一起之后，丸子就不许小杨再那么高调了。以前丸子对小杨追她时那么高调颇有芥蒂，现在看来，当初高调也有高调的好处，就是周围的同事都知道是小杨费尽心思追的她，而不是她费尽心机抢人男朋友，不会因为此事怀疑她的人品，说她生活作风有问题。

知识点

对于体制内的女性来说，人们对她生活作风的评价是至关重要的，甚至直接影响到她之后的晋升。当然，无论是体制内还是体制外，这个社会对于女性的生活作风要求总是比男性更为严苛，一旦跑偏也更难以原谅。

很多时候，事情都是有两面性的。一开始你觉得不好的事情，后来反而可能因此而受益。

在丸子说了分手以后，小杨一直在努力挽回。但是无论他说什么做什么，她都避而不见。因为小杨的纠缠，她甚至还把他的微信也删了。

有一天晚上，小杨喝得烂醉给丸子打了无数个电话，丸子一直拒接。直到他发短信告诉丸子他喝醉了，让丸子去接她，否则就不回家。丸子也只是回短信“无情”地告诉他，她不可能去接，不可能再跟他见面，劝他找其他人领他回家，还有劝他放弃，不要再对他们的未来抱有任何希望。那是他们分手之后，丸子对小杨唯一的回应。

虽然在一起的时间不过短短半年多，但是这毕竟是她的初恋，她曾经很认真很努力地对待这份感情，不可能说了分手之后就能立刻做到毫无留恋，哪怕是他背叛了她。但是她知道她没有强大到可以原谅出轨，她已经无法再相信他了。

没有信任的感情不过是互相折磨。她不愿意这样折磨彼此，直到最后一点好感都消失殆尽。况且，现在还有另一个女生怀着孕，尽管那个人是“小三”，还反过来抹黑她，丸子也做不到心安理得地跟小杨继续在一起。她始终觉得，至少那个未出生的孩子是无辜的，如果继续跟小杨在一起，她受不了自己内心的谴责。

既然她跟小杨没有未来了，那么长痛不如短痛。无论如何，她都不会给小杨任何希望了。

失恋是我们绝大多数人人生的必修课，哪怕你一生只交往一个恋人就结婚，过程中可能都会经历很多次的分分合合，多多少少都要体会失恋的那种痛。失恋并不可怕，重要的是，失恋了你怎么做。

无论是甩人还是被甩，只要曾经付出过真心，分手的时候都不可能完全没有感觉。毕竟失去的是精神上曾经的一个依靠。除非你在分手前已经移情别恋了，那可能会恨不得早点甩掉前任这块烫手山芋，否则都会难过。

大哭一场算是一个仪式吧，既是对过去感情的告别，也是对前任的尊重和礼貌。如果分手以后立马就比从前快乐，那前任得多没面子。

失恋后，丸子曾经也昏天暗地地哭过，毕竟是第一次真正意义上的失恋。跟小安不过是告白失败，单方失恋。刚跟小杨分手的那段时间里，丸子只要是一个人待着就忍不住哭。

因为之前的人生没有经历过什么大的打击，丸子的泪点比较低，情绪自控能力比较差，没有人的时候，她真的是随时随地泪流满面。早上一睁眼就哭。打审查报告时打着打着又不自觉地流泪。一个人吃饭的时候，东西吃到一半，想到跟小杨一起吃饭的回忆，会不自觉地放下碗筷，莫名其妙地哭一场。这是一个吃货表达失恋所能做到的最沉痛的方式。晚上躺在床上哭到没力气了才睡着，甚至她还哭到眼睛得了结膜炎。还好那时候要每天要上班，每天都有正事要做，不然她可能整天就坐那哭了。那时候的丸子，说是以泪洗面也不为过。

这样哭哭啼啼个把月后，有一天，丸子突然想明白了，偶尔情绪失控哭一下在所难免，但是整天哭哭啼啼真没那个必要。你哭得那么惨，除了浪费了自己的泪水和时间，甚至还付出了健康的代价，根本没有换来任何正面效果。就算他知道了，心疼了，后悔了，内疚了，但是分手的结果也不会改变！所以，不值得！

作为一个成年人，你可以无法控制自己的感情，但是必须学会控制自己的情绪和行为。想哭的时候可以去跑步，与其挥霍泪水，不如挥洒汗水。跑步就算不能让你瘦下来变身女神，至少可以让你身体机能更健康。眼泪很珍贵，要留给值得的人。当然，真正值得的人，也不舍得让你哭。所以再往后，丸子再没有那么哭了。

情绪基本稳定后，丸子甚至还开始反省起自己来了。究竟是为什么，他们就走到了今天。这过程，她犯了什么错误？哪些是难以避免，哪些原本可以避免？哪些值得原谅，哪些该自我谴责？

想来想去，她觉得在跟小杨的交往中，她只犯了两个错误：

第一，她不该那么快接受小杨的追求。是的，她曾经认为，不要让真爱你的人追太久。自诩老司机·丸的她，这回彻底翻车了，还翻得那么惨烈。现在她认为，不要太快接受一个男生的追求。当然，她还是坚持认为，如果确定不喜欢就不该吊着人家。反之，如果喜欢的话，却不能太快接受男生的追求，你得先了解清楚对方。谈恋爱不能只凭感觉，横冲直撞，你必须对对方的人品有一个基本的了解再开始恋爱，那样才是对自己人生负责的态度。

第二，她没什么恋爱经验，不太懂得体贴、照顾另一半，也不会撩，不解风情。丸子只是嘴巴上的老司机，实战经验基本为零。可能也有这个原因，小杨才那么容易上了外面那些妖艳人的套。不过在这一点上，丸子选择一键原谅自己。谁都不是生下来就会谈恋爱的，总要在恋爱的过程中成长。她真心对待这段感情，也努力学习、成长了，问心无愧。

当然，她反省绝对不是为了去认错和挽回。

不去认错是因为一段感情，两个人都付出过努力过，谁对谁错对于这段逝去的感情已经没有任何意义了。不能走到最后可能双方都很遗憾。而且，在小杨还放不下她的情况下，她如果还跑去认错，为自己曾经的不够懂事而道歉，容易节外生枝，剪不断理还乱。让过去的归于过去，不解释。

至于挽回就更加没必要了。是丸子坚持要分手的，她如果去挽回，当初就没必要分手。当然，即便是对方提出分手，丸子也觉得没有必要去挽回什么。对于铁了心分手的人，就算你把所有的责任都承担下来了，基本上也挽回不了。即便真的被你挽回了，如果没有之后的悔改和珍惜，多半也不会有什么好结果。

所以，既然已经失去了，就坚决不认错、不挽回。

她跟小杨这辈子是有缘无分了，以后再无牵手可能。但是对于不是因为他们这种原因分手的人，丸子觉得，如果两个人真的有缘分，时过境迁之后，或许还是会走到一起。旧情复燃需要的是时间、沉淀和缘分，而不是分手时的苦苦哀求和挽留。

失恋后的反省，是为了让自己进步，避免在以后的感情中重蹈覆辙。

反省完了，她也不忘给自己洗脑、打气。虽然她因为付出了那么多最后还是被辜负很心痛，但同时她又觉得，小杨失去的是真心待他、全心全意付出的人，而她失去的不过是一个对爱情不忠的人而已。谁损失比较大？当然是他喽。她不会从此不相信爱情，她相信，他的离开，是为了给更好的人让座。

解放思想之后，接下来就是奋斗了！丸子觉得，单身是最好的增值期。以后，她再也不用花那么多时间去聊天、约会、讨好一个人了，完全可以把这部分时间用来提升、改造、取悦自己。

她终于可以有更多的精力投入到工作中，事业上的成就感可以带来另一种精神上的满足，刚好弥补情感上的空缺；可以多研究研究美妆护肤减肥健身，让自己看起来更好看，至少更清爽、精神；可以多读一些有意义的书，提升自己的精神境界，让自己成为一个更丰富、有趣的人；还可以多花时间陪陪家人、朋友，弥补恋爱时期因为重色轻亲友对他们的忽视。

慢慢地，她开始享受这种单身的生活，甚至还有点感谢小杨高瞻远瞩离开她。因为，当她经历了这一切变成更好的人之后，她深切地明白，她值得更好的。

这种明白，不是狂妄自大、自以为是，而是对自己的价值有一个理性评估之后清醒的自我认知，是对自己真心、真诚、努力、付出、洒脱、无悔、乐观的全盘接纳。丸子知道自己是一个很棒的人，配得上一场神清气爽、扬眉吐气的爱情。

什么是进步？进步就是以前你得不到的人，现在看不上了。这就是努力的意义。

45 我们回不去了

在丸子失恋的低谷期，小安对她一直很关心，想要治愈她内心的创伤，也一如既往地为她辟谣，尽他所能为她遮风挡雨。他知道丸子还没从失恋的阴影中走出来，为了不让她有压力，一直没有坦露心迹，就只默默守候。

丸子始终跟他保持距离。当初也有跟小安赌气的因素去跟小杨相亲，草率开始一场恋爱，想要用新的一段感情去忘记从前，结果遭受了前所未有的打击，遍体鳞伤。所以现在，她坚决反对用新恋情去忘记旧爱。除非真的遇到一个很心动、感觉人生都被照亮的人。她绝不会再为了疗伤，为了忘记旧爱匆忙开始一段新恋情。那样只会给已经感情受挫一团糟的自己带来更多的麻烦！有些路，只能一个人走。

时过境迁，丸子逐渐恢复了往日的笑容和活泼，吃瓜群众们早已看腻这场狗血大戏纷纷散去，林美美也知道了丸子和小杨分手的消息，停止了对她的攻击，一切在向好的方向发展。

后来，丸子听说小杨在父母急着抱孙子的压力之下要跟林美美结婚了。她也只是微微一笑，既在意料之中，又在意料之外。对于他们，丸子没有祝福。呵呵，怎么可能祝福背叛自己的人和颠倒黑白反咬一口的“小三”呢？但是，也没有仇恨。林美美的出现，正好替她证明了小杨不是那个对的人，她值得更好的。以后，就这样老死不相往来，是她和他们最好的结局。

在暴风雨过后，小安找到丸子，向她坦白一切。

“你是不是很好奇，我一个北方人，怎么只身一人考到汉东省的一个县城来了？”小安问出了丸子心中一直以来的疑问，丸子点点头。

“其实，我是因为一个女生才考来这里的，这儿是她的家乡。”说到这儿，小安下意识停顿了一下。

丸子瞪大了眼睛：“哦？我……我认识她吗？”

“你不认识。她是我大学时的学妹，比我低两届。当时我面临毕业，我向往大城市的广阔天地，想要到北京发展，而且北京离我家也近，但是她执意要回到家乡的县城工作，说是舍不得父母。为了跟她在一起，我先考到了这里。一个人，背井离乡。”虽然过去了很多年，丸子看得出来小安的内心还是有点伤感。

“那后来呢？她不是就比你低两届吗，应该早毕业了吧？她回来了吗？”丸子问道。

“没有。我到这里一年多之后，她就向我提出了分手。”小安回答。

“啊？为什么？”丸子显得有点惊讶。

“因为异地，相隔太远，我们的感情慢慢疏远了。她后来遇到了她觉得更合适的人，就向我提出了分手，跟她的新男朋友一起出国定居了。”说这些的时候，小安的眼神中仍然满是苦痛，那种为她付出很多却遭遇背叛的苦痛。此刻，丸子稍微明白一点，为什么小安在面对她的感情时，那么不勇敢。

“她也太过分了吧？你为她放弃到大城市发展的理想，一个人背井离乡考到这里，她却为了另一个男人抛弃你？！她不是说舍不得父母所以不愿意到大城市吗？遇到另一个男人出国定居都可以了？”丸子有点愤慨。

“可能我爱她比较多吧，所以愿意迁就她；而她并没有多爱我，我牺牲再多也留不住她。”看着小安原本明亮的目光因为曾经的受伤变得灰暗，丸子有种说不出的心疼。如果当初，她能成熟一点，多理解他一点，他们现在会不会不一样？

“哎，都过去了，过去了。不懂珍惜的人就忘了吧！”丸子试图安慰小安。

“其实我早就已经不耿耿于怀了，因为一个人的出现。”说到这个人，小安的目光又恢复了以前跟丸子在一起时的明亮。丸子知道，他口中的这个人是她。

“跟前女友分手的时候，我已经过了公务员试用期。如果还在试用期内，我肯定就辞职了。但是因为过了试用期，我必须度过5年的最低服务年限才能离开。没办法，我就想着熬吧，熬过这5年再作打算。我一跟头扎进工作里，想要做出成绩，以后才能更有底气跟在大城市扎根的人竞争。但是，那个女生的出现照亮了我的世界。只是一开始，我对感情抱有怀疑，我不敢再贸然为了一个女生放弃自己去大城市闯一闯的梦想。我怕，到头来又是一场空。所以，我不敢迈出那一步。我知道我很懦弱，让她很失望，也深深地伤害了她。”

知识点

一些基层的机关单位在招录公务员时会规定最低服务年限的条件，一般是5年，要求被录用者5年内不得调离本单位或辞职。

小安说的那些过往让丸子很难过，既为他的经历而难过，也为她自己曾经的幼稚而难过。为什么她当时要那么作，觉得对方不表白就是不够喜欢。每个人的过去不同，背负的枷锁不同，不是所有人都可以轻轻松松去拥抱一份感情的。但是她不知道如何开口，也不知道该不该开口，就只能沉默。

“后来那个女生有了男朋友。我彻底地失去了她。知道她有男朋友的那一刻，我才明白我有多爱她。但是我以为她找到了幸福，所以没有去打扰。直到有一次，我在路上遇到一个人哭泣的她。看到她哭，我很心疼，也知道了自己以前有多混账。我以前的懦弱，一定没有少让她流眼泪。我想弥补，鼓起勇气向她表白，却遭到了她的拒绝。她对于当时的男朋友的忠诚和维护，更让我觉得我没有看错她。”

小安特地停顿了一下，见丸子还是沉默，接着说道：“你知道我在说你。如果说，之前你对我的感情还有怀疑，觉得我把不甘心你跟别人在一起错当成爱情，那么经历这么多以后，你应该可以相信我是爱你的了。你那次拒绝我之后，让我不要为了任何人放弃自己的理想。我觉得我还是向往大城市，所以就报考我们总公司的遴选。因为我工作已经满5年，我们单位就同意我报考了。没想到，我居然进了考察环节。”

知识点

《公务员公开遴选办法(试行)》(中组发〔2013〕7号)明确规定,公务员遴选是指市(地)级以上机关从下级机关公开择优选拔任用内设机构公务员。公务员遴选通常包括笔试、面试、体检和考察4个环节。考察环节实行差额考察,通常按是1∶2进行考察。

“那提前恭喜你。你这么优秀,最高法院肯定会要你。不要你是他们的损失。”一直沉默的丸子,听到小安的好消息,终于开了金口。小安看得出来,丸子是真心地祝福她。这让他有点难过,她居然没有留恋。

“现在考察结果还没出来,我也不知道能不能去北京。做到这一步,我已经尽力了,接下来的结果就不是我能掌控的了,随遇而安吧。选择一座城市不过是选择一种生活方式,有爱的人在身边才是家。如果你希望我留下来,我可以马上放弃这个机会。对我来说,你比前途更重要。对于你,我很愧疚,你后来遭遇的所有不幸,都是因为我当初的不勇敢。如果我可以再勇敢一点点,就不会有杨谨睿什么事,也不会有那些背叛、谩骂和抹黑。你能给我一个机会弥补吗?”小安恳切地问道。

经历了这么多,他们真的还能回到过去吗?丸子沉思了片刻,答案是否定的。小杨虽然背叛了她,给她带来的伤害是小安的百倍千倍,但是这个人曾经明明白白出现在她的生命中,他带来的一切,无论好的坏的,都无法抹去。时至今日,她对小安的感情早就只剩下友情。不爱了,怎么可能再在一起。况且,小安还有大好的前途,她不能自私地阻碍他的发展。

“安阳,我们回不去了。”虽然拒绝同样感情受伤的小安有些于心不忍，她也必须明白地告诉小安她真实的想法。

“为什么？你是怕耽误我的发展，还是已经不爱我了？”其实问这话的时候，他就知道了答案。他太了解丸子了，她可不是对感情顾虑那么多的人。如果她还爱他，她才不会顾虑那么多，死皮赖脸也要跟他在一起。她会拒绝，就是真的不爱了。

“你知道的，我不是那种怯生生的女生。虽然经历了那么多，我也还是那个我，没有改变。我仍然相信爱情，也跟以前一样勇敢。只是，人是会成长的，感情是会变的。我现在，就只把你当成我的好朋友。很遗憾，我们的爱打了个时间差。在我得知小杨背叛了我之后，我做过一个梦。梦里没有小杨，你才是我男朋友，我们在一起很幸福。可能，你的确是最适合我的那个人。但感情无法强求，我对你的心动已经不在。对于我来说，我们的感情在现实中的遗憾，已经在那个梦中圆满了。以后，我会把你当成我最信任但是不常联系的朋友。我们，都该开始新的生活。”丸子说这些的时候语气是平静的，因为是经过深思熟虑之后给出的回答。

“你真的一点都没有变，还是我一开始认识的那个耿直又坦诚的丸子。受了那么多伤，你怎么还没学会变得圆滑一点啊？”小安调侃了两句，想要气氛不要那么沉重。

“切，我又不是因为耿直和坦诚才受伤的，为什么要改啊？即便真的因为耿直和坦诚受伤，我也不会改的。对于自愈能力这么强的我来说，受点伤算什么，什么都憋在心里才会憋出内伤。”丸子不甘示弱。

这一次的谈话，在貌似轻松的氛围中结束。小安当然没有因为丸子再一次拒绝就放弃。真的放弃一个人谈何容易！但是，他知道丸子的心意之后，也不会再轻易给她施加压力了。至少这样，他们还能正常的继续做朋友。

46 这个检察官不太冷

之前受失恋影响，丸子情绪比较低落，没怎么在微博上发有趣的段子。这会儿元气恢复了，她可着劲记录工作中发生的趣事，俨然成了网友们眼中的段子手检察官。还有热心网友把她发的微博整成了合辑发到微信公众号上，题目叫作《没想到你是这样的人民检察官！》

从前，在公众眼中，检察官的形象都是严肃的，气场强大，甚至有些高冷，令人望而生畏。看了丸子的微博之后，大家赫然发现，原来检察官是跟普通人一样有血有肉的鲜活存在，甚至有的时候还有点逗。

吐槽嫌疑人，她是这样的——

@假装是检察官的小丸子：有次去看守所提审，犯罪嫌疑人被带过来，一句话都还没说就先坐着哭了起来。我正想着一个大男人怎么可以这么软弱，没想到他回答问题时脾气又很火爆。我和我的小伙伴都惊呆了。

@假装是检察官的小丸子：讯问时犯罪嫌疑人说："因为我名气太大了，所以跟我朋友扯上点关系的案子，社会上都传是我干的！我真是太冤了！"他的辩解是否客观我会综合全案证据判断，但是这自夸我给满分。见过花式自夸，还是第一次见连辩解时都不忘自夸的。

@假装是检察官的小丸子：危险驾驶的犯罪嫌疑人喝得醉醺醺的就过来做笔录了。不知道是为了喝酒壮胆还是因为嗜酒如命。如果是后者，一看就是再犯可能性很高的主，为了他好，我是不是应该在量刑建议中建议法官从重处罚？

知识点

量刑建议，是指检察机关在提起公诉或出庭支持公诉时，依据相关法律规定，就被告人应当适用的具体刑罚包括刑种、刑期、执行方式等向法院提出意见的诉讼活动。量刑建议一般具有一定的幅度，如建议判处一到二个月拘役。

@假装是检察官的小丸子：同事打电话通知犯罪嫌疑人下午2点来做笔录，特地叮嘱他别迟到，因为3点要开庭。同事说的开庭是她办理的其他案子要开庭。犯罪嫌疑人以为是他的案子，惊呼：这么快啊？！这位犯罪嫌疑人因为是第一次犯罪，不了解刑事诉讼程序，以为我们做完笔录就直接把人拉到法院去判了。

开庭，也有尴尬的瞬间——

@假装是检察官的小丸子：跑马拉松被被告人撞见是怎样的一种

体验？今天去开庭早到了一会儿，法官还没来，被告人就走到公诉席旁问我昨天是不是去跑马拉松了。我一脸懵圈：你你你，你怎么知道的？他说：昨天在现场看到你了，叫你你没反应。好吧，幸亏我没听见，不然还能轻松愉快地跑马吗？

@假装是检察官的小丸子：腊月的某天去开庭，法庭里明明开着空调，全场人还是冻得直哆嗦。结束后辩护人觉得太不科学了就去看了下空调，发现空调开的是冷气模式。我们一群人就这样在寒冬的冷气里坐了仨小时，怪不得感觉越坐越冷。弱问：这样冻感冒了算不算工伤？

@假装是检察官的小丸子：每次开庭，审判长都要向被告人介绍合议庭组成人员、书记员、公诉人和辩护人（如果有的话）。于是就有了这样的场景：某次开庭，审判长照例向被告人介绍上述人员，介绍到指定辩护人时，被告人很开心地冲辩护人挥了挥手，还说了声“hi”。我差点没笑场，又不是介绍新朋友给你认识，用得着“hi”吗？

警察“蜀黍”，是她永远绕过不去的梗——

@假装是检察官的小丸子：某警察“蜀黍”正在办理电信诈骗案，他用手机拨通了其中一位被害人的电话：“喂，我是××公安局刑侦大队的某某……”话还没说完，那边说了句“滚蛋！又想骗我”，然后果断就把电话挂了，剩下警察“蜀黍”在风中凌乱。心疼这位“蜀黍”，办电信诈骗案已经够焦头烂额了，还被被害人误会他也是诈骗的。

@假装是检察官的小丸子：恕我直言，有些警察“蜀黍”的手写询问笔录跟被害人的自书报案材料一对比，字迹上真的是完全被当事人秒杀啊。“蜀黍”，不奢望你字体多隽永，至少照顾一下我们阅卷人的感受写工整点啊，眼睛都快看瞎了。

@假装是检察官的小丸子：今天跟几个警察小伙伴一起吃午饭（私

人性质，跟八项规定无关）。此为背景。

其中一个警察“蜀黍”很热情地给他们警队新来的小师妹夹鸡腿。我见状想说，还挺体贴的嘛，懂得照顾小妹妹。还来不及说出口，“蜀黍”就说了句：吃个鸡腿，下次抓人时可以跑快点。

后来另一“蜀黍”拼命给小师妹盛饭，我又产生了他很会照顾人的错觉。结果，“蜀黍”继续“补刀”，叮嘱小师妹：吃多点，下午有力气干活。

请问你们到底是不是亲师兄啊？求小师妹的心理阴影面积。

当然，她最擅长的还是一言不合就卖萌——

@假装是检察官的小丸子：问犯罪嫌疑人有无前科劣迹，答曰没有。

知识点

通俗地讲，前科是指以前的犯罪事实及受过的刑罚，劣迹指以前的违法事实及受过的行政拘留等处罚。

我翻案卷确认，面不改色再问：不是因为嫖娼被行政拘留过吗？

犯罪嫌疑人尴尬地回答：哦，对。× 年 × 月 × 日因为嫖娼被行政拘留 N 日。

听到这么污的劣迹，似乎我也该尴尬一下，然而我并没有。这不是老司机，是专业，好吗？

@假装是检察官的小丸子：今天一个案子 8 点半开庭，快 9 点了法官还在汇报案件没有来，等的我差点要掏出手机自拍了。还好我是一个自制能力很强的人，克制住了。

@假装是检察官的小丸子：我办的那个袭警的妨害公务案开庭改

期，然后当事人、辩护人都知道了，连跟案件无关的警察“蜀黍”也都知道了，就我不知道。最后，我还是从警察“蜀黍”那儿听说开庭日期的，因为他们局里通知旁听。作为案件的出庭公诉人，我居然是最后一个知道我案子改期的消息，吃了自己好大一瓜！

@假装是检察官的小丸子：我在想，每次我们需要补充证据，一个电话就让警察“蜀黍”跑断腿补这补那，他们是不是在心里摇旗呐喊：“你们也可以自己去补啊！”唉，我们是可以自行补充侦查，这不是侦查手段有限嘛，只能劳烦万能的警察“蜀黍”了。

知识点

复习一下这个知识点。补充侦查有两种方式，一种是自行补充侦查，由公诉检察官开展；另一种是退回补充侦查，由侦查人员开展。由于公诉人不是专业的侦查员，同时也因为公诉部门能直接采取的侦查手段有限，案件需要补充侦查时，公诉人通常会选择退回侦查机关补充侦查。

丸子用实际行动告诉大家，抛开晦涩的法律专业知识不谈，检察官的工作其实并没有那么高深莫测，而是团结紧张严肃活泼接地气的。

那时候，丸子虽然还没有涉足微信公众号领域，但是因为几篇文章和段子合辑被转载过，在法律公号圈已经留下了她的传说。她写的那篇工作总结《准检察官“累觉不萌”的2013》在被法律公号的领头羊“法律读库”转载后，成为了网文“爆款”，刷爆了检察人的朋友圈。

“老骥”见丸子还挺能写，就向他的 20 年好友、“法律读库”的号主——“库头”力荐丸子。自此，丸子便成为“法律读库”的第一位女作者，开始接触“微信公众号”这个于她而言是新生事物的东西，并踏上了曲折的写作之路。

47 用诙谐的方式，写正经的微博

年底，全国性网站检事网举办了一个“全国检察自媒体十强”的评比活动。丸子的个人微博 @ 假装是检察官的小丸子 因为在检察自媒体中相对突出，被汉东省检察院推荐到检事网参与评比。经过层层筛选，一路过关斩将，微信公众号“法律读库”，汉东省她和季处的微博“@ 老骥”都进入了 12 强，角逐最后 10 强的名额。

这样一个得到检察系统普遍认可的全国性的评比，丸子作为刚参加工作的年轻人，能够进入决赛环节，跟资深检察自媒体人同台竞争，她已经感到莫大的荣幸了。一起角逐 10 强的前辈都比她优秀，她根本没敢奢望最后能拿奖。

“@ 老骥”作为带丸子出道、一手栽培她的师父，当然希望自己的徒弟能够获奖，这也是他作为师父的荣耀，所以萌生了“把机会让给年轻人”的想法。但比赛有比赛的规则，最后，检事网还是根据综合实力将“全国检察自媒体10强”颁给了“法律读库”“@老骥”等10个检察自媒体。

虽然没有拿到奖，但是师父的提携仍让丸子感到特别感动。“千里马常有，伯乐不常有。”丸子觉得自己特别幸运，参加工作才这么短时间，就遇到这么一位真心帮助自己成长、进步的师父。她觉得她是不是“千里马”要打个问号，但师父绝对是她的“伯乐”。

参加评比总是有得有失。结果固然重要，因为那是对你的努力和成绩最直接的肯定，但是比结果更重要的是，收获的成长和感动。

通过这次评比，丸子的微博算是得到了本系统的间接肯定，知名度也上升了一个level。

正好“法律读库”当时在做人物专访，公众号小编助理顾苗苗就找到了丸子，给她做个专访，请她谈谈她是如何做微博的，也许可以给同样想尝试做检察官个人微博的年轻同志提供一个参考和指引。

知识点

顾苗苗，京城某检察院美女检察官，“法律读库”临时小编助理，后来成为了小丸子的圈内头号闺蜜。

苗：我发现你微博的昵称很有趣，@假装是检察官的小丸子，你是怎么想到给自己起这么个微博名的呢?

丸：咳咳，我很乐意介绍我微博名的由来，你不问我也想介绍。我微博的定位是“立足个人，宣传检察”，要突出职业身份，但玩微博之初还没被任命为助理检察员，所以“假装是检察官”。我的名字叫“丸子”，身边的小伙伴们叫我小丸子，于是就有了我现在的微博名。

后来这个微博名用顺手了，也有了一定的知名度，虽然我已经被任命了，也不想改了。

苗：我看了你的微博，觉得很有趣，哪怕是谈办案工作，也写得很生动。某种程度上来说，你的微博突破了公众对于检察官“冷峻严厉、不苟言笑”的认知。请问你是怎么做到的呢？是如何写出那些微博的？

丸：刚关注我微博的人可能会先入为主地觉得我很高冷，因为检察官职业总给人一种高冷的既视感，也因为除了必需的回复外，我不能经常回复留言，公诉工作实在太忙。但是关注我微博一段时间之后，人们就会惊讶地发现，原来我高冷的外表下有一颗“逗丸”的心。

审讯虽然是一件极其严肃的事情，但有时还是会遇到一些不靠谱的当事人，发生一些有意思，甚至啼笑皆非的小故事。比如说有的犯罪嫌疑人沟通不能，总是答非所问；有的犯罪嫌疑人 N 次“进宫”，核对笔录后根本不用提示就自觉而又准确无误地签字、捺手印；有的犯罪嫌疑人屡教不改，多次触犯同一种罪名；还有的犯罪嫌疑人江湖义气，认为检举揭发他人犯罪是出卖朋友等。这些素材被我改成了段子，在不泄露办案机密的前提下，生动活泼地展现检察官审讯实况。后来，我就开设了 # 讯问花絮 # 话题，专门记录审讯中的那些小插曲。

我从检以来主要时间在公诉岗位。作为一名公诉人，出庭是工作的“重头戏”，我的微博当然也会时不时地提及庭审的那些事儿。比如说某案的被告人发表了慷慨激昂的最后陈述，鉴于其是初犯，我姑且相信其是真心的；又比如不太会用方言讲书面语的我在法官的带领下用蹩脚的方言全程参与庭审的尴尬经历；再比如审判席的法官和被告席上的被告人出现沟通障碍时，坐在公诉席上的我恨不能给他们做翻译；还有那些港剧看多了的被告人穿越到“英美法系”的场景。这些素材在庭审结束后经整理，也成了我微博上的段子，在不违反法庭纪律和办案纪律的前提下，向人们展示了不一样的庭审。后来，我也开设了 # 庭审花絮 # 话题，记录威严的庭审中偶尔蹦出的有意思的桥段。

这些段子为公众“揭开了检察官的神秘面纱”，让外行更主动、更直观、更有兴趣地了解检察，让同行在苦闷的工作之余可以开怀一笑，也让原本只想做个安安静静的检察官的我，一不小心成了网络段子手。

苗：是的，我看你微博，很多都是有趣的段子，可以说很反差萌了。但是作为一名检察官，你肯定也有严肃的时候吧？

丸：关注我的人都知道，卖萌是我的强项，人们总是把“萌萌哒”作为形容我的定语。我喜欢卖萌，因为人生并不总是要一本正经。办案已经够“压力山大”了，办案之余来微博上卖卖萌，宣传宣传检察，联系联系群众，也不失为一种调剂。

“萌”是一种苦中作乐的乐观态度，但是该严肃的时候还是要严肃对待。比如在一些重大涉检舆情中，公众可能因为不了解事实或法律，对检察机关有一些不太公允的评价。我会把自己了解到的真相，我的观点、分析理性地写出来，并在微博上发表，让网友们知道了还有另一种声音存在。有时候这么做虽然会给我招来一些不理智的骂声，但至少消除了部分网友的偏见，当然，我也得到了不少网友的认可，这在一定程度上扭转了舆论“一边倒”的趋势，这就是我们发声的意义。因为我在这些事件中积极理性地发声，引导舆论客观看待，网友们惊讶地发现，萌萌哒小丸子原来也有如此严肃、敢言的一面。

苗：你现在就运营着一个自媒体平台——你的个人微博 @ 假装是检察官的小丸子，但是这段时间以来，我看到你也经常给我们“法律读库”投稿，你考虑过往微信公众号这边发展吗？你会创办自己的个人微信公号吗？

丸：微博是一个适合碎片化吐槽的地方，那些一闪而过的智慧的光芒都可以被及时地捕捉和记录。但是碎片化的吐槽也需要及时地进行整理，这样才能拥有完整的经历，明确接下来努力的方向。所以，除了几乎每天都会更新的短微博外，我也有发表一些阶段性的总结。

2014 年年初，我在个人新浪微博上发表文章《准检察官累觉不萌的 2013》总结了自己入职以来的工作。由于文风清新、语言俏皮，又写出了小伙伴们的心声，勾起了前辈们对于从检之初的回忆，该文得到了广泛的认可。这篇文章后来被“法律读库”推送，引起了较大的反响。该文同时被《检察日报》《公诉人》杂志等纸媒转载，并获得了汉东省“检察官故事”征文比赛二等奖。后来我被任命为助理检察员，完成了从书记员到检察官的转变，我写了篇题为《从假装检察官到检察官》的文章，记载了角色转变的心路历程。在“法律读库”和我个人微博上发表之后，也形成了较大的影响。

我特别感谢“法律读库”给我的平台，让我的文章得到传播，让我的想法能够跟那么多人分享，也为我微博的发展提供了很大的帮助。因为工作太忙，积累也还不够，无法保持定期的写作，所以我暂时不考虑开自己的个人公众号。

苗：好吧，很遗憾法律公号圈少了个新生代公号主，不过你能积极给“法律读库”投稿还是令人欣慰的。最后你有什么感想、感悟、经验要与大家分享吗？

丸：写微博的这些年总的来说收获颇丰。因为创办微博，我结交了不少志同道合的检察同行，感受到了全国检察大家庭的温暖，在利用个人微博宣传检察的同时，我自身也成长不少。但是，我也始终牢记本职工作，从来没有因为个人写微博而耽误办案。我始终坚持，用负责的态度办好每个案子，用诙谐的方式写正经的微博。

时至今日，投身新浪已逾三年，洋洋洒洒写了3000多条微博，陆陆续续攒了万余名粉丝，认认真真记下从检以来的点点滴滴，我用每一条微博向公众展示了一个真实的“90后”检察官到底是怎么样的。我们不哗众取宠、人云亦云、呆板沉闷，我们有着自己独特的个性；我们有时可能年轻气盛，可能声音不那么响亮，但我们仗义执言，敢于说出自己的心声；我们不是完美无暇，还经常磕磕碰碰，但我们在勇敢地做自己，在很努力地成长。

采访推送之后，毫无疑问又给丸子圈了一波粉。

作为一名年轻检察官，秀出自己需要勇气，因为这是一个高危动作——有了关注度，你的一切言行都可能被放大，容易“翻车”。但同时，这也能让你获得更多的机会、更大的平台。

“Show自己”是一把“双刃剑”，用得好可以成为个人发展的利器，用得不好可能反而伤了自己。这其中最重要的要领是掌握好分寸和节奏——不能太过，检察官应该要有底线；也不能贪快，因为凡事欲速则不达。

48 远离不明真相劝你大度的人

大概是得知丸子现在过得很好，而林美美在母凭子贵强行上位之后婚姻生活并不如意，嫉妒的怒火熊熊燃烧。她觉得这一切都是因为丸子这个人的存在，开始不停给她找碴儿。

不过，这一次她学乖了，不干诽谤他人之类明摆着违法的事，就只是不断地发短信骚扰丸子，诉说小杨出轨她的经过。也不知道她哪里搞来丸子的手机号的。

知识点

其实多次骚扰他人也可能构成违法！根据《治安管理处罚法》第42条第5项规定，多次发送淫秽、侮辱、恐吓或者其他信息，干扰他人正常生活的，处5日以下拘留或者500元以下罚款；情节较重的，处5日以上10日以下拘留，可以并处500元以下罚款。

丸子早已从悲伤中走出来，收到这种短信并不感到难过，就只觉得恶心。她二话不说就把林美美的手机号拉黑。对付这样的人，怼、骂都有失自己的身份，唯有拉黑才是最有效的方式。

号码被拉黑之后，林美美又去换了新号码，隔三岔五轰炸丸子，各种炫耀夫家给她买了啥，各种强行秀恩爱，被拉黑就换新号，也是够闲的。有句话叫“缺啥秀啥”，还真是如此。

不过，人的忍耐是有极限的。被林美美骚扰到忍无可忍时，有一天晚上她终于爆发了，发了条朋友圈：“我并不羡慕你现在的生活，麻烦别再打扰我。”

她是发自内心地不羡慕那个女人的婚姻。这种没有感情基础强迫而来的婚姻，婚后生活必定是鸡飞狗跳、一地鸡毛，有什么可羡慕的？

这条稍微有失体面但符合人之常情的朋友圈，她设置成只对几个小杨的好友可见。她想着，总会有好事、八卦的人把她的牢骚转达给小杨吧，希望小杨看到后好自为之，管好他媳妇。

发完朋友圈，丸子气也消了，就高高兴兴地跟芳芳学姐一起去看电影了。

电影放映结束，她看了下朋友圈，一个共同好友略显“圣母”的留言让她瞬间炸毛。朋友大大咧咧地留言道：宽容一点，既然分开了就彼此祝福，各自安好吧。要感激他陪自己走过一段，感激他给自己带来的成长。

丸子把留言给旁边的芳芳学姐看，同时开启炮轰模式：“那个女人百般骚扰，到底是谁不让谁安好？我前男友劈腿，我难道还得感谢他的不忠？她跑来劝我宽容不痛不痒，但我是切切实实地痛过的！难道全世界就只有她是最善良、最宽容的圣母？既然这样那就请离我这个刻薄的人类远一点吧！从这一刻开始，她在我心里已经被彻底拉黑了。”

列夫·托尔斯泰说：“你不是我，怎知我走过的路，心中的苦与乐。”凭借着只言片语就随意地以自己的标准去指点别人的人生真的很鲁莽、很草率。在你看不到的角落里，别人经历的多的是你不知道的辛酸往事。

芳芳从没见丸子发这么大的飙，一时也不知道怎么替那位留言的人说情。待丸子消气之后，她也组织好了语言。芳芳觉得丸子生气不无道理。“如果那位朋友是发自内心的无原则的宽容，这么要求周围的人并且对自己也有这样的高要求的话，那我觉得她是圣母玛利亚本人。你这种凡人确实‘不配’做她朋友。但如果那位朋友只是喜欢用这种严苛的标准去要求他人，对自己却没有高要求，那么，其实她才是最刻薄的那个，这种朋友不要也罢。”

丸子点点头，默默坚定了远离那位劝人善良的人的想法。

“你记不记得咱们上大学那会儿，大家都爱上‘校内网’？”芳芳接着问道。

知识点

“校内网”是曾经的社教网络“鼻祖”，属于一代人的共同回忆，后更名为“人人网”。20 世纪 80 年代末 90 年代初那代人在上面留下了学生时代的美好回忆，也留下了学生时代的黑照。2018 年 11 月，人人公司宣布将“人人网”卖给北京多牛互动传媒股份有限公司，在网络上带起了一波“回忆杀”。

“当然了，那是我们 80 末 90 初那代人共同的大学回忆。”丸子感怀道。

“那时候校内网上有很多的心灵鸡汤，都是现世安稳、岁月静好类型的。”芳芳继续回忆。

“对对对，我可爱读了。男的看了会沉默，女的看了会流泪。”丸子兴奋地说着，全然已经忘了刚才让她生气的事。

“其实当时已经有‘毒鸡汤’了，是言辞犀利、观点辛辣的那种。在铺天盖地的心灵鸡汤之中，‘毒鸡汤’反而犹如一股清流，读完让人醍醐灌顶、神清气爽。”

“哦？”丸子不思其解。

芳芳接着说：当时让我印象最深的一篇“毒鸡汤”文讲的是这样一个故事：某女孩相恋多年的男友“劈腿”甩了她。“被绿”和生病的双重打击让她差点丧命，但渣男和“小三”却如愿以偿地结婚生子，幸福地生活在一起。

后来大概是报应吧，渣男和“小三”的儿子得了重病，没钱医治就会死掉。渣男还是一如既往的穷，而“被绿”的女孩已经奋斗成了女土豪。于是渣男就顺理成章地跑去跟她借钱了。借钱时绝口不提当年自己干的“好事”，就说现在有多艰难，多么需要她伸出援助之手。然后，女孩冷漠地拒绝了。

这事被两人的共同好友知道后，他们就过来劝她：哎呀，你就宽容一点嘛。当年是他不对，你看他现在这么可怜，就原谅他吧。而且小孩子是无辜的，你就救救那孩子吧，那可是一条命。

女孩还是无动于衷，她说：我不会帮他的，我只知道当年我的，也是一条命。

朋友骂她刻薄、冷血。

当年看完这篇文章后，我就觉得那位“圣母”朋友的逻辑实在太搞笑了。什么叫作“他现在这么可怜，就原谅他吧”？原谅的前提不应该是“他知道错了，悔改了，并且弥补了他的过错”吗？什么时候变成我们要因为一个人可怜就去原谅他的过错？要知道可怜之人通常还都有可恨之处呢。就算全世界都原谅他、同情他，我们都不应该去要求他曾经伤害过的人一定要原谅他、帮助他，在他没有任何悔改表现的前提下。

女孩的是非、爱憎分明倒让我觉得痛快。人有时候就是该固执己见一点。所以，丸子，你坚持自己的想法没有错，没必要为了让满足别人不合理的期待而委屈自己。郭德纲也说了，“不明白任何情况就劝你一定要大度的人，这种人你要离他远一点，因为雷劈他的时候会连累到你”。

丸子被芳芳引用的郭德纲语录逗得哈哈大笑，但内心感到非常欣慰。她庆幸身边有这样的闺蜜，哪怕你没那么成熟，没那么懂事，偶尔要点小性子，她都会无条件地支持你。

丸子虽然遭遇了背叛，还遭遇了大规模的抹黑，却在那场灾难中看清很多人，明白很多事，收获了很多的感动，也变得更加坚强。

乐完之后言归正传，丸子进行了一番深思。

“貌似现在确实存在这样一种倾向，宽容作为一种美德被滥用和过度消费。别人犯错，你应该理解他，宽容他的错误；别人如果道歉了，你就该感激涕零地收下他的歉意。然后继续跟他成为无话不谈、愉快玩耍的小伙伴。你若胆敢不领情，那就是刻薄，就是铁石心肠。

宽容确实是一种美德，但这种美德是我们用来要求自己的，不该成为道德绑架他人的武器。你爱宽容谁，原谅谁，容忍谁，都是你的自由。不能说别人不原谅，不忍了，你就站在道德的制高点，大大咧咧地去指责他刻薄。

宽容这种美德不该被滥用，应该是在分清是非的基础上，留给那些值得宽容的人。举个极端的例子，一个十恶不赦且不知悔改、该被判死刑的杀人狂魔，我们该宽容他不判他死刑吗？被害人的亲属们能答应吗？

“如果宽容真如那些‘圣母’所言，是无原则的，是不分是非的，那我宁愿选择刻薄一点。”丸子义正言辞地说道。

“啥也不说了，只会喊 666 了。”芳芳边鼓掌边说。她们就这样愉快地在宽容问题上达成了共识。

学法律的女人似乎比一般的女人多了股冷静和狠劲——不盲目同情，凡事更讲究是非；不无端宽容，宽容得有值得宽容的事由，就像从轻量刑要有从轻的量刑情节一样。这样的女人乍一看有点强势，传统的女人不理解，一般的男人也 Hold 不住。

丸子发那条“求不打扰”的朋友圈，方法糙是糙了点，但是从效果上来看还是有效的。传到小杨耳中之后，他阻止了林美美继续去骚扰丸子。

丸子懒得去管小杨用了什么方法让林美美不再骚扰她，反正自己的目的达到就行了。

“看来，遇上别人撕下脸耍无赖，还真得用一些简单粗暴的方式回应呢！一味地忍让只会让对方更加猖狂。”这是此事给丸子带来的人生经验。

没有了骚扰，日子变得格外安详。直到有一天，她突然收到小安发来的信息：“调令已经下来了，办完手续我就要去北京了。”

49 到大城市发展的意义

虽然与小安再也不能像从前那样亲密无间，但是有这么个朋友在身边，总是会让人觉得温暖。现在他要去远方，丸子的心情难免会有一些落寞。不过，小安能有好的前途和发展，她肯定还是祝福的。

“恭喜你啊。咱俩这么熟我就不说什么‘愿你前程似景’之类的客套话了，就说一句‘苟富贵，莫相忘’吧！”正儿八经说些祝福的话略显伤感，“贱贱的”才是他们对话的正确打开方式。

“‘莫相忘’好说，但你得给我饯行。”小安肯定趁机提要求，谁让丸子自己给自己挖了个坑。

“您这还没到总公司上任呢，就开始‘官僚主义’做派了？”丸子也不甘示弱。

知识点

官僚主义指脱离实际、脱离群众、欺软怕硬、做官当老爷、官官相护、贪污腐败的领导作风。官僚主义是剥削阶级思想和旧社会衙门作风的反映，也是四风问题之一。

此处当然没有那么严重，只是朋友间的打趣。体制内朋友之间有时候会在对方高升时开这样的玩笑。

小安见说不过丸子，不想再继续怼下去："讲真，我走之前咱们在一起吃个饭呗。我在这里唯一放心不下的就是你了，临行前有些话要叮嘱一下你。"

"怎么弄得你跟老父亲似的，还搞个临行的叮嘱！我都这么大了，有什么好放心不下的？"丸子哭笑不得。

"女儿多大了都是老父亲放心不下的女儿，必须叮嘱！"小安坚持道。

"可以可以，还真是可怜天下父母心呢！"傲娇丸终于勉为其难地答应。

"好。我安排一下档期，走之前约你！"红人·安得意扬扬地说。

"厉害了你！现在大红人了啊，这么多人约，还得看档期。"丸子有点酸溜溜。

"对啊，可即便如此我还主动约你了呢，你看你多重要。"小安趁机献殷勤。

丸子赶紧打断他："得了吧，打住，时间定了告诉我一声。"

饯行的那一天如期而至，气氛并没有想象中那么伤感。可能现在交通发达了，要见面也不是那么困难，所以离别的愁绪不会有多么强烈。

只是许久未见面，两个人一时不知道说什么。

“五年磨一剑，今日终如愿。恭喜你，真心的。”丸子先开口。

“这还得感谢你。当初我跟你表白被你拒绝，你告诉我，不要因为任何人放弃自己的理想。那个时候遴选正在报名，你的话激励了我，我决定放手一搏。”小安真诚地说道。没等丸子表示谦虚，他又接着问丸子：“你有没有想过到北京或者其他一线城市发展？”

“没……没有。”丸子被问得有点懵。就连读大学也不想出省的她，压根没想过去一线城市发展。

“说真的，我觉得你可以出来看看。大城市有更广阔的天地，更丰富的资源。你有想法、有能力，也肯吃苦，在大城市，你的价值能得到最大限度的发挥。当然，背井离乡去大城市打拼也注定会很辛苦、很孤独。到大城市有利有弊，每个人也有自己的活法，所以，最终还是看你自己的选择。

只是从我的角度来看，我觉得你在小县城里太屈才了。而且，以我对你的了解，你不是安于现状的人。可能你自己都没发现，你上微博，结交法律共同体的朋友，了解法律圈的状态，说明你不仅仅满足于当前的工作、生活圈子。作为一个基层检察官，你的主要工作就是办案，但是你勤于思考和总结，努力运营着自媒体，这也是你要求上进的表现，尽管这样让你显得与周围环境有点格格不入。

只是现在的你没有去一线城市生活过，你对它的了解仅限于别人展示给你的部分，所以你感受不到它的魅力。等有一天你真的去见识、体验过了，我想你会爱上那个充满机遇和挑战的地方，那个更大更宽广的世界。你，真的适合到大城市去。”小安恳切地说道。

丸子的确是没有发现自己如小安所说那么不安于现状，他的话让她听得云里雾里，不知道如何接。如果不是因为小安对她真的很了解，并且她相信他是真的为了她好而不是显摆什么，不然她可能就觉得对方多管闲事了，凭什么对她的人生指手画脚。

小安这才发现，丸子没有真正在一线城市生活过，自己说的那些对她来说可能有点抽象，就换了个角度。

“Emmm，虽然我还是喜欢你，但是我劝你到大城市发展，比如北京，并不是出于想让你过来我的城市的私心啊。你有没有想过找对象的问题？你在这里，因为前男友的事，大家对你有诸多议论。虽然你周围的人都知道怎么回事，知道你才是受害者，但是很多不明真相的围观群众可能就认定你不好了。这很不利于你以后找对象。”小安中肯地说。

“我不在意，如果对方愿意从路人口中了解我的话。”丸子无所谓地说道。

“我相信你不在意，但我觉得你不在意并非因为你嫌对方会从别人口中了解你，而是因为你心里清楚，在这里你很难遇到你看得上眼的人了。反正你也看不上人家，自然无所谓别人怎么看你了。”

面对小安一针见血的话语，丸子竟无言以对。她不得不承认，因为主观上和客观上的种种原因，留在这个地方，她以后很难遇到合适的人的。

“你扪心自问，如果不是当初他那么猛烈地追你，你又没有被人追的经验，你会跟他在一起吗？可能我这么说让你觉得我对他有意见。你的感觉没错，我就是有意见。”过去了那么久，丸子都没什么情绪了，说起小杨的时候小安还是耿耿于怀。

“当初是我自己的选择，怨不得别人。我虽然为自己的草率和不成熟付出了惨痛的代价，但也买到了教训，不算一无所获。”尽管小杨对不住她，但是两个人不能走到最后也有很多的因素，她不会跟他的前情敌一起数落他。而且，说前任不好不就是承认自己眼光差，当着小安的面打自己脸吗？这脸，她可丢不起。当然，最主要的还是，她是真的放下了。当你能够理性、平和地看待曾经让你痛不欲生的伤害时，才算是真正的放下。

小安意识到自己的话可能让丸子不开心，赶紧解释道："我没有说你不好的意思，你那么容易答应他也是因为你单纯、善良，容易心软，不忍心让人追太久……"

"好了，行啦，你不用一个劲地夸我，我没觉得你对我有什么恶意。咱俩的友谊现在已经这么脆弱了吗？说个话还要解释半天。"丸子试着缓解小安小心翼翼的紧张情绪。

"可以的。你还是我认识的那个丸子，一点都没变。"小安很欣慰。

"我也有些话要叮嘱你。"丸子郑重地转移焦点。

"嗯，您说。"小安表示愿闻其详。

"你怂恿我到大城市去，说那里更容易遇上优秀的男生，那你去了北京也更容易遇到优秀的女生，你也老大不小了，到北京了就赶紧把找对象的事提上议程吧。"丸子也开启了操心小安终身大事的模式。

小安不以为然："我心里怎么想的你又不是不知道。"

"道理我已经跟你说透了。咱俩错过了就是错过了，正如你之前拒绝我时说的，我们这辈子只能做好朋友。所以，还是好好做朋友吧，这样大家都没有负担。"丸子依然坚持自己的立场。

"我可以不给你负担，可以好好跟你做朋友。但是，心是个连自己都没办法控制的东西，我管不了我的心，你也是。你也不要强迫我啦。"这辈子只能做好朋友是小安先说的，有什么苦他也只能咬碎牙往肚子里咽。

小安的说法也在理，她也无法强迫他去喜欢别人。"可能遇上了，他就移情别恋了。”丸子心想。

“好吧，既然谁也说服不了谁，那咱们说好以后谁都不许说这个话题了。谁违反谁就是小狗！”丸子提议。

“好，我答应你。”尽管心里仍有诸多懊悔和不甘，为了能继续留在丸子的身边（精神上的），他也只能硬着头皮答应。

50 “活久见”的检察男神

公务员两地平调的情况下，调出机关、接收机关以及两地的人事部门走程序少说也要好几个月，甚至半年一年。但小安的工作调动是中央机关来了调令，仙汕这边不敢怠慢、为难，麻溜给办了各种手续，小安很顺畅地办了调动手续。

小安去北京后不久，丸子就有了一次去北京、他口中的一线大城市见世面的机会。在汉东省检察院的推荐下，她受邀参加最高检在北京举办的检察新媒体培训班。

在检察官方新媒体、检察自媒体日益兴盛的时期，举办这么个培训班，可以说非常应景了，给部分检察新媒体工作人员和优秀自媒体提供了一个学习、交流的机会。

看了名单之后，丸子发现有一个人的名字特别眼熟，疑似她第一次上《公诉人》杂志时那期杂志的封面人物。她赶紧找出那期《公诉人》求证，发现封面人物“赵鹏”果然也被邀请参加培训了。

知识点

赵鹏，全国著名检察官、全国优秀公诉人、编剧、畅销书作家，担任电视剧《决胜法庭》涉案编剧，出版《刑事出庭修炼手册》《法显术见——检察官赵鹏的干货日志》《法律自媒体运营50策》等畅销书。

之前丸子对此人不“感冒”，对他唯一的印象就是很优秀，并不觉得有一天会认识他。毕竟这么金光闪闪的人物，离她的生活还是有点儿遥远的。

但是看到赵鹏出现在培训人员名单中之后，她觉得有必要去复习一下这位优秀公诉人的先进事迹。认真拜读完，从前对赵鹏并不感冒的她，突然觉得很崇拜他，并把他封为自己的 idol。

赵鹏的确是优秀。他获得过全国十佳公诉人提名奖、全国优秀公诉人奖、全国检察机关优秀公诉人电视论辩大赛团体冠军等奖项；他是拥有十几万粉丝的全国十佳检察官影响力微博博主；他连续 5 年保持着每年阅读专业书 10 本以上，撰写文章 20 万字，在《法学》《人民检察》《中国刑事法杂志》等知名期刊上发表调研文章十余篇；他还会钢琴、竖琴、笛子等多种乐器。

他可以说是全才，更是粉丝心目中的完美男神。

丸子和顾苗苗女士自那次“法律读库”的采访之后就成为了无话不谈的塑料姐妹花。她们曾私下讨论过什么样的人才是真正的检察男神，并就检察男神标杆达成如下共识。

1. 颜值上：看得顺眼

检察官不是偶像派明星，不靠脸吃饭，不能以明星的标准去要求检察官的颜值。检察男神在外表上只要具备把自己收拾得干净利落，让人看着顺眼的条件就行了。

2. 穿着上：大方得体

男检察官风华正茂，有一颗追求时尚、成为潮男的心都可以理解。但是，有两类倾向应当避免：一是过于时尚，二是过于随意。

现在生活水平提高了，很多年轻人对于时尚有了更高的追求，男装不再是“美某斯·某威”“某克某琼”一统天下了。但是作为检察官，工作风格还是稳重成熟，穿着太有设计感的“奇装异服”到单位，不仅会吸引领导的犀利目光，还会因为太“拉风”被当成在社会上混的当事人。当然，穿着太过随意也应避免，特别是夏天，不能穿着拖鞋裤衩去上班。

3. 人品上：正直磊落

外表不是检验男神的唯一标准，人品的正直磊落才是男神的光环！

一个男人如果徒有其表，内心却是心术不正、钻营取巧的阴险小人，那他肯定不配被称为男神。

作为检察男神，他一定要是一个正直不阿、不畏权势、光明磊落的坦荡之人。办起案子公正无私、坚守底线，对得起良心对得起人民；与人相处不钩心斗角、以权谋私，让人放心、信赖。

4. 行事上：敢于担当

有担当的男人最有魅力。很难想象，一个在工作上推三阻四、挑肥拣瘦，生活上只顾自己不顾家庭，感情上不负责任、轻佻随意的男人会是什么男神。

检察男神在工作上应该是积极主动的，业务能力强，关键时刻挑得起重担、担得起重任。由于职业的特殊性，有时候检察官对于家庭可能不能照顾周全，但是也不能以工作为推脱当甩手掌柜，至少心里要装着家人，并尽自己最大的努力承担起家庭的责任。

5. 修为上：谦和豁达

电视剧里的男神通常都是腹黑古怪、高冷霸道的，但这样的男神还是待在电视剧里不要出来比较好。生活不是电视剧，经不起这么折腾。现实中，待人谦和、处事豁达的更符合检察男神的标准。

检察男神不需要腹黑古怪，他的内心应该是充满阳光的；检察男神也不需要霸道高冷，他应该是面对他人时既有立场有态度又保持谦卑的。

6. 加分项：小有才华

一个男人能成为检察官，在内涵上自然不会太差。但是要成为检察男神，最好在某一方面或者某几方面有比较出众的才华，这很加分。才华可以是写作上的、学术上的、运动上的、音乐上的等。这些都不行的话，案子办得特别好也行。

这样的检察男神标准，可以说有点严格，甚至在某些方面近乎苛责。这正好说明了，男神不是划分性别的称呼，不是每个男人都能当的。

在这样的高标准、严要求下，找到一个符合条件的男神已经非常困难，没想到赵鹏还超越了这样的标准——颜值上不仅看得顺眼，甚至可以说很帅了；穿着上大大方方，得体稳重；工作上勤奋努力、廉洁奉公、成绩斐然；生活上自律克制，孝顺父母，悯怀弱者；人品更是没得说……

拜读了他所有的报道之后，丸子没忍住跟顾苗苗感叹：“还真是‘活久见’！”

“啧啧……怎么说话呢！应该说‘斯人若彩虹，遇上方知有。’我最鄙视读书少的人了。”顾女士鄙视道。

51 “你好啊，北京！”

这次参加最高检的培训，是丸子第一次去北京，去那座小安口中有着无限机会和可能的城市进行实地感受。

来之前，小安就多次叮嘱她，北京气候干燥，南方人可能会不适应，一定要做好保湿护理，并且多喝水。丸子仗着自己年轻，去外地从没发生过水土不服这种事，就没把小安的叮嘱放在心上。

到北京下飞机的那一刻，一阵大风扑面而来，不带任何湿气，也顺带卷走了丸子脸上、眼睛里的水分。她只觉得脸瞬间就变干了，戴着隐形眼镜的眼睛也变得干涩。本来还想热情地跟北京打个招呼——“你好啊，北京！”——大风过之后，热情也被吹没了。

吹了一路风终于走到机场的到达大厅，丸子隐约地察觉到情况不妙。她掏出镜子透过模糊的视线一看：果然，脸已经干燥得起粉了！

“北京的干燥果然名不虚传，是在下疏忽了！”丸子暗自感叹，并庆幸自己拒绝了小安的接机申请：“我没有仗着小安喜欢我就心安理得地享受着他的体贴，因而也躲过了在人前脱妆的尴尬，还真是好人有好报啊！”

为了体验一下这个城市的公共交通，也为了省钱（当然，后者才是最重要的），抠丸选择了坐地铁去培训地。因为丸子到的时间不是上下班高峰期，所以地铁上的拥堵状况还行。

地铁上，丸子下意识地瞄了一下周遭的人。她发现，还是有不少的人在看实体书、电子书或者学习语言。

“北京的年轻人都这么拼吗？”丸子感到有点惭愧。初来乍到忘记带本书，她也只好在这些人中间坐下，安安静静地玩起了手机。

打开微信看培训班微信群的消息，发现大家差不多都到齐了。在这些人里，除了跟汉东的两位微博大V“@老骥”“@陈小轴”因为地理位置近曾经在线下见过，其他一众大小伙伴们——检察日报新媒体晋哥哥，微博检察大V“@潇海湘潮”、“@天津贾岩”、“@开封府第一大跟班”、“@御史书童”、“@检察官阿敏”、“@偶像张熙怀”、“@检道”、检察新媒体著名写手韩雪、微信公众号“法律读品”锦爷、“检察百科”小明哥哥等人都还只是网友，从未线下谋面。

一下子要跟这么多网友“奔现”，丸子想想都觉得有点激动！

想到这儿，她赶紧拿起气垫补了个妆。还好这次带的是气垫而不是粉饼，不然脸就会像刷了一层干粉。

到了培训地放下行李后，丸子迫不及待地跑去跟网友们“奔现”。

原本她担心自己太“照骗”，网友们见到认不出来。没想到见面时，大家都能一眼认出她来。当然，也可能是她最后才到的原因。

大伙儿见到丸子之后，都说她比照片上瘦。这让她对自己的自拍技术产生了深刻的怀疑，本来还觉得她的自拍很显脸瘦呢！可能也是自拍时镜头离脸太近的原因。

网友们初次见面，三三两两合照、集体大合照当然少不了。在网络江湖上混的人一般都比较潮。被丸子亲切地称为“潮叔”的“@潇海湘潮”居然还带来了年轻人热衷的自拍杆，解决了那么多人自拍合照无法都塞进镜头的尴尬。

大家虽然是第一次见面，玩起自拍、聊起天来却仿佛熟识已久。网络真是一个神奇的东西，它让天南海北原本可能一辈子八竿子打不着的人成为彼此信赖的好友。

在培训班上，丸子也认识了全国各地很多的做新媒体的小伙伴们，大家在学习、交流中既 get 了新技能，又收获了友谊。

培训班晚上没课的时候，她抽空跟小安，还有几位在京的微博好友聚了聚。跟大家的交流中，丸子感受到了北京的年轻人面临的竞争压力。在这种竞争压力之下，每个人都很努力，或者说，不敢不努力。因为你一旦懈怠，就会落后，甚至被淘汰。

当然，在这种努力的氛围下，人变得勤奋刻苦、积极向上之后，自然也会越来越优秀。比如小安，虽然才一个多月没见，丸子明显觉得他比以前见多识广、高瞻远瞩了。还有见的其他的在京微博好友，他们大多都是名校毕业，有的是律师，有的在投行，有的在外企，大家虽然看着年轻，但已经在各自的领域取得了很大的成绩，或者被竞争压力倒逼成了法律职业资格证、注册会计师证等多个高含金量的证件在手的“复合型人才”。

知识点

注册会计师简称 CPA(Certified Public Accountant)。符合任何条件、

参加注册会计师全国统一考试合格后领取《注册会计师证》的人，可以从事审计、统计、经济等专业工作。注册会计师考试和法律职业资格考试都是巨难的考试。很多学法律的“学霸”会挑战注册会计师考试。如果同时手握法律职业资格证和注册会计师证，毫无疑问是职场上的“香饽饽”、稀缺人才。

在他们面前，丸子意识到了自己的差距，也意识到了自己之前为提升自身能力所做的努力，实在是有点儿微不足道。

为期一周的培训短暂而充实，不知不觉到了最后一天。最后一天下午是座谈，座位排成“回”字形。课上，丸子转头瞄了一眼视线的右前方，不小心发现一个很帅的侧颜。被“侧颜杀”秒到的她下意识地看了一下桌上的名牌，居然就是传说中的赵鹏。

丸子这才意识到，来之前心心念念要认识的“封面”大神赵鹏，来了之后就被她抛到脑后了。这么多天，她居然没跟他说过一句话。因为丸子一下见到这么多好友太兴奋，一时忘了大神，也因为喜欢独处的大神没跟他们一块儿玩，存在感较弱。

丸子想着下课之后一定要跟大神合个照、加个微信，回去可以跟小伙伴们炫耀。不料下课后，赵鹏“溜”得比谁都快。丸子一个不留神，他早已不见了踪影。她甚至都没看清他的正脸。没办法，她只能强行从培训班的群里找到大神的微信，厚着脸皮加了。

“您好，我是汉东省仙汕县检察院公诉科的胡丸子。”丸子中规中矩地自我介绍。

发送微信好友申请后，大神大半天没动静。“哼，不会不加我吧！”丸子“傲娇”地想着，“如果不加我，我是不会申请第二遍的。”

直到晚上 9 点多，大神才通过好友申请。这反射弧也没谁了。终于加上大神微信的丸子开心得像个一百斤的孩子，根本没想到要 diss 男神的反应速度。

因为在此之前没有任何交流，也没有打过照面，加之大神不是那种自来熟的人，丸子跟他尬聊了几句之后就识相地做自己的事去了。

52 一次特殊的不起诉

基层公诉“案多人少”的矛盾比较突出，汉东因为政法干警编制少，外来人口多，检察官人均办案量全国第一，这个问题就更加突出了。所以，一般情况下，公诉人出差期间，科长不会暂停分案给他。每次公诉人出差回来，都能喜提一堆新案子的案卷“大礼包”。

知识点

“案多人少”指案件多，办案的人少。这是全国各地很多基层公检法机关面临的共同迫切问题。随着信息化时代的到来，通过网络手段实施的犯罪数量激增、涉及面广，同时，各种新型犯罪形式也不断出现，使“案多人少”的形势变得更加严峻。各地的公检法也在积极探索通过信息化手段提高办案效率，解决“案多人少”的问题。

培训回来后，丸子自然是又分到了很多新案子。在那堆新案子中，一个特殊的故意伤害案成功地引起了她的注意。案件的双方当事人是一对母子。儿子张聪因故与母亲发生口角，后将母亲刺伤，涉嫌故意伤害罪。拿到案卷后，丸子的第一反应是：儿子伤害母亲，性质太恶劣了，这样的案子构罪的话必须得诉！

但是随着对案情的深入审查，她的想法产生了动摇……案件的发生经过是这样的：

2015 年寒假，在京州经商的张聪回到仙汕，见到了许久未见的一双儿女——8 岁的龙凤胎。因为他和妻子常年在外经商，孩子一直由其母亲照顾，张聪想趁着寒假带儿女去京州团聚。

不曾想，张聪带孩子去京州过寒假这一提议遭到了其母亲的强烈反对。张母担心儿子儿媳把孙子孙女带到江州之后就不送回来了，她威胁儿子：“你要是把他们带走，我就杀了他们。”

母亲的强烈反对，让张聪一时不知所措。一直以来，母亲对他都是说一不二的。母亲的强势让他感到压抑，但是他也尽量去理解。父亲早逝，母亲独自一人将他抚养长大。在他成家立业之后，母亲还主动承担起照顾他儿女的重任。不过，他也很想多些跟孩子团聚的时光。

张聪不想在孩子面前跟母亲发生争执，于是带着母亲一起去外面好好谈谈。在驱车去郊外的路上，张聪提起了儿女在哪里过寒假的问题。张母依旧不同意孩子去江州过寒假。“就去一星期可以吗？”张聪试着妥协。张母是担心孩子一走就不回来了，所以坚决不让走，还情绪激动地表示：“你想带走孩子，我就跟他们同归于尽。”说完，坐在副驾驶的母亲还拿出随身带着的水果刀亮给张聪看。

听到母亲居然拿他孩子的生命相威胁，张聪也彻底失控了。他猛地刹车之后，夺过母亲手中的刀，嘴里喊着“谁也不能伤害我的孩子”，将刀刺向母亲。张母侧身开车门想逃跑时，三刀刺在了其右肩和背部。

鲜血从母亲身上流出的刹那，张聪突然恢复了理智。他立即停止了自己的伤害行为，并主动向公安机关自首。

鉴定结果出来之后，张母的身体损失程度构成轻伤一级，张聪因涉嫌故意伤害罪被移送仙汕县人民检察院审查起诉。

知识点

审查起诉是指人民检察院对侦查机关侦查终结后移送的案件进行审查，决定是否起诉的活动。为了确定案件是否应当提起公诉，公诉部门要对侦查机关确认的犯罪事实和证据、犯罪性质和罪名进行审查核实，并作出处理决定。审查起诉阶段需要做的工作包括审阅案卷材料、讯问犯罪嫌疑人、听取被害人意见、听取辩护人和诉讼代理人的意见、补充侦查、作出决定、监督侦查活动是否合法等。

案件办理过程中，丸子发现，被害人张母的陈述并不客观。张母坚称，是因为儿子要带走孙子孙女，她一时想不开，想自杀，拿刀刺了自己，与儿子无关。“如果想自杀，为什么刀刀刺向自己的背部？而且张母在第一次向公安机关陈述时说自己是右手拿刀。如果右手拿刀，就不太容易能刺到右肩。”丸子认为张母的陈述疑点重重。

另一边，张聪因为刺伤母亲，内心十分愧疚，对于自己的行为供认不讳。他供述因为母亲声称要杀了他的孩子，而且都已经随身带着刀了，他担心母亲真的会做出伤害他孩子的事，情急之下刺伤了她。

审查起诉阶段，张母一次次地来到检察院，诉说儿子平日里性子温和、孝顺懂事，希望司法机关不要追究。“或许这就是母爱吧？虽然刺伤我的人是你——我的亲生儿子，我不仅选择原谅，还要护你周全。”想到这，丸子有点动容。为人之母袒护儿子的心情可以理解，但案件事实还是要靠证据证明。她多次找来张聪和张母谈话，让二人打开心结、坦诚面对，劝说张母如实陈述案件事实，以便案件得以尽快解决。在丸子多次思想工作的开导下，张母最终选择了还原真相。

“已经构成犯罪，不追究法律责任不可能。但司法应该是有温度的，或许，我可以为这个家庭做点什么。”考虑到案件的特殊性，请示院领导之后，在案件作出处理结果前，丸子组织召开了亲情教育会，以挽救双方的亲情。

在亲情教育会上，张聪懊悔不已：“这件事给我妈的身心带来了永远的伤害，也带给我今生抹不去的伤害，不管做什么，都挽回不了，我很后悔。虽然我妈已经宽恕了我，但我一辈子都不能宽恕自己。我保证，从今以后，一定好好孝顺我的母亲，教育好我的子女，让他们遵纪守法，做个对社会有用的人。”

张母也认识到了自己在整件事情中的过错：“是我的偏执和过激言行激怒了我儿子，使他情绪失控，一时冲动伤害了我。错都在我，希望检察机关考虑到我们的母子关系，对我儿子从轻处理，让我们母子重归于好。”

亲情教育会之后，丸子作为承办人，建议对案件作不起诉决定。张聪的行为已经构成故意伤害罪，而且儿子刺伤母亲的行为性质也比较恶劣，原本属于应当起诉的案件。但考虑到该案是由家庭内部产生矛盾纠纷，张聪与张母沟通不当引起的，起诉的话是对这个家庭的二次伤害，不但张聪和张母之间的隔阂难以消除，也可能造成孙子孙女对张母的疏远，起诉影响的是一家三代人的关系，而且被害人张母迫切希望并请求检察机关对张聪作不起诉处理。最终，仙汕县检察院依法对张聪作出了相对不诉决定。

宣布不起诉决定当天，丸子又一次在检察院见到了案件双方当事人及他们的家人。这一次，当事人一家看起来比之前亲近了很多，看得出来，他们之间的隔阂在逐渐消失。丸子感到很欣慰，她觉得不起诉的决定是对的。

公诉人的职责究竟是什么？当她在庭上义正词严地指控犯罪时，她觉得这是公诉人的职责。身为一名公诉人，要有正义感，要与犯罪行为作斗争。但办案这么多年，也常常令她感到，司法不仅要有力度，也应该有温度。对于公诉人来说，三年开始步入成熟期。这时候的丸子，也开始想要对这个社会理应有更大的担当。因此，在平时的工作中，考虑的肯定不仅仅是对犯罪行为进行追诉，也要考虑抚慰当事人受伤的心灵，修复受损害的社会关系。

53 失败不是人生的财富

培训刚回来的那段时间，丸子的工作虽然异常忙碌，但丸子还是以只争朝夕的紧迫感创办了自己的微信公众号“辣笔小丸”，打算开始好好运营。她想通过运营公众号激励自己多写作，进而倒逼自己多读书，不断提升、充实自己，向认识的那些优秀的小伙伴们看齐。

在读书、写作这两件事上，赵鹏检察官颇有心得，丸子就经常向他请教、学习。总是一本正经的赵鹏检察官，只有在她请教这些正经问题时，才显得比较热情，不然就秒变“高冷”模式。

刚开公号的时候，丸子确实是鸡血满满地打算大干一场的。只是这样的决心没持续多久，她的热情就削减了。陆陆续续在她自己的公号上发了之前在“法律读库”“检察日报”“方圆”等平台以及她自己的微博上发过的文章之后，她的公号就开启了抽风式更新模式，更新的频率毫无规律可循，完全看她心情，想更就更，不想更就不更。

2015 年司法考试成绩公布的时候，很多关注丸子的法学生给她发来了通过司法考试的喜讯。还有通过了司法考试的女生告诉她，在准备司法考试的苦闷时光里，看丸子的微博是她快乐和动力的源泉，现在通过了司法考试，她以后也想成为丸子这样的检察官。这让丸子感到很欣慰。她把自己的经历写出来与大家分享，成为一些人的激励，也为检察系统吸引优秀人才贡献了她的一份力。

当然，司法考试并不是那么容易通过的。也有一些关注她的学生因为没通过司法考试给她发私信求安慰。私信有点多，有点安慰不过来，她突然冒出了写篇文章安慰那些没通过司法考试的孩子们的想法，顺便更新一下很久没更新快要长草的公众号。

就算没过司考，天也塌不下来

知识点

之前已经说过“司考”了，但是关于“司考”还有一些知识点需要补充。之前司法考试是一年举行一次，考试内容同时包括客观题和主观题。司法考试改革为法律职业资格考试之后，每年的考试分成了两个阶段。第一阶段是客观题考试，客观题通过之后才有资格参加第二阶段的主观题考试。主观题考试也通过了，才能获得法律职业资格证。

又到了一年一度司法考试查分的日子，很多考生跟我说了自己的分数，几家欢乐几家愁。我发了不少的贺电，也发了不少的“360分安慰包”。不过，对于今年没能通过司法考试的宝宝们，除了红包之外，我觉得他们可能更需要懂得如何调节自己的心态，毕竟生活还是要继续。

知识点

之前司法考试的分数是360分通过，所以法学生对“360”这个数字比较敏感。价值“360分”的安慰红包，有祝福下次司法考试考“360分”以上的美好寓意。

1.“这只是人生诸多考试中的一场”

在准备考试的时候，我们不能有这种心态：“这只是一场普通的考试，没过也没什么大不了，淡定淡定啦。”复习时你如果持这种心态，那么十有八九你会如愿真的过不了的。因为持这种心态的人，一般都是该吃吃该喝喝该玩玩该睡睡，生活丝毫不受复习影响，而司法考试不付出足够的努力是铁定过不了的。

但是成绩出来发现没通过之后，我们就应该看淡这场考试。我们从小考到大，经历了那么多场的考试，即将还要经历更多的考试，司法考试只是人生中诸多考试中的一场，没想象中那么重的分量。况且，司法考试每年都会有。这次没过，明年还可以再战。

2.“就算没过司考，天也塌不下来”

没过司法考试，确实会给你的人生、你的事业带来一些限制。比如原本对法学考研没那么多热情的你，接下来必须全力以赴了，因为没通过司法考试对于找工作会有一些不利，而且读书期间可以更安心备考；又如工作多年的你，在单位（法院或检察院）还是书记员一枚，因为一直没通过司法考试无法被任命，阻碍了自己法官、检察官梦的实现；再如，你可能毕业后在家待业，全心备战司法考试，耽误了很多时间，付出了很多的心力，同学们都已经在事业上磕磕碰碰或者如鱼得水了，你还在为司法考试挥洒汗水，最后还是没通过。

必须承认，这的确挺打击人的。但是没过司法考试，天也塌不下来。我们在司法考试这件事上遭遇了挫败，但也并非一败涂地。多想想自己得到的和拥有的，人生其实也没有那么灰暗。

3. **“抱怨，是无能的表现”**

一些人可能会在成绩出来以后，很本能地抱怨考试不公、命运不公，怨政府、怨社会、怨老天。其实这个世界有时候没有你想得那么不公平，很多的失败都是你自己的原因造成的。我一直觉得，抱怨是最无能的表现。因为抱怨，意味着你既没能力改变自己的现状，也没能力说服自己去接受和面对。

是，考试可能是存在不公，没有任何考试是绝对公平的，但是既然参加了这场考试，且也无力去改变什么，那就尊重这样的规则，对于结果全盘接受。命运有时候也不公平，但不是时时、事事都不公平。它在司法考试上亏待了你，也许在其他方面待你不薄呢？所以，停止抱怨吧。

4. **“也不要因此否定自己”**

“好，不抱怨了。那怪我喽？全部都是我的错喽？我是 loser 行了吧！”可能有些宝宝还在没通过司法考试的气头上，见我还不留情面地泼冷水，会不开心。我有必要解释一下，我说很多失败都是你自己的原因造成的，并非让你否定自己。在一件事情上失败并不能说明你就是个 loser。

哪有什么常胜将军，只要你还在战场上驰骋，就注定有赢有输、有得有失，胜败乃兵家常事。一次甚至几次失败还不足以让你否定自己，被失败打击，从此一蹶不振才该被唾弃。

5. **“人要懂得反思，才能更好地进步”**

失败本身不是财富，对失败的反思才是。如果一次失败之后，没有反思，不知道问题出在哪儿，那么你还会因为同样的问题再次失败。所以痛定思痛之后，还是要冷静下来好好想想这次没通过到底是因为什么。是复习的方法不对还是自己不够努力？是准备得不充分，还是发挥得欠理想？找到症结再对症下药。明年再战时，不要再犯同样的错误就好啦，总会有所提高的。

如果一味地抱怨，怼天怼地，就是不反思自己，不改变自己，那你永远不会进步。

结语

调整好心态，收拾好心情，吸取好教训后，条件允许的话，给自己放个小假。毕竟等成绩这段时间也够煎熬的，是该稍微放松一下，然后该干吗干吗，日子还是照样过。

或许，只有学会正确地认识失败、面对失败，我们才能变成更强大的自己。

文章推送之后，没过司法考试的学生们看了纷纷表示“这波安慰很及时”“被安慰到了”“重新有了力量”。

只是，安慰别人容易，想要安慰自己，却是难上加难。

54 负气离开公诉

一开始做公众号时，丸子虽然也有过鸡血满满的时候。但是对于把公众号做得多好，她一直没有或者说不敢有太大的野心。一方面是开公众号太晚，错过了公众号的红利期；另一方面是她对自己的实力没信心，自己什么水平她还是清楚的，就不去眼高手低了。当然，最重要的还是因为懒。不过，由于在微博上积累了一定的人气，很多微博粉丝被引流到微信公众号，她的微信公众号在检察自媒体中虽称不上是佼佼者，但也还过得去。

因为她在检察自媒体领域的特长，最高检一个拟开办公众号的业务厅想借调她过去帮忙 3 个月。最高检负责这项工作的人通过汉东省检察院联系上丸子之后，丸子对此表示非常乐意。

知识点

借调是指用人单位因工作需要暂时借其他单位工作人员到本单位

工作的形式。被借调者的编制仍属于被借调单位，在调资、提职、职称评定等方面享受被借调单位人员的同等待遇。借调期满，被借调者回原单位工作。体制内也有这种借调的形式，通常是上级单位向下级单位借调人帮助工作。借调由单位之间进行协调，但也会事先征求借调人选的意见。如借调人选有意被借调，自己向所在单位表达这种意愿也不违反规定。

对于一个刚入职的年轻人来说，能够有机会去最高检锻炼，这得多幸运啊！除了家庭原因走不开的，恐怕没有人会拒绝。

只是，想去最高检锻炼，除了最高检抛出橄榄枝之外，还得所在单位同意。

仙汕县检察院检察长斯炯虽然看起来很平易近人，见到下属们还会主动打招呼，但这样的客气只是停留在表面上。骨子里，他并不是那么热心的领导，不喜欢刚进院没任何职务的年轻同志有事跑去找他，觉得这是给他添麻烦。

“大领导有这种想法某种程度上来说也是可以理解的。如果年轻人遇到工作上的事情都去找大领导，对于日理万机的大领导来说就成了一种负担。我们不能挥舞着道德大旗去绑架领导，说当领导你得平易近人。毕竟，大领导空降你们单位是来当领导的，不是来平易近人地跟大家做好朋友的。只能说，如果遇到平易近人，重视年轻干部的领导，要心存感激；没遇到这样的领导，也不要去抱怨。”丸子心里想着。当然，这只是她作为年轻干部的自我心理疏导，组织上对领导干部的要求还是组织说了算。

虽然丸子不太善于察言观色，平时也没什么机会跟斯检交流，但好在她人缘还不错，单位的前辈和小伙伴们有时候会给她说说贴心话，慢慢地她也就知道了斯检的为人。既然知道了他的喜恶，丸子当然不会贸然自己去找他请示要去最高检锻炼的事。她在分别向科长和公诉的分管领导应检请示并征得他们同意之后，打电话向师父“@老骥”求助，请师父帮忙了解一下斯检的意见。她知道季处（“老骥”）跟斯检也认识。

季处听说徒弟有这么个机会之后，当然是替她高兴，并且第一时间打电话给斯检问他的意见。遗憾的是，斯检并不认为丸子去最高检借调对单位工作有什么直接的好处，以公诉缺人为由不让丸子去。

那时候的丸子还不是特别能受得了委屈的人。发生了这种领导明摆着不支持她个人发展的事，她肯定不会就这么忍气吞声。“既然你以公诉缺人为由剥夺我的机会，那我不在公诉行了吧？以后我再有这样的机会，总不能再以这个理由耽误我了吧！”

她这么想，也这么干了。知道斯检不同意她去最高检借调后，她直接跑去跟斯检说，自己不想在公诉继续待下去了。

丸子是真的被气坏了，也是真的很委屈。她那么努力工作，取得了成绩才能被最高检看到。现在她有机会去锻炼，领导却不支持。难道她对于单位来说就只能被当作创先争优的工具，却不能有个人发展上的考虑？公诉是缺人，但是公诉离了她就转不了吗？她去最高检借调，也是去工作，不是单纯为了她自己去学习，她去锻炼获得的见识上的增广和能力上的提高，回来也是回馈给单位的。

丸子对领导如此不开明的举动感到失望，也对自己在这个单位的发展失去了信心。另外，仙汕县检察院当时也有其他干部被江东市检察院和县组织部门借去，斯检都同意了，唯独剥夺了丸子的机会，丸子觉得这不公平。“不患寡而患不均”，在机关单位里，最打击人的就是不公平。这让丸子彻底心凉。

斯检当然不会轻易同意丸子的申请。他知道丸子是因为他不同意去最高检借调有情绪，拿出一副为了她好的样子劝导她："最高检借调了那么多人过去工作，你去最高检借调又留不下，没什么意思的。"

丸子知道借调之后不可能留下来，最高检选人要经过遴选程序。她想抓住这个机会去锻炼、提升自己。当然，这不只是一个只对她有好处对单位没任何好处的机会。她能力提高了能更好地服务单位是一方面，另一方面，在最高检锻炼也能让她了解到一些高层的风向，对于他们单位以后工作方向的把握也有间接好处的。她的领导全然没有这样的视野，她觉得她作为单位最底层的干部也没什么好说的。

对领导表现得为她好的样子，丸子并不领情。她也不想兜圈子了，直接跟领导说，她是因为不想以后再有这样的机会又被以公诉缺人为由不让去锻炼才要离开公诉的。

那时候的丸子年轻气盛，的确是比较"刚"。现在随着岁月的磨砺，已经变"怂"很多了。

仙汕县检察院当时其实也有其他干部被市检察院和县委办借去，斯检都同意了,唯独剥夺了丸子的机会,他自知自己做得也不是很公平，就遂了她的愿，同意她离开公诉。

检察长就这么同意她离开公诉了，丸子却感到一丝丝的失落。下班回宿舍后，她把这件事告诉了赵鹏。

因为每次向赵鹏请教办案过程中遇到的问题，提高业务能力、写作水平的方法，都能从他那里得到超出预期的满意回答，丸子俨然已经把老赵当成半个人生导师。

聊熟络了之后，赵鹏也就变成了"老赵"。

老赵听到丸子因为赌气要离开公诉，把她训了一顿。"单位不是你家开的，领导也不是你父母，不可能什么都支持你！工作上遇到不顺在所难免，你怎么可以这么冲动说调岗就调岗？你不是说你喜欢公诉吗？”

如果丸子在跟检察长申请调岗前跟他通气了，他肯定会拦住她。

“这是一般的不顺吗？这简直就是完全令人心凉啊！而且，他让其他人去借调，就不让我去，明显对我也不公平啊！我的付出得不到公正的对待，我也不想再在公诉拼死拼活了。”丸子说起来还是满腹委屈。

“算了算了，领导同意都同意了，也没办法了。你还年轻，去其他岗位锻炼一下也有好处。”好的坏的都被老赵说完了。

“知道了，去了其他岗位我也会努力的。”丸子向赵老师保证。

“为了自己努力。”她又补充了一句。

“这样是对的。如果自己放弃努力了，就不会有任何翻身的机会了。越有实力，越能避免遭受不公的待遇。”平时不爱熬鸡汤的老赵给失落的丸子熬了一碗浓浓的鸡汤。

丸子要离开公诉的消息，政治部是最先知道消息的。负责人事工作的老陈叔知道她是负气离开的，替丸子感到不值。“其他人离开公诉都是提拔到其他科室当副科长，你去其他科室当科员。你觉得值得吗？本来在公诉再好好干一两年，换届时你也有提拔的机会了。即便抛开这些功利的因素不说，你因为领导不支持你就赌气离开自己这么喜欢的岗位，你觉得值得吗？这个领导不支持你的发展，你偏要干得好给他看，让他知道他不重视你是错误的决定，这样才是我认识的丸子啊！”

丸子刚入院时在政治处就是跟着老陈叔干活的，老陈叔对这个聪明能干的小姑娘很认可，一直对她关爱有加。这次她在这么重要的事上犯冲动，他自然是要教育一下她。

“老陈叔，我知道我这次是太冲动了。但是既然已经作出了选择，我也会对自己的选择负责。您放心，换部门之后我不会偷闲的，会跟以前一样努力。在新的岗位我也会努力做出成绩的。”丸子知道老陈叔是真正关心她的人，担心她自暴自弃才跟她说了这番话，她要让他放心。

在老陈叔找丸子谈话之后，周检也找她谈话了。

“丸子，你虽然不在我分管的科室，但我一直很看好你，也希望你能有一个好的发展。这次最高检借调对于你来说的确是一个很好的学习、锻炼的机会，也是你今后晋升的一个优势，真的应该好好争取一下的。本来你早点跟我说，我帮你问问应检的意见，他支持的话我们再一起帮你跟斯检说。应检是党组副书记，又是你的分管领导，我跟斯检认识多年，多少也有点交情。我们如果帮你去说，他至少不会直接拒绝。然后你再找你师父帮忙说说，这事成的问题应该不大。”

听了周检的这番话，丸子茅塞顿开。她，的确是应该事先听听周检的意见的。周检的话在别人看来可能有马后炮之嫌，但丸子知道周检是真心实意地想帮她。从周检平时对待下属的态度，对下属的支持以及同事们对他的评价中，丸子知道他是一位真正关心、支持年轻干部发展的开明领导。加之，因为帮丸子介绍小杨相亲的事，他一直觉得对丸子有亏欠。所以，这么重要的事，如果丸子向他求助了，他肯定会帮忙。

这一刻，丸子也明白了，周检是领导班子中唯一可能会出手帮她的人。应检也是一个好领导，不会阻碍下属的发展，但是他跟丸子没有任何私交，在她遇到事情需要支持的时候，他不会反对，但不见得会站出来帮她说话。不过，如果周检找应检一起出手帮忙，应检也会帮忙。他们都是在仙汕县检察院成长起来的干部，有20年的革命友谊。

这么一个难得的机会，原本有可能抓住。但是因为丸子考虑得不够周全，只能眼睁睁看它从指缝中溜走，丸子懊悔得不行，难过得不知道该说什么。

见丸子不说话，周检接着说："现在斯检已经明确拒绝了，我们也不好再去找他说什么，他也不可能改变自己的决定。以后再遇到什么重要的事，你相信我的话，可以找我商量。我也会尽量帮助你。"

"谢谢周检，这次我是考虑得不周全，以后不会再这么轻率了。"丸子只身一人来仙汕县工作，无亲无故，能遇到周检这么真心认可和支持她的领导，她真的是很感激。

"你也不必太沮丧。你年纪轻轻就进入最高检的视野，以后这样的机会肯定也还会再有的。错过这次机会是可惜，但这次的事也不算是坏事，至少让斯检看到了你的优秀。"周检安慰道。

"您过奖了。"面对表扬，丸子突然觉得无所适从。

"你有想过去哪个部门吗？跟斯检说了吗？"周检问道。

"我当时说的是，只要不在公诉去哪里都行。其实我也不知道去哪个部门好。"跟周检复述自己当时说的那句赌气的话，丸子觉得很不好意思。她意识到自己太幼稚任性了。

"既然你自己没什么想法，我建议你去民行。公益诉讼是检察工作新的增长点，接下来民行肯定大有可为，民行队伍也会陆续充实。你可以去找应检和斯检说你的意向，我肯定也会支持你的。"周检建议道。

知识点

这里的公益诉讼指"检察公益诉讼"。检察公益诉讼包括民事公益诉讼和行政公益诉讼，指检察机关在公共利益遭受侵害或有侵害之虞时，为维护公益向人民法院提起诉讼的制度。

“我去找斯检……他再拒绝我怎么办？”丸子有点担心。

“以我对他的了解不会的。大领导也是人啊，他的心又不是石头做的。有时候让领导亏欠你也不一定是件坏事。他在一件事上亏欠你了，肯定会在其他事上弥补。不然，他还要不要用你这个人啦？”周检的这番话，也是非常的掏心掏肺了。

丸子按周检说的去找领导们说自己想去民行的意向。应检先是挽留，表示公诉还是很认可和需要她的。但是丸子之前已经向斯检说了要离开，肯定也不能因为应检的挽留就不走了，她只能硬着头皮在应检面前坚持要走。最后，应检高风亮节地表示，以后想回来了，欢迎随时回来。至于斯检，丸子找他说明自己的意向后，他没明确表态是否同意，只说了会考虑。大领导一般都这样，没有一定的私交，不可能在下级面前那么轻易地就明确表态同意。

当时仙汕县检察院刚好在进行员额制改革，人事上要进行大规模的调整，丸子的调岗问题也被院里纳入调整范围。最后，如她所愿，院党组决定将她调整到民行科。

眼看着调岗的时间越来越近，丸子觉得该给自己在公诉的这几年留下点纪念。留什么好呢？

55 法检的“90 后”该怎么管?

即将从公诉转岗民行，对于丸子这样的普通公诉人来说，也没啥需要交接的工作。因为她还在他们院，已经分给她的案子，她还是要继续跟进，不会有其他检察官接手。她要做的，就是赶紧把手头的案件办结，以免影响到接下来在民行科的工作。

正在丸子埋头结案时，@老骥 告诉了她一个好消息，她的个人微博在检事网“全国检察自媒体20强”评比中被评为“检察官十佳微博”。2016年，检察自媒体迅速崛起，检事网举办的全国检察自媒体评比已经由10强改为20强，其中微博和微信公众号各评选出10位优秀自媒体人。

这对于当时正处于失意中的丸子，是一个莫大的安慰。“如果，如果这个奖来得稍微早一点就好了。斯检也许就会念及我的功劳同意我去‘总公司’锻炼了……”丸子不无遗憾地想着。可惜，人生没有如果。

有的时候，职场就是这么现实。你想提要求，就必须提供对等的价值去交换。

虽然这个奖来得不够及时，但是领奖总归是好事。院里接到领奖通知后，丸子逐级向领导汇报。斯检满心欢喜地同意她的这趟出差。这是斯检在任期间，仙汕县检察院拿的第一个全国性荣誉，他能不高兴吗？

第二次进京，由于只是去领奖，丸子对于北京这座城市没有产生更深的认知，只觉得气候更加干燥了。在北京的第一个晚上，她在睡觉时还流了鼻血。北京的干燥，真是要了南方人的命。但是，北京的暖气她还是受用的。因为她天不怕地不怕，就怕冷。在南方，她一整个冬天脚都是冰冷的。

丸子此次进京，刚好碰上了她的好朋友、知名法律自媒体人葛鹏起也来京出差。老葛说，他前段发了一篇《答某位检察长问：法检两院的“80、90 后”，应该怎么管？》，读者反映很好，但也有几位朋友告诉他，“90 后”其实和“80 后”还是有很大区别的，这让他着实汗了一把——明明是个“80 后”，偏偏还给“90 后”“代言”。所以，他想找丸子这个真正的“90 后”做个专访，来解答领导们关于“90 后”该怎么管的疑问。

知识点

葛鹏起，前检察官、现知名律师，辞职前曾为某基层检察院反渎局局长（正科级），微信公众号为“葛鹏起”，出版有畅销书《检察官的 7 项核心技能》。

丸子觉得这个话题很有意义，老葛的自媒体有那么多检察长和法律人关注，让他们了解一下“90后”检察官群体的真实想法，也有助于这个群体的发展。于是丸子爽快地答应了老葛的专访提议，趁着离京前抽空和老葛碰了头，做了个简短的专访。

专访“90后”检察官小丸子

——法检的“90后”该怎么管还得“90后”答

葛帅问：丸子，我记得你之前一直活跃于微博上，你的微博这次还被检事网评为2015年“检察官十佳微博”，是什么原因让你又开始写微信公众号了呢？

丸子答：很多方面的原因。一是微博法律圈现在有点衰落，当年的热闹场景早就不复存在，跟我聊的好的小伙伴们也早就撤退了，让我对微博的兴致有所下降。二是我觉得坚持写公众号有助于文笔的提高，所以就试着开始做公众号了。当然也不是完全放弃微博，毕竟我的个人微博@假装是检察官的小丸子 承载着我从检最初的记忆，对我来说意义非凡，只是今后可能会更侧重于公众号。

葛帅问：我发现现在做自媒体的“90后”逐渐多了起来，而且不限于微信公众号，谈谈你的看法呗。

丸子答：这并不奇怪。“90后”本来就是个性张扬、表现欲强的一代人，做自媒体展示自我再顺理成章不过了。而且我友情提醒一下大家，最老的“90后”明天开始就26岁了。古人云：三十而立。到了“奔三”年纪的我们虽然不能说已足够成熟，但也在社会上摸爬滚打积累了一定的经验，也是时候开始在各个领域崛起了，特别是像自媒体这类的新领域。

葛帅问：来谈谈“90后法律人”怎么管理会比较好吧，这是本次专访的重点。

丸子答：我觉得“90后法律人”在整个“90后”群体中还是比较保守的，有着其他很多职业同龄人没有的沉稳和严谨，至少在工作上是这样的。我希望领导们能给予我们充分的信任，敢于交给我们能力范围内的重任，同时加以正面引导，并施加一定的压力，我相信我们是能担当的一代人。另外，由于年轻、经验不足等原因，有时候我们也难以避免会犯一些错误，也希望可以有适当的容错机制，宽容我们不小心犯下的那些并非不可挽回或弥补的错误，给予我们必要的耐心和空间去成长。

知识点

“90后法律人”与其他“90后”还是有区别的，他们有着这个年龄不该有的沉稳和老练。因为他们每天直面的是社会最黑暗的一面，看尽人情冷暖、世间沧桑，还要与社会上最狡猾或者最精英的那一批人周旋、斗智斗勇。这些不可多得的经历让他们成长得比其他“90后”更快。

葛帅问：那么，你觉得“90后法律人”和“80后法律人”有什么不同？这是我一直没搞明白的问题。

丸子答：年龄上的不同。哈哈，开个玩笑。不过讲真，我觉得除了年龄上的不同，以及因此产生的长相、成熟度、成就的不同外，其他方面真的差别不大。我平常接触的法律人很多都是“80后”“90后”，我跟“80后”接触没觉得有代沟，“80后”“90后”之间除了用出生年份硬生生划分的代际差别外也没什么显著差异。

葛帅问：你知道的，我的公众号一直关注年轻法律人的成长。你在检察院待过哪些部门？来谈谈这些部门分别给你带来了哪些成长吧？

丸子答：据不完全统计，我待过的部门有政治处和公诉科等。政治处是“信息集散地”，在政治处工作的那段时间，让我对全院的情况有了一个基本的了解，而且平常跟各部门同事接触也多，这让我能够很快地熟悉同事，方便以后开展工作上的合作。我觉得年轻人如果有机会，去政治处锻炼一下也挺好的，不要嫌工作太琐碎，只要用心，任何工作都能使你成长。

公诉科是大家最为熟悉的部门，检察院的门面担当，代表国家以国家公诉人的身份出席法庭支持公诉，听起来多酷啊。但是做过公诉人的都知道，光鲜的外表下蕴藏着多少的付出和努力。公诉工作虽然辛苦，但我一直觉得，没有人能随随便便成功，趁年轻多吃点苦是有好处的。是挫折和磨炼造就了顽强和坚毅的品质，这将使你终身受益。

葛帅问：对自己的待职业前景有什么想法？

丸子答：这个问题好难回答。我是觉得，一个有实力肯吃苦的人，干什么都有前景。反之，那些只会抱怨外界又不肯沉住气去奋斗的人，他们永远是只会抱怨的 loser。这跟做什么职业无关。

葛帅问：来，推荐几本书给检察院的年轻人学习技能的书吧。

丸子答：我能推荐《检察官的 7 项核心技能》吗？哈哈哈，这绝对不是拍葛帅马屁，此书堪称刚进检察院的年轻人成长的必备书籍。业务方面的书籍，因为我只在公诉待过，就推荐几本公诉业务的书吧，最高检公诉厅编的《公诉案件证据参考标准》、《国家公诉人出庭指南》和李凯、赵鹏著的《公诉法律文书写作技法与实例讲评》。

葛帅问：哈哈，谢谢你为我打广告。来谈谈工作吧，“90后”在工作中与人打交道是一个难点，我的很多读者都问过我这方面的问题，这方面你对检察院的年轻人有什么建议吗？

丸子答：其实我也是年轻人，哪有资格提什么建议啊。我就自己的经历讲几点体会吧。

跟领导打交道，我都是保持应有的尊重和敬畏的。虽然很多领导都很平易近人，没有架子，但人家不拿自己当领导，我们不能不拿人家当领导，尊重和敬畏还是必须的。不过溜须拍马也不提倡，并不是所有的领导都吃这一套，最重要的还是凭实力说话。

跟同事打交道，尽量与人为善，不要生事。但是也不是说凡事和稀泥，是非不分，基本的是非观还是要有的。另外，我天真地以为跟同事还是能做朋友的。我跟我的同事就相处得很愉快，我们既是工作上并肩作战的伙伴，也是生活中一起玩耍的朋友。如果你觉得有风险，不敢跟同事深度交流，也可以保持距离。远和近可以根据你自己的情况决定，但是应尽量在交往中保持正直、厚道，因为大家都不傻。

葛帅问：气氛突然变得好严肃，换个轻松的话题吧。很多网友说你长得像赵丽颖，这会不会给你带来一些困扰呢？

丸子答：能有什么困扰啊，就颜值而言，是我高攀了赵丽颖，我该喜极而泣才对。赵丽颖比我好看多了。

葛帅问：好吧，最后回到自媒体的问题上来。你觉得这几年玩自媒体最大的收获是什么？

丸子答：以前玩微博，现在还写公众号，认识了一批才华横溢的法律人大伙伴和小伙伴，从他们身上我学到了很多的专业知识和为人处世的道理。一些前辈的经验也是我的指路明灯，让我在人生道路上少走了很多弯路。当然，我也受到了一些非议甚至被抹黑。对于非议，我有则改之，无则加勉，至于抹黑，我相信清者自清，自己做到问心无愧就好。负面评价也是对我人生的一种激励。只有砥砺前行，才能走得更稳健。我想，我经营自媒体最大的收获就是让我得以迅速成长。所以我也鼓励跟我一样的年轻干部响应中央号召多上网，到网上展示自己、锻炼自己、提升自己。

老葛之所以选择给丸子做专访，一是因为跟丸子比较熟，二是因为丸子是一个比较有代表性、有知名度而且小有成就的“90后”检察官。

这次专访推出之后，效果没让老葛失望，在检察圈小小地刷屏了一下，也为丸子自己的公众号“辣笔小丸”圈了一波粉。

56 告别应以怎样的姿态?

因为其他人都是提拔了才离开公诉，只有丸子是没提拔就离开，一时间单位难免会有一些闲言碎语，甚至有人猜测她是办案不行或者犯了什么错才被调离岗位。好在丸子拿了个大奖回来，领导对她表示了肯定，才击退了那些闲言碎语。

三年，是一名公诉人步入成熟期的开始。经过三年多公诉工作的历练，丸子从一名新手公诉人变成了“老司机”，能准确地把握与警察、法官配合、制约的度，能正确处理各类案件中律师的介入，也学会了应对形形色色的当事人。但是，她在步入成熟期的时候，却要离开一直深爱的公诉岗位。

在公诉的三年多时间里，她在微博上记录了工作上的点点滴滴，有欢笑，也有泪水、有感动，也有苦痛、有收获，也有反思。那是一段关于努力、坚持和成长的岁月。

在公诉的最后几天，思来想去，丸子觉得文字是纪念在公诉的这段岁月最好的方式。她翻了三年多公诉生涯中写的3000多条微博，整理成一个合辑发表了，标题是《当公诉人是一种怎样的体验？》，把它作为对曾经热爱岗位的最深情的告别。

当公诉人是一种怎样的体验？

有人说，公诉人的职业神圣而庄严，令人心神向往；有人说，公诉人的职业繁重而琐碎，令人疲惫不堪。那么，当公诉人究竟是怎样的一种体验？我想用我的真实经历告诉大家。我的经历虽然不能代表全部，但也许当过公诉人的小伙伴们能从中找到一些共鸣。

1. 首先，你成为了一名公诉人

我们可能都在初任培训结业时被寄予厚望，关于未来有大展拳脚的远大理想。

@假装是检察官的小丸子：初任检察官培训结业，市院检察长讲话，我和我的小伙伴们被寄予厚望了……

知识点

初任培训指被任命为检察官之前的培训。检察系统在第一次担任检察官的人上任前一般都会组织统一的培训，培训的内容包括法律知识、办案技能、职业道德等。在培训结业时，通常还会对学员进行考核。

任命书下来，终于成为一名真正的检察官。那种喜悦，终身难忘。

@假装是检察官的小丸子：助理检察员任命终于下来了，虽然很快又会被改革成检察辅助人员，但还是让我开心几天吧！小伙伴们快来恭喜我啊，放心大胆地点赞吧！

第一次在起诉书上写自己的名字，那种紧张、激动，难以名状。

@假装是检察官的小丸子：第一次在起诉书上署自己的名字，反反复复看了好几遍，生怕出现一丁点差错……希望以后的职业生涯中都能做到慎诉、慎不诉，让每一个案子都经得起良心的拷问。

2. 忙。**这是毋庸置疑的**

总有办不完的案子和写不完的材料。

@假装是检察官的小丸子：11 个案子正在审查起诉 +7 个案子诉了还没判 +5 个案子判了正在审查判决书 +2 个案子退回补充侦查 +1 个抗诉中 + 目前我正在办的 26 个案子。真是多线程操作啊！

@假装是检察官的小丸子：加班不可怕，写材料也不可怕，可怕的是在案件很多的情况下又有很多材料要写……除了加班别无选择。

所以加班是常态。

@假装是检察官的小丸子：晚上走前手贱点开办案系统看了一眼，然后我就默默决定周末还是去加班吧。

@假装是检察官的小丸子：加班今天创记录了，晚上加班到 11:15！以前我都是适可而止地加班到 11 点前结束的……

所以生病也要挑时间。

@假装是检察官的小丸子：生病也得挑时间……还好昨晚加班赶完了本星期的急工！

@假装是检察官的小丸子：忍着剧烈的腹痛宣布了两个不起诉决定……我不是在开玩笑……

3. 压力山大，连做梦都是办案

上访，你懂的。

@假装是检察官的小丸子：被某些家属以上访相威胁了……两个

庭见习，跟刑庭书记员一起吐槽政法工作越来越难做，基层司法民工一把辛酸泪啊。我们不怕公众舆论监督我们公正司法，怕的是某些人为了谋求不正当利益，寻求非法途径给我们施压。顶住这些压力是底线，但顶这些压力正是工作难做的根源。

只要案子不出问题，其他的问题都不是问题。

@假装是检察官的小丸子：突然觉得，只要案子不出问题，其他的问题都不是问题。久违了，提心吊胆的感觉。

各种关于办案的梦境。

@假装是检察官的小丸子：连做梦都是审查起诉期限，哪个案子什么时候到期，还剩下几天，盘算着先搞定哪个！

@假装是检察官的小丸子：一晚上都在做梦，思考某团伙案件怎么处理，哪些情节没考虑到，哪些细节没查清，醒来之后好累……

4. 提个审，不容易

去晚了会没位置的！

@假装是检察官的小丸子：6人提审团一大早浩浩荡荡抵达看守所，迅速占领3个审讯室！优秀！

写字写到手抽筋。

@假装是检察官的小丸子：下午提审的一个犯罪嫌疑人有16次的前科劣迹，这是要写断手的节奏啊。

5. 开庭有时也“跑偏”

美美哒，说话才更有自信。

@假装是检察官的小丸子：早上化了个被书记员表扬“美美哒”的妆，开庭时瞬间就变得自信以及有气场起来了。我发誓，我事先绝对不知道要拍电视。我不是这么有心机的人！【义正词严的脸】

严肃点，开庭呢！

@假装是检察官的小丸子：某被告人也太不严肃了吧……危险驾驶被查获时，趁交警不注意把血液倒掉。今天来开庭很激动地说要拍法庭的照片发朋友圈，被书记员制止说法庭不能拍照后就自拍。额，她是觉得很光荣吗？

被告人，请不要交头接耳。

@假装是检察官的小丸子：下午开庭遇到超没主见的被告人。审判长问他是否需要申请回避，是否同意适用普通程序简化审，审判长问他什么问题他都要回头征求旁听席他的小伙伴的意见。这让我想起读书时学渣被老师提问，转身问后排同学“怎么答怎么答”的场景……

6. 公诉人不能好好出差

出差期间被夺命 call。

@假装是检察官的小丸子：# 公诉人不能好好出差 # 一出门就被法官大人、警察“蜀黍”和律师大状们电话轮番轰炸，让我瞬间存在感爆棚！

出差回来更是欲哭无泪。

@假装是检察官的小丸子：讲个悲伤的故事，去培训前，我的办公桌桌面是空的。培训回来后，桌上堆了十几册案卷和二十几份判决书、出庭通知书以及其他法律文书。目测，近期还会有很多新的案子。

7. 警察“蜀黍”是个永远也说不完的梗

暗地里有时互相吐槽。

@假装是检察官的小丸子：我和我的小伙伴们有时会吐槽哪些警察“蜀黍”侦查水平、取证能力不行，搞得我们很为难，起诉很被动。后来默默得知，原来警察“蜀黍”们也经常在背后吐槽哪个公诉人太仔细，太拧巴，这种证据也要补，浪费警力！

你说你也忒现实了点。

@假装是检察官的小丸子：某警察“蜀黍”因为一个大案在我这儿，朋友圈给我点赞变得特别眼疾手快和勤快。要不要这么现实啊，哈哈。

嗯，这是一个看脸的世界。

@假装是检察官的小丸子：刚才打电话给某男神般存在的警察“蜀黍”吐槽了一通他办的案子的证据情况，但是听到旁边“咿咿呀呀”小屁孩的声音，我一下就心软了。“蜀黍”问：“那……还要我去补吗？”我说：“算了，你好好带你儿子，我自己来吧。”

唉，警察“蜀黍”也不容易，难得享受会儿天伦之乐，就不拿工作上的事打扰了。不用太感动，哈哈。

8. 偶尔也调侃一下法官大人

你是“终审判决”！

@假装是检察官的小丸子：某法官大人被我们称为“终审判决”，只要是他判的，我们公诉人认为都是铁案，经得起历史和人民的检验。因为他办案仔细到不能再仔细了，我们都疑惑他的时间是哪里来的，估计都奉献给办案了吧。

法官大人你到底闹哪样？

@假装是检察官的小丸子：搞不懂法官大人了！某次公诉人将公安机关取得的全部证据都出示了，出示到个别证据时法官大人制止道：“与本案无关的证据不需要出示。”于是下次出庭公诉人就不出示与本案无关的证据了。审判长又提醒道：“为了保持案件的完整性，请公诉人将所有的证据出示。”额……

9. 都有过被学院派律师“上课”的经历

咳咳，法律“老司机”开始讲课啦。

@假装是检察官的小丸子：是不是教授兼职做律师的，发表辩护意见都习惯用讲课式口吻？哈哈哈。

@假装是检察官的小丸子：收到一封来自学院派律师的书面辩护意见，向我详细阐述了共同犯罪理论、刑法上的因果关系理论、犯罪构成理论、犯罪阻却理论。

知识点

简言之，共同犯罪理论就是研究什么是共同犯罪，共同犯罪人之间责任如何区分等课题的理论；刑法上的因果关系理论是研究犯罪实行行为与危害结果之间的联系的理论；犯罪构成理论是研究行为符合什么条件构成犯罪的理论；犯罪阻却理论是研究出现什么事由阻止一个行为构成犯罪的理论。理论的具体内容博大精深，有点超纲，不赘述。

10. 对越来越“傲娇”的犯罪嫌疑人深感无奈

Excuse Me？我讯问你还要帮你请假？

@假装是检察官的小丸子：通知犯罪嫌疑人过来做笔录，竟然还让我帮他向他老板请假！太傲娇了吧？不过，我竟然帮他请假成功了！我也太好说话了吧？

就连开庭也能迟到！

@假装是检察官的小丸子：见过危险驾驶的案子开庭花两个小时的吗？被告人也忒不靠谱了点，开庭都能迟到。全世界都在等他。

11. 偶尔也会没节操。苦中作乐，不许上纲上线

“案多人少”只是办案的人少。

@假装是检察官的小丸子：竟然有法学院的孩子认为司法机关“案

多人少”是升职空间大的意思。真的是太幼稚啦。人少只是办案的人少，不代表竞职的人少啊！

真的是亲同事吗？

@假装是检察官的小丸子：案件讨论，关于诉还是存疑不诉的意见，发现一个有意思的规律：承办人对于自己办的案件意见都比较保守，倾向于存疑不诉，对其他人办的案子观点则相对激进，倾向于起诉。

知识点

对于疑难复杂案件，为了准确把握，公诉部门会发挥集体的智慧，组织部门人员集体讨论案件的定性和如何处理等方面问题。这是办案慎重的体现。部门讨论之后如果还不能对案件的正确处理有充分的把握，案件可能还要上检察院的业务决策机构——检察委员会讨论。

公诉人，什么都要懂一点。

@假装是检察官的小丸子：作为公诉人，真的是什么都要懂一点……公诉人当然不能赌博了，但是必须要了解赌博是怎么回事，各种赌博形式怎么抽头，因为办案真的会遇到。不懂的话怎么知道犯罪嫌疑人有没有撒谎啊？

同意承办人意见！

@假装是检察官的小丸子：向某省十佳公诉人请教问题，那哥们答完后说了句：“以上意见妥否，请批示！”搞得我没办法，只能回复：“同意承办人意见。”#这就是公诉人之间的聊天#

以前实行“三级审批制”，公诉人提交审查报告给领导审批时，通常会在审查报告的最后加上一句“以上意见妥否，请批示！”

12. 不可避免地将职业病带到生活中

这是病，得治。

@假装是检察官的小丸子：与公诉人警嫂聊天时发现，有些警察“蜀黍”自认为很威风，而且其他警嫂会觉得“我老公好厉害”的事情，公诉人警嫂会觉得幼稚、反对甚至鄙夷。而且，女公诉人也习惯于以讯问犯罪嫌疑人的口吻去质问老公，犯错了还会予以训诫，而不是询问、关心、教育、开导。突然有点疑惑女公诉人的另一半是怎么回事。

13. 看遍人情冷暖，世间百态

人生太短，意外太快。

@假装是检察官的小丸子：上次通知某犯罪嫌疑人来做笔录，他说自己在传染病房，快死了。今天再次通知时，得知他昨天走了……人生匆匆，总是会有些来不及完结的事。

这世界有时充满恶意。

@假装是检察官的小丸子：竟然有当事人（互殴案）的儿子宁愿自己老爸去坐牢也不愿意调解，只为报复对方也一起坐牢。他一定没听过看守所里的人发出的“一墙之隔却出不去，自由多可贵”的感叹。同事直呼：他是你亲爸吗？

但是在看透社会的黑面和人性的丑恶之后，我们还是心存美好。

结语

不管你现在身在何方，只要你曾经是一名公诉人，每次听到那句“我受×××人民检察院的指派，以国家公诉人的身份，出席法庭支持公诉”，都会有一种自豪感油然而生吧。

我想，这就是公诉人这个职业带给平凡的我们的尊荣。

走心的作品自然能引发共鸣。文章发表之后，说刷爆公诉人的朋友圈一点都不为过。

公诉人们纷纷表示：“拳拳到肉、句句戳心，看完泪目！”“这就是公诉人的日常啊！”“每一点都感同身受！”“只有做过公诉人才写得出，只有做过公诉人才懂！”“请善待一线公诉人！”

以“佳佳”为代表的前公诉人们表示：“看完后想起在公诉的1000多个日子。

‘我受×××人民检察院的指派，以国家公诉人的身份，出席法庭支持公诉’，所有的努力就是为了庄严地说出这一句。

当身着检服，胸戴检徽，那种职业荣誉感真的不是说给你一个什么带‘长’（zhǎng）字的职位当当能够比拟的。所以，当年，我的制服都是每日一洗换，穿戴得整整齐齐，我觉得穿着干净且笔挺的制服也是对职业尊敬的一种表现。

脱下检服的那一刻，真的是泪流满面，我深刻地体会到之前的岁月是多么值得留恋……”

而非公诉人们则表示：“已深深被打动，我要更加善待我老婆！”“看完才知道公诉人的可爱和艰辛，愿每一位公诉人都能被岁月温柔以待！”

公诉于丸子而言，短暂却刻骨铭心。它带给丸子的磨砺和锻炼，是她一生中最宝贵的财富和珍藏。

如果有机会，她希望以后还能有机会重回公诉岗位，站在法庭上，庄严地说出那一句：“我受本院指派，以国家公诉人的身份，出席法庭支持公诉……”

57 新岗位，新开始

所有的公诉案件都出手之后，丸子转岗到了民行，就是民事行政检察科。时值员额制改革，她就从检察官变成了检察官助理，变成了跟以前一样，假装检察官。对此，丸子是没有任何怨言的，这并不是因为她的觉悟有多高。她不抱怨的理由其实很实在：客观上，她的年龄、工作年限都没有达到汉东省的入额条件；

主观上，丸子对自己的实力还是有点数的，她知道以她当时的专业素养和办案经验还承担不起员额检察官的责任。所以，她坦然接受不能入额的结果。

知识点

检察官助理没有独立的办案资格，其主要职责是协助检察官办案，包括参与阅卷、审讯，协助开庭等。一般情况下，在入额成为检察官之前都要担任若干年检察官助理。

每个省份的情况不同，规定的入额条件也有差异。汉东省规定年满 28 周岁，从事法律工作 5 年以上才能申请入额。

丸子到民行科后他们科室的人员并没有增加，因为她是跟之前一位在民行的小姑娘对换岗位的。现在，民行科就两个人，林科长和丸子。林科长是科长兼唯一的员额检察官，丸子是唯一的检察官助理兼内勤。

林科长是一位快要退居二线的老同志，自从民行部门成立以后就到民行来了，他平易近人、经验老到。虽然不是法学科班出身，但是身为汉东大学的高才生，林科长通过自学，在 40 多岁的高龄通过了司法考试。他对于丸子这样既是法学科班出身，又有一定的工作经验，还懂宣传的复合型干部到民行来很是欢迎。丸子到的第一天，林科长与她进行了一次谈话。

知识点

干部退居二线是对干部队伍实行“能下”所采取的方式。领导岗是一线，退下来就是到二线。实行这项制度也是配合干部年轻化的进程，激发年轻干部的工作积极性。到什么年龄退二线，各个地方各个级别的单位规定有所不同。

“你能来民行，我很欢迎。虽然工作上接触不多，你这几年的努力和成绩我也是知道的。以后，你要多发挥你的特长为咱们民行多出力！”林科长热情地说道。

“谢谢林科长的认可，我会好好干的，以后还请您多多指教。”

见林科长如此欢迎自己，丸子暗暗庆幸。

“以后你的工作主要就是协助我办案还有内勤。内勤工作主要就是负责案件数据的统计和报送以及信息的报送。你之前没做过内勤，对于案件报表肯定不熟悉，到时我会教你填。填报表不复杂，最重要的要心细，你以后填了就知道了。另外，我们民行还要接待当事人来访。你刚来这部门工作不熟悉，先跟着我接待几次。”林科长吩咐道。新人刚到一个新的岗位，科长肯定要把职责分工给明确了。

“嗯，我知道了！对了，林科长，我刚到民行业务上也不太懂，想先系统地学习一下民行业务，您有什么建议吗？”丸子诚恳地问道。

“民事检察方面，我们平时工作接触最多的就是离婚纠纷、借贷纠纷以及合同纠纷案件的监督，你可以先把《婚姻法》《合同法》《民事诉讼法》和相关的司法解释以及典型案例看看。行政检察方面，行政法有多少内容你是知道的，如果都掌握、吃透要花大量的精力，这些可以慢慢来，但是《行政诉讼法》一定要熟知。我说的这些都是跟工作直接相关的，你如果有空，学术方面的书也可以多看看。我说了这么多你也不用太着急要马上看完。”林科长觉得丸子是一个自觉性高的孩子，担心自己“派”这么多学习任务，让她有压力，说完还不忘宽慰她。

“谢谢林科长，我会抽空多学习，合理安排好学习时间的！”虽然离开公诉有赌气的成分，但是既然到了这个新的部门，丸子也想好好学习好好干。之前她一直做刑事检察业务，现在能有机会接触民事行政检察业务，她觉得也挺好的，可以在全新的办案体验中丰富自己的司法实践经验。

明确工作任务后，林科长带着丸子去法院民庭、行政庭、执行局、司法局和法制办等几个平时工作接触比较多的部门走访了一圈，把丸子介绍给有工作联系的相关人员，以方便今后工作上的协调合作。

那时，汉东省的公益诉讼工作还没有开展，民行的工作任务主要还是民事、行政诉讼监督，而且依照当时的《人民检察院民事诉讼监督规则（试行）》第32条的规定，对人民法院作出的一审民事判决、裁定，当事人依法可以上诉但未提出上诉却向人民检察院申请监督的，人民检察院不予受理，所以民行科的案件相对较少。丸子刚到民行的那段时间，科长就没有拿案子给她办，这样她也有时间学习相关的业务知识。

知识点

2018年9月15日，最高检发文停止执行《人民检察院民事诉讼监督规则（试行）》第32条。因此，按照现在的规定，当事人针对人民法院作出的已经发生法律效力的一审民事判决、裁定提出的监督申请，无论是否提出过上诉，只要符合《民事诉讼法》第209条的规定，检察机关均应依法受理。该条停止执行后，基层检察院民行部门受理的民事诉讼监督案件数量将会有所增加。

除了学习业务外，晚上和周末时她也终于有时间好好看业务以外的书拓展一下知识面了。刚认识老赵时，有一次老赵问她平时都读什么书，她结结巴巴地说，已经很久没看书了。老赵不留情面地问她，不读书思想从哪里来。这个问题问得她面红耳赤。

其实平时写公众号时，丸子也察觉到自己知识的匮乏，于是她就顺势让老赵推荐了几本书，端正一下学习态度。老赵推荐了他自己正在读的两本书《从黑暗到黎明》和《死屋手记》。老赵推荐之后，丸子因为当时正忙着换岗前的疯狂结案，就有一搭没一搭地看着。虽然是有一搭没一搭地看，书也带给处于低谷中的丸子很大的力量。

现在趁着新岗位还没忙起来，不用“白 + 黑”“5+2”地干活，她就利用业余时间开始好好看书拓宽知识面，顺便也常常更新她那三天打鱼两天晒网的公众号。

58 给法学生的假期建议

丸子刚到民行时也正值大学开始陆续放寒假。作为一个在法学生中有一定影响力的法律博主，她收到很多法学生的私信：“胖丸（这是粉丝给失恋后不瘦反胖的丸子起的新外号），我大一 / 二 / 三，请问寒假怎么过好呢？”

一般情况下，丸子很少给人建议，因为她自己就满身槽点，从来都只有被吐槽的份。但既然大家都这么信任她，还特地跑来问，她再怎么说也是上过大学的人，而且暂时工作没那么忙也无法甩锅给工作说“没时间写作”，丸子肯定要好好思考梳理一下，写篇文章，给一个正儿八经的统一回答了。

《法学生如何酷炫过寒假》，码完这个标题的时候，她在心里狠狠给自己点了个赞。她觉得这标题一看就很吸引人啊，至少很吸引跟她一样有点逗的学生。

经过深思熟虑之后，她给了法学生如下 5 点过寒假的建议。

1. 先完成作业再谈其他

没有寒假作业的小伙伴请自动忽略本条。

一直觉得作为学生的首要任务是学习，上了大学也一样。特别是法学生，你们可是一群未来给社会解决各种纠纷，可以决定他人人身自由甚至掌控生杀予夺大权的人，不好好学习叫人民怎么放心把大任交给你们？所以，不能要求人人成为学霸不舍昼夜地学习，但至少应该完成学业任务。

我不知道是否每个法学院都会布置寒假作业，我读大学时那些专业课程横跨两个学期的老师都会布置点作业，如预习、写小论文等，辅导员也会布置一些参加社会实践的任务。要酷炫地过寒假，首先要保证完成寒假作业哦。

这里说个题外话，等工作以后，你就会发现会写论文是一项多么重要的技能，单位会有各种发 paper 的任务，然而这时已经没有多少人愿意或者能够教你写论文了。所以，一定要趁还在学校，还有老师教，好好学习论文写作，这对工作以后大有裨益。我当年就是没好好学，现在肠子悔青了。

2. 有机会可以去见习

我认为有机会的话去法院、检察院、律所等地见习一下还是很有必要的，不然你就不会发现，世界上最遥远的距离，原来是理论界和实务界的距离。现在的法学教育注重书本上理论知识的传授，经常忽视了实践，可能很多老师也不一定有法律实务方面的经验，学生对于实务的了解比较欠缺。而学生在工作之后又是要立刻被用人单位投入使用的。这就使见习显得尤为重要。

知识点

法律实务是指运用法律知识解决现实中的法律问题的工作，包括审判、公诉、法律监督、侦查、辩护、诉讼代理、法律咨询等。通俗地讲，法官、检察官、警察、律师的办案工作，律师的办案和法律咨询等工作都是法律实务。

见习的时候，运气好的话，你遇到的见习老师可能手把手教你他们是如何办案的，让你对办案的流程有一个基本的了解。运气没那么好，遇上让你订卷、盖章到手软的老师，你也不要就此认命。他没让你把眼睛闭上、耳朵关上对不对，只要有心，就能观察到实务工作是怎样的。你也可以主动多开口请教。

如果你不想盖章的话就来检察院见习吧，我们用的是高大上的电子印章，不用见习生人工敲哦。当然你也可以根据自己的职业规划决定去哪个系统见习。你可以选择到以后想去工作的单位提前感受，为梦想预热，也可以选择到以后不会去工作的地方见下世面，知己知彼。

至于要怎么办手续，每个单位的要求可能有所不同，提早去问你想去见习的单位吧。

3. 有时间多读点书

读书是最省钱的长见识的方式，你只要花几十元甚至几元钱就能读到别人数年甚至是毕生的思想结晶。很划算是不是？

从前我也是个爱看剧、爱聊天、爱上网、爱玩耍就是不爱读书的小孩，但自从前段时间开始看书以后，我觉得自己变化真的挺大的。其中最明显的一点就是，再也不觉得无聊了。因为只要一有空就看书，哪里会有无所事事的时间？

此外，我的思想、文笔、见识也在发生翻天覆地的变化。比如，读陀思妥耶夫斯基的《死屋手记》让我对人性、罪犯有了更深刻的认识，好像对周围的人以及我所接触的嫌犯、罪犯的一些行为忽然有了解释，而作者对于人性的那种生动形象的诠释方法和入木三分的刻画手段更是我写作上的学习榜样。读巴尔赞的《从黎明到衰落》让从前是“艺术盲”的我对于艺术开始有点开窍。读司马迁的《史记》让我更了解历史，对太史公的文笔更是佩服得五体投地。

也有可能你读完之后觉得什么都没记住，但事实上只要你读的时候看懂了，书的内容就已经在潜移默化中对你产生了影响。你的气质，你的言谈举止，你对世界的看法都在悄悄地发生变化。有人说，读书，是门槛最低的高贵。

既然读书是种这么棒的体验，那就趁着假期多读书吧。等到工作后被繁重的任务压得喘不过气时，你就会发现能安安静静、自由自在地读书是多么的幸福。具体读什么书根据你自己的喜好，也不一定非要读专业书籍，学法律的最好什么都懂点，历史的、文学的、技术的、互联网的，这样才能应对千变万化的社会生活，才能避免庭上被对手“吊打”。网上也有各种各样的书单推荐，可以进行参考。

4. 世界那么大，可以去看看

可能你会说，我眼睛近视，不能多看书，再看下去会瞎的；我在学校学习已经够拼了，放假了必须好好玩；又或者你说，我有钱，任性，那么，还有一种长见识的办法，那就是旅行。既然不愿意让灵魂在路上，就让身体在路上吧。

土豪请随意，你要去阳明山上看海芋，去东京铁塔看夜景，或是去威尼斯看电影，去纽约纯粹看雪景，又或是去巴黎喝咖啡写信，在希腊梦见苏格拉底，都由你。总归是可以看看不一样的风土人情，感受不一样历史文化，尝尝不一样的珍馐美味。

不是土豪，也可以选择穷游，反正学生党寒假里又不缺时间。坐绿皮、挤公交、住青旅、跋山涉水，直面最真实、最火热的生活，让不食人间烟火的自己接接地气。

我每次出去玩，虽然走得不远，都挺有收获的，特别是胃，哈哈哈。具体怎么玩，网上也有很多很会玩的城里人写了攻略，可以参考。

如果有志于从事法律职业，一定要趁毕业前多出去走走，没有条件创造条件也要出去见见世面，因为工作后只会更加走不出去。问问法检人员“年假是什么”，看他们知道吗？忙起来可能连请病假都是奢侈，更别提出去浪了。

5. 你一定要堕落到底的话，也行

看完上面这些建议，可能你不屑地笑了，老子就是要看剧看到天昏地暗，玩游戏玩到彻夜不眠，就是要胡吃海喝、得过且过、堕落到底。好吧，也行。年轻就是有任性、折腾的资本。只要没犯什么无法挽回、不可饶恕的错误就行，只要以后回想以来不后悔就行。没准玩够了收心了，以后工作起来更专注呢。

由于“00后”熊孩子还没出道，现在的法学生都是与丸子同一年代的人，而且她毕业也没几年，现在法学院的情况与她读大学时也没有差很多，所以丸子就斗胆以过来人身份给了以上几个没什么新意却是肺腑之言的建议。

文章在“法律读库”首发之后，受到了很多法学生的青睐，丸子也因此有了一个新的称号“丸老师”。

59 办案技能是共通的

民行工作的日常除了办案、接访以外，也需要经常走上街头、走进社区，对民行职能进行宣传，以便符合案件条件的当事人了解情况。为此，民行科还专门制作了民行职能宣传手册。因此，在仙汕县，群众对于不服法院生效民事、行政裁判可以到检察院申诉还是知情的。虽然宣传手册上写明了民行受案范围和受理条件，一般的群众不懂法，还是经常会有群众来申诉不在民行受案范围的案件。民行接待的来访群众中，有效的申请监督案件可能只有 1/10，大量的来访当事人都是不符合民行受案条件的。

知识点

接访指接待当事人的来访。很多当事人并不清楚民行监督案件的受理条件，对于自己的案子是否在受案范围不清楚，民行人员一般要先通过接待了解案情情况后，再告知是否属于本院的受案范围或者告知向有权部门反映。民行部门办理的监督案件数量可能不多，但是很多精力要花在接待当事人来访上，这些来访很多最后可能都成不了案。

“有效的申请监督比例这么低，那我们接访很多不是做了无用功？”在一次接访过程中，丸子问林科长。

“从功利的角度来讲，可以这么说。你看我们每天接待这么多来访群众，那么多申诉中真正能成案的这么少，领导或者外人如果只看到案件数，就会想我们每天是不是都没事做。但其实接待这些来访群众都是要花时间的呀。不过，我们也不能单纯从功利的角度考虑，至少我们在接待的过程中把道理跟群众讲明白了，让他们对我们的法律和司法工作多了分理解，这也是我们工作的意义。”林科长语重心长地说。

丸子认可地点了点头。以前在公诉时，她的主要工作就是办案，每年的办案量也很客观。公诉是坐着就有警察“蜀黍”源源不断地送案件过来。但是民行与公诉不同。民行的案源很多都需要民行检察人去挖掘、甄别，这些是无法直接在办案数上体现出来的无形的工作。

林科长刚跟丸子说完这番道理，接待室就来了两位40岁左右的中年女子过来申诉。

“检察官，我要申诉。”左边这位穿着贵气的女士先开口。说着便从公文包里拿出一叠书面材料，有监督申请书，还有借款合同、银行流水账等证据材料。

另一位穿着普通的女士在旁不吭声，看起来有些怯弱。丸子心想：“我们这么和蔼可亲，没必要这么怕吧？”但是她想多了，人家的怯弱不是怕她，而是觉得有愧于那位贵气的女士。

“我叫陈青青，她是吴云三，我们是高中同学。去年 2 月，她向李帅借了 20 万元钱，我帮她担保，约定借 3 个月就还的。后来李帅说她没还，把我们一起告到法院。法院判了之后，我拿了 8 万元现金还给李帅，剩下的由吴云三自己想办法。李帅说好不申请强制执行的，结果在我还了之后又申请了强制执行。我一下子哪里拿得出这么多现金啊？因为李帅申请强制执行，我上了失信人名单，连飞机都不能坐。我是做生意的啊，搞得现在出差都不方便。我催吴云三赶紧把钱还上。吴云三实在还不出来，又觉得给我造成这么大麻烦很不好意思，就对我说了实话。她说我担保的那 20 万元她已经还了大概 18 万元，因为还没完全还完，所以借条没跟他要回来。去年 9 月，她又向李帅借了 20 万元，没人担保。后来她做生意亏了还不上，李帅就说之前还的 18 万元就作为偿还后面那笔无人担保的借款的，将我担保的那笔借款起诉到了法院。我担保那笔借款吴云三已经还了这么多，我不可能再帮她还全部的。她还的那些银行流水账都有的，吴云三都给我打印出来了。我现在向你们申诉，希望检察院帮我向法院建议再审。”陈青青义正词严地说着。

知识点

再审是指已经发生法律效力的判决、裁定确有错误的，法院依照审判监督程序，对案件重新进行审理的程序。

再审的启动有三种方式：

一是法院依职权启动。原审人民法院对本院、上级人民法院对下级人民法院、最高人民法院对各级法院作出的已经发生法律效力的判决书、裁定书、调解书发现确有错误可以依审判监督程序再审。此种方式中，检察机关可以建议法院再审。《全国审判监督工作座谈会关于当前审判监督工作若干问题的纪要》第17条规定：“人民检察院对人民法院的审判工作提出检察建议书的，人民法院应认真研究以改进工作；经与人民法院协商同意，对个案提出检察建议书的，如符合再审立案条件，可依职权启动再审程序。”

二是因检察院抗诉启动。上级人民检察院对下级人民法院、最高人民检察院对各级法院作出的已经发生法律效力的判决书、裁定书、调解书发现确有错误可以依检察监督权进行抗诉，法院启动审判监督程序进行再审。

三是依当事人申请启动。当事人对人民法院作出的已经生效的判决书、裁定书、调解书认为有错误可以上向一级法院申请再审，也可以向同级人民法院申请再审。

“检察官，她说的都是真的。李帅当时跟我说，如果我不跟他口径一致说陈青青担保的20万元没还，他就告我诈骗。我没办法只能跟他一起在法庭上撒谎了。青青是我多年的老同学，她也是好心才帮我担保的，我不能害了她。两份借款合同今天我们都带来了。”

听完两个人的陈述，经验丰富的林科长觉得如果她说的是真的，这个案子有戏，不但能监督，还是一条虚假诉讼罪的线索。

知识点

虚假诉讼罪是指以捏造的事实提起民事诉讼，妨害司法秩序或者严重侵害他人合法权益的行为。

丸子听完她们的叙述后也觉得，二人说的还是有点可靠的。虽然表面上看陈青青和吴云三关系更密切，吴云三有可能为了老朋友的利益撒谎。但是吴云三说的那些对她自己是很不利的，这些内容属实的话她和李帅都构成虚假诉讼罪了，那可是要坐牢的。对她来说 18 万元还哪笔都一样，她没必要撒谎让自己坐牢。

林科长向陈青青说明受案所需的材料，让她备齐交由案管部门受理。

案件受理后，林科长和丸子去法院调取了李帅、吴云三、陈青青借贷纠纷案的案卷，找来三位当事人谈话，制作了详细的询问笔录。

知识点

询问笔录是侦查机关、司法机关将询问被害人、证人的过程记录下来的言词证据。讯问犯罪嫌疑人、被告人时则是制作讯问笔录。

陈青青和吴云三的陈述与来访当天一致，李帅却一口咬定吴云三去年 2 月借的钱没还。“吴云三去年 2 月向我借了钱之后几乎每个月都跟我借钱，直到去年 9 月我担心她还不上就没再借给她钱。因为后面都是临时借几天，随借随还的，也没写借条，她还我的那些都是还临时借的钱。”

双方各执一词，不能仅凭态度和可能性去推断谁说的更客观。林科长和丸子跑了 5 家银行，调取了李帅和吴云三去年至今的所有银行交易记录。

因为丸子之前做过三年多公诉人，对于审查证据有经验，林科长将所有的证据材料交由她审查。

700多页的银行交易记录，她觉得眼睛都快看瞎了。仔仔细细看了三遍之后，丸子发现，确实如吴云三所说，在9月借款之前，她已经分23次还了李帅183，000元。虽然李帅声称，2月到9月之间，他向吴云三有过多次的临时借款，但是李帅却无法提供任何借条。翻遍银行交易记录，丸子也没发现这期间李帅给吴云三转过账。“李帅是专门干这行的，怎么可能直接把现金借给吴云三，还不写借条？”丸子觉得，吴云三和陈青青的陈述应该是客观的。

审查完所有的证据材料后，她在审查报告中详细摘录了证据情况和相关的银行交易记录，并对证据进行了分析，提出了她的建议。按照规定审批之后，仙汕县人民检察院向仙汕县人民法院发出了再审检察建议，同时，向仙汕县公安局移送了李帅、吴云三涉嫌虚假诉讼犯罪线索。林科长把与公安机关协调的工作交给了丸子，说是发挥她作为前公诉人的特长。

从刑事检察到民事行政检察，这跨度还是挺大的。但是一直以来，丸子的适应能力都很强。凭借着法学功底和在公诉工作时积累的调查取证、诉讼监督方面的经验，到民行之后，她很快就上了手，案子也顺风顺水地协办下来了。部门不同，工作思路不同，但很多的办案技能其实是共通的。这是丸子从公诉人转身成为民行人之后最直接的感受。

60 长得漂亮不如活得漂亮

办理陈青青借贷纠纷监督案时虽然没出什么岔子，但是那么多的证据从调取到审查，丸子也是使出了洪荒之力。案子出手后，她想歇口气，晚上跟公诉的同事去看场电影。离开公诉之后，她跟她们就没聚过，这次正好赶上“3·8女生节”可以约一波。但是《方圆》杂志公众号的肖编辑这时候向丸子约稿了，选题是“女检察官活得漂亮的秘诀”。因为是临时想出来的创意，也没法提前约。

知识点

在公诉办案，证据基本上都是侦查机关调取好装订成册移送给公诉人审查。民行办理监督案件时与公诉不同，很多的证据需要民行部门自行向有关部门、有关人员调取，调取之后再对证据进行审查。

换做以前，丸子可能就拒绝了，因为时间太紧，而且之前还跟小伙伴们约好了去看电影。以前丸子对自己的要求是，看起来比周围的人努力一点点就可以了。她从来没有为了哪件事去拼尽全力过，也不知道拼尽全力是什么感觉。

自从认识了老赵，她才确切地知道“比你优秀的人还比你努力一万倍”那句话的确切含义。老赵的优秀毋庸置疑，但是即便已经如此优秀了，他仍然比绝大多数人都努力。他每天都是一大早起床，然后一天之内高效地完成很多事情，办案、看书、写作，把自己累到筋疲力竭为止。因为只有这样，他才不会觉得一天白过。跟这样的人做朋友，丸子根本就没脸堕落。

虽然做不到像他那么努力，但至少可以比以前的自己更努力一点。所以，她也学着适当逼自己一把。

这次肖编辑给的选题恰好符合丸子的口味并且在她的驾驭范围之内，她不甘心就这么拱手拒绝了，于是咬咬牙放了同事鸽子，接受约稿。

因为对这个话题之前就有观察和思考，有话可讲，所以丸子晚上花了一个多小时就把文章写好了，顺利交差。

活得漂亮的女检察官，都在践行这些秘诀

检察院曾经是一个男性主导的世界。听从检二三十年的老同志们讲，女检察官在他们工作之初占比极低，很是稀缺。但是时隔二三十年，女检察官在系统内的占比极速上升，已经撑起了检察院的半边天。在这样一个曾是男性主导的世界里，从事这样一个传统眼光看来更适合男性的职业，如何活得漂亮，对女检察官来说确实是一个考验。

身边的和认识的女检察官有很多，活得漂亮的也不在少数。我虽然不是活得漂亮的那一个，但是从她们身上，我总结出女检察官要活得漂亮通常有如下几个共同点。

1. 能出色地胜任工作

一个活得漂亮的女检察官首先必然在工作上能够独当一面并且干得有声有色的。检察官不是一个可以混日子的职业。如果工作上消极怠慢、作风懒散，即便生活过得再精致，也不能称得上是一个活得漂亮的女检察官。不是说我们一定要获得很多的荣誉、达到一定的职级、担任一定的职务才算活得漂亮，在平凡的岗位上一丝不苟、兢兢业业，勤勉务实地办好手头的每一个案子，让案件经得起历史和人民的检验，也是工作干得漂亮的一种，是活得漂亮的前提。

2. 能很好地兼顾事业和家庭

一个女检察官如果在工作上十分投入，干得风生水起，却因为事业而无法顾及家庭，牺牲了陪伴家人的时光，我只能说这样为事业奉献牺牲的精神让我很佩服也很感动，但不是我心目中女检察官活得漂亮的样子。如果牺牲个人生活，把一切都奉献给了事业，只能说这是工作干得漂亮点的一种形式，而非活得漂亮。所以女检察官要活得漂亮，一定要能很好地兼顾事业和家庭。

3. 有自己的生活

我们首先是一个人，其次才是母亲、妻子、女儿、女检察官等家庭社会角色。一个人要活得漂亮，除了工作和家庭外，还要有自己个人的生活。不是说当了检察官就要摈弃一切业余兴趣爱好，只要是健康向上的还是应当保留；不是说嫁人当妈了就要围着丈夫、孩子转，让自己过得精致、丰富同样可以成为丈夫的光彩、孩子的榜样。和谐的家庭关系不是靠哪个成员个人的牺牲去维系的。

4. 有独立的思想

现代女性讲求独立。我也觉得有独立思想的女性最有魅力。在信息井喷、谣言四起的时代中，对一切保持自己的见解和判断，不人云亦云、随波逐流。但是要做到这一点绝非易事，必须要有足够丰富的学识和历练。

5. 有强大的内心

经过这几年的宣传，大家对于检察官这个职业的工作任务都有了一定的了解。职务犯罪侦查、讯问犯罪嫌疑人、审查逮捕、审查起诉、抗诉等挑战与压力并存的工作，女检察官们都可能要承办。而除了高压的工作以外，女检察官们还要相夫教子，操心柴米油盐，平衡这些要求我们要有一颗强大的内心。

6. 有自己的底线和坚持

检察官虽然是惩恶扬善的职业，但有时候善恶的界限并没有那么清晰，我们的工作经常充斥着价值观念的冲突，有的时候甚至没有谁是谁非的定论，只能去权衡和妥协。但是即便工作再让我们纠结和为难，我们内心一定要有一个底线，要有自己的坚持，妥协应建立在不违背原则的基础上。生活中，我们无时无刻不在权衡、选择、取舍，对于活得漂亮的女人来说，不一定每一次的选择都是正确的、对自己最有利的，但应是忠于自己的内心并且坚持底线的。

7. 最好还有漂亮的外表

我是一个外貌党，按以往的套路，我肯定是把漂亮的外表放在第一位。但这次，我真不觉得漂亮的外表是女检察官活得漂亮的必备要素。所以我把它排在了末位，还加上“最好”。活得漂亮是一种气度，是抽象层面的东西。当然，有好看的外表就最好。如果没有，至少把自己打扮得清爽、干练一点，以符合职业的气质。

可能我的要求有点高，但是职业使然，我们需要承受的本来就很多，而要活得漂亮，肯定要比一般的女检察官付出、承担得更多。

最后，我想用我很喜欢的一段话向我挚爱的同行、美丽的女检察官们表达节日的祝愿：

“愿你有高跟鞋也有跑鞋，喝茶也喝酒。愿你有勇敢的朋友，有牛的对手。愿你对过往的一切情深意重，但从不回头。愿你对想要的未来抵死执着，但当下却无急迫神色。愿你特别美丽，特别敢，特别温柔，也特别强。”

“愿你有高跟鞋也有跑鞋”，这也是丸子对自己的祝愿。要努力变得漂亮，更要努力活得漂亮。

61 哀莫大于心寒

丸子在调离公诉前把所有的公诉案件都出手了，但是那些起诉的案件诉到法院之后，法院审判还需要时间。所以，即便她转岗到了民行，遇到她在公诉时诉的案子开庭，她也得同公诉的员额检察官一起去开庭。

有次开完庭晚了，芳芳学姐就喊她一起吃个饭，聊聊彼此的近况。

吃饭时芳芳提到省直机关最近在遴选，问丸子要不要一起试试。笔试不需要单位盖章，如果进入面试再找单位盖章同意就行了。

想到小安之前一直游说她有机会就去大城市发展，丸子有一点点心动。“但是我们县不是规定了基层公务员 5 年最低服务年限，我工作 4 年都不到，即使被我侥幸考上也走不了呀。”说到这个，刚才的心动瞬间就变成了死心。

“傻瓜，你都没仔细看规定。5 年最低服务年限是规定 5 年内不得辞职和平调，遴选去上级部门的话工作满三年就行了。”芳芳似乎很有经验地解释道。

“你要考你爸同意吗？当年费了那么大劲让你回仙汕。”丸子问道。

“就是当年不是情愿回来的，所以我更要考出去。不管他同不同意，我要先斩后奏！你可不许出卖我啊！”

芳芳对于报考岗位已心有所属，说完这番话后就从手机里翻出遴选职位表替丸子张罗。“你看，省检察院也招人，就是职位……”

芳芳的解释让丸子再一次产生了心动的感觉。“职位怎么了？”她关切地问道。

“有几个业务部门的岗位都要求硕士，你考不了。检察长办公室的职位你倒是能考，可那个职位就是个‘万人坑’啊，专业只要文科类就行，学历只要本科以上就行，还不要求过司法考试。更悲剧的是，它还注明了‘需要长期加班，适合男性’。虽然没有明确要求只要男性，但是这么注明了等于在说女性进面试很可能被刷。”芳芳头头是道地分析着，看起来已经轻车熟路了。

知识点

检察长办公室（以下简称“检办”）只在最高检和省一级检察院设立，是最高检办公厅、省级检察院办公室的内设部门，其职能是协助检察长实施对检察院的领导和管理。说通俗点，检办工作人员的主要工作是写材料，需要经常加班，因此更青睐男性。

其实不只是“检办”这样的特殊岗位，哪怕上级部门一般的岗位遴选，在有的选的时候，上级部门也会青睐男性。某种程度上来说，这是体制内性别歧视的一种体现。

人类社会发展到今天，参与经济活动不再主要取决于体能与劳作能力，更多的是靠知识和智慧。特别是体制内的工作，绝大多数还是脑力的比拼，男性能从事的女性同样能胜任，男性从事这些工作时不再比女性具有生理上的优势。那为什么性别歧视还存在呢？最主要的原因还是家庭分工的问题。

养育后代本来是男女应当共同承担的责任，但目前中国家庭的现状是“丧偶式育儿”屡见不鲜。或者即便一个家庭中男性对于家务和孩子的教育没到撒手不管的程度，但往往也是承担较少的责任，这使女性不得不在家庭中承担更大的责任，因而无法像男性一样在事业上投入那么多的精力，进而导致女性在职场上的竞争处于劣势。

“你你你……你怎么懂这么多？是不是蓄谋已久？还是说早就背着我偷偷考过了？”丸子“拷问”道，皮这一下很开心了。

“瞎说什么呢！我也是第一次，第一次，只不过比你多研究了两天！对了，你要不要考虑一下换个其他单位？有专门招法学专业的厅局。”芳芳赶紧把丸子的注意力引回到她自己身上。

“我还没想好要不要考呢，怎么就换起报考单位来了？如果要考，我也只想考省检察院。检察系统培养了我，我对检察系统也有感情，还是想留在检察系统。”丸子这番忠心表得是走心的。她一出校门就来到了检察院，三年多来，检察系统将她从不谙世事的学生培养成了能够独当一面的检察官。正是有了这份职业，她才被那么多网友看到，受到大家的喜爱。没有检察系统就没有她的今天，她对检察系统一直是心存感激的。

“行行行，那你就考省检察院吧！就这么愉快地决定了！”芳芳直接替丸子做主了。

“不行不行，我还要再想想。说实话，我觉得我们单位也还挺好的。这里虽然不是我的故乡，但至少离家近，能照顾到家里，而且我们单位也是我工作后的第一个单位，待了这么多年也有感情。领导们对我还挺好的，单位也没有亏待我，我怎么可以待了刚满三年就一心要走呢？而且，之前因为借调的事跟斯检有点不愉快，我最近那么努力工作，也取得了一些成绩，好不容易扭转了点他对我的看法，没必要因为这么一场没什么胜算的选拔考试又让他重新对我有成见。一把手对我有成见，对我以后的发展没好处，留下来可能被穿小鞋，如果想走，也可能在考察时被说坏话，最后还走不成。”丸子顾虑重重。

“唉，你就是妇人之仁！如此瞻前顾后，怎么能成大器？有时候就该勇敢地迈出第一步，然后走一步算一步。再说了，你对你们单位是有情有义，觉得领导对你最好。你倒是说说领导对你怎么好了？是年年给你评先进了，还是提拔你当中层了，还是让你去借调却不让别人去了？你拿的那些荣誉也是你的努力和成绩换来的，不是你们单位争取了拿给你的。”丸子的那些顾虑更让芳芳觉得丸子是一个善良、懂得感恩的好孩子，只是在她看来他们单位并没有多重视她，反而是上级院懂得珍惜她这个人才。她担心丸子满腔的热情最后却被辜负，所以强烈建议她到稀罕她的地方去。

丸子觉得芳芳说得虽然有一定的道理，但也不完全正确。单位的确是从没给过她什么荣誉，但是机关单位里本来就有论资排辈的现象，她才工作三年多，轮不到也正常；斯检的确是剥夺过她的机会，但是都过去了，现在他看起来对她也已有所改观，而且院里其他领导都对她挺好的；至于提拔晋升，上一次换届时她还不符合条件，这也怪不得领导。别人怎么说都是旁观者的视角，看得不全面，自己的感受才是最真实的。丸子对单位还是充满信心和期待的。

知识点

论资排辈是指按资历辈分决定级别、待遇的高低，是机关单位常见的一种现象。现在很多人批判论资排辈的现象，认为太过保守、落后，打击年轻人的工作积极性。诚然，论资排辈有其弊端，但也并非完全没有可取之处。一个机关单位要运转要进步，不是单靠个别优秀人才的努力就可以实现，而是需要所有人的共同努力，所以必然要照顾到大多数人的利益。论资排辈以资历作为衡量的标杆，让大多人都能有个盼头，不至于对未来完全丧失信心。从这个角度来说，论资排辈有其合理性。当然，对于表现特别突出的人才，还是要有优待政策，不然，是留不住这些人才的。

人一旦在一个地方扎了根，就会很难下决心离开，除非是有非走不可的理由，才能毫不留恋、头也不回地走。

“放心吧，我们单位对我真的挺好的。我自己清楚。”唉，自己的单位就是自己能吐槽别人却说不得的存在啊。即便是面对有深厚革命友谊的芳芳学姐，丸子还是要坚持维护自己的单位。

“真拿你没办法，你开心就好。但是考试你真的可以试试看，就当试练。没进面试的话你们单位也不会知道。”芳芳最后叮嘱她。

芳芳跟丸子说了遴选的事之后，丸子本能的冲动让她很想试试，但另一方面她又拼命压抑自己的天性，告诉自己不要太浮躁成天想往外跑。

正当她犹豫不决之际，江东市检察院的前辈跟她说的一件事，让她下定决心考了。

前辈告诉丸子，斯检对她上次想去最高检锻炼的事其实一直都很有看法，觉得她不安分。恐怕在他的任内，她都不会得到很好的发展了。

她没想到表面上对她的努力和成绩如此认可的斯检，实际上是这么看待她的。

她不得不承认，旁观者的视角有时候可能是看得不全面，但是旁观者“清”呀！因为旁观者可以不带任何感情地看待别人的事，不会被感情蒙蔽双眼。芳芳学姐看得比她明白多了。领导又不是小孩子，今天跟你吵架明天又和好了。领导一旦对你产生成见，想要咸鱼翻身就很难了。

其实丸子有机会去更高的平台锻炼，她想去也正常。换做其他人也会想去，包括斯检自己。斯检不能理解，说明他不是一个能设身处地为年轻干部考虑的领导。面对这样的领导，丸子居然还想通过努力工作改变他对自己的看法，真的是太傻太天真。这样的领导，他可以欣然接受她给单位创造的成绩，但是并不妨碍他继续认为她不安分，讨厌她的不安分，并且不会培养、重用她。

丸子的确是希望有机会能去更高的平台，人往高处走，这是人之常情。但是她从来没有因此就看不上眼前的工作，从没有嫌弃过现在的平台，一直都是兢兢业业做好手头的工作，也尽量争取荣誉回报单位。她深知，以她目前的实力，她所在的位置就是以她目前的实力唯一能够得着的。令她没想到的是，真的会有领导不希望年轻人有上进心，永远在这里待着最好。

斯检的态度令丸子感到心寒。她觉得，自己的努力终究还是被单位辜负了。他只想接受她给这个单位带来的好处，却容不下她有为自己的发展考虑的私心。既然领导明摆着不会重用她，她愿意好好待着也不过是一厢情愿。她终于下定决心，有机会一定要离开。即便这次希望不大，也可以为以后积累经验。反正省遴选的笔试不要求单位盖章，就当试练，打酱油。

62 抓住确定能抓住的

丸子知道这次遴选对她来说不是特别好的机会，她报考的省检察院岗位要求文科类专业、本科学历即可，是个“万人坑”，从没有过文字工作经历的她去考这种岗位基本上就是炮灰，所以她没抱什么希望。她报名只是为了练手，为今后参加遴选考试积累经验。因为没什么希望，主要是体验，她也就没有特别认真去准备，只是抽空看看《汉东日报》，抽空上网找了些历年真题练了一下。

她很清楚地知道，她最大的优势是自媒体，她的核心竞争力是她的影响力。她的公众号好不容易步入正轨，没必要为了这场没什么希望的考试就暂停自媒体的运营。她必须先抓住确定能抓住的。所以，在报名之后，她下班时间主要还是跟之前一样看书、写公众号，有时候为了写一些大家都关注的热门话题也会追追剧。当然，追剧最主要还是因为她自己想看。

知识点

对于个体来说，核心竞争力是其能够长期获得竞争优势的能力，是其所特有并且是竞争对手难以模仿的技术或能力。在体制内，有影响力这一点挺重要。有些工作需要真正有影响力的人去推进，这种时候有影响力的人的重要性就会凸显，越到上面影响力能发挥用处的机会就越多。而这种影响力不是靠行政手段就能培养和获得的，所以影响力才能成为一个体制内人士的核心竞争力。

不过，影响力也是把“双刃剑”。有影响力的人受到的关注也越多，言行可能会被无限放大，容易“翻车”。在一些保守的领导看来，有影响力的人是一颗不知道会不会爆炸的“炸弹”，时刻担心他炸了连累自己，因而不敢提拔重用。

时下最热的剧要数《欢乐颂》了。丸子的很多粉丝都在追，也经常有人让她谈谈对剧中主角感情问题的看法。在“为了写公众号”的借口驱使下，她跟大家一起追完了剧，发现还真能写篇公众号文章。

看了《欢乐颂》，她发现剧中满满的恋爱套路，于是总结了《〈欢乐颂〉中的恋爱套路》发在公众号上。

《欢乐颂》中的恋爱套路

以前我觉得，谈恋爱最重要的是真心。现在我也仍然这么觉得，真心万岁，但也明白，真心不是万能的。谈恋爱，还需要一点点套路。你真心了，对方不一定动心，所以你得懂点套路让他上路；你真心了，不能保证对方也真心，所以你得懂点套路才能不被虐得体无完肤。哪怕双方都是真心的，还是可能因为性格等原因互相伤害，为了避免这样的互相伤害，还是需要懂点套路。看了最近超火的《欢乐颂》后，我发现剧中满满的都是套路啊，忍不住整理出来跟大家分享。

套路一：可以主动勾搭，绝不主动表白

曲筱绡和赵医生这俩没羞没臊的最近虐哭不少单身狗。女网友们虽然被赵医生的“摸头杀”“捏脸杀”“Kiss 杀”撩得不要不要的，但还是忍不住嫌弃他太不矜持太好追了。好吧，我承认这其中有他“抗撩”能力弱的因素在，也有酸葡萄心理作祟，但还是要承认曲筱绡确实很有套路。

在医院看病一眼相中赵医生后，曲小妖就主动要电话、加微信，了解对方背景、知己知彼，各种勾搭、加深印象。为了跟赵医生搭话不惜自残，把自己的脚捏红了发照片向赵医生咨询。而表面高冷、内心闷骚的赵医生似乎很吃这一套，明明看穿脚伤是她自残的也没戳破。最后曲小妖以感谢看病为由要请吃饭，带他去酒吧玩，他也欣然接受。你来我往，请来请去，可着劲勾搭和暗示，但就是不表白，没过几天，被激发了第二人格的赵医生自己先被撩得不行，主动亲上了，曲妖精完胜。

总结曲筱绡成功的秘诀就是：（1）脸皮够厚，放得下身段，敢主动勾搭；（2）有勇有谋，主动出击但不盲目，主动勾搭但不表白；（3）条件优越，长得可爱性格迷人家境还不错（当然这点赵医生开始不一定知道）。

套路二：新手上路，多听听老司机的意见

白渣男追邱莹莹时，樊胜美凭借多年的 HR 经验觉得他不会是个好归宿，不想莹莹走弯路，自作主张在莹莹睡着时删掉白渣男的短信。关雎尔不解，为什么要这么做。樊胜美以过来人的身份告诫说：“这年轻的时候啊，不知天高地厚，难免会为爱冲动，做出一些不计后果的事情。可是等你反应过来，理智清醒了之后，你才发现，自己已经老大不小了。摆在你面前的机会所剩无几。”

樊姐说得挺有道理，但成熟也是要付出代价的。没有无缘无故的成长，大多人都是要亲自犯过错，才会心甘情愿相信她的这番道理。虽然最后证明，樊姐果然明察秋毫，白渣男真的是渣到不能更渣。但我跟关关一样，不认同她的做法。樊姐的出发点是为莹莹好，但莹莹毕竟是成年人，该如何对待别人的追求应由她自己决定，作为好朋友在旁提点一二就行了，樊姐不该偷删短信。另外，夸一下关关。我认为关关这事处理做得很棒，她向樊姐表明不认同她的做法后，跟莹莹解释是自己不小心删掉短信的，并把樊姐的告诫一并转达。既尽到了朋友的义务，又避免了樊姐和莹莹之间可能产生的摩擦，情商满分。

可惜的是，色迷心窍的莹莹哪听得进樊姐的劝啊。她跟大多数沉浸在爱情中的女孩子一样，一股脑就栽进去了。

套路三：不要重色轻友，丢掉友情的大后方

邱莹莹跟白渣男热恋后就抛弃朋友。等到被白渣男骗心骗色还失去工作后，还作得不可开交。大家帮助她、开导她，樊胜美为了她还差点进了局子，真的是仁至义尽了。可她不懂感恩，还觉得大家都挤兑她、疏远她。最后她想不明白，忍不住去问樊姐问题出在哪儿。樊姐说：“你失恋了、失业了，大家同情你、心疼你，但这并不是你伤害大家的理由。多一事不如少一事，如果大家不是真的关心你，谁管你死活呀。不要只站在自己的角度去考虑问题，心情再不好也要学会克制，不要轻易伤害那些关心你的人。谁都不容易啊，谁也没有义务跟你一起伤心。”

本来对莹莹很有好感，觉得她挺单纯可爱的，就只知道吃。但是看了她作的那几集，我真的是想揍她了。但凡有点脑子的人都不会让自己混到这地步，自己不聪明、没本事，还总是埋怨别人，伤害关心自己的人。还好樊姐这段话一针见血地点醒了她。她是幸运的，重色轻友还是有朋友为她两肋插刀，但现实中不可效仿，不要一谈恋爱就没朋友。

套路四："喜欢就上啊"？

王同学对樊胜美大献殷勤，樊胜美对他也有好感，但是顾虑太多，犹疑不前。曲筱绡看到后开导她："你别看到一个有好感的男的就想着天长地久，你要这样想人生就没有活路了，人得活得潇洒点。你要真喜欢就先把他捆上床，其他的以后再说，以后的事谁知道呀。"

说实话，我很佩服小曲这股"谈恋爱又不是非结婚不可"的潇洒劲，也不批判她这种"不管怎样，睡了再说"的恋爱观，但是不向往，哈哈。虽说不以结婚为目的的谈恋爱是耍流氓，但是还没开始谈就想着结婚也太让人压力山大了。还能不能愉快地恋爱了！我欣赏的恋爱观是：以结婚为目的去认真对待这段感情，但是也做好心理准备接受相处过程中出现问题导致不能结婚的结果。

套路五：不去伤害对方，也别忘保护自己

安迪不知道该不该接受奇点大叔放下身段、循循善诱的狂热追求，向樊胜美请教。樊姐发表了一段让我觉得无可厚非却很难做到的话："男女恋爱就像是两军博弈，投入得太多就容易受伤，所以呢，适当地保守一点，把主动权掌握在自己的手中。"

很多人觉得樊姐这么说有点自私，包括安迪，也不认同她的这种观点。但我觉得还处在了解阶段的两个人，留个心、设个防并无不妥。并不是所有来追你的人都是好人，不了解清楚对方是否真心和坚定就全身心付出，是对自己人生的不负责任。当然你也可以选择毫无保留，但不能说我想保护自己，不想受伤，就是自私。况且，樊姐说的只是保守一点、掌握主动权，又不是欺骗和玩弄，有这么不可饶恕吗？只是，要做到真的很难，除非是自制力极强或者是根本没走心。

套路六：冲动、克制都有理，适合自己就好

安迪家的监控视频拍到了曲筱绡跟赵医生在走廊的大尺度视频，刚好曲筱绡来找，安迪就不好意思地说了此事。没想到曲小妖不但不害臊，还说要拷回去自我欣赏，令安迪匪夷所思。曲筱绡理直气壮地辩解道："什么是谈恋爱啊？谈恋爱就是看对了眼，天雷勾地火，没有什么道理可讲的。与其在那儿想东想西的，不如上前亲一亲抱一抱，你才能知道自己心里最真实的感受。"

安迪联想到自己对奇点的感觉，就只有思想上的共鸣，根本没有肉体上接触的冲动，甚至还恐惧、排斥。她陷入沉思：（赵医生和曲筱绡）短短十几天工夫，就能从互不认识到勾搭成奸，这是怎样的狐媚功夫，又是怎样的勾搭实力？难道恋爱真的如她所说，是荷尔蒙与荷尔蒙的纯粹吸引？还是思维驱动下，脑电波的共振与交流？

这确实是一个很严肃的问题。感情没有什么道理可讲这点我同意，但是在互相欣赏、有思想共鸣的理性基础上升华起来的爱情也没错。并不是只有干柴烈火、不管不顾的才算真爱，冲动派和克制派似乎都挺有道理，走自己的路，没必要强求一致，适合自己最重要。

套路七：发生突发状况，保持理智、沉着应对

王柏川在知道樊胜美混的并没有那么好的时候，对她的追求突然冷淡下来。等他再想继续追的时候，樊姐却晾着他了。莹莹和关关不懂这又是什么套路，明明王同学消失的那几天，樊姐也甚是想念，手机都不离身。樊姐说："男人在追你的时候，都是他最用心的时候，如果在这个时候，他都不肯付出金钱和时间，那你可以立马让这个男人滚。”莹莹问，如果他是真忙呢？樊姐笑了：“真忙？国家元首还得谈恋爱呢，更何况一个普通人？他能忙成什么样呀？如果他没有空陪你，甚至抽不出时间来陪你，就说明他对你不上心。”

樊姐还是挺理性的，没有因为好不容易等到电话就喜出望外找不着北了，而是理性分析，见势而行。我原则上同意她的观点。每个男人表达用心的方式会有不同，但只要他表达的对象没有太蠢，应该都能正确分辨他是否真的上心。一个有理想有抱负的男人确实不该整天腻腻歪歪谈情说爱，而是应该专注于自己的事业。但是，再忙交代一下去向的时间总有吧？连吃饭睡觉的时间都有，少睡或者少吃两分钟交代一下去向让对方安心，这很困难吗？Wuli宋仲基去“百货商店”前还会跟乔妹报备一下呢，普通男性干的事情难道比维和部队执行任务还机密？所以，“撩”到一半又玩消失的，如果不是遭遇不测或者被你伤到了，就只有一种可能，那就是他并不在乎你的感受，无所谓你挂不挂念、会不会胡思乱想。遇到此类状况，还是应该学学樊姐的沉稳。

看到这，你是不是在感叹，谈恋爱真的是斗智斗勇啊，然后觉得自己智商太低、修行太浅，都不好意思谈恋爱了？但是剧中得来终觉浅，觉知此事要躬行。还是要勇敢一点付诸实践啊，要相信真心，也要舍得交学费。

看个剧都能总结出这么多的恋爱套路，网友们觉得丸子是老司机·丸没跑了。事实上，她只是个只谈过一次恋爱还以失败而告终的小白。

众人眼中的情感大师，自身的感情状况往往都是失败的。

63 意料之中与意料之外

就这样，在佛系备考的状态下，丸子参加了汉东省直机关的遴选。考完之后，丸子居然感觉还行，至少题目是能看懂并且答得上来，大作文也有话可写。这也得益于运营公众号需要经常写作，尽管写的题材和体裁都不一样。

虽然备考比较佛系，但是到了查成绩的那天，丸子还是觉得紧张。汉东的遴选比较公开，成绩单上还公布了名次。丸子考了所报岗位的第 7 名，没能进入面试。看到成绩的那一刻，她觉得稍微有点失落，但是想到最终也不太可能被录取，便又很快释然。下个周三，她在公诉的最后一个案子——涉及数百起犯罪事实的电信诈骗案就要开庭了，这几天她必须得好好准备准备，也没时间伤心。

知识点

电信诈骗指不法分子通过电话、网络和短信方式，编造虚假信息，设置骗局，对受害人实施远程、非接触式诈骗，诱使受害人给不法分子打款或转账的犯罪行为。很多电信诈骗案件是诈骗公司专门雇用工作人员实施，犯罪人员人数众多，受害人更是数不胜数，司法人员办理案件时工作量和难度都极大。

电信诈骗的案子白天开庭开了7小时还没结束，审判长宣布晚上继续。傍晚休庭时，丸子突然接到了汉东省检察院干部处打来的电话，说前面有人因单位不同意而放弃面试，她和第6名分数一样，两个人都递补进入面试了。面试周六就进行，她如果能来，必须在周五上午下班前将单位盖章的报名表交到省检干部处。

“我晚上还要开庭，明天向领导请示后给您回话。”接到面试通知的丸子既惊喜又不知所措。她以为遴选就这么凉了，所以压根没准备面试，也没有跟任何领导提起此事。现在突然通知她去面试，她该怎么办……

不过，此时还容不得她考虑自己的事，晚上还得继续开庭。她赶紧跑去领工作餐，开庭是个体力活，为了保持体力总得吃几口。

开完庭已是晚上10点。回到宿舍丸子感到疲惫不堪。但是她无法倒头就睡，她必须好好想想怎么跟科长和院领导说。林科长应该是会支持她的。她到民行之后，林科长作为老前辈对她一直关爱有加，希望她能有好的发展。院里其他领导一贯以来都不愿意在年轻干部去留的问题上做“恶人”，问题也应该不大。能不能成功去面试，关键在斯检。

第二天一大早，她第一个向林科长汇报。林科长虽然感到意外，不知道她啥时去考了遴选，但是觉得丸子如果能去省检察院也是好事，就直爽地表示支持。丸子向民行的分管领导汇报后，傅检表示他个人没意见。人事问题归政治处管，丸子又跑去找了刘主任。刘主任表示这事得党组定，政治处会按程序提请党组讨论决定。

一听要上党组，丸子瞬间就懵了。“刘主任，省院（省检察院的简称）通知明天上午下班前要交报名表，还来得及吗？”

“时间上没什么问题，今天党组成员都在单位，我们可以尽量给你快点处理。关键是看领导们同不同意。你如果能去省院，对我们单位来说也是好事，我个人觉得领导层面问题应该不大。我马上跟斯检汇报上党组会的事。”刘主任这样的政治处主任真的是很难能可贵，对于年轻干部往上走看得开，而且能急人之所急。

刘主任向斯检汇报回来后告诉丸子，斯检明确表示不同意，因为丸子去考试前没经过党组讨论。丸子觉得委屈：“笔试的时候没要求单位同意盖章，我怎么申请呢？”

“我知道。你们年轻人有上进心我也理解，我也想尽量让你去面试。但是斯检不同意也没办法。”刘主任拍拍丸子肩膀安慰她。

上次去最高检借调的事，她觉得她放弃得有点轻易了。这次可是遴选，比借调重大，她不想就这么放弃。笔试垫底，面试即便参加了，没时间复习也是裸考，岗位要求还青睐男性，每一项对于丸子来说都是不利因素。她想要逆风翻盘，可能性微乎其微。但人有时候就是这么执着，只要还有一丝希望，能往前走一步还想再往前走走。

从刘主任办公室退出来之后，丸子去了对面老陈叔办公室，向老陈叔讨教办法。老陈叔是她最好的学姐芳芳的父亲，对她来说就是长辈，她也从不把老陈叔当外人。听完丸子的诉说后，老陈叔说：“周检在仙汕资历老、声望高，斯检来这里当检察长跟县里的沟通协调方面很多还得仰仗周检牵线搭桥，他对周检很敬重。如果周检能帮你说情，这事或许还有转机。”

老陈叔在仙汕县检察院工作了近 30 年，对于院里和县里的人际关系早已看得一清二楚。听老陈叔这么热心地帮自己出谋划策，她觉得自己帮学姐瞒着他有点于心不忍，但她又不能因为老陈叔帮她出谋划策就出卖芳芳，因而很纠结。

“唉，你们年轻人志向高，仙汕这地方留不住你们。芳芳也是，一心想去京州。我还是前两天从他们院政治部主任那里得知的。你说我这父亲当得失败不？”老陈叔说着，有点难过又有点无奈。

“老陈叔，对不起，其实我早就知道学姐考遴选的事，没跟您说。”见老陈叔已经知道了，丸子赶紧向他认错。

“你不说肯定是她不让你说。知女莫若父，她怎么想的我能不知道？女大不中留，我也想开了，有能力去省城发展就去吧。我昨晚找她谈了，我们俩已经达成共识了。你也赶紧去办你的事吧，祝你好运。”

“我知道了，谢谢老陈叔！”

丸子立马离开老陈叔办公室去找周检。虽然之前周检跟丸子说过，以后有需要帮忙的可以找他。但周检毕竟不是她的分管领导，她遇到工作上的事去找周检帮忙也不合规矩，所以她从来没有麻烦过周检。不过这次的事不一样，这是关系到她的前途发展的大事，而且也只有周检能帮她了。

丸子去找周检时，他很替她开心。周检说：“你按照考试要求的程序进行汇报，没违反什么规定。我去跟斯检说，应该要支持年轻人的发展。”说着他就起身去找斯检。

周检回来后告诉丸子，斯检松口了，下午开党组会。党组会上，党组成员都表示同意，斯检最终也同意了丸子去参加面试。

顺利盖到单位的章之后，丸子第二天一早就赶往京州，将面试材料交到省检察院干部处。交材料时，她弱弱地问了一下干部处的人，多少人报考她的岗位，怎么在前几名还出现重分的？干部处的同志回答，200 多人。“额……果然是‘万人坑’。”丸子心想，“这下真的凉了，前面的人肯定都不简单。”

处理完这些，距离面试只剩下半天了，想要好好准备面试已是不可能。剩下的这半天，丸子在宾馆里上网了解了一下面试的流程，知道面试大概是怎样的，然后就随缘了。

面试开始前，几个进面试的年轻人没忍住互相试探了一下分数，大概知道了大家分数差距不大。因为这次省检察院检办的岗位没要求政法工作经验，这次进面试的人来路很广，有市委办的写手，有中级法院的法官，有基层检察院的检察官，还有政法委的干部。丸子跟同样来自检察院的王嘉投缘，老家又是一个地方的，两个人就心很大地不顾彼此是竞争者的身份，在上交手机前加了微信。丸子虽然异性缘也还行，但是她这种大大咧咧的性格其实更圈女生粉。

面试的题是省委组织部从遴选题库中随机抽的，侧重于考察综合能力，对于丸子这样在一线办案的干部来说其实是不利的。拿到题之后，丸子有点不明觉厉。但是毕竟做了那么多年公诉人，还是能说上几句。凭借着良好的口头表达能力和仪态，她的面试成绩是第二，最终总分排名第三，没能进考察。进考察的都是男同志。

这一场遴选，不断地给她希望，又不断地让她失望，最终还是以失望收场。她不知道该如何表达自己的心情。有一点她可以确定，回去之后，她的日子不会太好过了。斯检肚量不大，本来因为借调的事就一直对丸子有看法。这次他是给周检面子才同意她参加面试，而她又没能走成。“新仇”“旧怨”加一起，斯检会对她有什么好印象才怪，重用什么的就更别想了。不过，重不重用丸子倒也不太有所谓，本来也才刚参加工作。就是年轻轻轻就让一把手对自己有看法，总归是一件郁闷的事。如果不是这些年也经历了一些事，把心撑大了，丸子恐怕会吓得惶惶不可终日。

没能进考察虽然有点可惜，但也总比进了考察再被刷掉好。一旦省院来考察了，单位所有人就都知道了，如果最后又没走成，面临的压力就不只来自领导了，还有同事们的猜测和议论。哪怕只是关注，也是一种无形压力。

对于一件注定会失败的事来说，早失败晚失败都是好的。早失败少浪费点精力，晚失败多收获点经历。

 64 读书带来的改变

其实在不久的过去，丸子看起来还是郭敬明笔下那种“一半明媚，一半忧伤”的人格分裂者。她爱公开表达，开心的时候会得瑟，难过了要吐槽，说好听点是童言无忌（因为她自称是宝宝），说难听点就是口无遮拦。那时候的她坚信，能让她觉得爽的就是最好的方式，何必压抑自己的天性，就是要发泄啊。

后来经历了那一次失恋和背叛，她才知道她的悲伤并没有多少人真的关心，甚至会被很多人嘲笑（是真的嘲笑，不是那种“把你不开心的说出来让我开心一下”的损友间的玩笑），于是就有了羞耻心，不再跟以前一样任由悲伤逆流成河地诉说了。当然快乐还是要分享，如果能让被传递的人也感到快乐的话。

既然停止公开表达了，那总得找个替代的方式，为悲伤找个其他的出口吧，不然人会郁结而死的。后来她认识了爱读书的老赵。老赵不留情面地羞辱不读书的她，问她不读书思想从哪里来。这一记来自

灵魂的叩问，让她哑口无言。总不能说思想来自所经历的挫折，那多没面子。

为了让类似的尴尬不再发生，为了让他不再有羞辱自己的机会，丸子开始发奋图强，要求自己多读书，逐渐养成了没什么正经事就读书的习惯。难过当然不算什么正经事，所以难过时也得读书。遇上难过的事，她只允许自己哭几分钟，哭完马上擦干眼泪继续读。

以前丸子只知道书中有黄金屋和颜如玉，亲自读了她才知道，书中还有郁闷的出口和人生的方向。书牵着她的手走出了人生的低谷。

去年斯检不让她去最高检借调，让她错失事业上一次重要的机会，当时她很郁闷。因为她觉得不是她自身的原因导致的，也曾抱怨人生太过艰难，命运太不公平。碰巧老赵给她推荐了《死屋手记》这本书。故事的主人公蒙冤入狱，在狱中度过了暗无天日的数十载。换作一般人早已痛苦不堪，而故事主人公却对逆境泰然处之，尽管身陷囹圄，仍然维持着自尊和体面，保持着积极的心态，用心观察、坚持思考，最终心智健全地出狱。

知识点

《死屋手记》是俄国作家陀思妥耶夫斯基创作的长篇纪实小说。作者记述了其在服苦役时那几年的经历，真实再现了沙俄苦役犯监狱的野蛮、残暴的图景，因为真实所以更加令人震撼。

对比故事主人公悲惨的一生，丸子觉得自己的挫折根本不算什么。况且，他的惨境是社会造成的他都没抱怨，而她的挫折不可否认也有自己的原因，是自己的实力还不够抓住那样的机会才会被领导轻而易举地阻碍，更加没有资格抱怨。她觉得应该为自己生活在光明的新社会感到庆幸，然后让自己变强，有能力排除万难。

读着读着她就释然了。那次，她完全没有在任何公开场合抱怨、发泄，靠着一本书，不动声色地完成了一段艰难的心路历程，悄无声息地跨过了一个人生低谷。

可是人生就是这样的此起彼伏。有的时候，走出一个低谷之后，往上没走几步，迎接你的是另一个低谷。这不，丸子又遇到了一个新的挫折——参加遴选没考上还被检察长知道了！

凭着上一次靠读书走出低谷的经验，这一次她还是想从书中寻找安慰自己的力量。

面试回来后，她每晚睡前都会看《肖申克的救赎》。这部小说的主角安迪也是蒙冤入狱，被判处终身监禁，但他坚信自己会有出去的那一天，内心从未停止过对自由的向往和渴望。他拒绝被“体制化”，拒绝对监狱形成依赖，努力让自己过得像个自由人，靠为狱警办事换取图书馆的建立，坚持读书和看报，时刻关注着外面世界的变化，时刻准备着重返自由。最终，他凭借处心积虑的谋划和日复一日的坚持越狱成功。

知识点

《肖申克的救赎》是斯蒂芬·金的杰出代表作，英文版推出后就成为《纽约时报》畅销书排行榜的冠军，当年在美国销量达 28 万册。《肖申克的救赎》后被改编成电影，该电影被称为电影史上最完美影片，曾获奥斯卡奖 7 项提名。

花了大概半个月左右的时间看完这本书。丸子忍不住感叹，安迪有着怎样的智慧、谋略、坚忍、毅力和运气才能完成如此惊心动魄的改变啊。或许，改变从来都不是一件轻而易举、一蹴而就的事情。丸子知道她没能如愿，是因为付出的还远远不够。如果说上一次遭遇挫折主要是外界因素，那么这一次的挫折，主要还是她自己的原因——明知道希望不大，明知道斯检不会支持还要考，考了还果真没考上。或许斯检有他观念上的不开明，但他最后还是放行了，没能走成是她自己实力不够。如果实力能碾压对手，那么性别上的劣势就不再是劣势。她只能继续努力。就这样，她又靠着一本书走出了悲伤和低谷。

不知不觉中，丸子养成了难过了、迷茫了就读书的习惯。很多书中的故事虽然是虚拟的，但是每个角色的人生却是那样的真实，总有很多场景让人忍不住对号入座、对比反思。而书中闪烁着的人性的光辉和人生的智慧，则让人豁然开朗、赞叹不已。

自从用读书和反思代替发泄式吐槽走出悲伤，丸子在大家眼中就从一个偶尔矫情的女孩子变成了一个彻底没心没肺的人，好像从没受过伤一样，还让人感受到了快乐和正能量。而她自己呢，无论是内心还是能力都得到了升华。

因此她发现，不管不顾的吐槽，除了让情绪一时得到发泄外，真的没有任何用处，还可能传递满身负能量。而多读书和思考，才能让人在隐忍中不断成长。从人类社会发展到她自身成长都在昭示一个真理：压抑自己的天性是有必要的，人类，只有适当地压抑自己的天性才能进步。

丸子在遴选面试时认识的朋友王嘉是省城基层检察院的公诉人。两个人因为相同的家乡和工作，加微信之后有时候也会聊聊工作和生活，然后竟意外地发现彼此臭味相投，都爱看段子、美妆和八卦。

在一次聊天中，王嘉说到，第一次看到丸子时，觉得她是那种从小被父母保护得好好的，什么都不懂，也没经历过什么挫折的女孩子，让人很想也很放心跟她做朋友。

丸子呵呵一笑，淡定地告诉王嘉，她经历过的挫折加起来都可以绕地球一圈了，怎么可能什么都不懂？父母的确没给她添堵，但是挡不住她自己作。

她都如此坦诚了，王嘉还是不信。“这么欢乐有趣的人，怎么可能经历过很多挫折呢？”

芳芳在这次省直机关遴选中顺利考上了汉东省司法厅，当时丸子正给芳芳饯行，就顺口说了王嘉对她的评价。“我很纳闷为什么我经常给人一种不经世事，很天真、很单纯的错觉，我也没装啊。是不是因为我看起来比较喜庆？”

芳芳说：“不是错觉，现在也是真的单纯，是经历过世事后仍然保持乐观的单纯，和什么都没经历过不一样。”

这回答深得丸心。丸子在心里感叹，不愧是资深闺蜜！她很认真地告诉芳芳：“我更喜欢现在的自己。”

她当然是更喜欢现在的自己了。谁愿意自己的人生苍白得像一张白纸呢？

“我也更喜欢现在的你。丸子，你能有这样的心境，以后一定会更好的。”芳芳有爱地看着她，露出了姨母般的微笑。

丸子知道，这一切还得感谢读书。读书是在这复杂的世界中保持内心纯净最好的方法。尽管她读的书不算多，经常还过目就忘，每次重温一本书的时候就像第一次读一样，但她相信，每一本书都不会白读，读过的每一本书，都已经融入一个人的气质里了。

65 为法学专业疯狂打 call

每次受了挫折，丸子就特别想回家。早就学会一个人坚强，报喜不报忧的她，尽管不会对父母说任何遇到的不顺，让父母替她分忧，但是一回到家，父母围着她忙前忙后，哪怕他们不知道她经历了什么，只要他们在他身边，她就觉得很踏实，有了归属。“那是无论我怎么样，无论发生了什么都不会背叛了我的人呀！”

丸子这次回家正好赶上了大学填报志愿。她大表哥的女儿小瑞马上要读大学了，就到丸子姑姑家向她咨询专业填报的意见。小瑞以后也想成为像丸子姑姑这样的检察官，高考志愿想填报法学专业。这一想法却遭到了她父母的强烈反对，因为法学已经连续 6 年被评为“最没用专业”了。遭到父母专业反对的小瑞让丸子姑姑给点专业的意见。

知识点

《中国大学生就业报告》每年会发布榜单，榜单中被列为“红牌”的专业为失业率较高，就业率、月收入和就业满意度综合较低的专业，属于高失业风险型专业。根据2010~2015年6年间各专业被列为“红牌”的次数，大学本科最没用10大专业出炉，法学位列榜首。但是，随着我国的法治化进程的推进，法律在人们的生活中发挥着越来越重要的作用，法学专业也越来越热门，有逆风翻盘之势。

丸子回想起来，她自己当年填报志愿的情景还历历在目，转眼间就过去了8年。现在连当时还是个小不点的侄女都要上大学了，她不禁感叹时光飞逝、岁月如梭！

8年前，丸子选择法学这个专业是草率的。因为被TVB的律政剧影（忽）响（悠）从小立志学法，填志愿时没有经过缜密的思考和全面的调研，光凭借一腔热血和对梦想的执着，就选择了法学。

但是这次不一样，晚辈向她咨询了，作为一个负责任的长辈，她不能那么草率。经过一番深思熟虑后，她还是决定支持侄女报法学。

“姑姑，你是认真的吗？法学可是连续6年被评为最没用的专业了啊。”侄女瞪大眼睛问。因为受到“最没用专业”警告，她对于学法律、当检察官已经产生了动摇。

“我是认真的，”丸子认真地说：“我并不认为它如传说中那么没用。”

“哦？”侄女又惊讶又有点开心。

“呐，我给你分析分析。首先，学法几乎是实现法律职业梦想的必经之路。法律职业包括法官、检察官、律师等。从事这些职业有一个必要不充分的条件就是通过司法考试。（现已改为‘法律职业资格考试’。）你不是想当检察官吗，要实现这个梦想，大学学法学几乎就是必须的了。

因为过两年司法考试要改为法律职业资格考试，而且该考试还将学历条件限定为：全日制法学本科，非法本的获得法律硕士、法学硕士及以上学位，非法学本科的获得其他相应学位并从事法律工作 3 年以上。也就是说，没有法学教育背景的，除非取得相应学位并从事法律工作 3 年以上，以后都不能报考法律职业资格考试，进而不能成为法官、检察官、律师了。虽然到了研究生阶段也可以改学法学，但是你既然想当检察官了，何不趁本科就报法学呢，还能更系统地学习。”丸子姑姑先从必要性入手帮侄女分析。

“是，姑姑说的有道理。但我只听出了有必要学法学，还感受不到法学这个专业有多厉害。”小瑞一语切中要害。丸子觉得说出这话的小瑞倒还挺厉害的，不学法学可惜了，决定要更加卖力向她“安利”*这个专业。

“那本姑姑再给你说两个厉害的。

法学是公务员考试的热门专业。每年的公务员招录考试和遴选考试中，专业要求法学的岗位比例还是非常高的。

你研究过法学这个专业了，应该也知道这个专业的招生规模。可能你会觉得，由于各大法学院的大规模招生，法学专业的毕业生人数也庞大，即便公务员岗位招得多竞争也是依然激烈。

我想说的是，至少法学毕业生是几乎所有单位都需求的，尽管竞争还是激烈，但选择的空间大啊。而且比那些只能报考“专业不限”岗位的某些专业的毕业生好太多了。选择法学，有了比很多专业更多

* 网络用语，推荐的意思。

的成为公职人员的机会。

就公务员遴选考试而言，司法系统的遴选绝大多数岗位要求法学自然不必说，很多行政机关也喜欢法学专业的人呢。因为现在越来越重视依法行政了，需要法律人为行政机关的决策提供法律方面的支持。虽然不能以职务的高低、单位的级别论英雄，但是不可否认，到一个更高的平台，拥有更广阔的视野之后，也许我们就有了更大的发展可能。选择法学，就有了更多的机会到那样的平台实现自我。

不过，你想当检察官，即便其他单位招法学专业的可能你也不感兴趣。我说这个好处只是为了证明法学这个专业好。”丸子知道这个侄女不好随便“忽悠”，特地强调了最后一句。

“嗯，另一个好处呢？”这时候，小瑞明显已经对法学专业重新燃起了熊熊的希望之火。

“法律职业受人尊重且相对更有‘钱途’。虽然中国的法官、检察官没有国外一些法官、检察官的权力和地位，可以把总统送上法庭，甚至很多司法官还有被当事人威胁、辱骂的经历，但是在大多老百姓眼中，法官、检察官还是受人尊重的。另外，按照司法改革的顶层设计，要保障司法官的职业尊荣。在可以预见的将来，司法官群体的待遇会有一定幅度的提高。

律师的收入就更不必说了。大家有目共睹，在大城市中律师的人均收入还是很可观的，在小地方也相对可观，其‘钱途’可见一斑。律师行业虽然贫富差距大，撑死大律师，饿死小律师。但哪个行业不是靠本事吃饭的呢？本事、机遇不一样，收入有高有低很正常。年轻律师刚出道收入是少点，只要专业扎实，加上肯吃苦肯钻研，熬过那个艰苦的阶段，未来‘钱途’不可限量。

不过，你不想当律师，想当检察官。作为你的姑姑和未来的前辈，我还是很欣慰的，因为后继有人了。”丸子得意扬扬地说着，好像她自己已经是资深检察官了似的。

“不，我改主意了，我想做律师了，想被‘撑死’。”小瑞调皮地说道。

“你这小姑娘怎么可以这样，理想信念不坚定，而且小小年纪就掉进钱眼里了。”丸子鄙视地看了她一眼。

“哎呀，跟你开玩笑的啦。”小瑞赶紧澄清，她只是想皮一下。

“也赖我，刚才把法学专业的好处说得太功利。但是做人不能那么现实。抛开那些‘有用’的理由不说，法学专业对我们思维模式、思辨能力和良好口才的培养是其他专业无法给予的，我们无论今后是否从事法律职业都将受益终身。

你以后想从事法律职业，毋庸说肯定需要运用法律去思考、分析、解决问题，并说服他人接受，这是专业要求。

但是哪怕你不从事法律职业，这种曾经接受过系统法学教育培养出来的思维模式、思辨能力，也对我们在工作、生活中解决棘手问题大有裨益，让我们更加理性、严谨，甚至还能合理规避一些法律风险。而良好的口才则可以让不从事法律职业的你的职业道路走得更加顺畅。我不是在推崇‘干得好不如说得好’这种价值观哈，但我也不否认‘说’的重要性。‘说’不仅包括向领导、上司汇报，也包括同事之间的沟通。良好的口才有助于更加得心应手地完成任务，还不用担心因为不懂表达被抢走功劳。”丸子说着说着忍不住对侄女开启了“腹黑教育”。

“社会社会。”小瑞对丸子姑姑竖起了大拇指。因为大家都是“90后”，她们俩聊天时更像是同辈人。丸子平时在小瑞面前没有个姑姑的样子，小瑞也把她当成小伙伴一样说话比较随意。

“切，姑姑最后再放个绝杀，保证你肯定哭着喊着要报法学。”

为了挽回点姑姑的威严，丸子故作高深地对小瑞说道。

“啥？”小瑞一副愿闻其详的姿态。

“法学专业不用学高等数学！”丸子一脸淡定地等着小瑞喜出望外。

知识点

绝大多数中国高校的法学本科生不需要学让没有数学细胞的人生无可恋的高等数学，但也不排除有例外，比如汉东大学。

话音刚落，小瑞欢呼道：“简直不能再棒！”

这个理由听起来比较肤浅，似乎上不了台面，但却是很多人选择法学专业的重要理由。虽然不太美好，但这就是现实。“没办法，数学我就是学不进去啊！”“我就是数学黑洞我能怎么办！”“宝宝从小就被数学虐，长大了还不能摆脱吗！”这是很多人的心声。对，伟大的数学家是为科学的发展和人类的进程作出了伟大的贡献，我们敬佩他们，也深知数学这一学科的重要性。但是因为极不喜欢数学从而选择不用学高数的专业的想法，丸子觉得也应该被理解。她的侄女就是这样一个讨厌数学的 girl。

给侄女做完咨询后，她看了眼她的读者群里大家正在热烈地讨论高考志愿填报的话题，就顺嘴说了支持侄女填报法学的事。小伙伴们都觉得她惨绝人寰，排队质问她：“是你亲侄女吗！？”

知识点

为了加强与读者的互动，也为了给读者之间的交流提供平台，丸子在个别活跃读者的帮助下建了个读者群。读者群由读者按照法律法规和群规进行自治，日常维护和管理由活跃读者担任的群主负责。

丸子说：“还真不是亲的，表侄女。”

小伙伴继续杠：“怪不得了！你扪心自问如果是你闺女，你还让她报考吗？！”

扪心自问之后，丸子毫不犹豫地回答了一句：“如果是我亲闺女，我也会极力支持她报法学，除非她不愿意。”

小伙伴们都惊呆了：“‘劝人学法，千刀万剐。’亲闺女都送去学法学，你的良心不会痛吗？”

知识点

“劝人学法，千刀万剐”是学法的网友们一句著名的戏言。学法学的人到了期末考试前就要各种背，背到天昏地暗。熬夜复习，天没亮就起床去自习室占座是考试周常有之事。2018年夏天，某政法大学的期末考试周甚至被call了好几辆救护车。没错，救护车是来接复习到生病的法学生到医院的。可见，他们真的是用生命在准备期末考试啊。期末考试尚且如此，准备法律职业资格考试就更甚了。因为法学专业的备考太苦，因而就有了法学生们的这句戏言。

丸子呵呵一笑："我会支持我闺女学法学专业除了我给侄女说这些理由外，还有一个重要的原因，那就是：不能浪费她妈的基因。"

可以可以，这很丸子。

66 乐观的女孩运气不会太差

丸子这次回老家，碰上王嘉也刚好回来，两人就一起约着见了面。自从丸子说她经历过很多挫折之后，王嘉就很好奇，她的脑回路到底是怎么长的？为什么丸子能做到经历了很多挫折还能像没受过伤似的？王嘉虽然年纪比丸子大，这次遴选失利她都郁闷了好久。这次见面，她要一探究竟。

“你说你经历过很多挫折，你都经历过哪些挫折啊？”王嘉也是直来直去的性格，两个人才能聊到一块去。但是王嘉的直来直去不是那种没有分寸的直接，她也是跟丸子聊得很熟了，这次见面了才问的。

“Emmm，曾经遇到一个很喜欢的男生，我喜欢他时他退缩，他勇敢了我又没感觉了。这种错过算不算……”既然已经是好朋友了，丸子也不避讳让她知道自己的过去。

“这个勉强算吧，更多的是遗憾。”话虽这么说，王嘉其实觉得有时候遗憾比挫折更“过不去”。

“好吧……‘被绿’算不算……被‘小三’反咬一口污蔑成‘小三’，在网上造谣算不算……总公司想借调我，领导不让去算不算……”说起这些曾经让她觉得很痛的过往时，丸子却觉得不好意思。一个人怎么可以这么衰?

“额，我信了。你怎么这么倒霉，倒霉丸。突然有点心疼你了，我说真的。你经历了这么多还能这么开朗可爱，你得多坚强。”连朋友听丸子这么轻描淡写地说了几句都如此心疼了，丸爸丸妈可想而知。这也是丸子不告诉爸妈的原因。

“哎呀，都过去了，我都已经无所谓了。我还是给你讲讲平时我是如何进行心理建设，保持乐观的吧，供你参考。”丸子担心王嘉再心疼下去她会忍不住哭出来，就赶紧切入正题。

“好，丸老师请讲，我拿小本子记。”王嘉因为关注了丸子的公众号，知道她丸老师的称号。

“那我就把我心理建设时用的自我安慰的理由亲授给你，一般人我不告诉她。可能不太有逻辑性，‘嘉检’不要见怪哈。”大家都做过公诉人，丸子知道公诉人有多在乎逻辑。跟老赵日常聊天时，她就经常被喷说话没逻辑，所以她跟公诉人说话都有阴影了，要说话没逻辑了就赶紧先自己承认了。

知识点

“嘉检”是王嘉检察官的简称。不过，在检察系统内部，通常只有检察长和副检察长才能被简称（或者说“尊称”）为“某检”。普通检察官一般不简称“某检”，除非是朋友间打趣。

"嘿嘿，你是被怼怕了吗？放心吧，日常聊天我没那么爱抬杠的。"王嘉倒是很宽容。

"好吧，那我开讲啦。

1. 凡事多往好处想，对未来充满信心

这是自称为一个乐观的人最起码应该做到的。如果遇到事情往坏处想，那是悲观的思维方式。我虽然遭遇了那么多挫折，几乎一事无成。但是，我仍相信未来会是美好的，我的失败是在为美好的未来积攒经验值。

2. 运气虽然不好，至少我更强大了

以前每次遇到挫折，我就会想，这一次倒霉了，也许就把厄运用完了，接下来一定会顺顺利利的。但是每次这么安慰自己的时候，下一次还是继续倒霉，而且倒霉到现在还没转运，所以我就不这么想了。现在我认为，运气虽然不好，打击也足够多，但是哪怕接下来继续倒霉，我也不怕，因为我越来越强大了，我相信自己有能力应对接下来的挫折和挑战。

3. 对于不可控的事情，不去想太多

基本上，对于那些我的能力范围内控制不了的事情，我不会去忧虑太多。比如，参加一个比赛、一场考试，尽自己最大的努力去做好就行了，无论结果如何都坦然接受。当然，我说的是坦然，不是欣然；是接受，不是不在乎。任何一件事，只要付出了努力，不可能完全不在乎结果。但是在很多事情上，结果不是我们能控制的，我们能做到的就是尽量做到最好。哪怕我们觉得规则不那么公平、公开、公正，也要坦然接受。既然参加了，就得接受、尊重这样的规则，没什么好抱怨的。

4. 不随便责怪自己，对自己好一点

接着上面的例子，我不是说参加比赛或考试，哪怕觉得不那么公平、公开、公正，也要坦然接受，不抱怨。这个不抱怨既包括了不抱怨规则，无论是明的还是潜的，也包括接受失败了的自己。不要随便把没有如愿的结果归责于自己，努力过了就算对得起自己。不过，如果没努力，还是要适当地谴责一下自己。

5.“就当丰富一下人生体验吧”

现在不是很多法律人都考注册会计师吗，其实我也凑过这热闹。我有一年去参加过考试，可能是报了两门，具体考了多少分忘了，反正至少挂了一门。这事跟其他的挫折比起来根本不算什么，所以我一开始就没举例。虽然这考试也不容易，但是毕竟是我人生中第一次挂科，当时觉得颜面上有点挂不住。不过很快我就想开了。挂科也是种特别的体验，就当丰富一下苍白的人生吧。也许，没挂过科的人生是不完整的。最重要的是，这样的挂科对我的人生也没有负面影响啊。

6. 记仇，但不一定报仇

以前我是一个忘性很大的人，老是记吃不记打，也没什么脑子，被人卖了可能还替人家数钱。也因此吃过不少的亏。后来我发现这样下去不行，你太好欺负，别人才会随便欺负你，毫无顾忌、肆无忌惮。大家都爱拣软柿子捏，而对于硬骨头，啃之前都要掂量掂量。于是我就买了个小本本，把那些被坑大发的事情记下来。开玩笑的，其实是把那些坑人的事记脑子里了。这么做不是为了给自己添堵，也不是成天惦记着报仇雪耻，让自己的生活被讨厌的人牵着鼻子走得不偿失。记住吃过的大亏，是为了告诫自己，以后再遇到类似的事情，该长点心眼了。当然，如果报仇的机会摆在你的面前，那就顺手有理有利有节，以事实为依据以道德为准绳地把大仇给报了吧，不报白不报。孔子他老人家都说了，以德报怨，何以报德?

7. 把挫折当作磨炼，激励自己前行

我很喜欢《孟子》的那段话："天将降大任于斯人也，必先苦其心志，劳其筋骨，饿其体肤，空伐其身行，行弗乱其所为，所以动心忍性，曾益其所不能。"虽然前提不一定符合，天不一定降大任于我们每一个人，但我相信，经历过后，"动心忍性、曾益其所不能"的结果是一样的。历经"苦其心志，劳其筋骨，饿其体肤，空伐其身行，行弗乱其所为"没被打倒，一定会让你变得更加坚忍、坚毅，增加之前不具备的才能。

8. 大好人生，不要跟快乐过不去

讲真，我现在几乎不会因为一件事情难受超过两天。可能是长大了，也可能是经历的不如愿的多了也就习惯了。我对于那些争取过却得不到的东西很容易释然，并且坚信等待自己的会是更好的，只要我一直在变好。对于拥有过不愿失去而又不得不失去的东西也很淡然，失去这个，至少我还拥有其他，不是吗？又不是天之骄子，怎么可能什么好处都让你一个人占了？而且，有失才有得。塞翁失马，焉知祸福？做人最重要的是开心。无论发生了什么，不要跟自己的快乐过不去。

可能很多人觉得，痛苦才显得深刻，乐观会显得肤浅。但我不这么认为。痛苦不一定能让人深刻，对痛苦的反思才让人更加深刻。而乐观，也不意味着肤浅。看过这个世界的残酷和黑暗还能保持乐观，这很难能可贵。乐观是个好东西，我希望你也能有。"丸子一口气说完自己的自我开（催）导（眠）理由，不带踹气的。

王嘉听了之后就只会喊666了。

"有句话叫，爱笑的女孩运气不会太差，我看是乐观的女孩运气不会太差。因为爱笑是乐观的直观体现。丸子你这么乐观，当然也爱笑，而且是刘瑜说的'一点也不偷工减料的那种笑'，坏运气已经被你用光了，接下来一定会运气爆棚的！”王嘉对丸子表达了美好祝愿。

但正是因为经历了那么多的坏运气，丸子才不敢对未来的顺利抱有太大的希望，但是她对自己能挺过未来可能遇到的挫折还是很乐观的。

67 与机遇不期而遇

从老家过完周末回到仙汕，工作的一切还是照旧。现在丸子对民行的案件基本上都已经轻车熟路了，无论是民事审判监督、行政审判监督还是执行监督。林科长也放心地将很多事交由她做。

最近单位里有一个很盛的传言，因为市区一个基层检察院检察长位置空出来，离在仙汕县检察院第二个任期满还有三年的斯检要到市区去接替那个位置了。听到斯检要走的消息，丸子还是有点窃喜的。接下来无论谁来他们院当检察长，至少不会是对她有成见的。但是很快，她又为自己的窃喜感到羞愧。斯检虽然在年轻干部的发展问题上不开明了点，一碗水没有端平，但也不是什么坏人，没给她穿过小鞋；虽然对她没多重视和支持，至少也没反对她做自媒体。她觉得应该看开一点，没必要再对他有什么怨言。

很快，传言就被任前公示证实了。接替斯检的人叫方圆。方检是在检察系统成长起来的干部，基层公诉人出身，做过 5 年的反贪局长，每年考核全省第一，来仙汕县当检察长之前是市区一个基层检察院的副检察长。方检的雷厉风行在江东市检察系统是出了名的，现在她 40 出头就提了检察长，肯定是想干一番事业的。

丸子对这位雷厉风行的检察长却有一种莫名的好感，因为今年“三八”节时市检察院做了一期微信展示女检察官风采的活动，她和方检有幸同框。当时，方检的照片看起来又美又干练，是丸子特别欣赏的那种女性类型。现在她到仙汕当检察长，丸子觉得有这样的榜样在身边，干活也更有动力了。虽然只是小小科员一枚，她竟产生了要跟她一起干一番大事的愿景。

知识点

科员是体制内一般的工作人员，非领导干部。体制内非领导职务分为 8 种：巡视员、副巡视员、调研员、副调研员、主任科员、副主任科员、科员、办事员。一般本科毕业到基层工作职务的起点是科员，而专科毕业则是办事员。

2019 年，公务员职务与职级并行之后，非领导职务被职级取代，职级序列包括一级巡视员、二级巡视员、一级调研员、二级调研员、三级调研员、四级调研员、一级主任科员、二级主任科员、三级主任科员、四级主任科员、一级科员、二级科员。十二个级别。

方检到任后在院领导的引领下，到所有办公室都打了招呼。见了方检真人之后，丸子觉得她比照片上还好看，再想到她的优秀，她忍不住跟老赵“炫耀”起这位新检察长有多厉害。

老赵说：“厉害是厉害，但是不好搞定。”

老赵看人还是老辣的，这位新检察长还真不好搞定。

方检上任后，快速找了部门负责人谈话，对院里的情况进行了摸底。第一个谈话的部门就是民行。

林科长谈话回来后，一脸情况不妙的样子对丸子说：“咱们市的公益诉讼试点开始了，方检对咱们民行要求很高。”说到这儿，林科长停顿了一下，似乎若有所思。然后又接着说：“既然她要求这么高，我就开口向她提了人手的问题。她说肯定要增加人员的。”

听说科室要进人，丸子很开心。原本就两个人，如何开展公益诉讼？民行职能增加，按理也应加派人手的。只是斯检之前知道自己要走了，也就没进行人事调整。

“你也别开心得太早，新人肯定不会很快到位的，还是要辛苦你一段时间。方检刚到咱们院，对咱们单位的同志还不了解，不会轻易调动。她也说怕调了不合适的人到民行。”

“也是，方检重视这项工作，安排人事时肯定也会更加慎重。”丸子脸上的笑容逐渐消失，预感接下来的工作将是一场恶战。

不只是林科长谈话回来后神色凝重，其他部门负责人被谈话之后也是“压力山大”。大家知道，以后的日子肯定会比以前更累了。遇上年轻、有野心、有干劲的检察长，劳碌便是宿命。

因为方检上任时是年中，今年每个部门的工作计划是年初就定下来的，方检就要求每个部门把年初定下来尚未完成的工作上报办公室，办公室统筹制定任务清单，会同各部门商定每项工作的完成时间，由办公室每月对任务完成情况进行督查，各部门没完成工作的必须说明理由。可以说，没有任何偷懒、拖延的余地了。

见识了方检“抓落实”的方式后，丸子吓得瑟瑟发抖，又忍不住心生佩服。

知识点

抓落实，指把制定的目标任务落到实处。抓落实是党的政治路线、思想路线、群众路线的根本要求，不抓落实，再好的目标也是镜中花，其重要性不言而喻。因此，习近平总书记反复强调崇尚实干、狠抓落实。

跟所有的部门负责人谈话之后，方检让办公室的同志通知丸子过来谈话。这让丸子感到很意外。她一个普通科员，检察长约谈怎么轮也轮不到她啊。而且，她最近也没干啥可能让领导不放心的事，检察长也不至于要亲自批评她吧。丸子一头雾水地来到方检办公室。

方检笑容可掬地招呼丸子坐下，这让原本手足无措的她稍微放松了一点。“市院‘三八’节微信特辑我看了，你也在上面。很荣幸跟网红检察官同框啊。”方检主动拉起了近乎。

丸子虽然也见过一些世面，但是脸皮比较薄，不是那种能跟领导谈笑风生的人。对于领导的主动拉近乎，也只能报以尴尬又不失礼貌的微笑。

“我了解过你，考到检察院在政治处短暂待过之后就一直在业务部门了。讲真的，你有没有考虑过到综合部门来？到办公室来锻炼一下？”短暂的拉近乎之后，方检直接进入正题。

“没……没考虑过。”方检的提议令丸子措手不及，耿直的她只能如此交代。

“现在新媒体工作越来越重要了，我们不但要抓好主责主业，也需要把业务工作宣传出去。业务的工作很多人都能做，你做或者其他人做可能都差不多。但是做新媒体，你在能力和资源上的优势是别人无法替代的。这几年，你在检察宣传上做出的成绩有目共睹。咱们院现在新媒体工作基本处于半荒废状态，如果由你来负责，肯定能逆袭，我对你很有信心。院党组讨论过新媒体工作的问题，大家都觉得你是最适合负责这项工作的人选。怎么样，到办公室来？”

对于方检的青睐，丸子很是感动。斯检在的时候除了她拿奖时说了句“不错”，从来没对她有过任何言语或行动上的肯定。而方检，一来就向她表示了重视的意思。千里马常有，伯乐不常有。丸子不确定自己是不是千里马，而方检是实实在在的伯乐啊，她肯定不能随随便便辜负了伯乐的一番盛情。

但是她也确实是从没考虑过去办公室。而且，方检暂时是对她青睐有加。这种青睐，可能也有“距离产生美”的因素在。如果她去了办公室，成为方检身边的人，说不定还会破坏这种“美”呢！她也不敢轻易答应。

“方检，我能不能先考虑一下？”这是权衡之下最安全的回答了。

“好，我给你三天的时间考虑。”

从丸子个人的意愿来说，她是不想去办公室的。从小她就想当检察官，现在虽然不在公诉了，但是还在业务部门，以后总有当检察官的机会。一旦离开业务部门，也不知道以后还回不回得来，啥时能回来。她，绝对不能再像离开公诉那样轻易离开业务部门了。但是方检的赏识也不能辜负。她很纠结，不知道该怎么办。

“那你把活接下，人不去办公室不就好了？”这是老赵听完她的纠结之后给出的折中办法。

“对哦。现在最重要的是工作没人做，只要我把工作担下，人在哪个部门倒是其次。”丸子恍然大悟。“我马上去跟检察长说！”

“先别急。你先考虑清楚，你是想做好这项工作，还是应付一下？你在民行做新媒体，毕竟是兼职，你有多少精力分摊给这项工作？你们科长同意吗？民行分管检察长同意吗？”老赵一下抛出这么多问题，基本是丸子从没想过的，除了第一个。

“我接下这个活，当然是想做好啦！不然不是砸了我自己的招牌么？”丸子信誓旦旦地说着。

“单位新媒体工作跟你做自媒体不一样，要做好肯定需要其他部门的支持配合，靠你一个人是绝对不行的。如果你真的想好好干的话，就必须跟检察长提要求，要从每个部门抽调人，成立新媒体团队。还有，你们科长、分管领导那里也必须理顺，不然小心两边都不讨好。”老司机·赵的建议可谓每点都切中要害。

按照老赵说的，丸子去找了检察长。方检采纳了她的提议。

很快，院党组就以迅雷不及掩耳之势成立了新媒体工作小组，由丸子担任组长，每个部门都抽调了1~2人担任小组成员。领导是不是真的重视一项工作，最主要的看他愿不愿意给人。一切不给人的重视都是“伪重视”。

就这样，丸子就从一个只负责执行的“小兵”突然成为一个团队的负责人了。以后，她再也不是做好份内事就可以了，还得管别人做事。

 68 团队 leader 的担当

对于丸子负责单位新媒体工作，林科长是没什么意见的，因为民行本来就要抽一个人加入新媒体工作小组。但是现在民行多了项公益诉讼的职能，新人员还没充实进来，他担心工作安排不过来。至于傅检，丸子觉得应该也是没啥意见的，党组会讨论时他也参加了，如果有意见他应该早就反对了。

因为新媒体工作涉及全院，由政治处刘主任作为这项工作的分管领导，属于分管领导决定事项全部由丸子直接向刘主任汇报。

仙汕县检察院新媒体工作的现状是：起步晚、基础薄弱。在很多检察院新媒体平台已经积累了一大批原始粉丝和很多有益经验的情况下，想要后来居上，可谓难上加难。领导的高度重视和大力支持，让丸子既感到动力十足，又觉得“压力山大”。她知道，如果不建立科学规范的考核机制，新媒体工作肯定做不好。

经过几天的思索，她设计了小组成员的记分制，每篇稿件根据阅

读量、点赞数确定分值，每人每两个月至少供稿一篇，没完成任务的扣减相应分值。最后，每个人在新媒体工作上的贡献计入个人的年终考核。

如果没有明确的分工和考核，势必会导致互相推诿、扯皮，团队的运行效率将大大降低，甚至流于形式。

丸子的这项提议得到了刘主任的支持。

人员和规章到位之后，新媒体工作很快就步入了正轨。团队成员很多都是第一次接触新媒体工作，大家都有新鲜感，加上与个人考核挂钩，积极性也很高。方检对于新媒体工作也是真的重视，每期必看，必点赞转发，是新媒体平台的头号粉丝。一把手重视了，分管领导和各部门负责人自然也支持这项工作，大家都希望自己部门的努力和成绩被一把手看到。因此，丸子根本不担心没人投稿，反而是投稿太多让她每天花费很多的精力纠结选稿问题。

大家都是刚接触新媒体，对于新媒体写作不甚熟悉。很多稿件丸子都要进行大面积的修改、润色，有些相当于重写了，比她自己写还累。而且，新媒体团队刚成立，会排版的小编也还没培养起来，大多数稿件的排版都得丸子来排。所以，那个时候她几乎每天工作 15 个小时以上，除了吃饭和睡觉就是在工作，不是在策划、构思就是在写稿、排版，还要协调各个部门的配合和团队成员的分工，做好内容的后期推广。加班到凌晨也是常有之事。

虽然工作很辛苦，但丸子做得很开心。“士为知己者死”，古人遇到赏识、栽培自己的人，付出生命都在所不惜，忙一点累一点又算得了什么呢？只要忙得有价值。

所幸，付出收到了成效，努力得到了认可，丸子接手的第一个月，他们院的官方微信公众号就从全省落后跻身全省前 10，微博也进入全省前 10，并有多篇原创稿件被省市检察院转发。方检对丸子的管理能力和执行能力表示高度肯定。

那边，检察公益诉讼试点也如火如荼地开展了。上班时间，丸子经常要跟着林科长出门走访、调查取证，新媒体工作几乎只能午休和晚上熬夜进行。

知识点

2015 年 7 月 1 日，全国人民代表大会常务委员会授权最高人民检察院在部分地区开展公益诉讼试点工作。此后，检察机关开展了为期两年的公益诉讼试点工作。故事中的汉东省是检察公益诉讼的试点省份。在试点工作的具体开展中，汉东省分两批确定了辖区内的试点市，江东市为汉东省第二批公益诉讼试点市。

公益诉讼工作在经历短暂的一筹莫展之后，终于迎来了曙光。得益于新媒体平台对公益诉讼工作的大力宣传，群众了解到检察院的这项新职能。有多名群众到“仙汕检察”微信后台留言举报永乐溪流域非法采砂情况。丸子看到留言后，马上向林科长汇报，林科长也马上向傅检和方检进行了汇报。

永乐溪流域是仙汕县内重要的景观水域，是仙汕县的“母亲河”，也是首届“寻找最美家乡河”推荐河流，沿溪而建的永乐溪绿道被誉为“最美绿道”，是国家 4A 级旅游景区。

但是近年来，因为非法采制砂严重，“母亲河”永乐溪遭到了严重破坏，河道行洪安全和生态环境受到了严重影响，仙汕县人民的利益也受到了重大威胁，甚至有多个小孩在永乐溪流域非法采砂点附近溺亡。因此，才有了“仙汕检察”微信后台的那些举报。

呵护永乐溪水域生态环境，检察责无旁贷。方检当机立断决定成立调查组，从其他部门抽调了两名有侦查经验的检察干警加入调查组，对仙汕县境内河道流域采制砂情况展开了全面的调查，向县水利局、国土局等部门调取文件材料，到全县河道流域开展实地调查核实。

经调查发现，仙汕县数年来非法采砂现象屡治不绝，乱象背后是主管部门管理和整治不到位、监督措施不落实、监督职责不明确等问题。在审查了相关材料后，仙汕县检察院依法向县水利局、国土局、经信局、林业局 4 个部门发出了诉前检察建议。

知识点

诉前检察建议是检察机关在办理行政公益诉讼案件时，针对行政机关不履职的问题，在起诉前向行政机关发送的督促履职的检察建议。发送诉前检察建议是提起行政公益诉讼的必经程序。若行政机关没有依法进行整改，检察机关方可向法院提起诉讼。

各部门收到检察建议后高度重视，积极进行了整改。县水利局对违规采砂的砂场采取了拆除设备措施，国土局对违法占用耕地的砂场发放了责令整改通知书，并对砂场违规占地情况进行清理，经信局对违规用电的砂场强制停电，林业局对执法过程中存在的问题也进行了积极整改。

仙汕县检察院通过向县水利局、林业局、经信局、国土局 4 家单位发送诉前检察建议，督促相关职能部门积极整改落实，治理永乐溪流域水环境成效明显，134 处非法囤砂点全部处置到位，40 家非法采制砂场也全部拆除，清理出耕地 100.6 亩，大力助推了县委县政府开展永乐溪流域非法采制砂专项整治工作。

检察院的这项工作也得到了县委书记的批示肯定，并被《检察日报》、正义网等国家级媒体报道。后来，此系列案还被汉东省评为年度 10 大民行监督精品案件。

丸子既是这项工作调查组的成员，又是该工作的宣传人员，为工作取得良好的社会效果立下汗马功劳，方检更加觉得没有看错人。

69 学了法律才知道的事

虽然身兼数职，工作变得比在公诉时还忙碌，丸子也不敢荒废她好不容易做起来的自媒体平台。有的时候，宁愿熬个夜，也要上微博跟网友们互动一下。她知道，现在的自媒体比明星更新换代还快。你稍微更新得不勤快一点，很快就会被大家所遗忘。某种程度上来说，自媒体人跟明星是类似的，都要维持“热度”。

这些天微博上都在讨论著名影星王宝宝的离婚事件，王宝宝妻子出轨其经纪人，他的财产还被经纪人悄悄转移。法律自媒体圈顿时炸了锅，大家前赴后继地自愿加入王宝宝智囊团，不遗余力地为守护其财产出谋划策。婚姻法 360 度无死角地分析完之后，一向高冷、为公众所陌生的国际私法也闪亮登场。法律人们为宝宝的家产操碎了心，堪比为自己的离婚当事人争家产的努力程度！

知识点

国际私法对于不学法律的人来说属于冷知识。简言之，国际私法是调整国际民商事法律关系并解决国际民商事法律冲突的法律部门。

看到大家都这么专业这么上心，丸子突然觉得学法律好有用，至少学法律的人不会成为下一个王宝宝！因为法律人都太懂如何有效防范自己的财产了。不说离婚时让对方连条内裤都分不到，至少能保住自己辛辛苦苦赚来的血汗钱。

她突发奇想发了条微博问大家，“哪些瞬间让你觉得，学法律好有用？我美我先说，学法律可以避免成为下一个王宝宝！”

在丸子的微博中，法学生是最活跃的群体。大概是因为……闲吧。（当然，闲只是在平时，遇上考试就加倍还回去了。）

丸子发了没两分钟，法学生“@慌张的火”就快速留了几条留言。

@慌张的火：我帅我接着说。法律解决了困扰中国男友多年的终极烦恼。

众所周知，老妈和女友同时落水，距离一样，且都不会游泳，先救妈还是先救女友，这是中国女友最爱问，中国男友最头疼的问题。一个是生你养你的母亲，另一个也许是今生挚爱，从情感上来说，让谁不得救都舍不得，还真是两难。

虽然从情感上难以抉择，但是法律却毫不纠结地给出了唯一正确的答案：先救妈！因为跟妈的在法律上的母子关系，让你在老妈落水有生命危险时有了救助义务。如果不先救妈导致其丧生，你的行为将构成不作为的故意杀人！所以当然先救妈了。

先救女友的话，也许就失去了老妈，而且还要落得坐牢的下场，他日出来女友也不是你的了。“赔了女友又折妈”，具备完全刑事责任的人都不会这么做吧?

学了法律，妈妈再也不用担心你不知道该先救谁了！ 当然以上带有调侃性质。生命同样可贵，都应该被尊重。

丸子的头号大粉丝“@孙2飞呀”也火速赶到战场，留了两条。

@孙2飞呀：学法律能防止我们因掉进钱眼里而失足。史上最赚钱的方法都被写进《刑法》分则第三章破坏社会主义市场经济秩序犯罪，以及第六章第七、八、九节涉黄、涉毒犯罪里了。但这些钱赚不得，要坐牢甚至是要送命的！

我们老师总说学法律的人都比较胆小。其实更准确地说，应该是学法律的人都比较谨慎。学了法律，你会更清楚哪些红线是绝对不能碰的，然后避开那些犯罪手段，合法致富。当然，更可能发生的情况是，学法律永远致不了富。但有一点可以肯定，学了法律，你会更有敬畏感和畏惧之心，不敢“失足”。

律师小伙伴们也不甘示弱。相对学生们的学院派思路，“@阿K不胖”的留言就社会多了。

@阿K不胖：学法律让你在亲友同学间刷足存在感。

自从学了法律，七大姑八大姨及各路未曾谋面的远房亲戚，遇到可能跟法律沾边的问题都跑来问我。失联多年的老同学们遇到纠纷也纷纷上线了：“最近决定跟老公离婚，怎样才能多分点家产？”“在外做不正当生意被刑事立案了，怎样才能被判轻点？”

大到关乎生命和自由的事情，小到早上一只鸡被邻居偷了怎么要回来，都可能被咨询。

从前毫不起眼，聚会总是被遗漏的我，从未像现在这样被世界呼唤过。虽然每次被咨询法律问题时，我内心都为不能打开秒表计费而抓狂。“我们贵着呢！”但不可否认的是，学了法律，让我们刷足存在感，甚至会有被这个社会需要的感觉。

有野路子律师之称的“@ 花花饿少”这次的留言却一反常态的很正经。

@ 花花饿少：学了法律才知道“一事不再罚”！有次，我车忘记年检了，开在路上被交警“蜀黍”开了罚单。后来在路上又被另一名交警“蜀黍”拦下。还好我是学法律的，我赶紧跟“蜀黍”说：“我已经被处理过了，一事不再罚的！”看到交警“蜀黍”呆住的表情，我觉得自己的法律没白学。

知识点

“一事不再罚”是行政法上的一个原则，指的是对违法行为人的同一个违法行为，不得以同一事实和同一依据，给予两次或者两次以上的罚款。这里野路子律师因为忘记年检已经被交警处罚过一次，交警不能因为同一个事由再对他进行处罚。

看到这个留言时，丸子觉得，当时她如果在场，一定要冲上去给这位小伙伴点赞。能做到将法律学以致用，确实没白学。虽然违法不应该肯定，但是他不让自己的一个行为被重复处罚的法律意识、权利意识应该被肯定。

见留言区如此热闹，检察官“@genjimomo”也忍不住来分享了他的看法。

@genjimomo：学法律能让你在热点事件中保持理性。

每次热点事件出来，舆论场闹得纷纷扬扬，很多时候网友全凭自己的一贯立场站队，有时甚至毫无理性可言。营销号为了博人眼球趁机造谣，谣言漫天飞，让原本就已模糊不清的真相更加扑朔迷离。有时候当真相终于浮出水面时，对很多人来说已经不重要了，因为他们早已认定自己愿意相信的事实才是真相。

热点事件中，那些理性的法律人的声音就仿佛混浊的舆论场中的一股清流。不跟风、不盲从，用法律的眼光冷静分析事件始末，不为"舆论审判""民意裹挟司法"助力。也许做不到让舆论回归理性探讨的正轨，至少能在一定程度上扭转舆论走偏的趋势。这就是学法律对我们自己看待问题、对这个社会的舆论走向的用处。

……

看完留言区大家脑洞大开的留言后，丸子再一次被网友们的机智所折服：果然高手还是在民间啊！

70 卧底警察择偶理由探析

之前只是做自媒体，丸子尚且要追追热剧，方便参与网友热议话题的讨论。现在还要负责单位的新媒体平台，她更不能允许自己对热剧视而不见了，特别是当下最热的跟法律沾边的网络神剧《余罪》。

知识点

《余罪》改编自常书欣同名网络人气小说，讲述警校学生“余罪”在一场特殊的选拔之后成为警方卧底，与毒贩生死搏斗的惊险故事。因讲述的是吸引眼球的“警方卧底”的故事，深受法律人和大众的喜爱。

因为那段时间实在是太忙，丸子都是在业余时间各种见缝插针看《余罪》这部剧的，看的速度贼慢。等她好不容易看完时，各种剧评早就铺天盖地了。法律人们就《余罪》中涉及的法律问题已经进行了全方位的深度剖析，根本不给她留任何分析的空间。

眼看着没文章可写，这剧要白追了，她忍不住扼腕叹息，以后追剧、蹭热点要趁早。就在此时，有网友问她："余罪最后为什么会选择'大胸姐'林宇婧而不选自己之前一直惦记的'女神'安嘉璐？"丸子急中生智，觉得可以写篇文章谈谈。严格来讲，这不是法律领域的话题，是情感领域的。也好，她之前本来就是半个情感博主，写此文不过是重操旧业罢了。

余罪最后为什么选"大胸姐"不选"女神"？

《余罪》第二季最后一集，余罪坐上汽艇去抓捕"大嫂"前对"大胸姐"说：如果我能活着回来，一定娶你。

当时觉得挺意外也挺感动的。第一、二季都没见余罪和"大胸姐"正式开始谈恋爱，怎么突然就谈婚论嫁了？但仔细想想，余罪最后放弃了心中的女神安嘉璐说要娶"大胸姐"，也是可以理解的。我觉得余罪之所以做出这样的选择，可能是基于以下几方面的原因。

1. 女神只能"供着"，只可远观不可亵玩

余罪开始对安嘉璐也是真心喜欢，这点无可争议。然而女神身边却一直有个从小一起长大的高富帅解冰紧紧相随，她对余罪这种学渣更是正眼都不看一眼。余罪也就只能偶尔搞搞小动作欺负一下解冰，在女神那里刷刷存在感。

即便后来，通过余罪坚持不懈地搞破坏以及选卧底集训中与解冰的深入接触，安嘉璐发现了解冰内心的自私和功利，同时也发现了余罪对自己的好。但她对余罪更多的还是认可和感动，再无更多的感情表露。

而余罪呢，哪怕把自己在羊城集训中坑蒙拐骗赚的所有钱给安嘉璐用，因为不想让她吃苦，他也不敢向安嘉璐承认是自己给的！那时候他还不知道自己被内定为卧底，不知道自己即将面临的危险，不存在说他担心自己给不了安嘉璐安定的幸福才不敢追求。所以，他那时候不敢向安嘉璐承认是自己把钱给安嘉璐的唯一理由就是他自卑。他觉得自己作为一个一无是处的屌丝配不上光芒万丈的女神。

有句话说：如果你觉得你配不上一个人，那你就永远配不上她。尽管你通过自己的努力，在世俗的眼光中够得上女神了，但是在你自己心里，她永远高不可攀。因为安嘉璐是女神，可望而不可即，所以余罪不敢选她。

2. 余罪和“大胸姐”有共同的事业和追求

余罪和“大胸姐”不仅是同事，还都是公安厅特勤处的警察。二人不仅有着所有公安民警共有的巩固党的执政地位、维护国家长治久安和保障人民安居乐业三大使命，还有细化到破获傅国生团伙特大贩毒案件的共同任务。可谓志同道合，有共同的事业和追求。

有人说，同事谈恋爱不好，万一分了，后患无穷。抬头不见低头见，怪尴尬的，还要忍受周围同事异样的目光。就算没分，最后结婚了，你们的交际圈基本一致，圈子太小，不利于开阔眼界，随时接受新观点、新事物。

但凡事有弊必有利，其实同事谈恋爱也有好处。有共同的事业就比较能理解、体谅彼此的辛苦和难处，可以减少很多无谓的质疑和争吵。有共同的追求也能让彼此有更多的共同话题和精神交流，比较容易形成心灵上的共鸣。余罪和大胸姐之间的爱情，我觉得是利大于弊。

有共同事业和追求的爱情，或许更坚定和稳固。

3. 余罪和大胸姐一起当卧底，“革命感情”深厚

“大胸姐”第二季中也加入到卧底的行列，虽然更多时候充当的是“猪队友”的角色，但总归是跟余罪一起出生入死，有着过命的交情，不是，是爱情。

特别是那一幕，在老傅家，小涛揭发余罪是卧底，余罪被老傅那个合作伙伴揍个半死。“大胸姐”料到余罪有危险，二话不说就拎着个炸药包，只身前往老傅家中，和余罪共赴生死。在余罪差点被毙了的时候，“大胸姐”及时挺身而出，要引爆身上的炸药，以同归于尽相威胁，他们才不敢轻举妄动。这是大胸姐在第二季中难得的智商和勇气同时在线的时刻，我反正是有被感动到。

正是有着这样深刻的共同经历，他们之间的感情变得更加刻骨铭心。

4. 余罪和“大胸姐”懂彼此的痛苦和坚持

“大胸姐”的前男友，准确地说应该是未婚夫，就是干卧底的。如果他圆满完成任务，基本上就没余罪什么事儿了，无论是卧底的事还是“大胸姐”感情归宿的事。但是很不幸，他被发现了，然后被残酷杀害。但由于他是卧底，就连死，都得死得悄无声息，隐秘而伟大。留给他的就只有代号。

“大胸姐”作为牺牲特情的前女友，她太懂当卧底的危险、孤独和不易了，她跟前男友甚至连一张合照都没有。所以她懂余罪，能明白他的痛苦。

而余罪自己就是卧底，命悬一线，随时准备牺牲生命。他也知道卧底女友有多难当，有多担忧和不安，要时刻准备着失去对方，所以他懂“大胸姐”的痛苦，明白她仍然支持前男友并且自己也从事这份工作的坚强和担当。

这份懂得，是余罪和安嘉璐之间所没有的。有的时候，“懂你”比“爱你”甚至更为重要。廖一梅说：在我们的一生中，遇到爱，遇到性都不稀罕，稀罕的是遇到理解。

所以，一边是年少时心中的女神，只能仰视和膜拜，一边是革命道路上的伙伴，而且在并肩作战中日久生情，余罪在两者中选择后者也并不奇怪。

有人也许会说，那是因为安嘉璐也不会选余罪，所以余罪只能要“大胸妞”吧。我倒觉得，首先，大胸妞无论是人品、能力还是外表都不差；其次，即便安嘉璐愿意接受余罪，余罪也还是会选大胸妞。因为过命的感情无可替代。

作出以上分析后，丸子觉得自己的分析简直是无懈可击。给“法律读库”投稿前，她没忍住在读者群里跟大家小范围分享了这篇《余罪最后为什么选“大胸妞”不选“女神”？》。

群里的“老司机”“宇宙第一帅”秒回：“因为‘大胸妞’胸大啊。”这么快回复，一看就知道只看了标题没看文章。

可正是这样不假思索却让人觉得“好有道理、无言以对”的回复，才让丸子感到内伤：“你一句话概括，敢情我分析了这么多都白写了？”

唉，新媒体人追个剧，不容易。

71 基层公益诉讼之难

仙汕县检察院公益诉讼工作首战告捷的因素是多方面的，既与检察院扎实的调查取证密不可分，也与县委县政府态度鲜明地支持密切相关。因为县委县政府对于永乐溪流域非法采制砂进行整治的坚决态度，使各个履职不到位的行政部门对于检察院发送的诉前检察建议都不敢怠慢。

非法采制砂监督案之后，仙汕县检察院公益诉讼工作重新陷入了僵局。一方面，公益诉讼的案件来源很少，基本局限于从自侦部门以前办理的案件中挖掘；另一方面，方检虽然将之前在非法采制砂调查中表现突出的小江调入民行，民行的人手仍不足以应对开展线索排查、调查取证、沟通协调等一系列工作。况且，丸子还肩负着新媒体工作的重任。此外，在之后的行政公益诉讼案件查办过程中，出现了一些行政机关不买账的情况。

从去年反贪局、反渎局联合查办的职务犯罪案件中，民行科发现县财政局当时给“穗禾合作社”非法发放农业补助金 15 万元。在调查过程中，财政局认为会影响部门利益而拒绝配合。民行将工作开展过程中遇到的阻力向方检进行了汇报，方检态度鲜明地表示要查下去。最后，民行排除阻力查实财政局并未向“穗禾合作社”收回该笔补助金，导致国有财产流失。

仙汕县检察院依法向县财政局发送诉前检察建议，督促财政局向“穗禾合作社”收回非法发放的补助金，却遭到了财政局的拒收。“局长交代了，不能签收检察院发来的建议。”出来接洽工作的财政局工作人员对丸子和小江说。

遭到拒收后，丸子马上打电话向林科长汇报。林科长第一时间赶了过来。林科长到财政局时，财政局的吴局长也过来了。

“这笔钱我们收不回来了，检察建议你们拿回去！”吴局厉声说道。

林科长耐心解释：“我们了解过了，‘穗禾合作社’经营状况良好，收回 15 万元补助款不是问题。”

“要收你们自己去收！”吴局愈加生气。

“按照法律规定，应该你们去收回的，这是你们行政机关的职责。”林科长仍然耐心解释。

“不要跟我们说什么法律！检察建议你们一定要留在这的话就放垃圾桶里！”吴局最后扔下一句话，转身就走。

丸子当时其实很想说，“如果被起诉了，你们后悔都来不及”。但是她一个小科员，又有什么资格“警告”堂堂的财政局长呢？机关之间的协调，还是讲究职级对等的。

既然他们明确表示不会收，民行一行人也只好灰溜溜地回去，请领导协调。

最后还是方检出面协调，把其中的利害跟吴局讲清楚——收到检察建议后按要求履职了不会被起诉，也不影响他们单位的绩效考核，财政局这才签收了检察建议。

部分行政机关对公益诉讼工作的认识存在误区、认同不够，归根结底，是沟通环节出了问题。行政公益诉讼不是一项制裁措施，其设立的初衷是为了督促行政机关依法履职，助推法治政府的建设，而不是将行政机关告上法庭，追究有关人员的责任。行政机关只要按照规定予以纠正并及时回复，不会面临被起诉的结果。对于行政机关不依法履职的行为，检察机关如果没有及时提出建议并督促其纠正，置之不理、任其发展，一方面不能扭转这些行政乱象，另一方面可能使一些苗头性问题演变为刑事犯罪。所以，从本质上讲，行政公益诉讼反而是一种保护性措施，将行政机关存在的苗头性问题及时制止、解决，以防微杜渐。要转变行政机关对公益诉讼的错误观念，检察机关仍有很长的路要走。

虽然江东市是汉东省的第二批试点市，第一批试点之前已经积累了一定的经验，但是公益诉讼在立法上尚未明确，很多工作仍然是摸着石头过河。此外，仙汕县检察院还要积极探索争取党委和政府支持的方式，力求将行政机关配合检察机关开展公益诉讼调查核实的情况，纳入行政机关的年终考核体系。

知识点

考核是体制内推动工作落实的重要手段。将重要的工作纳入考核范围、提高考核分值权重，可以倒逼责任部门重视该项工作并执行到位。

除了这些探索外，他们也积极采取措施，拓宽案件来源渠道。民行科牵头在检察院内部设立公益诉讼案件线索移送机制，相关业务部门在履职中发现公益诉讼案件线索的，及时移送民行部门进行案件线索评估。仙汕县检察院与环保、国土、市场监督等部门建立了协作机制，上述部门发现破坏生态环境和资源、食品药品安全领域侵害众多消费者合法权益等损害社会公共利益的行为，符合民事公益诉讼启动条件的，将案件线索移交检察院。他们还通过控告申诉部门和官方新媒体，线上、线下同时接受群众投诉举报，方便知情群众及时、有效提供线索，畅通群众投诉举报渠道。

检察公益诉讼，任重道远。为了积极探索这项工作的开展，民行部门使出了洪荒之力。

72 “有追求”与“守本分”

民行和新媒体工作两头兼顾，熬夜便成了家常便饭，令丸子感到心力交瘁。虽然丸子一直奉行以本职民行工作为先，新媒体的工作尽量加班加点做，还是不可避免地出现了一些工作上的冲突，甚至因为太过劳累在工作中还出现了一次失误。

有次江东市检察院分管民行的副检察长来调研，是丸子起草的汇报材料。傅检因为是市检察院下派到仙汕县检察院来挂职的，对于市检领导来调研就格外重视。平时丸子起草的材料傅检都草草通过了，基本不会改，这次却格外认真地亲自改了三遍。

知识点

挂职即挂职锻炼，是公务员的交流方式之一，有“上挂”和“下挂”

两种形式。因培养锻炼公务员的需要，组织会选派公务员到下级机关或者上级机关、其他地区机关以及国有企业事业单位担任相应职务。公务员在挂职锻炼期间，不改变与原机关的人事关系。傅检从江东市检察院到下级院仙汕县检察院挂职副检察长是“下挂”。

因为亲自改过那么多遍，傅检对于汇报材料已经比较熟悉。在汇报的过程中，他发现丸子给他打印的是倒数第二稿的版本，与定稿版稍有出入。因为记得定稿版的内容，他临场做了更改。

傅检本想在市检领导好好show一下，结果差点被丸子“坑”了，当然很生气。会后，她当着方检和林科长的面质问她怎么这么粗心。

林科长见状想帮丸子解释，说他一早还给丸子安排了很多工作，太忙了才会出错。没想到方检抢先替她解了围：“工作太多出错在所难免，以后注意一点就是了。”

方检如此“护犊子”让丸子感到很惊讶，同时又很感动。她知道自己不该犯这么低级的错误，傅检批评得也没错，她心甘情愿接受，没有什么借口可找的。职场不是讲感情的地方，领导没有义务来宽容你！但是对比之下，方检表现出的愿意包容工作努力的同志偶尔的失误的气度更值得感激。她觉得自己这么辛苦，值了。

一把手都表态原谅了，傅检也没再说什么。

那次方检离开时路过丸子身边，还偷偷对她说了句：“检察院是一个包容的地方，不用太过紧张。”

所幸，除了那次忙中出错外，丸子也没再出什么错。只是，新媒体工作不可避免地要分散部分工作精力。另外，民行人手紧缺的问题日益严峻。林科长知道丸子已经尽量不影响民行工作了，他对丸子倒没什么看法，哪怕丸子不做新媒体，民行这样的人手也是不够的。作为科长，他只能向傅检反映人手不足的状况。

傅检来挂职前在江东市检察院办公室工作，对于业务不熟悉，又因为没做过部门负责人，对于抓工作不是很在行，工作没有得到方检的认可，因此不太可能留下来成为实职副检察长。所以，他对于要人这件事并不会多上心。即便他跟方检开口要人也不一定要得到，反正挂职结束他也走了，就不想费这个心力。面对林科长要人的提议，傅检就只是回复：“你让丸子别做新媒体了。”

面对傅检的推脱，林科长一时无言以对。

从傅检办公室“空手而归”之后，林科长向丸子转达了领导的意思。

“傅检让您叫我别做新媒体了是什么意思呢？他是让我别当负责人了，还是让我都推给其他团队成员做呢？如果是让我别当负责人了，我可以不当。这个负责人本来也不是正儿八经的职务，不当对我来说没什么影响。他如果不想我继续做新媒体了，他可以向党组提出，我没意见。如果是让我推给其他人，我做不到。如果我还做这个负责人，就必须自己做好表率才能服众，其他人也才会有积极性。我做不到自己不主动担当，却心安理得地享受别人的成绩。”负责新媒体以来，丸子一直都是要求自己多担当，她的辛苦付出大家都看在眼里，正因为如此每次她给大家安排任务，大家都不会觉得她是想甩锅，也都很积极配合。

林科长没有正面回答，就只说了句：“你知道他的态度就行了。”为了不让丸子太为难，他又补充了句：“你做新媒体是院党组的决定，也不是你说不做就不做的，我的层面理解你，也会尽量配合。”

院党组讨论让她负责新媒体时，参加党组会的人是傅检不是她，当时他在会上不提意见，现在人手不够又让她别做了；民行人手不足需要加人，他作为分管领导不去向检察长提要求，却让科长叫丸子别做新媒体；就连叫丸子别做，他也不亲自说，而是让科长出面，说成是科长自己的意思……丸子也不知道该如何形容自己的遭遇了……

在夹板气中迎来了又一年元旦，丸子又一次喜提“全国十佳检察官微博”。因为她在检察宣传工作中的突出贡献，江东市检察院授予她个人三等功，这也是仙汕县检察院当年获得的唯一一个个人三等功。

知识点

三等功是国家机关的一种奖项，授予成绩突出，有较大贡献的个人或集体。比三等功更高的荣誉是二等功、一等功，授予成绩特别突出，有更大贡献的个人或集体。

元旦过后，办公室副主任顾主任就正式调回他老家那边的检察院了，副主任位置出现了空缺。

方检来到仙汕县检察院后，丸子的努力和成绩她都看在眼里。

方检也是一个人来仙汕工作，丈夫和孩子都在市区，所以晚上她经常会留办公室看书或者加班。每天晚上走之前，她都会下意识看看哪些办公室的灯还亮着，而丸子办公室的灯基本上每次都是亮着的。丸子的拼劲让方检觉得仿佛看到了年轻时候的自己。

自从丸子负责新媒体工作以来，他们院的新媒体作品就成了上级院转发的常客，月度排名几乎每次都在全省前 10，甚至还曾跃居全国基层检察院前 10。更重要的是，全院上下都参与到这项共同工作中来，大家的凝聚力和集体荣誉感比以前更强了。为了能有更多值得宣传的成绩，大家的工作积极性也比以前更高了。从丸子抓新媒体工作开始，方检发现她还具有很强的协调能力。而她个人拿的奖、取得的成绩更不必说。方检觉得，从能力上看，丸子是副主任的最佳人选；从成绩和资历上看，她也是最服众的人选。

所以她再一次找丸子谈话，让她到办公室来，组织程序通过的话任命她当副主任。

都说“树挪死，人挪活”，丸子却不是一个特别愿意“挪”的人。每次到一个地方，她就像一棵树被种在那里。一旦想“挪”，都是被逼得极度不爽了。都把自己当成树了怎么可能特别想挪呢，“挪”一下可是连根拔起之痛啊。

现在在民行，她的处境挺尴尬。同时兼职负责新媒体，忙点累点其实没什么，只要心里痛快。但是，那么累了，领导如果还不支持、不担当，那才叫憋屈。

因为稍微觉得有点憋屈，也因为方检是真的很有诚意（毕竟是时隔半年后第二次提出让她来办公室了），这次丸子当场就表示“我愿意”了。

“不再考虑一下？”方检打趣道。因为上一次丸子就是在“考虑一下”后拒绝调入办公室的。

“不考虑了，非常感谢方检对我的信任，真的很感激。半年前我不想来办公室，其实也有怕做不好让您失望的原因在。当时我没有任何综合工作经验。经过这半年兼职负责新媒体，稍微接触了点综合工作，所以敢试试了。到办公室，也可以锻炼一下我的综合能力。之前一直在业务部门工作，综合协调能力是我的弱项。还有就是可以多向您学习，其实我一直都很佩服您！”丸子既表了忠心，也没忘解释一下当时不来的原因，尽管迟到了半年。

丸子当时的“不敢”在方检看来不是“没魄力”，而是进退有度。这让方检更加赏识和敢重用她了。这样的干部清楚自己的能力边界在哪儿，不会好高骛远追求自己配不上的位置，也不会因为取得了一点成绩就向她提令她为难的要求。在做工作上有追求，看待前途问题又守本分，用得放心！

73 不在其位谋其政

经过规定程序，丸子被任命为办公室副主任。之前她负责新媒体工作，随着这项汇聚全院力量工作的推进，同事的凝聚力和集体荣誉感增强了，单位的氛围也比之前更加团结和积极了。那是她第一次深切地感受到综合工作的重要性——做好了不仅仅是这项工作本身有成绩，还能推动整个单位的裂变发展。所以，她丝毫不敢轻视综合工作。她到办公室，也不是去“偷闲”的，而是真的想提高自己。

其实很多人得知丸子去了综合部门之后都很纳闷：“司法改革之后，行政人员出路窄，待遇也相对较差，大家挤破头往业务部门钻，你怎么还往综合部门调？”的确，出路和待遇是非常现实的考量，大家会顾忌也是人之常情。但是作为一名青年干部，丸子觉得，能力的提升比出路、待遇更重要。由于长期从事业务工作，综合能力之前一直是她的“短板”。一只木桶能盛多少水，并不取决于最长的那块木板，而是取决于最短的那块木板。想要“盛更多的水”，变成更好的自己，就必须补齐“短板”，所以她愿意到综合部门去锻炼。至于检察官梦想，还在检察院就还会有机会。

司法改革之后，基层检察院综合人手部门变得异常紧缺。作为办公室的一员了，她当然不可能只做新媒体这一项工作，写信息、起草综合性文稿、起草文件等工作也要参与。

刚到办公室，高主任就将起草2017年全院工作计划的文件交给丸子。作为文件的起草人，党组会讨论今年工作计划时，她也在场旁听了。这是她工作4年多以来第一次旁听党组会。听了党组成员对工作部署的讨论之后，丸子受到领导们的感染，对工作产生了更强烈的责任感。

知识点

党组是党在中央和地方国家机关、人民团体、经济组织、文化组织、社会组织和其他组织领导机关中设立的领导机构，在本单位发挥领导核心作用。党组成员则是这个领导机构的成员。检察院党组成员一般包括：检察长、副检察长、纪检组长和政治部（处）主任。党组会则是党组成员召开的会议，讨论和决定本单位的重大问题。

党组讨论定下来10项重点工作和大致的内容之后，将这些意见抽象化和具体化就是丸子的任务啦。抽象化是将讨论的意见进行概括和提炼，具体化则是将每项重点工作进行细化，制定任务清单，明确责任领导、责任部门和责任人，确定完成的时间线和具体的工作措施。

这些当然不是闭门造车随便造出来的，丸子必须根据每个部门、每项工作的实际情况进行分配。初稿出来后，部门负责人和分管领导审核通过了，还要征求各部门意见，再根据意见进行反馈。总不能在各个部门不知情的情况下就把他们的工作给安排了吧!

“不谋全局者不足以谋一域”，到了办公室，真正开始做“谋全局”的事之后，她才真切地体会到了这句话的含义。

如果说起草涉及全院性工作的文件让她感受到什么是“谋全局”，那么起草领导讲话稿则让她体会到，有时候“不在其位”也要“谋其政”。

起草领导讲话稿，除了执行领导的意志外，还要做到设身处地地站在领导的角度去思考。没写讲话稿的时候，丸子觉得写领导讲话稿最考验的是文笔，真的写了之后才知道，要写好，既考验文笔，更考验情商。

年初全院性工作的文件出台之后，各部门按照任务清单推进工作，办公室仍然是每个月按时进行督查。一季度工作下来之后，院里决定召开督评会点评第一季度的工作。这一次的讲话稿，主任又安排丸子来起草。督评会讲话稿不仅要对工作进行总结，还要分析、点评。哪些做得好，要表扬；哪些做得不好，要批评；哪些做得还不够，再激励激励；已经努力了但成效还不明显，至少要肯定努力。该表扬的一个都不能少，不然大家会心理失衡；该批评的要把握好分寸，不然会打击大家的工作积极性。要让每位同志都感觉到努力得到认可，对于不足又有所反思。总结提炼固然重要，功过的准确定性、点评的拿捏得当也很重要。

知识点

督查，即督促检查，是体制内抓工作的一个方式，目的是促进任务的落实、推动目标的实现，通常与“考核”组合成“督查考核”。

写的过程中，丸子深刻地体会到写领导讲话稿绝非易事，领导思路的领会、行文思维的养成、语言的表达、度的把握，都需要不断去学习、总结、反思。

一向高要求的方检拿到丸子起草的讲话稿之后居然没有提出任何修改意见，只说了三个字："用心了。"

领导是讲话的那个人，你站在他的角度起草讲话稿，用没用心他最清楚。

74 网络暴力是“大V”的准入门槛

多年的耕耘，丸子的微博真正开始有了流量，偶尔也涌现出一些阅读量过千万的内容。只是有的“千万加”是开心的事，有的“千万加”却让她很受伤。比如“五一”前夕的那条“千万加”微博，让她受到了前所未有的网络暴力。

“五一”节放假前夕，在坐大巴车回家的路上，丸子看到好几个网友微博上艾特她，让她谈谈湾水县检察院“调解未成年犯罪嫌疑人强奸案”的看法。因为涉及她最爱的检察系统，丸子决定这件与她个人无关的“闲事”还是要管管的。

看了始末之后，丸子发现这是一起典型的宣传事故。湾水县检察院未检科在办理一起16岁初中生强奸17岁女生的案件时，促成双方达成民事赔偿协议，然后将原本被逮捕的男生强制措施变更为取保候审，让其回校上学。男生父母为感谢检察官，送来了锦旗。这么一起不适合宣传的敏感案件被湾水县检察院拿来宣传，还在宣传稿中将“达成民事赔偿协议”习惯性地写成“和解”（实践中，口语经常把“达成民事赔偿协议”说成“和解”），并且没做好释法说理工作，说明变更强制并非是结案。

知识点

刑事案件中的民事赔偿协议是指双方当事人在自愿的基础上，就犯罪行为造成的被害人人身损害或财产损失达成的赔偿协议。理论上讲，就犯罪行为造成的一切经济损失，双方当事人均能达成民事赔偿协议。双方当事人达成民事赔偿协议后，司法机关在追究犯罪嫌疑人刑事责任时，酌情可以从宽处理。

而刑事和解则不同。《刑事诉讼法》第288条规定的刑事和解的适用范围是，因民间纠纷引起的，可能判处3年有期徒刑以下刑罚的涉嫌侵犯公民人身权利、民主权利罪，侵犯财产罪的犯罪案件和除渎职犯罪以外的可能判处7年有期徒刑以下刑罚的过失犯罪案件。也就是说，只有轻微刑事案件才能适用刑事和解。根据《刑事诉讼法》第290条的规定，对于达成和解协议的案件，依法可以从宽处理。

综上，民事赔偿协议和刑事和解的区别在于：（1）适用范围上，前者范围更广；（2）从宽处理上，前者是酌情可以从宽，后者是依法可以从宽处理。

“强奸案怎么可以进行民事赔偿？而且是检察机关促成的！”网友们在情感上对此难以接受，加上误以为检察院启动了“刑事和解程序”，将男生放了、结案了，一时间舆论一边倒地抨击湾水县检察院违规办案。

检察院在这起事件中的一些做法是存在问题，但是违规办案不存在，丸子觉得不能任由网友们这么误会下去。在回乐居的大巴车上，她拿起手机就开始写她经过详细了解后对此事件的看法，对网友们普遍误会的问题进行了澄清。

不被网友理解的观点

【16岁初中生强奸女生，在检方调解下双方和解，男生回校上学】对此事谈4点看法：

1. 检方变更强制措施并非于法无据

有人问我，这家检察院是否知法犯法？

客观讲，我并不觉得检察院知法犯法。这并非因为我是检察院的，屁股决定脑袋。而是从报道披露的信息来看，湾水县检察院的决定并没有违反《刑事诉讼法》的相关规定。

《刑事诉讼法》第81条规定：对有证据证明有犯罪事实，可能判处徒刑以上刑罚的犯罪嫌疑人、被告人，采取取保候审尚不足以防止发生社会危险性，应当予以逮捕。

也就是说，逮捕除了满足：（1）有证据证明有犯罪事实，（2）可能判处徒刑以上刑罚两个条件外，还必须要求采取取保候审尚不足以防止发生社会危险性。

知识点

刑法上的社会危险性是指行为人再次犯罪的可能性。刑事诉讼法上的社会危险性是指可能实施新的犯罪或其他可能严重妨碍刑事诉讼进行的行为，如串供、打击报复被害人、证人等。

本案中双方已就民事赔偿达成协议，犯罪嫌疑人真诚悔过，检方认为被告人没有社会危险性不无道理。

值得一提的是，从法律上来讲，当事人在刑事案件中有权就任何民事赔偿达成和解。比如故意伤害致人重伤的，虽然法定刑是3年以上有期徒刑，当事人双方仍然可以就民事赔偿达成和解。但是这不意味着案子启动《刑事诉讼法》上规定的适用于轻微刑事案件的刑事和解程序。

所以，检方变更犯罪嫌疑人的强制措施，让其回家，不代表检方认为犯罪嫌疑人无罪，也不代表犯罪嫌疑人就一定会被不起诉。是否会提起公诉，是否会被判决有罪，会被判处多久的刑期，实刑还是缓刑，这些都有待检法进一步作出决定，大家少安勿躁！

知识点

实刑指的是需要实际在监狱里服刑的刑罚，而缓刑则是有条件的不执行判处的刑罚。《刑法》第72条第1款规定："对于被判处拘役、三年以下有期徒刑的犯罪分子，同时符合下列条件的，可以宣告缓刑，对其中不满十八周岁的人、怀孕的妇女和已满七十五周岁的人，应当宣告缓刑：（一）犯罪情节较轻；（二）有悔罪表现；（三）没有再犯罪的危险；（四）宣告缓刑对所居住社区没有重大不良影响。"被判处缓刑的人，如能遵守缓刑考验期的规定，在缓刑考验期满后，便不再执行判处的刑罚。

当然，还是希望办案机关接下来能顶住压力公正地办案。要考虑舆论，但是不要因被舆论绑架而让本案的犯罪嫌疑人受到有别于其他未成年人的不公平对待。

2. 检方变更强制措施符合情理

检方是出于关注未成年被害人与嫌疑人成长的考虑，对两人进行疏导，把双方父母叫到一起，促成双方自愿就民事赔偿达成协议，其初衷值得肯定。

未成年人是国家的未来，《刑法》也明确规定了未成年人犯罪从轻处罚，《刑事诉讼法》规定了未成年人犯罪记录封存制度，这些都是国家基于未来发展考虑给心智尚未成熟的未成年犯罪人一次重来的机会。检方秉持一切以有利于孩子成长为先的考虑是与立法精神一脉相承的。

知识点

未成年人犯罪封存制度是指对犯罪时不满 18 周岁，被判处 5 年有期徒刑以下刑罚的相关犯罪记录予以封存的制度。犯罪记录被封存的，不得向任何单位和个人提供，但司法机关为办案需要或者有关单位根据国家规定进行查询的除外。依法进行查询的单位，也要对被封存的犯罪记录的情况予以保密。未成年人犯罪封存制度设立的目的是避免一个人未成年时的犯罪记录对其今后的人生造成影响，使其能够平等地享有与其他人一样的权利，真正地改过自新，回归社会。

有网友很生气，“你家的孩子是孩子，别人家的姑娘就不是姑娘了”？

但其实，检方并没有偏袒男孩子而不顾受害女生的利益。这一次的民事赔偿协议，是双方家长自愿达成的。女生的父母愿意谅解总有他们的理由，或许是出于事情已经发生无法改变，而对方确有悔过之意的考虑，所以决定宽容。我认为，我们还是应该尊重受害方的决定。

3. 那这个事件中，检察院就没有任何过错吗

坦白讲，我觉得检察院是有过错的。检察院错就错在宣传上：

强奸案太敏感，开庭也是不公开审理，目的就是保护被害人隐私。办案检察院对此案进行宣传，虽然没有说真实姓名，但是作为办案检察院官微，放出犯罪嫌疑人家属的打码照片，在当地还是很容易被人知晓是谁。此其一。

办案检察院在不适合宣传偏要宣传时没有进行充分的释法说理，以至于让公众产生检察机关是否违法办案的质疑，给检察机关的形象造成了负面影响。此其二。

我们出于对双方未成年人的成长考虑，促成自愿和解，做这些工作的终极意义是挽救了一个未成年人，而不是让大家知道我们多努力！收到锦旗本是未成年人家属对检方的肯定，但是检方的不当宣传，让这一切都变了味，甚至可能因此改变一个未成年人的命运。此其三。

4. 未成年人检察向何处去

对于未成年人犯罪，一味地放纵是走偏。但是，如果未成年人一次犯罪，他的人生就没有再重来的机会，这样的社会同样也很可怕！

这次事件是一个很好地讨论保护未成年人的界限在哪里的机会，也为未成年人检察工作提供了一次审视我们工作的机会。未成年人检察工作，任重道远，相信检察机关会在有益的讨论和公众的监督中不断进步、完善。

写完之后，丸子觉得自己立场还是挺公正的，有的也有理有据有节，就径直在微博上发了她对此事的看法。

谁知道，大多数网友并不能接受这些不符合自己意愿的观点。一瞬间，她的评论区就被各种谩骂、人身攻击、污言秽语占据。有的网友在评论区谩骂还不够，不断地发私信进行辱骂，不仅辱骂她个人，还问候她所有的女性直系亲属。还有很多“大V”在微博上挂她并进行抨击，各路网友再艾特她，让她进“大V”的评论区去“挨打”。甚至还有个别极端的网友为泄愤向汉东省检察院、江东市检察院和仙汕县检察院官方微博进行恶意举报，说丸子故意挑起网友与检察机关的对立情绪。真是扣了好大一顶“帽子”。

之前虽然没有经历过这么大场面的网络暴力，规模小一点的她也是经受过的。对于网友的谩骂，她已经驾轻就熟地无视了。不然还能怎么办呢？向公安机关报案吗？那群人手握键盘、躲在屏幕后面骂，丸子又不知道他们是谁。她唯一能做的也只有无视。

这些无理的谩骂她可以选择无视，但对于恶意举报却容不得她无视。恶意举报惊动上级院之后，上级院宣传部门直接打电话向丸子了解情况。如果不是因为假期，她恐怕还得写书面情况说明。对于给上级院宣传部门带来麻烦，让他们大过节的还得操心她在网上发微博的事，丸子深感很愧疚。

不过，上级院在了解清楚情况之后，不但没有怪她“多管闲事”，还对丸子在这起事件中积极发声，维护检察机关形象给予了肯定。

至于她自己单位，因为没人来问她情况，她就主动向主任和分管领导“自首”。领导却说，这事他们已经了解过了，丸子做得没错。原来，领导们不想让她觉得有压力，就默默地把事儿给了解了。

丸子很庆幸自己处在如此开明和包容的环境之中。

消除了恶意举报的担忧之后，她才开始关心到底这些人什么时候才能骂够。一个曾经多次遭受网络暴力的“大V”告诉她，网民的记忆只有7天，7天过去大家就都忘了。

对了，那个“大V”还告诉她，网络暴力是“大V”的准入门槛，经得住网络暴力才能成为一个合格的“大V”，习惯就好。

“Fine.”丸子无奈道。

75 检察自媒体的自我修养

知识点

检察自媒体指检察人员个人运营的带有检察职业色彩的微博号、微信公众号、头条号、抖音号等账号。

这么多年混迹于网络江湖，利用业余时间经营微博“@假装是检察官的小丸子”和微信公众号“辣笔小丸”，丸子无疑成为了最有影响力的“90后”检察自媒体人之一。

她的生活也变得愈加充实和忙碌了——不仅在单位担当更重大的责任，要为了自己也为了单位守住自媒体这块招牌，还要参加组织上各种跟自媒体相关的会议和交流活动。

近期，检事网要在汉东省会京州举办“检察自媒体的转型与发展”座谈会，研究讨论检察自媒体的公共担当，检察自媒体应当如何拿捏职务身份、专业知识、个人感情和性情表达之间的分寸，检察自媒体如何把握好卖萌、蹭热点、拼颜值的尺度，如何在保证自媒体积极性的基础上做好相应的自律和规范等检察自媒体转型发展过程中面临的重大问题，交流粉丝量大、影响力广的检察自媒体，从众多营销号、政务号中脱颖而出，突破检察圈、法律圈，走进百姓的朋友圈的经验。研讨会邀请了全国各地 30 多位检察自媒体人参加。

既是东道主省份的自媒体人，又是“90后”检察自媒体人的佼佼者，丸子受邀作为代表之一在会上交流发言。论粉丝量和影响力，她自知与优秀的前辈们不可同日而语。但是这么多年自媒体做下来，她也收获了一些经验和教训，对于做检察自媒体也形成了自己的一些思考。所以后来在研讨会上，丸子斗胆与前辈分享了自己对检察自媒体应具备的素养的看法。

论检察自媒体的自我修养

其实我一直无法欣然接受别人给我的“网红”这个称呼。一是因为这个称呼不太严肃，而我是一名严肃的检察人员；二是因为担不起，我既没有红极一时，更是在这个检察网络名人辈出的时代早就被拍死在沙滩。更是因为，我知道很多人称我为网红，更多的是含有调侃甚至讽刺的意味。所以我不喜欢“网红”这个称呼，我更喜欢另一个中性的称呼——自媒体人。

今天，我想结合自身经历及所见，简单谈谈我认为检察自媒体应具备哪些素养。

1. 符合职业伦理

这是我认为的检察自媒体最基本也是最重要的修养。我一向支持检察人员上网展示自己的个性和形象，并且自己也在这么做。这也是网上群众路线的做法，能让网民们更直观、立体地了解检察。但我们上网还是要牢记检察人员的身份，可以卖萌，可以搞笑，可以吐槽，可以批评，但都要有底线。不要试图以出格的言论或出位的方式吸引眼球，因为其损害的将是职业群体的形象。

2. 保持心态平和

混自媒体圈的心态容易陷入两个误区：

一是急功近利。在关注度不够或下降的时候，心浮气躁，想要快速圈粉。其实能一下吸引大量关注的通常不是什么好事，但还是应该踏踏实实，慢慢积累吧。给自己时间去成长，给网民时间去发现。只要你有实力，大家也都不瞎。心灵鸡汤说的没错，是金子总会发光的，重要的是让自己先成为金子。

二是自我膨胀。积累了一定人气和知名度后，人就容易飘飘然，自我感觉太好，容不下异己。这也是我自己经常反思的地方。虽然我一直没有自我感觉良好，没觉得自己有什么了不起的，对于自己在很多方面的不足也有自知之明。只是在谈论一些严肃话题时，反击起一些不同观点来嘴皮子比较厉害，也有点刻薄，所以让人觉得我不够包容、不近人情、自以为是。也因此给自己拉来一些仇恨。这是我的失败之处，希望各位引以为戒。

想在网络上长久地走下去，保持心态平和很重要。

3. 坚持充实自己

作为一名检察自媒体人，你的技能主要就是写作（包括段子）、写作，和写作。

写作是一个消耗的过程，如果不坚持充实自己，总有一天会写枯竭。毕竟一个人的经历、学识再丰富都是有限的，总会写完，而且写越多枯竭越快。所以要有意识地去充实自己，多阅读，多经历，多见见世面。

网络上有很多好文章，也有很多质量跟不上的，参差不齐。我没有太多时间去阅读，只能在有限的时间内阅读最有价值的内容。所以我一般都看经过历史检阅的经典名著，这样阅读比较有效率。

除了阅读外，还有很多充实自己的办法，比如多与你欣赏、仰视的人接触，向他们学习、请教，偶尔可能还有“听君一席话，胜读十年书”的收获。假期也可以多出去走走，感受一下不一样的地域特色、风土人情，或许能让你对世界和人性产生新的领悟。

4. 尽量多动笔写

我是一个懒癌晚期患者，懒得动笔，难得想写有时又不知道该写什么，写文章的频率很低，还经常要人鞭策着写。不过这样挺不好的，该批判，我们还是要培养自己写作的自觉性，多动笔去写。

记得赵鹏检察官在他的《我是如何患上“写作癖”的》一文中写道，一个处长鼓励不知道文章写什么内容的年轻人说：“你先写，就找到写点了。”这个方法亲测有效，动笔了有时候思路就会打开，灵感源源不断涌来，甚至一发不可收拾，当然是要在你了解的领域。

5. 适当推荐自己

这一点中最重要的是“适当”，忌太腼腆，太清高以及太功利。

我以前特别腼腆，特别不好意思麻烦别人，每次都是迫不得已了才要请别人帮忙，说完请求之后还会尴尬好一阵子。后来觉得这样其实也不好，别人如果真的欣赏你，愿意帮助你进步，他是不会反感你提合理的请求的，而且你不说人家也不会知道想要什么啊。所以要学会开口，只要不强人所难，并且懂得知恩图报就行。

这世界能人太多了，你如果没有盖世才华，凭什么大家一眼看到的就要是你而不是别人，所以太清高肯定不行，该放下身段还是要放下身段。主动推荐自己并不丢人，反而还是自信的表现。当然毛遂自荐时还是要注意场合和分寸，不要无孔不入，那样显得太功利，也不要锋芒毕露，那样就是自大了。

6. 寻找合适平台

记得有次跟全国模范检察官王盛交流，他对年轻同志充满鼓励，表示只要到合适的平台，加上自身的努力，我们也可以成为模范检察官。法律读库对于新媒体作者来说就是这样一个很好的平台，因为有开明的库头和优秀的库友们在。读库能够接纳多元的价值，鼓励观点交锋，库头也不吝推荐，很多法律圈大名鼎鼎的新媒体作者都是乘上读库的翅膀才开始飞翔的。

7. 能够承受差评

有句话叫人怕出名猪怕壮。极少有人是得到完全好评的，你越出名，你的瑕疵和失误就越容易被放大，受到远大于你错误的攻击，哪怕没做错什么也可能受到诋毁。没办法，这是做自媒体必须承受的。面对批评，有则改之无则加勉。面对诋毁，想想那句，承受了多大的赞美，就得承受得了多大的诋毁。当然，如果触犯了法律底线，也可以选择不去承受，拿起法律武器捍卫权利。

结尾

丸子的发言其实并没有特别新鲜的观点和独树一帜的看法，但都是多年自媒体的肺腑之言。兴许是引起了在座的自媒体人的共鸣，又或者是前辈看待晚辈时总戴着“宽容”的滤镜，大家对她的发言还是给予了很高的评价。

76 没有“主角剧本”也不放弃努力

王嘉得知丸子到京州来开会之后，抽空跟丸子见面约了个饭，了解下彼此的近况。自从上次在老家聚了之后，她们还没有凑到过档期再见面。

此次碰头，王嘉看到丸子现在受到新任检察长的赏识，忙碌且顺遂，她很替丸子感到开心。“守得云开见月明，挺好的。”王嘉欣慰地说道。

丸子微笑地点点头。她知道此时的顺遂有多来之不易，所以在得意时更加不敢忘形。

王嘉看出来现在的丸子比以前不得志时沉稳多了，料定她的心也安稳了。“你现在过得这么顺遂，不走了吧？”

“不是非走不可了。人各有命，大城市有大城市的绚烂，小地方也有小地方的精彩。最重要的不是在哪里，而是不憋屈、不虚度。至于未来，看机遇吧，顺势而为。”经历了那么多的浮浮沉沉，丸子对于很多事早已不再强求。

“不错，心态满分。”王嘉虽然极力表现得替丸子欣慰，还是掩盖不住跟丸子对比下自己此刻的不如意。

丸子看出了王嘉的郁闷，小心翼翼地问道：“你最近怎么样？”

王嘉没有直接说，只是向她发出了一个直击心灵的拷问：“作为一个最基层的检察官，我有上进心，想去更大的平台，有错吗？”

作为一个严谨且负责任的法律人，丸子没有直接回答，而是先问她：“怎么了？”

王嘉说：“我一直觉得现在的平台对我来说太小了，希望有机会去更大的平台。上次咱们一起参加省检察院遴选，最后没考上。因为那次考试的事情，我们单位就给我贴了‘不安分’的标签。最近这次员额检察官遴选，我们单位又没让我入额，反而让不如我的入额了。领导都觉得我会走，我估计以后也不太愿意培养我了。什么时候有上进心也成了原罪了？”

听了王嘉的诉苦之后，丸子觉得有上进心有没有错得分情况讨论。

“在不开明的领导看来，有上进心就有错，这个人就是不安分，在他任期内安安稳稳待着哪儿也别去才是最好的。

但是在开明的领导看来，有上进心，没有错。人往高处走，有好的机会，想去试试，是人之常情。除了为了自身有更大的发展空间之外，也为了对这个社会可以有更大的作为和贡献。一个开明的领导不会反感下属有上进心，想去更大的平台。毕竟如果去成了，也是他培养了人才。而且身在领导之位，他们自己也有上进心，对你的想法能感同身受。

开明的领导真正反感的，其实是眼高手低。有理想，有抱负，有上进心，想去更大的平台去施展自己，这不是什么坏事。但前提应该是，得把手头的工作先做好了。如果目光很高，一心向往远方，却不愿意从小事做起，做不好分内事，不愿意沉下身子为自己的目标积累资本和经验值，又有什么资格高谈阔论理想抱负，有什么理由指望领导赏识你的上进心？

知识点

眼高手低是体制内年轻人常见的一种“病症”。此类人往往自视甚高，觉得自己才华盖世，干得应该是拯救世界的大事，不愿意从小事做起，认为那是埋没自己的才能，因而不愿用心，马虎对待领导安排的小事。其实有志向是好事，但如果连小事都做得不出彩，又怎么证明你的实力？真正有实力的人，是那种即便是做小事都能做出一朵花来的人。这个时代，怀才不遇的事已经很难发生了。戒掉“眼高手低”的毛病，脚踏实地地努力，为自己准备好足够多的筹码，才能在机遇来临时稳稳抓住。

当然，我们都要有这样的觉悟，有上进心也不是什么了不起的事，不是理所应当该得到支持。上进心，谁都可以有。支持都是相互的，我们想从单位得到什么样的支持，就必须先为推进单位工作提供什么样的支持。

不过，有上进心不是什么见不得人的事情，即便在领导面前暴露了我觉得也不必太过紧张。咱们只要能很好地完成自己的本职工作，无愧于单位、无愧于纳税人的钱，在谁面前都不必心虚或者羞愧。”

“我应该就是两种情况都有了。领导不太开明，因为觉得我想走，无论是入额还是晋升都不考虑我；我自己呢，自从上次没考上，工作也有点懈怠了，可能对单位对我的不待见也有情绪。”听了丸子的分析，王嘉进行了自我反省。

“还有一点，我是把你当好朋友才提醒你，如果我说的不对，还望海涵。”丸子在瞎说大实话前先打好了预防针。

“好。你就别拐弯抹角了，麻溜的！”王嘉吼道。

“我觉得不该嫌自己单位平台小……”丸子说完不忘抬头看看王嘉脸上的表情。

“难道不是平台小吗？你觉得你们单位平台很大吗？”王嘉反问。

“是，基层平台是不大，这个我不否认。我只是觉得，咱们没资格‘嫌’现在的平台太小。

咱们之所以在现在的单位工作，当初都是自己的选择，或者说得更残酷点，是当时的实力只够到现在的单位工作。这是单位和咱们双向选择的结果，没有强迫，双方都必须为此负责。

可能开始也还好，慢慢地，你觉得自己长进了，平台还是原来的平台，已经容下不你了；又或者一开始你就觉得自己在这样的单位是屈就。但是我觉得，如果嫌现在的平台太小，施展不开，还是等先有能力去更大的平台再说吧。

无论是什么阻碍你往高处走，能够排除的，都是你实力的证明；排除不了，就是你实力还不够。去不了更大的平台，只能说明，以你目前的实力，也只配在现在这个你看不上的单位工作。所以，没什么好嫌弃的。

当然，如果你以后真去了更大的平台，最好也不要嫌弃自己的‘出身’。因为不管怎样，是现在的单位成就了后来的你。人要懂得感恩，才能走得更远。”这番话真的是很得罪人，但是为了让王嘉不要被抱怨的心态吞噬，丸子还是选择把真相赤裸裸地撕给她看。

一口气说完这些，丸子有点后怕。没想到王嘉说了 4 个字：“醍醐灌顶！”

丸子喜极而泣，“我以为我要失去你了……”

“小傻瓜，怎么会呢？尽管不太中听，但是你说的很有道理。”王嘉知道丸子是为了她好，而且她说的也没错，稍微调整了一下原先不好的心态。

“既然你说得那么头头是道，我就再向你‘请教’一个问题吧，社会我丸姐。你觉得我被贴上‘不安分’标签后，单位还会重用我吗？”这是王嘉目前最担心的问题。以后能不能到更大的平台是个未知数，无论如何，在现在的单位还是要好好发展，这也是经验的积累。

“这个问题不是跟有没有上进心一个道理吗？不开明的领导觉得有上进心就是错了，还想被重用？不给小鞋穿就不错了。

但是开明的领导不会因为觉得谁有一天可能走就不重用一个人。咱们不谈牺牲、无私奉献这么高尚的话题，就说点实际的。单位录用一个人，是让他来工作的，也为此支付了工资。既然录用他来工作，不是闲养着，如果他真的是个人才，能创造价值，单位也不会因为认为他可能要走就拒绝重用他让他为单位做贡献。给人机会让他为这个单位创造价值，有一天是一天。毕竟，他创造的成绩是单位的业绩，他的荣誉也是单位的荣耀。单位不会宁愿闲养着一个人，也不派活给他，怎么可能嫌干活的人太多？

很多时候领导没有如某个人期待的那样对他委以重任，原因并不是觉得他不安分，而是他没有那么优秀或者无可取代吧。真的优秀且愿干事、能干事的人哪哪都稀缺，在哪里都被稀罕。

我觉得，与其担忧自己不被重用，不如先让自己有被重用的实力吧。

即便一时不如意，遇上不开明的领导。但是风水轮流转，换领导也许就时来运转了呢。不开明的领导能耽误咱一时，耽误不了一世。”对此，丸子是最有切身体会了。

“你说的是你自己吧。”王嘉也发现了。

“唉，在体制内，努力固然重要，但不是万能的，因为运气也很重要。比如，遇上什么样的领导就是种运气。心态上绝对不能有努力就能战胜一切的盲目乐观想法，否则可能会失望。毕竟，‘一百万个人里，只有一个人有主角剧本’。不过，即便努力不是万能的，即便没有拿着主角剧本，我们也还是不能放弃努力。只有努力让自己变得更好，才有更多选择的机会和可能。”丸子有点无奈又有点庆幸。

知识点

“一百万个人里，只有一个人有主角剧本”是电影《无双》里的一句经典台词。

77 “90后”检察人的“职场成长法则”

2012年，丸子从法学院毕业，踏入梦想中检察院的大门，正式开启从检生涯。5年里，她经历了政治处、公诉科、民行科和办公室多个部门的锻炼，经历了从懵懂青涩的“菜鸟”到单位最年轻的中层干部的成长蜕变，拿过奖立过功还运营着自媒体。

知识点

中层干部在基层机关单位一般指机关单位内设部门的负责人和副职，相对于普通干部、机关领导而存在。中层干部起着承上启下的作用，工作比较难做。有的时候要受“夹板气”，上级觉得你没管好，下级觉得你管太多；有的时候还要当“背锅侠”，下级犯错或者工作没做好，就是你没管好，或者你不忍心见下级挨大领导批，主动替下级背了锅。难做归难做，当中层干部也几乎是每一位干部往上走的必由之路。只有经受住了中层职位的考验，才更有底气走上更高职位。

在这么多优秀的“90 后”检察人之中，可能她算不上成功，也没有资格代表任何人。但不可否认，她的经历是丰富的。有时候她开玩笑说，参加工作以来，我（参与）办理过各类案件——刑事、民事、行政、抗诉、公益诉讼案件都有，写过各类稿件——宣传稿、信息稿、综合性文稿、调研文章和论文，同时还要担任新媒体小编，现在是“万能的小丸子”了。在她如此丰富的职场经历中，丸子总结出了 9 条适应检察新人“职场成长法则”。

1. 按时完成任务只是及格，高质高效完成才是优秀

在领导眼中，干部大体可以分为三种。

第一种是工作不积极不努力质量也不高，甚至还要领导时刻担心他捅篓子的。这种干部基本上就属于领导恨不得他早点走人的，就别惦记提拔或者重用了。

第二种是能够按照要求完成任务，但也只是完成任务，不会有什么惊喜。比如说，领导让他申报个课题，他也按规定申报了，但是能否被选中纳入重点课题就是另外一回事了。这种干部在领导眼中属于比较安稳的，至少不用担心他出什么乱子，但是被委以重任的可能性比较小，至于提拔，要看机遇。

第三种是高质高效地完成任务，并且能给单位做出一些成绩的。这种干部是领导最喜闻乐见的，并被视为“人才”，也最容易被委以重任，至于能不能得到提拔，还是要看机遇和其他素养。毕竟能干事不是干部提拔的唯一标准，leadership 是一门考验人综合能力的艺术。

对于“90 后”检察人来说，丸子觉得——

如果你是第一种干部，那实在是很不应该，你对不起胸前闪耀的检徽。

如果你是第二种干部，能够完成领导交办的任务，那也不是什么值得沾沾自喜的事情。以这个标准来衡量和要求自己，恐怕职业生涯中很难会有大的进步和作为。

如果你是第三种干部，完成任务的同时还能给单位带来一些超出预期的惊喜，这才是真的优秀。这样的人连领导都会忍不住给他点赞。

无论是在体制内外，执行力都很重要。很多时候，体现职场新人优秀程度的，通常就是执行的力度，是 50% 执行，还是 100% 执行，甚至 200% 地执行。

2. 实干的同时，不要忘记思考

丸子在公诉时刚好是公诉人手最紧缺的时候，“白＋黑”“5+2”的加班模式是家常便饭，经常会有累得喘不过气的感觉，因而她时不时会发出“光是活着就已经够竭尽全力了，哪还有时间思考”的感叹。

公诉那段异常忙碌的岁月，确实磨炼了她吃苦耐劳的毅力。但是后来离开公诉，有时间静下心来思考自己的工作以后，她才发现，思考对于成长来说也是大有裨益的。

在公诉的时候，她很多时候就是领导分了多少案子办完就可以了，很少去思考：案件暴露出了什么社会问题和法律问题？站在检察官的角度，除了办案之外还能做些什么，以修复社会关系？从这些案子中有什么值得总结提炼的，以期为社会治理和法治进步献计献策？

那时候，她就只一味地重复机械性的办案，疏于思考，错过大好的提升自己的机会。因此，她觉得再忙也要停下来多“思考”。埋头苦干让你看起来踏实可靠，但真正让你脱颖而出的还是用脑思考后做出来的成绩。

3. 立足于本职工作，也要有更高的站位

很多人喜欢用网络流行语“喝地沟油的命，操中南海的心”自嘲，曾经的她也是。

后来到了办公室，她的想法发生了一些微妙的变化。虽然她仍然觉得对于最基层的公务人员来说，“操中南海的心”，格局太大，确实是心有余而力不足。但是，她觉得基层干部也可以适当提高自身的站位，不只是专注于本职。

这一点，对于办公室的小伙伴而言，显得尤为重要。举个例子，给领导起草讲话稿时，你要写的不是你认为该怎样，而是站在领导的角度思考该怎样，要有全局性思维。而对于其他小伙伴来说，如果在完成本职工作之余，能够有更高的站位，以更高的标准要求自己，她觉得一定能比同龄人成长、成熟得更快，也能为单位创造更大的价值。很多时候，格局决定了我们所能达到的高度。

4. 不要因为害怕出错而不敢创新

从国家层面而言，“创新”被排在五大发展理念之首，十八届五中全会指出，“坚持创新发展，必须把创新摆在国家发展全局的核心位置，不断推进理论创新、制度创新、科技创新、文化创新等各方面创新，让创新贯穿党和国家一切工作，让创新在全社会蔚然成风”。可见，国家对创新的重视程度。

而检察工作也面临着方方面面的创新。作为“90后”检察人，受经验、眼界和知识所限，可能无法做到在事关全局的重大问题上提出自己的创新见解。但是在一些细微的领域，比如创新工作机制上，丸子觉得“90后”可以发挥其特有的思维，提一些有建设性的创新建议。不要因为害怕出错就不敢说，对于一些出于善意的错误，年轻是可以被原谅的理由。当然，提创新的建议时，有一个大前提是不能违背法律框架，突破法律底线。

绝大多数“90后”检察人都没有走上领导岗位，其能力范围也仅限于提意见建议，因为不是决策者。所以，丸子觉得“90后”更加不用担心出错，因为你的建议是否靠谱，还有经验丰富的决策层把关呢。

因为担心出错而止步不前，这才是最可怕的。没有创新思维的人，终将在社会的创新大潮下被甩在后面。

5. 学历很多时候只是敲门砖，决定之后发展的，更重要的是能力

学历到底重不重要、有多重要，一直是人们乐此不疲讨论的话题。

丸子从不否认学历的重要性。非名校本科毕业的她，也从不敢“吃不到葡萄就说葡萄酸”地对它嗤之以鼻。她认为对于检察系统的人来说学历很重要，它是你进入检察系统或者遴选到上级检察院的“敲门砖”，不符合学历条件，首先你就连报考的资格都没有。

她承认学历很重要，但不会盲目夸大它的重要性。在你考到检察院或者上级院以后，决定之后发展的，她觉得更重要的还是工作能力。这不是质疑公务员招录和遴选限定学历条件的合理性。学历不仅跟能力和素养挂钩，某种程度上来说，还是能力和素养的重要体现，毕竟能取得更高学历也是经过学校严格筛选的。而且在你进入一个单位以前，单位对你的实际工作能力不了解，也只能把学历和工作经历等作为筛选条件。但是在进入单位以后，学历作为敲门砖的价值就已经被用尽了。丸子觉得，一个人或许会因为高学历而得到更多的机会，但是能否把握住机会，还是要看工作业绩。后续的发展，拼的还是能力。

6. 不要沉迷于办公室政治，靠实力和成绩更有底气

丸子很喜欢看美剧《纸牌屋》，剧中对于政治斗争残酷的刻画让她忍不住拍案叫绝。但是看剧归看剧，她不赞成“90后”不去提高自己的核心竞争力，而去学一些两面三刀、唯利是图的手腕。

美国前总统克林顿已经定调，《纸牌屋》中 99%的剧情是真实发生的。丸子不否认克林顿这话的可靠性，也许美国的政治真的就是那么黑。但是对于刚入职的检察新人来说，所处的环境、所拥有的人脉、所占有的资源，真的没有那么复杂。

她觉得，“90 后”完全可以凭借自己的努力和实力占有一席之地，而不是妄想通过钩心斗角、排挤对手上位。靠自己实力得到提拔重用的人，即便遭人嫉妒，嫉妒的人也提不出什么有力的质疑。而钻营钩心斗角的人，也许会得到一时的好处，但未必走得长远，因为他不一定是最会斗的那一个。这个体制，还是承认个人的拼搏和努力的，靠实力和成绩才更有底气。

7. 你是来工作的，不是来讨人喜欢的

与沉迷于“内斗”无法自拔截然相反的是，有的人可能沉迷于“套近乎”“拉关系”。

丸子也承认，在单位，人缘好的人，确实会得到一定的现实利益。这也是很多人热衷于讨好和逢迎的原因。

她没有一棒子打死说人缘好的人都是很会讨好和逢迎的人。还是有很大一部分人是因为个人的人格魅力才吸引大家与自己结交的，丸子很佩服和欣赏这些人。她反对的是为了获得某些利益而刻意讨好、拉拢同事。她觉得这样的人是心思用错地方了。

因为长久来看，一个人在单位赖以立足的，还是工作能力和业绩，而不是那一团和气。所以，有那时间拉关系，不如多研究研究怎么提高业务水平。

8. 能者多劳，不只是忽悠老实人干活的托词

有人可能觉得，能者多劳不过是“老油条”忽悠老实人干活的托词。

不可否认，的确存在一些职场“老油条”在忽悠老实人干活时，以“能者多劳”作为托词，让被忽悠的人不但吭哧吭哧地干得很起劲，还被高帽戴得忘乎所以，真觉得自己是个“能者”了。

丸子本来想弱弱地批判一下这些“老油条”，尽占老实人的便宜。但是想到自己的经历，她觉得这对于被忽悠“多劳”的老实人来说并非全无好处，于是就消气了。至少，“多劳”能让人积累更多的经验，成长得更快，能力得到更全面的锻炼和提升。特别是对年轻人来说，在“多劳”中积累的经验，将是职业生涯中一笔宝贵的财富。

所以，在丸子看来，不用介意“多劳”，总的来说利大于弊。但是也不能因此真把自己当“能者”，而是要努力成为“能者”。

9. 如何正确看待职务上的提拔晋升

每个人的际遇不同，能否得到提拔晋升是很多因素共同决定的，有实力，也有运气，有平台，也有机遇。丸子觉得，不要为自己一人之力无法把控的事操太多心才是正途。提拔晋升也不是评判一个人事业成功与否的唯一标准。况且，作为法律人理应要有法治理想和追求。与其追逐不确定的职务上的提拔晋升，不如志存高远一点，一起为了推进法治事业的发展而奋斗。

这些准则，既是她5年来跌跌撞撞的职场经验和教训的提炼总结，也是她今后的职业生涯中很长一段时间内会遵循的指南。对于未来，她也无法预料会怎样。但她知道，心中有准绳，便不会迷失。